BESTSELLER

Jorge Díaz (Alicante, 1962) es escritor, periodista y guionista de televisión. Ha participado en multitud de series de televisión como *Hospital Central*, *Víctor Ros*, *El don de Alba*, *Ciega a citas* o *Acacias 38*, series con las que ha cosechado todos los grandes premios de la profesión, como el TP y el Ondas, entre otros muchos. Tras un año sabático en Brasil, regresó con su primera novela, *Los números del elefante. La justicia de los Errantes*, en la que novelaba el viaje latinoamericano de los anarquistas españoles Francisco Ascaso y Buenaventura Durruti en los años veinte del pasado siglo, fue su primera incursión en el género histórico, a la que siguió *Cartas a Palacio*, ambientada en la desconocida Oficina Pro-Cautivos creada por Alfonso XIII durante la Gran Guerra. *Tengo en mí todos los sueños del mundo* es su cuarta novela.

Biblioteca

JORGE DÍAZ

Los números del elefante

DEBOLS!LLO

Papel certificado por el Forest Stewardship Council®

MIXTO
Papel procedente de fuentes responsables
FSC® C117695

Penguin Random House Grupo Editorial

Primera edición en Debolsillo: marzo de 2016
Primera reimpresión: marzo de 2022

Travessera de Gràcia, 47-49. 08021 Barcelona
Diseño de la cubierta: Penguin Random House Grupo Editorial / Ruxandra Duru
Fotografías de la cubierta: © Julia Davila / Arcangel, © Superstock / Getty Images, © Halley Pacheco de Oliveira / Wikimedia Commons

El autor ha revisado y corregido la primera edición de esta novela (© Planeta 2009) para la edición actual

Printed in Spain – Impreso en España

ISBN: 978-84-663-3270-5
Depósito legal: B-751-2016

Compuesto en La Nueva Edimac, S. L.

Impreso en QP Print

P 3 3 2 7 0 A

Para Tina y Jorge,
mis padres

Serenamente dou o primeiro passo no caminho
da eternidade e saio da vida para entrar na História.

Carta-testamento de GETÚLIO VARGAS,
agosto de 1954

El coche, un Opel Corsa, está parado en el semáforo. Los chicos, con bermudas y chancletas, casi adolescentes, se acercan. Conduce una mujer; uno de los atracadores la apunta con una pistola. La mujer quiere arrancar, pero uno de los chicos se ha puesto delante, tendría que pasarle por encima y desiste, no sería capaz; ve la pistola, tal vez sea de juguete, da igual, calma, que se lo lleven todo, que no nos pase nada. El chico de la pistola la manda bajar del coche y ella lo hace sin rechistar. Su hija, de trece años, sentada en el asiento del acompañante, también. El pequeño, de seis años, sentado atrás, no sabe quitarse el cinturón de seguridad. Su madre abre la puerta trasera, intenta ayudarle; está nerviosa, el niño también, sale del coche aún preso al cinturón…

El Corsa arranca de repente, con el impulso la puerta se cierra. El niño, João Hélio, no se ha soltado. Su madre, Rosa Cristina, grita desesperada: su hijo está ahí, colgado del coche, en el lateral trasero, del lado del conductor… Su hermana, Aline, corre y chilla tras el coche.

Un conductor ve que de la puerta cuelga algo, se da cuenta de que no es un muñeco o un paquete, es un niño. Intenta avisar a los atracadores, les hace señas, cree que le han visto pero no se detienen. El cuerpo de João Hélio golpea en el suelo y en el maletero, como si fuera una piedra atada al coche, como si fuera una lata en el coche de unos recién casados de película muda.

El Corsa zigzaguea para librarse del cuerpo; los atracadores saben lo que llevan colgado y no piensan en parar, sólo en deshacerse del bulto. Uno de ellos va sentado atrás, en ese lado, tiene que estar viendo al niño rebotar una y otra vez. También el conductor, cada vez que mire al espejo retrovisor tiene que ver a João Hélio. El coche avanza y el ruido recuerda al de una caja de cartón que haya quedado atrapada en la rueda. No es un accidente, no es una fatalidad, saben lo que hacen. El grito de Rosa Cristina ha dejado de escucharse, Aline ha detenido su inútil carrera...

Atraviesan barrios de la zona norte de Rio de Janeiro: Oswaldo Cruz, Madureira, Campinho, Cascadura... Barrios a los que nunca se lleva a los turistas que visitan la *Cidade Maravilhosa*, ni siquiera a los que quieren conocer una favela como si fueran a un safari fotográfico en Kenia. Los clientes de un bar ven el Corsa acercándose. El barullo de los golpes de algo que va colgando llama su atención. Una mujer se da cuenta de que es un niño, grita angustiada y desesperada... Pero el coche no para. El joven que va en el asiento de atrás tiene dieciséis años, sólo diez más que João Hélio.

El conductor de otro coche les sigue, va asustado, pero ha visto que lo que golpea arriba y abajo es un niño; él es padre, no puede salvarlo, pero quiere por lo menos poder decirles a los padres de João Hélio dónde está su hijo, seguir al Corsa hasta que acabe su absurda huida.

No se detienen hasta la estación de Cascadura, tras siete kilómetros de fuga. Se bajan corriendo. ¿Miran al cuerpo que les ha acompañado dando botes? No se sabe, desaparecen corriendo en la estación. ¿Miran a la víctima inocente? ¿Son ellos culpables o lo es su mala suerte?

João Hélio está muerto desde el inicio de la carrera. Pocos minutos después aparece la policía. Su madre y su hermana estarán siendo atendidas y ya sabrán de su suerte. Las dos habrán reconstruido la escena miles de veces en su cabeza, hasta encontrarse culpables: por qué no acertaron a soltar el cinturón de seguridad, por qué no pelearon, por qué no se resistieron... Su padre, que no estaba presente, también encontrará motivos para sentirse culpable: por no ir en el coche, por no haber enseñado a su hijo a quitarse el cinturón, por haberle insistido a su esposa en que tuviese cuidado con los semáforos y no se los saltase, como mucha gente hace en Rio cuando anochece.

Rio de Janeiro se indigna. La ciudad acostumbrada a la violencia, la misma que en los últimos meses ha sufrido decenas de muertos por las guerras entre milicias vecinales, traficantes de drogas y policía, la que soporta una víctima diaria por las balas perdidas, decide que la muerte de João Hélio es la gota que ha colmado el vaso. Un vaso que se ha desbordado más de cien veces en los últimos años pero al final se descubre que siempre le queda espacio para más.

Se ofrece una recompensa de dos mil *reais* para quien aporte datos sobre los ladrones del Corsa. Hay ciudadanos que llaman pidiendo que se suba la cantidad, están dispuestos a poner dinero de su propio bolsillo para que los culpables sean castigados. Esa misma noche se detiene a uno de los chavales, al día siguiente a otro... Al parecer son tres, fueron cinco los que cometieron el atraco, pero sólo tres los que huyeron en el coche. El padre de uno de los chicos colabora con la policía para que detengan a su hijo; es evangélico, como los padres de su víctima. Ha intentado educar a su hijo en la religión, pero ha fracasado: se siente perdido. Preferiría que su hijo hubiera sido el que se quedara colgado en la parte de fuera del coche, no el que iba al lado del conductor pidiéndole que corriera más, que se deshiciera de ese niño de una puta vez. La madre de otro de los detenidos es enfermera en una clínica de la zona sur, el Rio de los ricos. No quiere que se sepa su nombre, es importante conservar el trabajo y no sufrir represalias.

En el periódico publican la foto de dos de los jóvenes al ser detenidos, junto a un tercero al que sueltan horas después. Se les tapa la cara con un *pixelado*, pero daría lo mismo, son tan iguales a cualquier otro chico de favela que no se les reconocería ni con la cara descubierta. Las casas de sus familias son apedreadas por los vecinos: son las guaridas de los monstruos.

Todo sucedió el 7 de febrero de 2007, a eso de las nueve de la noche. Faltaban pocos días para el carnaval; ese mismo día hubo más muertes violentas en Rio, pero la única que se recordaría una temporada sería la de João Hélio. Yo había llegado a la ciudad un par de días antes y hasta ese momento me parecía un lugar encantador; la muerte de João Hélio me mostraba su otra cara.

La llegada en avión a Rio es igual que la llegada a cualquier otra ciudad. En su caso es decepcionante, pues de Rio uno espera mucho más. Espera que la voz de Tom Jobim le dé la bienvenida: «*Dentro de mais um minuto estaremos no Galeão…*».

El aeropuerto ya no se llama Galeão, ahora se llama Aeroporto Internacional Antônio Carlos Jobim. La rua Montenegro también ha cambiado de nombre, ahora se conoce como rua de Vinicius de Moraes; el bar Veloso ahora es el Garota de Ipanema. Hay cariocas que quieren que la rua Nascimiento y Silva pase a llamarse rua de Tom Jobim, como su vecino más célebre; habría un cruce de la rua de Vinicius con la rua de Tom: Vinicius y Tom, la pareja que más fama le ha dado a Rio. Pero la ciudad ha cambiado mucho y tal vez, en lugar del bar que ellos querrían, se abriría allí una sucursal bancaria.

Ipanema es para ricos; los hoteles para turistas están en Copacabana, en la avenida Atlántica con vistas al océano si se paga el suplemento. Los restaurantes ofrecen «*rodizio de pestiscos*, coma hasta hartarse», en grandes carteles. Los quioscos de la playa, modernos como naves futuristas, siguen con sus cocos dispuestos para abrir con el machete y sirven caipirinhas, caipivodkas, cervezas, *choppes*… Los escultores de arena piden dinero por fotografiar su obra; los *meninos da rua*, niños de la calle, se acercan a pedir unas monedas con cara inocente; hay vendedores de todo, de camisetas, de maní tostado, de mapas de Brasil fabricados en cuero, de collares, de tangas…

En la avenida de detrás, la avenida da Nossa Senhora de

Copacabana, duermen los mendigos tirados en la acera, debajo de cualquier marquesina. Muchos edificios se han enjaulado, se han rodeado de barrotes para que los mendigos no puedan ampararse en sus fachadas. El maravilloso empedrado de las calles está lleno de parches de cemento, con zonas en las que faltan las piedras y sólo quedan los huecos. En muchas partes se han hecho obras y los trabajadores han vuelto a poner las piedras de cualquier manera; se ha perdido el dibujo original, ahora son piedras blancas y negras colocadas al azar.

Al caer la noche, Copacabana se llena de chicas que miran a los ojos del turista solitario, que le sonríen, que le proponen pasar un rato con él, toda la noche... Si no lo consiguen, lo intentarán luego, en la discoteca, o mañana en la playa. Más tarde salen las travestis. Copacabana es un abierto veinticuatro horas del sexo.

Nada en Copacabana recuerda el glamour que siempre hemos creído que tiene fuera de Brasil; quizá lo tuvo, ya no. Aun así, es un lugar cautivador.

He llegado a Rio de Janeiro para ver qué hay de verdad en una historia de Copacabana.

GETÚLIO

1

Mi único recuerdo de la guerra es la noticia de la muerte de mi hermano Ramón. Yo tenía cinco años, casi seis. La guerra acabó pocos días después y él fue de los últimos en morir, quizá el último. Hay gente que nace con mala suerte, mi hermano era uno de ellos.

Ramón tenía quince años más que yo: él era el mayor y yo el pequeño de diez hermanos, tres hombres y siete mujeres; no conseguiría decir en orden el nombre de las chicas. Otro hermano murió recién nacido; se llamaba Bernardo, como yo.

No sé quién mató a Ramón y me da igual, en las guerras muere gente y mi hermano, igual que murió, pudo matar. Hubo casas con más muertos: en un pueblo cercano, una familia perdió a los cuatro hijos varones; en la mía Ramón fue el único. No sé mucho de él, ni siquiera si fue a la guerra por obligación o porque creía que hacía bien en ir, si intentaba ganarla o prefería morir. Nunca hablé con él; yo era muy pequeño cuando se marchó y después no hubo oportunidad.

Cuando pienso en él me acuerdo de una foto colgada en la pared, detrás de la mesa del comedor. No he vuelto a entrar en esa casa, así que no sé si la foto sigue allí o alguien la ha quitado; quizá hayan tirado la casa entera. En la foto, mi hermano estaba vestido de soldado; al sentarme a comer me quedaba justo enfrente, encima de la cabeza de mi padre. Cuando él hablaba, le tenía que mirar, entonces la vista se me iba hacia arriba y allí estaba Ramón. Mientras estaba vivo no me importaba; cuando nos avisaron de su muerte, empezó a darme miedo. Intentaba comer sin mirarle pero no lo conseguía: siempre acababa con la vista puesta en la cara de mi hermano, su uniforme y el fusil que tenía en las manos.

El día que llegó la noticia de su muerte mi madre pelaba patatas. Se lo contó mi hermana mayor, Carmiña.

—Mamá, han matado a Ramón.

Mi madre no dijo nada, paró un momento y miró a Carmiña, después continuó pelando patatas; no hizo ninguna pregunta y yo, que quería haberlas hecho, no me atreví.

Mi padre volvió a casa por la noche, gritando que mataría a los hijos de puta que habían asesinado a su hijo. Estaba borracho y olía a vómito. Me hizo jurarle que me vengaría; lo hice, pero ni me he vuelto a acordar. Aunque sólo era un niño, aquella misma noche ya sabía que no era necesario cumplir ese juramento.

Mi madre no lloró y mi padre gritó mucho, pero ella lo sintió más que él: mi padre era incapaz de sentir nada que no le pasara a él mismo. A medida que me hago mayor, cuando me miro al espejo me encuentro más parecido con él; no sé si en eso también, espero que no.

El cuerpo de Ramón no volvió al pueblo. Estará enterrado en algún cementerio perdido, a la orilla de alguna carretera olvidada, junto a otros con tanta mala suerte como él: los muertos de los últimos días. Supongo que nadie se interesó en reclamar su cadáver, tampoco en preguntar cómo murió: quizá no quedara nada que se pudiera reclamar...

Mi otro hermano varón, Alonso, también estaba en la guerra, pero a él no le pasó nada. Volvió a casa y se dedicó a trabajar el campo para mi padre. Los primeros años no contaba nada; después, cuando ya estaba en la silla de ruedas, empezó a hablar y no paró: no hablaba de nada más. Siempre he creído que no vio la guerra de verdad, que lo que tardó en contar cómo era fue lo que tardó en inventársela. Era como si le avergonzara no haber muerto, como Ramón; nunca mencionaba a nuestro hermano mayor, ni al principio, cuando no decía nada, ni después, cuando no callaba.

Al acabar la guerra, algunos vecinos no volvieron. Unos porque murieron, como Ramón; en una de las paredes de la iglesia colgaron una lápida con sus nombres: «Caídos por Dios y por España». Otros porque la perdieron; huyeron a Francia, a México, a Argentina... Alguno de los derrotados fue a la cárcel y regresó años después. Nunca escuché hablar de nadie que se fuera a Brasil. Brasil, entonces, no existía para mí.

Poco tiempo después dejó de recordarse a los que no estaban. O dejó de hablarse de ellos, que viene a ser casi lo mismo. Con los que volvieron, la gente hizo como si no se hubieran marchado: retomaron su vida en el mismo punto que la habían dejado, como si esos años no hubieran existido. Los que estaban a punto de casarse se casaron, los que se odiaban se siguieron odiando y los que eran amigos continuaron siéndolo. No estoy hablando de muchos vecinos. Del pueblo, entre los que murieron, los que se marcharon y los que volvieron no sumaban más de veinte.

En otros sitios el hambre obligó a que se acordaran más de la guerra; en mi pueblo no. En mi pueblo la guerra acabó el día que acabó, o antes: la guerra acabó el día que llegó la noticia de la muerte de mi hermano Ramón.

2

Mi padre creía que era un hombre poderoso, pero era un campesino miserable y borracho. Creía que era poderoso porque había gente más pobre que él, sólo por eso.

Ahora me da igual, casi nunca me acuerdo de él; entonces lo odiaba, lo he odiado durante toda mi vida. Si viviera, tendría más de cien años, así que supongo que está muerto, quizá hace ya bastante tiempo. Es posible que lo haya llegado a odiar incluso estando muerto.

Mi pueblo era un pueblo de mierda; no tenía más de doscientos o trescientos habitantes. Mi padre era de los más ricos, tenía tierras y algunos animales: vacas, gallinas, cerdos... Tras la guerra, mi hermano Alonso se encargó de las tierras, como antes mi otro hermano, Ramón. Mis dos hermanas mayores ayudaban a mi madre en la casa, el resto de mis hermanas y yo nos ocupábamos de los animales. Mi padre estaba siempre en el bar, el único del pueblo; se emborrachaba todas las noches del año, sin excepción.

Yo aún asistía a la escuela, pero todos los días, antes de entrar, llevaba las vacas a los pastos. Al salir las recogía, echaba maíz a las gallinas, limpiaba los establos... Eso fue hasta los doce años, después dejé de ir a la escuela y fui a ayudar a mi hermano Alonso en las tierras; de las vacas pasó a ocuparse mi hermana Arlinda. Me gustaba estudiar, sobre todo leer y dibujar, pero mi padre me mandó a trabajar y tuve que dejarlo.

Por eso vi el accidente de Alonso, porque estaba trabajando; llevaba dos años yendo al campo con él. Hacía pocos días que yo había cumplido los catorce. Era tarde, casi de noche, y no se veía bien; teníamos que haberlo dejado un rato antes pero el camión que tenía que recoger las patatas se perdió y llegó con dos horas de retraso. Estábamos el conductor del camión, mi hermano y yo, subíamos los sacos de patatas con una polea. Digo que vi el accidente, pero es mentira: en aquel momento estaba mirando para otro lado. Vi a Alonso atando el saco y cómo éste empezaba a subir, pero entonces algo me distrajo y volví la cabeza al otro lado. Escuché un golpe fuerte y un grito a mi espalda: el saco de patatas había caído sobre mi hermano.

Después tengo una laguna en la mente, todo está confuso: Alonso gritaba de dolor, yo corrí para buscar ayuda, alguien lo recogió y se lo llevó... Nada más, de esa noche no recuerdo nada más.

Alonso pasó una temporada larga en el hospital, fuera del pueblo, y salió en silla de ruedas; no volvió a andar. Fue entonces cuando empezó a hablar de la guerra: contaba asesinatos, crímenes, torturas, soldados a los que se les salían las tripas, bombas que explotaban en medio de varios hombres y los despedazaban, heridos a los que amputaban las dos piernas... Era como si el sufrimiento de otros le compensara no volver a levantarse de la silla de ruedas.

Al no estar mi hermano, tuve que trabajar solo las tierras. Al principio mi padre venía conmigo, fue cuando empecé a odiarlo con más fuerza; hasta entonces, aunque creyera que lo odiaba, sólo le temía. El trabajo era duro y yo tenía que hacer el de los dos, el suyo y el mío. Cada día me demostraba que todo podía empeorar: siempre encontraba el momento para quejarse de algo, para obligarme a repetir alguna labor desagradable, para insultarme... Pronto dejó de acompañarme y contrató a un chico del pueblo para que me ayudara.

Albino tenía dieciocho años, tres más que yo. Su familia no

tenía tierras porque su padre las perdió a las cartas, aunque se decía que su abuelo había sido el más rico del pueblo. Cuando lo perdió todo, su padre se colgó de una soga en el pajar de su casa. Albino tenía doce años y tuvo que ayudar a su madre a descolgarlo. Por lo menos, eso era lo que se contaba en el pueblo; Albino nunca quiso decirme si era verdad. Fue su hermana Rosalía la que me lo confirmó: su madre no quería que nadie viera así a su marido y no quiso que les ayudaran, lo bajaron entre ella y su hijo Albino.

Rosalía había ido a la escuela conmigo, teníamos la misma edad y la abandonamos casi a la vez. Ella y su madre cosían, no sólo para la gente del pueblo, también para la de otros pueblos de alrededor; de eso vivían. Raro era el vecino que no tenía alguna prenda confeccionada por ellas.

Albino se daba buena mano con todos los trabajos: igual reparaba una rueda de un carro que herraba un caballo. La mecánica era lo que más le gustaba y arreglaba los coches y los camiones de la zona. Cuando acabábamos las labores del campo me gustaba acompañarle; así fui aprendiendo.

Mi amigo Albino contaba los días que le faltaban para marcharse al servicio militar. Decía que allí se haría mecánico y que después no volvería al pueblo, emigraría a Argentina. No paraba de hablar de ese país: que la comida era gratis para todo el mundo, que nos querían tanto a los gallegos que iban a recogernos al barco en el que llegáramos para darnos trabajo, que nos regalaban dinero para comprar una casa... Le preguntaba cómo sabía todo eso y me respondía que era lo que contaban los que volvían, cuando ya eran ricos. Cuando le preguntaba a quién conocía que hubiera vuelto, me decía que a nadie, que no hacía falta que nadie le dijera cómo eran las cosas en Argentina porque eso era algo que sabía todo el mundo.

—¿Por qué van si no tantos gallegos a Buenos Aires?, ¿para estar peor que aquí?

Cuando por fin se fue a la mili, a Bilbao, nos despedimos como si fuera la última vez que nos veríamos. Pasaron a darme aviso a mí cuando había que reparar algún coche, algún camión o incluso algún tractor de los que empezaba a haber por entonces. Hice lo mismo que él: contar los días que me faltaban para servir en el ejército, aunque al acabar no me fuera a marchar a Argentina; seguiría toda la vida trabajando en las tierras de mi padre mientras él se emborrachaba en la cantina. El mismo saco de patatas que dejó a mi hermano Alonso preso a la silla de ruedas, me dejaba a mí preso al pueblo y a las tierras.

Después de marcharse Albino empezó a ayudarme otro mozo, Alfredo, un portugués recién llegado al pueblo. Decían que se fugó de su país porque mató a un cura, pero era mentira: se marchó porque su padre era tan cabrón como el mío y tenía dos posibilidades, o huir y trabajar en lo que pudiera, o quedarse y matarlo. Salió de su pueblo y tuvo la mala suerte de llegar al mío; o la buena, quién sabe.

En ese tiempo, dos de mis hermanas se casaron y otra se metió en un convento. Una más se fue a Madrid, creo que a servir. En casa quedaron tres: Carmiña, que era la mayor y viviría allí para siempre, por lo que sé; otra que tenía novio para casarse, y la más pequeña, Arlinda, que tenía diecisiete, uno más que yo, que decía que no tenía intención de casarse para aguantar las borracheras de un hombre y que tampoco quería meterse a monja. Un día desapareció sin despedirse de nadie, tardé muchos años en volver a saber de ella.

Hasta entonces no me fijaba en las mujeres y con Albino, mi único amigo, no hablaba de ese tema; sólo nos interesaban los motores. Alfredo, el portugués, era todo lo contrario, no era capaz de hablar de otra cosa, sólo de mujeres. Me contaba de una puta que conoció en Portugal a la que quería buscar cuando tuviera dinero; le pediría que dejara de ser puta y se casara con él... En mi pueblo no había putas, pero vivía una en otro cercano, a apenas quince kilómetros. Los domingos descansaba, así que el único día que la podía visitar era el sábado por la tarde. Como era la única de la zona, había que esperar turno para acostarse con ella. Yo sólo fui una vez, hice cola y al verla me dio un poco de asco, así que me volví a mi casa sin hacer nada con ella. Seguí así un tiempo, sin estar con ninguna mujer, fuera puta o no.

La única mujer que tenía cerca era Rosalía, la hermana de Albino que había ido al colegio conmigo. Ella me traía las cartas que Albino enviaba a su casa; siempre tenían unas líneas para mí, consejos sobre lo que aprendía de mecánica: «Bernardo, no hagas no sé qué; fíjate en no sé cuántos, tiene que estar de tal manera; por eso no conseguimos arreglar el camión de Manuel, el de San Martín», o «Bernardo, nunca abras el depósito del radiador antes de que se enfríe, aquí a uno de Asturias le ha saltado el agua hirviendo a la cara y le ha dejado ciego de un ojo; lo bueno es que le mandan a casa como si hubiera acabado la mili».

Rosalía no se quedaba a charlar conmigo: me llevaba las cartas de Albino, esperaba que las leyera y después se marchaba. Yo no me atrevía a hablarle, pero empecé a imaginar que hacía con ella las mismas cosas que Alfredo me contaba que hacía con la puta portuguesa.

Aunque mis hermanas asistían a misa cada domingo —la que se metió a monja lo hacía a diario—, yo no había vuelto a la iglesia desde que empecé a trabajar en el campo: nadie me obligaba y yo no iba. Volví sólo para encontrarme con Rosalía: la esperaba a la salida y caminaba a su lado. Me costó ir seis o siete veces hasta que me habló; entonces supe que éramos novios. En las siguientes fiestas bailé con ella y, al acompañarla a su casa, paramos en el corral, el mismo del que Albino descolgó a su padre cuando se ahorcó; allí estaba la viga y allí hicimos todo lo que Alfredo me contaba. A partir de ese día parábamos en el corral siempre que podíamos, sobre todo los domingos, mientras el resto del pueblo estaba en la iglesia. Dejé otra vez de ir a misa y desde entonces no he vuelto casi nunca. Tenía dieciocho años.

Albino cumplió su promesa y no volvió al pueblo al acabar

el servicio militar. No se fue a Argentina, se fue a Brasil, a Rio de Janeiro. Dejó de escribir cartas y no teníamos ninguna dirección a la que escribirle nosotros para preguntarle el motivo del cambio de destino. Su hermana decía que cuando pasaba algo malo siempre te enterabas, que si no sabíamos nada de él era porque estaba bien. Pero yo tenía muchas preguntas que hacerle: si era verdad que te daban dinero al llegar, si la comida era gratis, si buscaban a los gallegos en el barco, si Brasil era igual que Argentina... Ahora sé que nadie te regala nada, ni en un país ni en el otro.

Apenas sabía nada de Brasil, algo había escuchado pero nada importante: que estaba muy lejos y que había muchas negras. En el pueblo nunca se había visto ni una negra ni un negro. El único que yo había visto estaba en el dibujo del papel de un chocolate y llevaba un hueso en el pelo. No era capaz de imaginarme a Albino rodeado de negros y negras con un hueso en el pelo, pero el del dibujo lo tenía. Alfredo me contó que los brasileños hablaban portugués, como los portugueses, parecido a como hablábamos nosotros, los gallegos. Me enseñó algunas palabras y me resultó fácil. Él decía Yaneiro en lugar de Janeiro y yo me acostumbré a decirlo también así. Eso era todo lo que sabía sobre Brasil y nunca pude escribir a Albino para pedirle que me diera más detalles.

Poco después supe algo más; que perdieron la final del Campeonato del Mundo de Fútbol de 1950 contra Uruguay y que se quedaron tan tristes que algunos se suicidaron. También que Carmen Miranda, una cantante famosa, era brasileira. Carmen Miranda usaba siempre sombreros adornados con frutas, me decía Alfredo. Yo intentaba imaginarlo y no lo lograba, me parecía ridículo, casi tanto como lo de los huesos en el pelo. Brasil, para mí, era un lugar de gente con cosas raras sobre la cabeza.

La única novedad de esos años, además de hacerme novio de Rosalía, es que compré una bicicleta usada con el dinero que ahorraba arreglando motores. Me la vendió el cura, don

Sixto, y era grande y azul. En el guardabarros llevaba pintada una cruz plateada, era en lo único que se notaba que había sido de un cura antes de que yo la comprara. Todos los días montaba en ella para ir a trabajar las tierras.

Mi padre, que había dejado de ir al campo, volvía a casa borracho a diario. Muchas veces, sin ningún motivo, pegaba a mi madre y a mi hermana Arlinda, la que después desaparecería; a mi madre por ser su esposa y a mi hermana por ser la única que le contestaba. A mí me medio respetaba, sólo me caía algún golpe cuando me metía por medio para que dejara de pegarles a ellas. Podría haberme defendido y haberle devuelto los golpes —las labores del campo me habían convertido en un hombre fuerte—, pero era mi padre y debía respetarlo; así me enseñaron que debía ser.

Una noche, harto, le amenacé con que si volvía a pegarme me marchaba a Argentina. Me contestó que si me marchaba, cuando volviera a casa a rastras no me dejaría entrar. Estaba seguro de que fuera del pueblo me moriría de hambre y regresaría arrastrándome, suplicándole que me dejara quedarme. Decía que no valía para nada, que al único de sus hijos varones que no era un inútil lo mataron en la guerra. En el fondo, yo pensaba lo mismo que él, que no sería capaz de sobrevivir lejos de allí, pero él no tendría que habérmelo dicho. Mi hermano Alonso lo escuchaba todo desde su silla de ruedas, sin atreverse a contestar: no sé qué pensaría.

Mi padre, que también se llamaba Ramón, como mi hermano mayor muerto, creía que entre todos queríamos envenenarlo para quedarnos con su dinero. Antes de comer o beber algo, escogía a alguna de mis hermanas o a Alonso y les obligaba a probarlo para ver si morían, decía que así lo hacían los emperadores romanos. A mí no, si moría yo se quedaba sin nadie que le trabajara las tierras.

Nadie quería envenenarlo, o sí, pero nadie sabía cómo hacerlo; quizá mi madre, que recogía hierbas para hacer remedios y tisanas, que yo sepa nunca lo intentó. A mí no me faltaban ganas de matarlo con una piedra o con la hoz. Alguna vez, cuando llegaba borracho, pensé que podía golpearlo en la cabeza al salir de la cantina y decir que se había caído y se había dado el golpe solo. Todo el mundo conocía sus borracheras, me habrían creído; hasta me habrían felicitado, pero no lo hice.

A los veinte años me fui al servicio militar; soñé con no volver, como Albino, pero sabía que al final lo haría, que alguien tenía que labrar las tierras de mi padre. Mientras yo estuviera fuera se quedaría Alfredo trabajando con él; es decir, se tendría que encargar él solo de todo, sin que nadie le ayudara. El pueblo de Alfredo debía de ser mucho peor que el mío, o su padre mucho más cabrón, para que él prefiriera quedarse a volver.

La noche antes de irme, Rosalía me hizo prometerle que no haría lo que su hermano Albino, que volvería al pueblo a recogerla, y que no me marcharía sin ella, ni a Argentina ni a Brasil. Se lo prometí.

Quise despedirme de mi padre, pero no pude: aquella noche no volvió a casa. Algunas noches se emborrachaba tanto que no encontraba el camino de vuelta, aunque el pueblo sólo tuviera un par de calles. Me marché sin hablar con él y sin que me bendijera.

3

El servicio militar me tocó en la Marina. Era la primera vez que veía el mar y un montón de cosas más. A cambio, muchas otras las vi por última vez.

Mi hermana Arlinda se había marchado de casa un par de meses antes que yo. Tardé dos o tres días en notar que faltaba: una tarde, al volver del campo, me di cuenta de que no estaba y pregunté por ella; Carmiña, la mayor, me dijo que se había ido. Nadie sabía adónde, a nadie le preocupaba; Arlinda se peleaba con todos menos conmigo, no la echarían de menos.

Les pregunté a mis otras hermanas, a mi madre, a sus amigas del pueblo… Ninguna me dijo nada; sólo una chica de su edad me comentó que llevaba tiempo deseando marcharse y por fin lo había hecho. No sabía adónde: Madrid, Barcelona, Buenos Aires…, sólo que sabía que era muy guapa y que en cualquiera de esos sitios le sería fácil ganarse la vida. Arlinda quería salir del pueblo y perder de vista a mi padre y todo lo que tuviera que ver con él: la casa, las vacas, el resto de la familia… Me dio mucha pena que no se despidiera de mí, que también a mí quisiera perderme de vista.

Después me fui yo. Creo que el único que lo sintió fue mi hermano Alonso. A veces me sentaba junto a su silla de ruedas a escuchar sus historias de la guerra. Con mi marcha se quedaba sin nadie que le atendiera. Cada día eran más exageradas, al final parecía que la guerra la había ganado él solo. Me contaba que una vez hicieron un pelotón de fusilamiento, cogieron a un prisionero y le vendaron los ojos. Formaron delante de él y dieron la orden de «preparados, apunten, fuego»; pero todos dispararon al aire y le dieron un golpe al prisionero en la tripa con el palo de una escoba. El hombre cayó al suelo, creyendo que estaba muerto, que el golpe que había sentido era una bala que lo mataba. Todos los que formaban el pelotón se quedaron callados hasta que el prisionero se empezó a mover: no le dolía la herida, o no estaba muerto o la muerte no era como él creía. Mientras se levantaba, todos se descojonaron de risa. Alonso también se descojonaba al contarlo; repetía entre risas que el prisionero creía que era una bala y sólo era el palo de una escoba, que después le fusilaron de verdad, sin taparle los ojos, para que tuviera clara la diferencia. A mí no me hacía gracia; sonreía, pero no sé por qué.

Cuando subí al tren y me alejaba de mi pueblo, me acordé de Arlinda; probablemente ella montó en aquel mismo tren para empezar su nueva vida. No me acordé de nadie más, ni siquiera de Rosalía o de mi madre, sólo de mi hermana. En el bolsillo llevaba algo de dinero, doscientas pesetas, las que me dio el padre Sixto para recomprarme la bicicleta; estaba arrepentido de haberse deshecho de ella. Tuve el presentimiento de que esas doscientas pesetas me harían falta algún día.

El tren tardó cinco horas en llegar a su destino; no era muy lejos, la mayor parte del tiempo estábamos parados. En cada estación se subían jóvenes de mi edad, todos con cara de miedo, la misma que yo, y con un petate como el mío.

Antes de salir, mi madre me dio un pedazo de pan y otro de queso envueltos con un pañuelo. Sentado en el suelo —el vagón no tenía asientos—, empecé a comer. Uno que estaba a mi lado se quedó mirándome hasta que se decidió.

—¿Me das?

No sabía qué debía hacer. Si mi madre no me hubiera dado el pan y el queso también habría pasado hambre, y me habría gustado que alguien compartiera su comida conmigo. Pero no quería que me engañaran y dar sin tener que dar. Después de pensarlo, dividí mi almuerzo por la mitad, más o menos, porque una parte quedó más grande que la otra. A él le di el pedazo más pequeño.

—Gracias, ¿cómo te llamas?

—Bernardo.

—Yo, José.

No hablamos más, seguimos juntos todo el viaje. Cuando llegamos al cuartel nos asignaron la misma litera, a mí en la parte de arriba y a él en la de abajo.

Allí todo el mundo gritaba y nos mandaba correr de un lado para otro. José y yo no nos separamos. Nos dieron el uniforme que debíamos usar, nos cortaron el pelo, nos hicieron formar... Los dos primeros meses nos daban órdenes, sin preguntarnos si estábamos de acuerdo con lo que nos pedían. De haber sabido que aquello sería así no habría contado los días que me faltaban para ir desde dos años antes; tampoco entendía que Albino lo hubiera aguantado sin quejarse: a él no le gustaba que nadie le dijera lo que tenía que hacer. Recordaba una mañana, cuando Albino aún trabajaba conmigo en el campo, que mi padre se presentó allí. Roturábamos las tierras porque era el momento de hacerlo, pero él llegó con la absurda idea de que lo dejáramos y fuéramos a otras tierras a retirar las malas hierbas, unas que hacía años que no se cultivaban. Albino le dijo que lo haríamos cuando acabáramos allí, que primero había que hacer lo que había que hacer primero. Mi padre, borracho como siempre, le contestó que lo primero que había que hacer era lo que a él le saliera de los cojones. Albino, que era muy alto y fuerte, cogió la hoz, se acercó a él y le miró desde arriba.

—¿Qué hay que segar?

Nada más, ni un grito, ni un gesto de amenaza; pero mi padre y yo supimos que si le llevaba la contraria le cortaría el cuello, eso sería lo único que segara y yo no le protegería. Mi padre se dio la vuelta y se alejó.

—Ya lo haréis cuando acabéis de roturar.

Fue el momento que más cerca estuvo mi padre de que alguien acabara con él, sin que lo envenenaran. Albino no soportaba las órdenes absurdas y en el ejército abundaban.

Al acabar los primeros meses las cosas cambiaron algo; tampoco nos preguntaban qué nos parecía lo que nos mandaban, pero estábamos más tranquilos y cada uno se dedicaba a su tarea. Conseguí mi objetivo: me saqué el carné para conducir coches y camiones y entré a trabajar en los talleres. Me ocupaba de los motores de los barcos y pronto, al ver que tenía maña, los jefes me llevaron sus coches para que los arreglara gratis. Tal como Albino, fui aprendiendo; teníamos un montón de libros sobre mecánica que estaban llenos de planos para que todo se entendiera bien. En poco tiempo fui capaz de desmontar y volver a montar un motor entero, estudiando todas sus piezas y viendo cómo encajaban, era capaz de arreglar cualquier tipo de motor. No sé si llegué a saber más que Albino o él seguía sabiendo más que yo.

José entró a trabajar de camarero en el club de oficiales; su madre era la dueña de la cantina de su pueblo y él era capaz de llevar en una sola bandeja todo lo que cabía en una mesa de cuatro sin que se le cayera. Del club de oficiales sacaba comida para los dos; me devolvió con creces el pan y el queso que le di en el tren.

Los días que librábamos los dos a la vez, una tarde cada dos o tres semanas, paseábamos juntos. No hablábamos demasiado porque ninguno éramos de mucho hablar, tampoco hacíamos nada especial porque no teníamos dinero para hacerlo: las doscientas pesetas que me dio el padre Sixto por la bicicleta estaban escondidas dentro del colchón de la litera, no pensaba sacarlas a no ser que fueran necesarias de verdad. Paseábamos a menudo por la calle en la que paraban las putas; había muchas, no como en el pueblo de al lado del mío, que sólo había una. Además eran más guapas, alguna me recordaba a Rosalía y a todo lo que hacía con ella. Si hubiera tenido dinero, aparte de las doscientas pesetas, habría contratado a alguna para acostarme con ella y habría invitado a otra a José.

En el cuartel no pensaba, hacía lo que me mandaban sin discutir. A veces el tiempo se me pasaba rápido y a veces lento. Rápido cuando arreglaba motores, lento cuando soportaba las bromas de los demás. Un día vino el jefe del taller a hablar conmigo para comunicarme que iría de mecánico en un barco a dar la vuelta al mundo. Me lo decía como un premio, así que hice como que me entusiasmaba. Aunque llevaba ya once meses en la Marina, nunca había navegado; solo había subido en barcos varados en el suelo o amarrados en el puerto. José también viajaría en el mismo barco como camarero. Zarpábamos dos semanas después y nos preguntaron si queríamos ir a nuestros pueblos a despedirnos de nuestras familias. De inmediato pensé en Rosalía y en las cosas que podría hacer con ella en el pajar, pero como José no quería volver a su pueblo, yo también me quedé.

Dos noches antes de embarcarnos hicieron una fiesta para todos los que viajaríamos en ese barco. Como había de todo, y todo gratis, yo comí y bebí sin parar. José me recomendó que dejara de beber, pero no le hice caso. Debería habérselo hecho: cuando me desperté por la mañana creí que me moría; entonces entendí por qué mi padre estaba siempre de tan mal humor: se levantaba así todas las mañanas. Además, había olvidado gran parte de lo ocurrido la noche anterior, sólo era consciente de que fue José quien me sacó de la fiesta y me llevó a acostarme. José tenía mucha experiencia con borrachos en la cantina de su madre, él mismo se había emborrachado bebiéndose los restos que quedaban en cada vaso; él sabía cuándo había que parar de beber y yo debí hacerlo cuando me lo dijo.

Me dolía la cabeza, había vomitado, cada vez que comía algo volvía a echarlo y tenía, además, la sensación de haber hecho algo terrible por la noche. José me tranquilizó, sólo me empeñé en cantar canciones de mi pueblo y en que la orquesta tocase la música; fue cuando me sacó de allí y no me dio tiempo a nada peor.

—¡Pero que lo ibas a hacer, lo ibas a hacer...! Decías que habías visto a Rosalía y que querías dormir con ella.

Menos mal que José me llevó a la litera. Estoy seguro de que Rosalía no apareció por esa fiesta; a saber con quién la confundí: quizá con un almirante...

No tuve tiempo para recuperarme: al día siguiente partimos y el barco comenzó a moverse zarandeado por el mar; no vomité mucho porque no me quedaba nada dentro de la tripa. Me llevaron a la enfermería, y por primera vez en mi vida me pusieron inyecciones y me dieron medicinas; no he tenido que tomarlas muchas más veces. Decidí que habría dos cosas que no volvería a hacer jamás: emborracharme y montar en barco. Lo segundo lo he respetado, lo primero no. Un par de días después se me pasó el mareo y fui mejor, aburrido pero mejor.

Mi trabajo consistía en cuidar de unos motores que eran nuevos y no precisaban cuidados, es decir, mi trabajo consistía en no hacer nada. Además, la mayor parte del tiempo el barco se movía gracias a las velas, que era lo que tenían que aprender los que viajaban en él; los motores pasaban días enteros sin funcionar. Dedicaba el tiempo a leer una y otra vez los mismos libros de mecánica que en el cuartel, me los sabía de memoria, era capaz de reproducir sus dibujos sin equivocarme y sin copiarlos.

Conmigo viajaba otro mecánico, un madrileño llamado Rodrigo. Antes de zarpar me di cuenta de que Rodrigo no tenía ni idea de mecánica, sólo quería conocer mundo y era amigo de uno del ministerio en Madrid que le enchufó para embarcar. No era capaz de ayudarme, pero no me importaba, era muy simpático y se le daban muy bien los trucos con las cartas. A veces le pedía que me los hiciera y era capaz de adivinar cualquier carta que yo escogiera, ni siquiera necesitaba tocarla: yo pensaba en ella y Rodrigo me decía cuál era. He visto en mi vida a muchos magos con las cartas, ninguno tan bueno como él.

El barco, muy grande y muy bonito, servía para que hicieran prácticas los que estudiaban para marinos profesionales; nosotros, los reclutas, íbamos obligados, estábamos para darles servicio. No compartíamos mucho tiempo y espacio con ellos. Eso no quiere decir que nos trataran mal, al contrario, muchos eran simpáticos y amables con nosotros. Pero éramos mundos distintos, sin mucha relación unos con otros.

José y yo pasábamos los ratos libres juntos, a veces sólo mirando al mar, sin hablar casi nunca con los demás. De vez en cuando se nos juntaba Rodrigo, con su baraja de cartas, y otro que se llamaba Roque. José desconfiaba de Rodrigo por sus trucos; yo le insistía en que no había nada extraño, nos engañaba con la habilidad de las manos y con cartas marcadas. José decía que no, que Rodrigo transformaba las cosas y que aquello era brujería, que en su pueblo una bruja hizo que a un vecino se le cayeran los dientes, que Rodrigo podría hacerlo si se lo propusiera. Decía eso, pero cuando nos hacía trucos, José no quería que parara; aplaudía, reía y siempre quería uno más.

El resto de la tripulación no se metía con nosotros, nos dejaban en paz; todos menos un cocinero, Mariano, acompañado por algunos amigos suyos. Mariano siempre estaba tocando los cojones y yo me enfadaba mucho; pero José tenía más paciencia, me aconsejaba que me olvidara de él, que ya se hartaría y nos dejaría tranquilos.

La primera escala del barco fue en Las Palmas. Hasta entonces no me había preocupado por saber cuáles serían las siguientes. Pregunté y sólo uno de los lugares se quedó marcado en mi cabeza: Rio de Janeiro. Tantas veces había oído nombrar esa ciudad… Si parábamos en Rio podría encontrar a Albino.

Una de las ventajas de estar en ese barco era que cobrábamos casi como marineros profesionales: así que José y yo disponíamos de dinero. En Las Palmas desembarcamos con la condición de que regresáramos antes de medianoche. Yo tenía una idea clara de a qué dedicaríamos el dinero.

No conocíamos Las Palmas, igual que no conocíamos ningún lugar del mundo fuera de nuestros pueblos, así que seguimos al resto de los marineros. Hay un sexto sentido que te lleva a la calle de las putas, estés donde estés. Llegamos derechos a una calle en la que sólo había tabernas y putas; es normal que las tabernas y las putas estén cerca las unas de las otras, se ayudan mutuamente. José era partidario de entrar en una taberna; yo, que había decidido no beber nunca más, de contratar a una puta. Mi amigo no había estado antes con una mujer y no se decidía, me costó convencerle.

Dimos varias vueltas hasta que nos decantamos por una. Era rubia y un poco gorda, pero era la que más le gustó a José porque era la que tenía las tetas más grandes. A mí también, porque tenía los ojos claros, como Rosalía. Cuando nos acercamos a ella, José me paró: me preguntó cómo sabía que era una puta, que quizá aunque lo pareciese fuera una mujer normal y la ofenderíamos. Me quedé dudando, aunque estaba seguro. Fue ella la que se dirigió a nosotros.

—¿Os decidís o no?

—Perdón, señora, ¿es usted puta?

Nos miró raro, tal vez pensó que nos burlábamos de ella.

—Sí, soy puta, ¿qué queréis?

—¿Cuánto nos cuesta?

—¿Los dos a la vez?

Nos miramos, eso no lo habíamos hablado.

—O de uno en uno.

Entré yo primero; José estaba más nervioso y prefería quedarse esperando fuera. Temí que huyera mientras yo estaba dentro, pero me prometió que no se iría de allí.

No fue como con Rosalía. A mí, con Rosalía, lo que más me gustaba eran los besos, cuando nos metíamos la lengua en la boca. Intenté hacer aquello y ella la cerró y quitó la cara.

—¿Qué haces? Eso con tu novia, ¿vale?

Las putas eran menos complacientes que las novias. Tal como lo contaba Alfredo, parecía que lo eran mucho más. Los primeros minutos pensé que no me gustaba y que sería algo que no repetiría. Después, cuando empecé a olvidar a Rosalía, le cogí el gusto y decidí que sí, que repetiría siempre que fuera posible. Al acabar me vestí y salí a buscar a José; allí estaba, aguardando su turno.

José estaba nervioso y me pidió que me quedara, por si tenía dudas y tenía que preguntarme algo, pero la mujer me mandó salir, aseguró que ella le resolvería las dudas. Estuve esperando casi una hora, conmigo no tardó ni quince minutos; sólo se escuchaba el ruido de los muelles de la cama y algún gemido de la puta. José salió sonriente.

—¿Nos vamos?

Le seguí, le pregunté qué tal había ido.

—Bien, bien... Esto lo tenemos que hacer más veces...

Es lo único que conseguí que dijera. Después, en el barco, cuando zarpamos de Las Palmas, me confesó que le había gustado tanto que lo hicieron dos veces y que a él sí que le había dado besos, como los de las películas. Yo no había visto ninguna película, pero me lo callé.

No se me ocurrió preguntarle a la puta cómo se llamaba; por eso la recuerdo como la rubia de Las Palmas o la puta de Las Palmas. Si le hubiera preguntado su nombre no lo habría olvidado.

Estuvimos en más sitios: en Nueva York, pero allí nos dio miedo y volvimos al barco sin dejar el puerto; en Miami, en Santo Domingo, en Caracas... En todas partes había negros, pero no eran como los del papel del chocolate, no llevaban un hueso en el pelo. Eran iguales a nosotros, sólo un poco más oscuros. A mí ni me gustaban ni me disgustaban, me daban igual. A José las negras le gustaban mucho, sobre todo si tenían las tetas grandes. En cada escala quería acostarse con una.

—Vamos, que para eso tenemos el dinero...

José había tardado en estrenarse, pero le cogió gusto. A ellas también les gustaba mucho José, dos veces le devolvieron el dinero. Siempre me convencía para buscarlas, no le costaba mucho: aunque las putas no se parecieran a Rosalía e hicieran menos cosas que ella, también me gustaban.

4

Brasil era muy grande, tanto que hicimos dos paradas, la primera en Salvador de Bahía y la segunda en Rio de Janeiro.

En Salvador de Bahía no pude bajar del barco porque se estropeó uno de los motores cuando entrábamos en el puerto; no porque estuviera mal, fue una maniobra mal hecha del piloto, pero había que quedarse a arreglarlo. Era la primera vez que tenía que trabajar en algo relacionado con la mecánica desde que empezó la travesía. Hasta ese día, José y yo habíamos bajado juntos en todos los permisos, nunca uno de los dos solos. José se asustó, prefería quedarse en el barco, conocer Salvador le daba igual. Tuve que convencerlo para que desembarcara a la vez que los demás y buscara una puta con las tetas bien grandes.

Mientras él estaba fuera, yo arreglé el motor. Acabé antes de lo que esperaba y el oficial de guardia nos dijo a Rodrigo, el otro mecánico, y a mí que uno de los dos podía visitar la ciudad y el otro debía quedarse en el barco por si acaso. Rodrigo me convenció para que nos lo echáramos a suertes, a la carta más alta. No le dejé tocar la baraja para que no me hiciera un truco; aun así, yo saqué un dos y él un rey. Rodrigo bajó y yo me quedé en cubierta, mirando el muelle desde allí: casi todos los que veía eran negros; unas mujeres negras muy gordas, vestidas de blanco, se sentaban en cualquier lugar, encendían un fuego y cocinaban platos que no conocía y que la gente les compraba. Sólo probé una torta muy dulce de coco que el oficial compró para compartir con los que estábamos de guardia; estaba muy rica.

Desde el barco se veía una parte de la ciudad que estaba en lo alto, sobre una especie de montaña chata. Era el lugar al que nos dijeron que no se debía ir; eso significaba que nada más bajar del barco había que dirigirse hacia allá. Era un barrio que se llamaba Pelourinho y se podía subir en un ascensor enorme, de más de setenta metros, en el que cabían unas veinte personas, por unas escaleras o dando un rodeo por las calles de los lados. José debía seguir a los demás hasta el Pelourinho, verles entrar en las tabernas y seguir andando: en alguna calle cercana estarían las putas. Tenía que pasear entre ellas, escoger la que más le gustara, ignorar a las demás, pactar un precio con la elegida y subir con ella a la habitación de alguna pensión. Lo mismo que siempre, los dos lo sabíamos hacer.

Pero José no hizo lo mismo que siempre; otros del barco le vieron solo y le invitaron a acompañarlos. Nos habían avisado de que en Salvador de Bahía había que tener cuidado: los de allí, los locales, tenían otros dioses, hacían sus propios ritos, poco menos que pensábamos que eran caníbales. José, asustado, no quiso seguir solo y se quedó con los otros marineros, mucho más peligrosos que ninguno allí. Aunque José sabía cuándo debía parar de beber, aquel día no paró; bebió tanto que perdió el sentido de lo que hacía, de dónde estaba o con quién. Cuando me lo contó no recordaba nada, sólo el final de la noche.

La hora de vuelta en los días de permiso era la medianoche. José y yo, siempre con miedo a perdernos, procurábamos estar de vuelta a las once. Si llegabas después de las doce te arrestaban y te asignaban trabajos de limpieza: cuanto más tarde, más desagradables. Si el retraso superaba las dos horas, te prohibían salir en la siguiente escala. Si en la diana de las siete todavía no habías vuelto, no volvías a salir en todo el viaje —les pasó a dos en la primera escala, la de Las Palmas, y debían dar la vuelta al mundo sin pisar nunca tierra firme—. Había un castigo peor: si el barco se tenía que marchar sin ti y aparecías después, te declaraban desertor, te devolvían a España en avión y te hacían un consejo de guerra en el que la pena podía llegar a ser el fusilamiento. Nunca había pasado y nadie sabía si era verdad o una exageración de los mandos, sólo se sabía que si te pasaba más te valía no volver a aparecer.

A las once de la noche estaba en cubierta esperando a José para que me contara cómo era Salvador de Bahía, qué había hecho, cómo era el barrio del final de las escaleras, si había encontrado a una puta con las tetas grandes... Me extrañó que a las once en punto no estuviera subiendo por la pasarela, pero no empecé a alarmarme hasta y media. Bajé del barco y me dediqué a pasear por el muelle, para meterle prisa en cuanto le viera aparecer, no fuera a distraerse y le arrestaran. Cuando faltaban dos minutos para las doce habían llegado todos menos él. Pensé que quizá hubiera subido mezclado entre los demás y que no nos habríamos visto, que estaría dentro, preparado para acostarse y preguntándose dónde estaba yo, si seguiría ocupado en arreglar el motor. Subí al barco el último, cuando iban a retirar la pasarela, cuando estaba a punto de ser yo el arrestado. En la zona de literas tampoco estaba.

Pregunté a unos y a otros y se rieron de mí.

—El Bernardo pregunta por su marido.

—Por fin reconocen que son maricones.

Sabía que debía acallar a hostias a los que decían eso, pero la siguiente escala era Rio de Janeiro: no podía arriesgarme a un arresto por pelearme. Tenía que bajar del barco y encontrar a Albino. Hice como que no había oído los insultos, aunque todos sabían que los había oído y no había contestado.

Seguí preguntando por José, los más borrachos se burlaban de mí. Otros sólo me contestaban que no lo habían visto. Roque, uno de la parte de Viveiro, de los pocos con los que teníamos relación, me dijo que lo vio en una cantina, con Mariano y sus amigos. Mariano era el cocinero, el que siempre se metía con nosotros, el que me llamó maricón y al que tenía que haber acallado pero no acallé. Fui a preguntarle a él y me respondió que no sabía nada. Que era mentira que nadie lo hubiese visto con él porque no había estado con José. Que llevara a Roque ante él, a ver si tenía cojones de mantener que los había visto juntos en una cantina.

—Además, yo no bebo con maricones.

Él y todos sus amigos se rieron y a mí empezó a darme lo mismo que me dejaran bajar del barco en Rio o no. Pero antes de que le hiciera callar, un suboficial apareció y nos mandó a cada uno a nuestro sitio. También a él le pregunté si tenían noticias de José.

—Pues como no lo sepas tú, que siempre estáis juntos...

Casi no pude dormir en toda la noche; cada vez que alguno de los que estaba de guardia pasaba por allí le preguntaba si José había vuelto, si estaba arrestado en el calabozo, pero siempre me decían que no. Estaba amaneciendo cuando me quedé dormido; al poco rato sonó la diana y me desperté, los primeros segundos fueron como los de un día normal, después recordé que José no había vuelto por la noche y que su litera estaba vacía. Fui corriendo a preguntar: había regresado y estaba en la enfermería. No permitieron que entrara a verlo hasta por la tarde, cuando zarpamos camino de Rio.

A José le habían dado una paliza, estaba cubierto de heridas y moratones; la policía brasileña le había llevado al barco de madrugada después de encontrarlo desnudo, herido, sin documentación ni dinero a la entrada de uno de esos barrios que aquí en Brasil se llaman favelas. José no recordaba lo que le había pasado, ni el robo ni la paliza, sólo que estuvo bebiendo con Mariano y sus amigos y despertó en el barco. Nada de lo sucedido entre ambos momentos permanecía en su cabeza.

Si Mariano aseguraba que no bebió con ellos y José que sí, significaba que todo lo que le había ocurrido era cosa del cocinero. ¿Qué otro motivo podía haber para que mintiera? Tenía que poner a Mariano en su sitio, por la paliza a José, por el robo, por los insultos, por las burlas... Pero no antes de que el barco atracara en Rio de Janeiro y yo encontrara a Albino. Cuando partiéramos para Buenos Aires, haría con Mariano lo que tendría que haber hecho antes.

Llegamos a Rio el 22 de agosto de 1954, al caer la tarde, cuando aún se podía distinguir la ciudad con el sol poniéndose. Algún problema impidió que atracáramos en el puerto antes de las doce de la noche, así que oficialmente mi llegada fue el 23 de agosto. Tenía veintiún años.

5

Al llegar en barco a Rio se veían las montañas. Y encima de una de ellas un Cristo enorme con los brazos abiertos; al principio costaba distinguirlo, pero cuando lo veías una vez lo veías siempre. A la entrada de la bahía estaba el Pão de Açúcar, la más bella de todas las montañas. Con los años llegué a conocerlo todo muy bien, pero aquélla era la primera vez que lo veía y no sabía cómo se llamaba cada cosa. Desde el barco, Rio de Janeiro era el lugar más bonito del mundo: la bahía, las islas que había enfrente, las montañas, todo verde... Era el paraíso.

Rio es como Brasil, muy grande. Lo único que conocía aún más grande era Nueva York. Cuando estuvimos allí al principio del viaje me fijé en los edificios: nada llegaba tan alto. En Rio las montañas llegaban más alto, y, aún más que las montañas, el Cristo. No sabía la dirección de Albino, sólo que vivía allí, en algún lugar. No dudé de que fuera a encontrarlo, pero antes de hacerlo todavía pasarían muchas cosas.

El primer día no nos dejaron salir del barco. El presidente de Brasil, un tal Getúlio Vargas, nos haría una visita oficial y teníamos que prepararlo todo. Pasamos horas fregando, lavando, pasando revista para comprobar que todo estuviera perfecto: un oficial pasaba la mano con un guante blanco por toda la superficie de la sala de motores, si se ensuciaba lo más mínimo había que volver a empezar. Y así en todas las dependencias.

Unos compañeros escucharon en la radio que había lío en Brasil, que la Marina amenazaba con hacer huelga si Getúlio Vargas no dimitía ese mismo día. Pensamos que habían entendido mal el portugués, ¿cómo iba a dimitir el presidente?, ¿cómo iba a hacer huelga la Marina? Nosotros éramos la Marina de nuestro país y ni siquiera sabíamos qué era una huelga; desde luego no tendríamos fuerza para hacer dimitir a nadie. Nosotros seguíamos limpiando.

Mientras lo hacíamos, dos veces me tocó los cojones Mariano y las dos me callé. Cuando pasaba cerca, decía en voz alta para que los demás lo oyeran: «Esto de limpiar es trabajo de maricones, Bernardo y José se friegan el barco entero antes de que llegue el brasileño ese...». Estaba decidido, en cuanto nos fuéramos de Rio lo tiraría por la borda en alta mar. Sólo nos enteraríamos él, yo y los peces que se lo comieran.

La visita de Getúlio Vargas no se produjo, pero no porque dimitiera de la presidencia... La mañana del día siguiente, cuando nos levantábamos para vestirnos de gala para recibirlo, Getúlio Vargas se suicidó. Yo no entendía nada de aquello, los oficiales decían que era la primera vez que el presidente de un país se suicidaba. Muchos opinaban que tenía que ser mentira, que quizá lo habían asesinado; otros se reían.

—Pues sí que tiene que estar un país jodido para que se les suicide el presidente.

Salió una edición especial de los periódicos con toda la información: el presidente de Brasil se había suicidado en su habitación, en el palacio de Catete, de un tiro en el corazón con una Colt 32 que guardaba en la mesilla de noche; su cara estaba tranquila y sonriente y vestía un pijama de rayas marrones. El último que lo vio con vida fue su barbero, que le ofreció llevarle la bata porque hacía fresco; el presidente contestó que no, que ya no importaba el frío. Dejó una carta explicando los motivos de su suicidio y el día anterior había prometido en unas declaraciones que sólo dejaría su cargo después de muerto. Uno de los periódicos lo decía en el titular:

«El presidente cumplió su palabra». En otro daban la información de que no era la primera vez que sucedía, casi cien años antes un presidente chileno, José Manuel Balmaceda, también se había quitado la vida.

Desde que salí del pueblo me había aficionado a leer los periódicos, pero nunca una noticia me había impresionado tanto como aquélla.

Tampoco aquel día nos dejaron salir del barco y no pude buscar a Albino. Nuestros oficiales más importantes acudieron al palacio de Catete, donde estaba el cuerpo del presidente, para presentar sus respetos, pero no pudieron entrar: miles de personas lo rodeaban. En la radio leían cada diez minutos su carta-testamento con acompañamiento de música clásica: era muy emotivo, daban ganas de buscar a sus enemigos y matarlos... Las noticias eran alarmantes: millones de brasileiros en las calles se manifestaban para impedir un golpe de Estado; hubo un asalto a la embajada de Estados Unidos, varios muertos en enfrentamientos con la policía... Algunas informaciones eran ciertas y otras simples bulos, pero no nos dejaban salir del barco. Era la única escala en la que quería hacerlo y no me lo permitían... Pensé hasta en escaparme.

Pero no hizo falta. Al día siguiente la situación se calmó, el cuerpo del presidente Vargas se trasladaba a su ciudad natal, São Borja, para ser enterrado. Rio de Janeiro volvía a la normalidad y nos permitieron salir a conocerlo. José estaba arrestado por lo sucedido en Salvador y debía quedarse en el barco; me despedí de él y me dispuse a buscar a Albino.

Estuve todo el día preguntando por la calle.

—Eh, amigo, ¿conoces a Albino? Uno gallego, grande, muy alto...

Me alejé del puerto, fui hacia el centro de la ciudad. Pasé por delante del palacio de Catete, el lugar en el que se suicidó Getúlio Vargas. Había mucha gente fuera, pero nadie conocía a Albino. También pasé por las calles del centro, las llamaban ruas: la rua do Ouvidor, la rua Uruguaiana, la rua y el largo de

Carioca... Eran sitios de los que conozco el nombre porque después he pasado por ellos miles de veces; hasta hubo una época en la que no era extraño que me saludaran al recorrerlos. Pero entonces era la primera vez que los visitaba y jamás había visto a tanta gente junta.

Nadie conocía a Albino, pero continué sin dudar de que fuera a encontrarle: acabaría dando con alguien que supiera quién era.

Sólo descansé un momento, cuando vi a un grupo de gente arremolinada alrededor de un escaparate. Me hice sitio hasta que descubrí qué llamaba su atención: la televisión. En España no existía todavía, pero los que se bajaron del barco en Nueva York la habían visto y nos contaron a los demás cómo era. Emitían imágenes del entierro del presidente, su familia lo acompañaba y lloraba. Después apareció en la pantalla una orquesta y, cuando empezó a tocar, todos los que estaban conmigo cantaron: era el himno de Brasil. La televisión era como la vida real, pero más pequeña y en distintos tonos de gris. No me impresionó, pero me di cuenta de que, si el hombre era capaz de meter la realidad en una caja, era capaz de cualquier cosa, buena o mala.

Cansado de preguntar uno a uno a los que me cruzaba, decidí centrarme en los talleres de coches: Albino era mecánico, como yo, lo lógico era que trabajara en alguno. Y tenía que haber bastantes porque por las calles había muchos coches. Pregunté dónde estaban y me mandaron de vuelta para las inmediaciones del puerto.

Se hacía de noche. En Rio oscurece pronto, más en agosto, que es el mes más frío del año, al contrario que en España.

En el camino pregunté en dos talleres, tampoco conocían a Albino, y en uno de ellos me dijeron que muchos estaban cerrados por la muerte del presidente, que lo mejor sería buscar en los sitios en los que se reunían los gallegos, que en la Estação Central muchos de los mozos que cargaban las maletas y los trenes de mercancías eran gallegos. Quizá alguno de ellos conociera a mi amigo.

Seguí camino de la Estação Central, pero no llegué hasta allí. Pasé por una zona a la que llamaban Mangue, por una plaza que llevaba por nombre Onze, con zeta, y estaba llena de cantinas: habría sido el lugar al que habríamos ido José y yo de no haber tenido que encontrar a Albino. No eran más de las siete y media de la tarde y ya era de noche. Escuché una voz conocida a mi espalda.

—¿Hoy te ha tocado salir a ti? ¿Y tu marido?

Me volví, era Mariano y estaba borracho.

—Mariano, tengo tarea que hacer, no me toques los cojones.

—No, si ya te los toca el José. Te gusta, ¿no?

Yo esperaba que todos los amigos de Mariano salieran del mismo bar que él, pero no. Mariano estaba, borracho, con ganas de gresca y solo. Intenté marcharme y seguir buscando a Albino.

—¿Te vas? Aunque José se haya quedado en el barco, por aquí hay más tíos. Hay muchos morenos, ¿no te gustan los morenos?

No tenía puta gracia, pero él se descojonaba.

—Te he dicho que no me toques los huevos y tú sólo haces que tocarme los huevos.

Dejó de reírse cuando estuve cara a cara con él. Algunos de los que pasaban nos miraron.

—Como vuelvas a decirme que José es mi marido te voy a cortar los cojones y te los voy a hacer tragar, cabrón.

—Que no me das miedo, Bernardo. Que los maricones no me dais miedo.

Era un bocazas, yo quería marcharme, seguir buscando a mi amigo, pero él no me dejaba. Yo quería esperar a que nos marcháramos de Rio y tirarlo por la borda, acabar de una vez con los problemas. Pero él seguía provocando y provocando, como si quisiera morir allí mismo, sin tiempo para volver al barco. Le metí un cabezazo, de lleno. Él no se lo esperaba y se fue al suelo. Decidí matarlo allí mismo, no podía contenerme.

Miré alrededor para ver con qué: un adoquín, lo que fuera. Entonces apareció Roque, el de Viveiro, y me sujetó.

—¿Qué haces, coño? Que te buscas la ruina.

Mariano gritaba desde el suelo.

—¡Hijo de puta! ¡Me has roto la nariz!

Le miré, sangraba. La sangre ya le manchaba el uniforme. A mí me dolía la frente del golpe. Roque me agarró, pero pude zafarme y pegarle una patada a Mariano en medio de la cara, con toda mi fuerza y mi rabia. El cuello se le fue hacia atrás y dejó de ofrecer resistencia. Quedó tirado en el suelo en una postura extraña, deslavazado. Roque seguía intentando separarme de él.

—Vamos, joder, ya está bien.

—Levántate, cabrón, que te voy a matar.

Pero no se movía, ya estaba muerto. Yo seguía gritando:

—¡Levántate, hijo de puta! ¿Quién es ahora el maricón? Eh, quién lo es ahora...

La gente empezó a salir del bar. Los amigos de Mariano, al verlo inmóvil, lo cogieron en volandas y lo metieron dentro. Roque y otros dos se quedaron sujetándome para que no entrara tras él, pero no impidieron que me marchara. Algunos brasileiros miraban sin meterse, aquello no iba con ellos.

Me alejé dos o tres calles y me senté en el suelo, con la espalda apoyada en la pared. Tenía que pensar, estaba cansado de andar y empezaba a sospechar lo que le había pasado a Mariano, por qué no se movía.

No podía volver al barco, me arrestarían. Lo mejor era seguir en la calle y encontrar a Albino. No sabía dónde dormir, no tenía dinero y llevaba puesto el uniforme. Pero entonces levanté la vista y vi a un tipo alto andando por la acera de enfrente. No me lo podía creer.

—¡Albino!

Se dio la vuelta y tardó un segundo en reconocerme.

—¿Bernardo?

Ahí estaba mi amigo, con la misma pinta que siempre, igual de alto y de fuerte, con el pelo igual de corto.

—Joder, tío, ¿qué haces aquí en Brasil?

—Buscarte, coño, buscarte.

Y los dos nos dimos un abrazo. Sabía que lo encontraría, no creí nunca que fuese así, por casualidad.

6

Me llevó a un bar a beber una copa de cachaça, una especie de aguardiente. Albino no había visto nada, pero estaba en el mismo bar en el que metieron a Mariano. Me dijo que entró muerto.

—Joder, sólo le di una patada. Vaya mierda era el Mariano.

Le conté todo: los insultos, el atraco y la paliza a José en Salvador, la pelea...

—Pues le has matado de la cabezada.

—O de la patada. No sé...

Primero nos dio la risa, después nos pusimos serios. Albino estaba seguro de que si volvía al barco me arrestarían y al llegar a España me meterían en la cárcel.

—Hasta te pueden condenar a la pena de muerte.

Me preguntó si alguien lo había visto. Le contesté que Roque, el de Viveiro, que era el que intentaba sujetarme cuando le di la patada a Mariano, pero que Roque era buen tío y sabría tener la boca cerrada.

—Lo va a contar. No puedes volver al barco.

A nadie le iba a importar que Mariano me insultara, yo lo había matado y eso era más grave. En unos minutos la policía brasileira estaría buscándome, tenía que esconderme.

—Tienes que quemar tus papeles y hay que conseguir documentación falsa. Y tienes que cambiarte de ropa, joder. Con el uniforme te cogen en menos de media hora.

Le dije que tenía que volver al barco, que allí estaban las doscientas pesetas que conseguí vendiéndole la bici al padre Sixto, que estaba José y no podía irme sin despedirme de él y que le había prometido a su hermana Rosalía que no me quedaría en Brasil, que volvería a buscarla.

—Si vuelves te matan. ¿Alguien sabía que me buscabas a mí?

—Mi amigo José.

—Entonces no puedes quedarte conmigo porque vendrán a por mí, y, cuando den conmigo, te encontrarán a ti.

No se creyó que José no lo fuera a contar, que era mi amigo y además era muy callado. Albino era muy desconfiado.

Salimos del bar y le acompañé hasta su pensión, que unos días después sería la mía. Le esperé en la calle y me bajó ropa suya que me quedaba grande. Después me dio algunos cruzeiros y me llevó a una plaza que se llamaba plaza de París, que era donde pasaban la noche los que se bajaban de los barcos hasta que encontraban otro sitio. Era tarde y muchos en la plaza se preparaban para dormir.

—Quédate aquí. Yo vuelvo a buscarte mañana por la tarde. No hables con nadie. Si viene la policía, escápate.

—¿Y si vienes y no me encuentras?

—Volveré todas las tardes. Que nadie sepa que eres gallego, diles a los que te pregunten que eres portugués. Aquí no saben la diferencia y, si la saben, no les importa.

Era gracioso ser portugués, como mi amigo Alfredo. Aquél fue mi primer día, después he pasado casi toda la vida siendo o haciéndome pasar por portugués, sin haber estado nunca en ese país.

Me quedé solo en la plaza. Tenía hambre, pero no me atrevía a abandonarla para buscar comida. Escuché a gente hablar en español, en portugués y en otros idiomas que no conocía. Por un momento pensé que allí podía estar, o haber estado, mi hermana Arlinda, pero era imposible: había hombres solos y familias enteras, no vi a ninguna mujer sola y no se me ocurrió pensar que quizá Arlinda se hubiera fugado con un hombre, que por eso no se habría despedido ni de mí ni de nadie.

Aunque Albino me había mandado que no hablara con nadie, muchos se dirigieron a mí. Había españoles, portugueses e italianos. Muchos gallegos, pero también asturianos y de otras partes de España. Una organización de beneficencia española repartía comida, y volvería el día siguiente. Me preguntaron en qué barco había llegado. Respondí que no recordaba el nombre.

—Pues sólo ha llegado uno con escala en Portugal, el *Entre Ríos*. Tiene que haber sido ése.

—Sí, creo que sí.

Desde entonces, cuando alguien me pregunta en qué barco llegué a Brasil, digo que en el *Entre Ríos*.

Estaba acostumbrado a dormir en el barco y echaba de menos el balanceo, no tenía una manta con la que taparme, estaba hambriento y no dejaba de acordarme de José, de Mariano y de las doscientas pesetas. Me arrepentía de no haberle dicho a mi amigo José dónde estaba el dinero. También me acordé de Rodrigo, el otro mecánico del barco. Si tenía la mala suerte de que se volviera a estropear un motor antes de llegar a España, descubrirían que no tenía ni idea de mecánica. Ni sus trucos de manos le salvarían. Después me acordé otra vez de Mariano, echándose las manos a la cara y quejándose de que le había roto la nariz. Más tarde me dormí.

Aunque me desperté muy temprano, fui de los últimos en hacerlo en la plaza de París. Seguí a algunos hasta un descampado que olía muy mal en el que hicimos nuestras necesidades y me lavé la cara en una fuente. Escuché que se podía ganar algún dinero en el puerto ayudando a descargar un mercante, pero tuve miedo de que alguien de mi barco me viera, así que no les acompañé. Vi un puesto de frutas y compré plátanos con el dinero que me dejó Albino. Había muchas frutas que no conocía.

Pasé el día sin salir de la plaza, esperando a que llegara

Albino. El primer día no apareció y volví a dormir en el suelo cuando se hizo de noche.

Mi barco zarparía a la mañana siguiente. José estaría esperando verme aparecer, temeroso de quedarse solo. Ojalá encontrara él las doscientas pesetas y se las gastara en putas con las tetas grandes en todos los puertos desde Rio hasta Galicia.

Por la noche me comí el último de los plátanos y por la mañana me desperté con hambre. Hice lo mismo que el día anterior: visitar el descampado y lavarme en la fuente. Al llegar junto al puesto de fruta me di cuenta de que me habían robado el dinero mientras dormía. Miré alrededor, como si así fuera a descubrir al ladrón. Estábamos todos jodidos, con hambre y con miedo. ¿Quién era el hijo de puta que robaba a alguien así?

Vi a los demás caminar hacia el puerto para ver si les contrataban para descargar algún barco. Pensé en acompañarles, pero tuve miedo. Esperé a que la señora que atendía el puesto se despistara y robé dos plátanos. Ella se dio cuenta, pero no dijo nada. Recordé una vez que pillaron a un portugués robando en mi pueblo. No tuvimos compasión, le pegamos una paliza. No pensamos, como la señora del puesto, que quizá el ladrón necesitaba lo que robaba, que quizá los dos plátanos fueran más importantes para el que los robaba que para el que los tenía. O como siempre decía Alfredo, que nadie sabe con cuánta sed bebe el otro.

Por la tarde tampoco volvió Albino y temí no verle aparecer nunca más. Pero lo descarté enseguida: Albino era mi amigo y, además, era de mi pueblo; nadie deja abandonado a uno de su pueblo en el otro lado del mundo. A cambio vinieron los del socorro español y nos dieron de comer a todos, sin importarles de dónde fuéramos.

Albino regresó al día siguiente y se excusó por no haber venido antes: estaba metido en un buen lío, la policía me buscaba por todas partes, me acusaban de asesinato. Todavía no podía abandonar la plaza, tenía que esperar a que me consiguiera documentación falsa, ya se la había pedido a unos gallegos que conocía. Me dio más dinero y me advirtió de que me buscaban, que tuviera cuidado. Aún tendría que pasar allí dos o tres días más.

Dormí por cuarta noche en la plaza de París, con el dinero bien escondido. Había personas de todas partes del mundo y nadie venía a por ellas, ni para regalarles comida, ni para darles dinero con el que comprar una casa, ni para ofrecerles trabajo. Todo lo que Albino me contaba en el pueblo cuando éramos niños era mentira, por lo menos en Brasil.

Aquella noche llovió a cántaros. No había lugar en el que guarecerse y me cubrí con una lona, rodeado de otros que estaban allí intentando mantenerse secos, como yo.

7

Francisco Brandão da Silva e Nunes, nacido el 23 de septiembre de 1933 en Vila Verde da Raia, concelho de Chaves, en el norte de Portugal, en la misma frontera con Galicia.

Ésos eran el nombre y los datos de los papeles que Albino me trajo una semana después de mi llegada a Rio. A partir de ese momento ése era mi nombre, dejaba de llamarme Bernardo para llamarme Francisco. No eran papeles falsos, pertenecían a un portugués que había estado en Brasil y retornó a su país; lo único que se había alterado era la fecha de nacimiento porque el verdadero Francisco era veinte años mayor, todo lo demás era auténtico.

Aunque entendía bien el portugués, gracias a Alfredo, no podía hablarlo. Si alguien me preguntaba tenía que decir que mi pueblo estaba tan cerca de la frontera que allí hablábamos gallego. Me propuse aprender portugués lo más deprisa posible.

También tenía que buscar trabajo y un lugar donde dormir: no podía seguir haciéndolo en la calle. Albino me ayudó, me llevó a la pensión en la que él vivía, en el barrio de Lapa, en la que todos los inquilinos eran españoles. La dueña de la pensión, una mujer joven y guapa, estaba enfadada por algún motivo con Albino y dijo que no tenía ninguna plaza libre. Mi amigo se encerró con ella en una habitación, no salieron hasta un cuarto de hora después. Seguía sin haber plazas, pero me permitiría dormir en el suelo mientras alguna cama se quedaba vacía. Pagaría la mitad que los demás huéspedes. Albino le pagó por mí las dos primeras semanas. Fue cuando me di cuenta de que quizá no volvería a mi pueblo.

La primera noche, antes de dormirme, le pregunté a Albino por qué se había matado el presidente Vargas.

—No sé. Dicen que mandó asesinar a un periodista, que fallaron y que entonces se suicidó, para que no le metieran en la cárcel.

No me pareció que ésa fuera una razón suficiente, pero me di cuenta de que no era un tema que a Albino le interesara. No volví a hablar con él de la muerte de Getúlio Vargas.

Él me preguntó por qué le había prometido a su hermana Rosalía que no me marcharía de España sin ella. Le confesé entonces que éramos novios. No le gustó, él era el hermano mayor de Rosalía y creía que le tendríamos que haber pedido permiso; le recordé que él no estaba en el pueblo y no teníamos adónde escribirle. Estuvo de acuerdo.

—Pero ahora no voy a poder ser más su novio. Ya no existo, ahora no soy Bernardo, soy Francisco. No podré ir al pueblo a por ella.

Fuera llovía y me acordé de los que se quedaron durmiendo en la plaza de París, estarían apretujados, intentando cubrirse con las lonas; gracias a Albino, yo no estaba como ellos.

Al día siguiente, Albino me trajo un periódico viejo, de una semana antes. Pensé que me lo traía para que leyera los motivos del suicidio del presidente, pero quería que me fijara en otra cosa: allí estaba la noticia de la muerte de Mariano. Salía mi foto, pero era tan mala que era imposible que nadie me reconociera.

—La policía tiene especialistas que te pueden identificar, aunque la foto sea mucho peor que ésta.

Me asustó un poco. Y más cuando me dijo que no podría trabajar en ningún taller, que la policía sabía que en el barco era mecánico y que los talleres serían el primer lugar en el que me buscarían. Él tampoco trabajaba de mecánico; lo hizo unos meses al llegar, pero después lo dejó para dedicarse a los negocios. No me contó qué tipo de negocios.

—Lo sabrás cuando llegue el momento. Negocios que dan mucho más dinero que trabajar de mecánico.

Al principio pensó que lo mejor sería que me marchara de Rio de Janeiro, quizá a São Paulo o a Santos: allí había muchos más españoles y me resultaría más fácil pasar desapercibido. También podría ir al interior, a trabajar en las plantaciones de café; lo último que yo quería era trabajar en el campo, igual que en casa de mi padre. Pero después él mismo cambió de opinión.

—Quizá sea mejor que te quedes aquí. Es una ciudad grande y yo podré ayudarte.

Quedamos en que buscaría empleo, de cualquier oficio menos de mecánico. Él me conseguiría un carné de conducir camiones, quizá podría moverme por el interior de Brasil como camionero hasta que dejaran de buscarme. Los mismos gallegos que le habían dado la documentación falsa para mí podrían arreglar lo del carné. Pregunté qué interés tenían en ayudarme.

—Te lo cobrarán. No les importa que tardes en pagar, pero te lo cobrarán.

—¿A qué se dedican ellos?

—Al *jogo do bicho*, ya sabrás lo que es.

Una vez decidido lo del carné, pude dedicarme a lo que me apetecía, leer el periódico para ver si me enteraba de los verdaderos motivos de la muerte de Getúlio Vargas.

Antes le eché un último vistazo a la noticia de la muerte de Mariano. Decía que lo maté sin motivo, que yo estaba huido en el interior de Brasil y que era muy peligroso. Las tres cosas eran mentira: tenía motivos para matar a Mariano y bastante me costó no hacerlo antes; no estaba en el interior sino en Rio, a menos de cien metros de los arcos de Lapa; tampoco era peligroso, había matado a Mariano pero no tenía intención de hacer daño a nadie más.

Suponía que en mi pueblo ya se habían enterado de la muerte de Mariano y de mi fuga: tal como decía Rosalía, las malas noticias vuelan. Me pregunté qué habrían pensado mi padre, mi hermano Alonso, mi madre... Alonso se imaginaría la muerte con todo detalle, eran ésos los pensamientos que le permitían olvidar la silla de ruedas.

Aunque debía desconfiar de los periódicos —tres cosas decían de mí y las tres eran falsas—, me gustó sentarme a leerlo. A mi pueblo nunca llegaban los periódicos; quizá los leyera don Sixto, el cura, nada más. De haberlos podido leer antes habría sabido más cosas de Brasil y del mundo de las que sabía.

El periódico era *O Dia*, de un par de días después de la muerte del presidente Vargas. En la primera página salía una bailarina medio desnuda que se tapaba con un abanico. Decía que se llamaba Maribel Soreano y que era española. No me sonaba de nada, y eso que si hubiera salido así en un periódico español se habría hecho muy famosa.

En las páginas dedicadas al suicidio del presidente hablaban de la carta-testamento que dejó encima de la mesilla de noche. Había una frase en español: «*o povo agora se queda desamparado*». Se preguntaban el motivo del presidente para escribirla así y decían que quizá fuera falsa; también se preguntaban quién la había mecanografiado y por qué no había avisado de las intenciones del presidente. No se ponían de acuerdo; para mí que la frase ni siquiera estaba en español.

En otra de las páginas contaba lo que me dijo Albino, que a principios de agosto, antes de que yo llegara a Rio, hubo un atentado en un barrio de la ciudad que se llamaba Copacabana, en la rua Tonelero. Estaba previsto que en él muriera Carlos Lacerda, un periodista opositor a Vargas, pero sólo resultó herido en un pie y el que murió fue un miembro del ejército del Aire de Brasil, el mayor Vaz. Las investigaciones determinaron que el atentado había sido ordenado por el jefe de la guardia personal del presidente, Gregorio Fortunato, «el Ángel Negro».

Muchos pensaban que la orden venía de arriba, que Vargas se la había dado a Fortunato; para otros todo era una gran mentira: a Vaz lo había matado un marido engañado y Lacerda se había pegado un tiro en el pie él mismo para poder acusar al presidente. El ejército se puso en contra de Vargas por la muerte de uno de los suyos, Lacerda le acusó y exigió su dimisión; el presidente se sintió acorralado y se suicidó.

No entendía nada, no conocía a la mayor parte de las personas que se mencionaban allí, tampoco sabía si lo que se decía era verdad. Sin embargo, me interesaba, quizá porque en las fotos Getúlio Vargas parecía buena persona. También porque no entendía cómo alguien tan poderoso, al que no le faltaba nada, podía tener ganas de matarse.

Una noticia muy pequeña me hizo reír, aunque era cruel: una cuñada del presidente, Alda, murió de la impresión cuando recibió la noticia de su muerte. Era una desgracia, pero me la imaginaba desplomándose y me daba la risa.

En otra de las secciones del periódico anunciaban ofertas de trabajo. Tomé nota de todas las que podían servirme para encontrar mi primer empleo.

Los compañeros de la pensión me avisaban de que nadie quería emigrantes, creían que sólo íbamos a Brasil a robar, sin embargo no era difícil encontrar trabajo. Los portugueses y los gallegos éramos considerados más trabajadores que los locales, «flojos y sin ganas de prosperar».

En Rio se demolían muchas casas antiguas para hacer edificios altísimos; cerca del puerto había uno de más de veinte pisos y en la avenida Rio Branco uno de más de treinta. Cualquiera podía trabajar de *pedreiro*, que era como llamaban a los albañiles. Pagaban mal, era trabajo para los recién llegados y los morenos; aprendí que a los negros tenía que llamarlos morenos o mulatos, nunca negros o *pretos*. Entre ellos se lo llamaban, pero tú, que eras blanco, no podías.

Mi primer trabajo fue de *pedreiro*. Era un trabajo duro: entraba en la obra muy temprano, cuando todavía era de noche, y salía muy tarde, cuando volvía a serlo. Trabajaba seis días a la semana a cambio de un sueldo que apenas me alcanzaba para pagar la pensión y la comida; estaba peor que en las tierras de mi padre.

Durante los primeros meses todos estábamos peor que en España aunque nadie quisiera reconocerlo; mucho menos que lo supiera allí la familia. Muchos gallegos que también trabajaban de *pedreiros*, como yo, ahorraban de sus primeros sueldos para comprar una corbata y una chaqueta y hacerse una foto en un fotógrafo ambulante. Cuando la familia recibía la foto, tan elegantes y tan bien peinados, creía que estaban triunfando y pronto mandarían dinero para que los que se quedaban atrás se unieran a ellos. Los jóvenes veían esas fotos y se animaban a emigrar, a cruzar el océano y triunfar. Fracasar no estaba permitido.

En la obra hice mi primer amigo brasileiro, un moreno llamado Floriano que vivía en una favela. Las favelas son barrios construidos en las laderas de las montañas, los morros, que salpican Rio de Janeiro. Allí vivían los más pobres, los morenos, los que cada día llegaban del campo del nordeste de Brasil. La de mi amigo Floriano era una de las más famosas de entonces: Serrinha. Estaba al norte de la ciudad, en una zona que llaman Madureira. No era famosa por ser la más grande ni la más violenta, sino por tener una de las mejores escolas de samba: Império Serrano. Floriano era miembro de la escola y su vida era el carnaval: todo el año trabajaba como un esclavo, igual que los demás, para poder desfilar por la avenida Rio Branco. Con Floriano visité por primera vez una favela y vi los ensayos del desfile de su escola.

Floriano también sentía simpatía por Getúlio Vargas, pero no sabía por qué: decía que era el padre de los pobres, que lo mataron por ayudarlos; no se creía que se hubiera suicidado, tampoco era una cuestión que le preocupara mucho.

—¿Cómo se va a suicidar alguien que tiene de todo? Se suicidan los pobres, los ricos no; los ricos matan a otros ricos para quedarse con todo el dinero.

Antes de hacer amistad con Floriano pasaba los ratos libres solo, paseando por Rio, no me hice amigo de ninguno de mis compañeros de pensión aunque fuesen españoles como yo. Como había oído hablar tanto del cine, un domingo fui a ver una película, *Mogambo*, en el cine Metrô, en la plaza de Cinelândia, donde estaban las salas de cine más grandes de Rio. Los actores principales eran Clark Gable y Ava Gardner; nunca me olvidaré de ella, quizá la mujer más bella que he visto jamás.

Me impresionó que el cine fuera tan grande: cabían los vecinos de tres o cuatro pueblos como el mío, también el lujo, las filas de asientos, los acomodadores... Después, cuando se apagaron las luces, me puse algo nervioso pero enseguida me acostumbré. Me dormí al poco de empezar la película y no me desperté hasta que el público aplaudió al final. Pero no porque no me gustara, es sólo que el trabajo de pedreiro era agotador y siempre tenía sueño.

Una semana después de ir al cine me enteré de que la actriz protagonista, Ava Gardner, estaba en Rio. En el periódico decían que había sido expulsada del hotel da Glória por comportamiento indecoroso. Ella declaraba que pensaba demandar al hotel: si llegó a la recepción descalza y con la ropa desaliñada fue como consecuencia del cariñoso recibimiento de sus admiradores cariocas, no de haber bebido en exceso. Una bella y gran mujer.

Visité otras partes de Rio, pero la que más me gustaba era el centro, siempre lleno. En el largo da Carioca había más gente a cualquier hora que en mi pueblo un día de fiesta: personas vendiendo y comprando, mendigos, ladrones, hombres y mujeres que lo atravesaban sin cesar, tranvías y autobuses repletos... Me llamaban la atención los niños y los locos; descalzos, mal vestidos, pidiendo o robando comida. Ya entonces Rio era una ciudad llena de niños que tenían que buscarse la vida en la calle.

Entre los locos destacaba el profeta: alto, a mí casi me sacaba la cabeza, con el pelo largo y gris, vestido con una túnica que un día debió de ser blanca, llena de remiendos. Cuando predicaba, los ojos se le inyectaban en sangre y daba unos gritos tremendos.

—Orad, hermanos, pedid perdón por vuestros pecados, porque Cristo volverá. Y lo hará a la ciudad del pecado, a la ciudad que él mismo escogió como la más bella del mundo, a Rio de Janeiro: ciudad de ladrones, corruptos, sodomitas y prostitutas...

Y así seguía durante horas, diciendo que Rio había sido elegida por Dios, aun por encima de Roma, y que en lugar de consagrarse a él lo había hecho al demonio. Para él, los pecados del carnaval eran el momento culminante de la obra del anticristo. Los primeros días no le entendía bien, pero poco a poco fui enterándome de lo que decía. El profeta fue, para mí, un buen maestro para aprender portugués.

Los viandantes se paraban a escucharle unos minutos y después seguían andando. Sólo permanecíamos más tiempo los niños y yo. Una tarde, cuando ya le entendía casi todo, se paró delante de mí y me miró a los ojos.

—Y por si fueran pocas las desgracias de Rio, tú has llegado para llenar la ciudad de sangre. Rio de Janeiro será la cuna del anticristo...

Tal como lo dijo, lo olvidó y siguió con su perorata. Yo me quedé pensando, nervioso, ¿por qué dijo lo de la sangre? ¿Había adivinado que yo maté a Mariano?

Una tarde le vi rechazar una limosna de cincuenta cruzeiros que dejó caer un hombre entre las monedas de algunos céntimos. El profeta le gritó que se llevara ese dinero de allí, que no iba a aceptar que le usara para satisfacer su vanidad. El hombre tuvo que recoger su billete y alejarse.

Había más locos, no sólo el profeta, pero ninguno resultaba tan amenazador: otros predicadores; un hombre que cantaba con la voz en falsete, imitando a una mujer; un negro que hacía malabarismos con un balón de fútbol mientras oraba...

Si había dos cosas que gustaban a los brasileiros eran el fútbol y la cerveza. Hablar de fútbol mientras bebían cerveza.

La plaza también estaba llena de vendedores y limpiabotas, les llamaban *engraxates*. Vendedores de todo: de pañuelos, de corbatas, de perfumes, de futa, de sombreros… Algunos no paraban de hablar de las maravillas de sus productos, otros los exponían en silencio, como si les costase deshacerse de ellos. Los limpiabotas sabían todas las noticias, sobre todo las de fútbol, pero también las de política y los sucesos. Uno de ellos lanzaba el cepillo al aire y hacía que diera vueltas antes de recogerlo y seguir con el siguiente zapato: nunca se le caía.

Todo era tal como hoy; han pasado más de cincuenta años, pero hay cosas que no han cambiado.

En el largo da Carioca estaban también los fotógrafos ambulantes a los que acudían los novios, los niños y los gallegos. Ése fue mi siguiente trabajo, pero antes tuve que pasar algunas semanas trabajando en la obra.

8

Todos mis compañeros apostaban al *jogo do bicho*. En los lugares en los que se concentraba gente, en especial en la puerta de algunos bares, había cobradores que recogían las apuestas. Ése fue el trabajo de Albino cuando dejó la mecánica, pero ascendió pronto y ya no lo hacía; entonces era el hombre de confianza de un *bicheiro* y aspiraba a llegar a serlo él mismo algún día.

El *jogo do bicho* era, y es, aún existe, una especie de lotería en la que se juega con bichos, animales. Es ilegal, aunque nadie lo persiga; del dinero que se recaudaba con él se mantenía casi todo: los políticos pagaban sus campañas, los policías completaban sus sueldos, se financiaban el fútbol y el carnaval y los más desfavorecidos encontraban trabajo en sus filas.

Además, no hay que ser rico para jugar, cada uno apuesta lo que quiere, desde unos céntimos hasta cientos de cruzeiros; del dinero arriesgado depende el premio: puede llegar a cuatro mil veces su valor. Los cobradores recogen la apuesta y los bicheiros responden por ella. Todo funciona porque éstos se comprometen a pagar; si alguno no lo hiciera el resto de los bicheiros le obligarían.

La ciudad de Rio, igual que el resto del país, está dividida en sectores. Un bicheiro es propietario de un sector y coloca a sus cobradores en él y paga los premios, la comisión de los cobradores, los sobornos de los policías... A cambio gana cantidades ingentes de dinero. Debe protegerse de la codicia de otros bicheiros que quieran quedarse con su sector y, si puede, expandirse. Cuanto mayor sea su sector, mayor será su poder y más dinero ganará.

El negocio siempre había estado controlado por brasileiros, pero en los últimos años los españoles, que ya eran los dueños de la prostitución, habían empezado a asomarse. Los gallegos ya controlaban algunos sectores de São Paulo y de la zona sur de Rio.

Normalmente había paz entre los bicheiros y las cosas funcionaban con normalidad. Pero de vez en cuando surgían discusiones por la propiedad de algunos puntos o algún nuevo bicheiro quería hacerse hueco, y entonces se declaraba la guerra. En esas ocasiones, personas como Albino eran imprescindibles.

Un domingo, en la pensión, uno de los compañeros me pidió un cepillo para sus zapatos. Yo no tenía, pero sabía dónde guardaba el suyo Albino, en una caja de zapatos bajo su cama. Fui a buscarlo y encontré dos cajas. Le di a mi compañero el cepillo y abrí la otra caja; allí había una pistola.

Desde entonces controlaba a Albino y su pistola. Cuando él se marchaba, yo comprobaba si seguía allí. Rara vez se la llevaba y tardé semanas en descubrir que, cuando lo hacía, los periódicos tardaban pocos días en reseñar enfrentamientos entre bicheiros.

No me atreví a preguntarle por la pistola, tampoco tenía ocasión de hacerlo. Apenas coincidíamos, él dormía cuando yo salía y llegaba cuando yo llevaba horas durmiendo. Las pocas veces que nos veíamos nos preguntábamos qué tal iba todo, sin entrar en detalles. Él tenía sus amigos y su trabajo y no tenían nada que ver con los míos.

Albino sólo trabajó unos meses como mecánico a su llegada a Rio; después tuvo lo que él llamaba un golpe de suerte. Iba en el tranvía, camino de Copacabana, allí estaba el taller en el que trabajaba. Un coche se había estropeado sobre los raíles y el tranvía no podía pasar. A él nadie le pagaba por arreglar coches en medio de la calle, así que aprovechó para bajarse; estaba cerca y podía llegar andando. Al pasar junto al coche escuchó hablar al dueño.

—Hablaba mal de cojones, palabras en español, en gallego, en portugués. Se estaba cagando en la puta madre del conductor, le gritaba que llegaba tarde a un negocio, que iba a perder miles de cruzeiros.

El motor estaba abierto y Albino lo miró. La avería era muy sencilla.

—Un cable que se había soltado, eso era lo que pasaba; el conductor no tenía ni puta idea, eso lo arreglaba hasta mi hermana.

Cuando lo reparó, el dueño del coche le preguntó qué quería a cambio.

—Le dije que nada, que los dos éramos gallegos, que lo que quería era perder algún día miles de cruzeiros por llegar tarde. Se sonrió y me dijo que todo el mundo quería ganar dinero, que para perderlo había que tener muchos cojones, que me subiera con él al coche.

El gallego del coche estropeado se llamaba Antonio Blanco, don Antonio. Llevaba más de cuarenta años en Rio y no había aprendido portugués, mezclaba todos los idiomas que conocía al hablar. Era el amo de la prostitución y el bicheiro más importante de la zona sur: controlaba Copacabana, el barrio de moda en la ciudad. Albino no volvió al taller, se quedó trabajando con él.

Albino no era el mismo que había salido del pueblo: allí era el hijo de la modista, un chaval con las manos siempre manchadas de grasa de los motores, del que todo el mundo sabía que su padre lo había perdido todo a las cartas y él había tenido que descolgarle de la soga cuando se ahorcó; en Rio era el que más dinero llevaba encima, el que se compraba mejores trajes y el que se acostaba con dona Margarida cuando quería. Si dos inquilinos tenían una discusión, era él quien arbitraba la solución. Todo los que le conocían le admiraban y le respetaban; yo prefería al Albino del pueblo, el que tenía sueños, el que pensaba que te regalaban una casa al llegar a América.

Albino no mantenía contacto con su familia en el pueblo, hacía mucho que no les escribía. Me insistía en que yo tampoco lo hiciese, decía que en España el gobierno abría las cartas para censurarlas, que si llegaba una carta mía para mi familia o para su hermana me descubrirían y me mandarían detener.

—Y que te detengan a ti es un problema tuyo, pero a ver si van a querer venir también a por mí por ayudarte. A ver si voy a acabar en la cárcel porque te hayas enamorado de Rosalía, que ni guapa es.

Algunas veces, cuando decía esas cosas, Albino me recordaba a Mariano.

En los periódicos, además de informar de las muertes ocurridas en Rio, que yo intentaba siempre relacionar con Albino, se hablaba mucho de los interrogatorios que se hacía a los implicados en el atentado de la rua Tonelero, aquél destinado a matar a Carlos Lacerda que acabó con la muerte del mayor Vaz. Poco a poco fui enterándome de lo que había pasado y de quién era su inductor, el que llamaban el Ángel Negro, Gregorio Fortunato.

Gregorio Fortunato era de São Borja, de la misma ciudad que Getúlio Vargas, y era el jefe de su guardia personal. Era negro, de ahí su apodo, según muchos el negro con más poder de Brasil. Fortunato mandaba en todo y de todas partes sacaba tajada; se decía que recibía tanto dinero en sobornos que mandaba los trajes a limpiar con fajos de billetes olvidados en los bolsillos; que los coches oficiales hacían horas extra para llevar prostitutas rubias, su auténtica debilidad, a sus habitaciones de palacio.

En plena crisis política por los ataques de Carlos Lacerda al presidente, uno de los colaboradores políticos más íntimos de éste dejó caer una insinuación en su presencia: «Hay que hacer algo con Lacerda». Fortunato entendió que era una orden. Nunca quedó claro que no lo fuera.

El Ángel Negro organizó el atentado con varios colaboradores. El encargado de apretar el gatillo era Alcino, un pistolero contratado que cobraría mil cruzeiros, una casa en las afueras y un puesto en la policía.

La noche del 4 al 5 de agosto, la del atentado, Carlos Lacerda, periodista y político, director de la *Tribuna da Imprensa*, regresaba a casa en la rua Tonelero, 180, en Copacabana, tras dar una conferencia. Le acompañaban su hijo y el mayor Rubens Vaz. En la puerta descubrió que había olvidado la llave y su hijo se fue a buscar al portero a la otra entrada del edificio. Fue cuando Alcino, que estaba escondido, abrió fuego. No conocía el arma que llevaba y erró. A Lacerda le dio en el tobillo izquierdo, Vaz corrió hacia él y se llevó dos disparos que acabaron con su vida; un guardia municipal que estaba cerca también fue herido al darle el alto. Sérgio, el hijo de Lacerda, llegó gritando; su padre sacó un arma y disparó contra el agresor sin acierto. Alcino huyó en un taxi que le esperaba. Aquella misma noche, el taxista, que además era policía, asustado, se presentó en una comisaría y delató a los demás. Durante los días siguientes todos los implicados fueron detenidos, Fortunato incluido.

En los interrogatorios se buscó implicar a Getúlio Vargas; el periódico de Lacerda, *Tribuna da Imprensa*, sacaba informaciones que daban a entender que el presidente había usado el sistema de eliminar a sus opositores más veces a lo largo de su vida. Acosado, el presidente hizo algo que nadie esperaba: dispararse en el corazón.

Getúlio abandonaba así su cargo, lo que todos le exigían; sólo Lacerda se dio cuenta de que de ese modo conseguía lo que quería. Decían que cuando recibió la noticia dijo que el viejo había vuelto a ganar, que lo que decía en su carta-testamento —«dejo la vida para entrar en la historia»— se había convertido en realidad.

Fortunato optó por atribuirse a sí mismo toda la responsabilidad, en ningún momento lograron que implicara o mencionara a Vargas, aunque sí a su hermano Benjamín Vargas y a su hijo Lutero como las personas que le habían sugerido que Lacerda debía llevarse una lección.

Nada de lo que leía en los periódicos, a los que tanto me había aficionado, podía comentarlo con mis compañeros de pensión. Ellos sólo pensaban en sus pueblos, en ganar dinero, en traer a su familia, en volver... El país en el que vivían les daba igual, su corazón y su cabeza seguían en el que habían dejado atrás. Muchos de ellos quizá ni sabían que hubo un presidente llamado Getúlio Vargas.

La pensión, una casa de dos pisos en la rua da Lapa, tenía cinco habitaciones ocupadas por huéspedes. En cada una de ellas había dos literas dobles y en dos de ellas había, además, una colchoneta en el suelo. En una dormía yo, en la otra un asturiano, Delmiro. Éramos, en total, veintidós, todos españoles.

Delmiro era compañero de barco de Albino; para los recién llegados, los compañeros de barco eran algo parecido a una familia: habían pasado miedo juntos en las tormentas, habían soñado juntos con lo que encontrarían, se habían visto llorar al perder de vista España... Cuando dos compañeros de barco se encontraban por Rio de Janeiro se paraban a saludarse, se preguntaban cómo les iba la vida y se daban noticias del resto. Para Albino, Delmiro era un pariente al que había que ayudar a veces, aunque se estuviera harto de él. Dormía en una colchoneta en el suelo porque Albino pagaba para que dona Margarida le permitiera seguir allí. Ella quería echarlo y los demás huéspedes se habrían sentido aliviados si lo perdieran de vista, pero Albino lo defendía y todos lo aceptaban.

Ahora es muy fácil saber lo que le pasaba a Delmiro, aunque en aquella época no lo habíamos oído nombrar nunca: depresión. Echaba de menos Asturias, la familia, la comida, la lluvia... No odiaba Brasil porque no se le había ocurrido mirar alrededor, sólo estaba en un lugar en el que no deseaba estar: era un hombre infeliz. Bebía, perdía los trabajos y lloraba todas las noches para desesperación de los que compartían cuarto con él. Rara vez hablaba con los compañeros, sólo sobrevivía y los demás lo soportaban, felices de no sufrir lo mismo que él, fuera lo que fuese.

La vida del resto de los inquilinos era sencilla: trabajar, juntarse con otros españoles para hablar de la tierra, escribir a los suyos y esperar sus cartas y soñar con ganar un premio grande en el *jogo do bicho*, un premio que les permitiera montar un bar, una cafetería o lo que fuera, hacerse ricos y volver; no sospechábamos que serían muy pocos los que volvieran.

También se visitaba la Casa de Galicia o el Club Español, pero los españoles no estábamos tan unidos como los italianos o los japoneses, que hasta construían sus propios barrios. Nosotros íbamos más por libre, cada día más integrados en Brasil. Yo, por temor a que me pidieran la documentación y se descubriera que era falsa, no acudía a ninguno de esos lugares de reunión.

Aunque menos unidos, los españoles también nos ayudábamos unos a otros. La oferta de ser fotógrafo ambulante me llegó a través de uno de los compañeros de la pensión. Él se había ganado así la vida los dos años anteriores y había conseguido su objetivo, sacarse el carné de conducir para llevar un taxi. Me enseñó a sacar fotos y a revelarlas y me fió para que le pagara la cámara cuando hubiera ganado dinero para hacerlo.

Yo no estaba convencido de ese cambio de oficio, pero lo hablé con Floriano y él me hizo ver las ventajas. En cinco minutos se le ocurrieron un montón de ideas: sacar fotos a los miembros de las escolas de samba con la fantasía del próximo carnaval, comprar una chaqueta y una corbata para ofrecerlas gratis a los emigrantes que quisieran mandar fotos a casa, fotografiar a los niños en los colegios... Unas ideas dieron más dinero que otras, pero si se buscan las fotos de los emigrantes de entonces en las aldeas gallegas, se verá que más de doscientos llevaban la misma chaqueta y la misma corbata. La chaqueta tenía una mancha enorme en la espalda, imposible de limpiar, pero la espalda no se veía en el retrato...

Floriano había nacido para los negocios, si no hubiera sido moreno habría llegado a ser un hombre muy rico. En los meses que me dediqué con él a la fotografía ganamos dinero para vivir con cierta comodidad: yo dejé el suelo de la pensión para dormir en una de las literas y él se casó con una chica igual de negra que él, aunque intentara convencerme de que era mulata.

—¿No ves que es mucho más blanca?

No lo veía, pero él insistía, así que acabé dándole la razón y diciéndole que sí, que Odete era mucho más blanca que él.

Cuando Floriano me pidió que fuera su padrino de boda imaginé que sería como las bodas de mi pueblo, igual que las de mis hermanas. Me halagó que pensara en mí, aunque intenté convencerle de que debía ser alguien de su familia. Al final acepté, sin sospechar la que se me venía encima: la ceremonia no era católica, era africana, umbanda.

Unas semanas antes de la boda visitamos el *terreiro* de Floriano. Un terreiro es como una iglesia, pero no tiene por qué ser un edificio, puede ser el patio de una casa, una tienda de campaña o una simple habitación; es donde los africanos de Brasil celebran sus ceremonias. Fuimos Floriano, Odete, una hermana de Odete que se llamaba Norilene y yo. Hablamos con el sacerdote, ellos lo llamaban *babalaô*, y después de estudiarlos aprobó el casamiento: el novio tenía Orixá masculino y la novia femenino. Después le preguntó a la novia, sólo a ella, si de verdad quería casarse. Ella respondió que sí. Entonces nos despidió y comunicó a los novios que les mandaría aviso al día siguiente.

El *babalaô* tenía que estudiar la posición de la luna para decidir cuál era la mejor fecha para celebrar el matrimonio. Me informaron de mi deber como padrino: en caso de pelea, tenía que aconsejar al marido para que recapacitara, mientras la madrina aconsejaba a la esposa, hasta conseguir que la paz volviera a la pareja. El divorcio no existía, así que más valía que cumpliera bien con mi función. Se decidió que la boda sería dos semanas después.

Durante la ceremonia no me enteré de nada; me limité a hacer lo que me mandaban, a tomar la mano que me ofrecían, a comer y beber lo que los demás y a atender en silencio cuando alguien decía algo en un idioma africano. Después he asistido a más bodas umbandas, hasta me he casado por el rito umbanda; gracias a eso he podido entenderlo.

Los primeros que entraban en el lugar de la ceremonia eran los novios, sobre su ropa llevaban una túnica con los símbolos de sus Orixás. Yo entraba tras el novio, vestido normal pero con un obi en las manos: era una especie de vaina grande que tenía dentro las semillas de una planta. Mi obi tenía cuatro semillas; la madrina, Norilene, llevaba una de tres. Los novios enlazaban sus manos y el *babalaô* derramaba sobre ellas arací, una infusión de hierbas escogidas en función de sus Orixás. Después partieron los obis y comieron sus semillas; Floriano las que llevaba Norilene y Odete las que llevaba yo. El *babalaô* dio entonces un discurso en africano y, cuando acabó, mandó tocar el adejá, un instrumento musical formado por varias campanas unidas.

Con el adejá acabó la ceremonia y empezó la fiesta, las felicitaciones, la comida y la bebida. En lugar de arroz, a los novios se les tiraban hojas de mangueira, el árbol que da los mangos. Todo lo demás era más parecido a cualquier boda, con la diferencia de que el único blanco era yo y que todo el mundo bailaba samba. Norilene intentó enseñarme, sin éxito.

La fiesta duró hasta altas horas de la noche y me quedé por primera vez a dormir en la favela. Me recordó a mi pueblo, sin coches y en silencio. Me despertaron los pájaros, los ladridos de los perros y los gritos de unos niños que jugaban con una pelota. Los bailes, la comida y la bebida siguieron por segundo día. Norilene, tras muchos esfuerzos, consiguió que mis pasos guardaran alguna relación, aunque remota, con los compases de la música.

Floriano, aunque no se parecía físicamente en nada, me recordaba a José. José era muy callado y Floriano hablaba por los codos, pero los dos eran buenas personas, pendientes de hacer felices a los demás. Cada vez que me veía, Floriano me saludaba con un «saravá, Francisco»; yo no sabía qué significaba pero sonaba respetuoso, así que le contestaba «saravá, Floriano».

Floriano me contaba que él y su padre habían nacido libres, pero que su abuelo Evanildo fue esclavo de niño. Pocos años antes del nacimiento de Evanildo había salido una ley que se llamaba de «vientre libre». Según ella, los hijos de los esclavos eran libres, pero Floriano tenía razón: si los padres son esclavos, los hijos lo son, digan lo que digan las leyes. Su abuelo tenía ocho años cuando por fin se aprobó la Ley Áurea, la que acabó con la esclavitud en Brasil.

Evanildo ya había muerto cuando yo conocí a Floriano. Mi amigo me contaba las historias de su abuelo. Le decía que cuando eran esclavos no pasaban hambre, que no supo lo que era el hambre hasta que fue libre y tuvo que cultivar sus tierras.

—En Pernambuco, cuando hay sequía, podemos estar años sin ver llover.

—¿Y cuando eran esclavos llovía?

—Quizá era casualidad, pero mi abuelo me decía que no pasó hambre hasta que fue libre. Y que aun así le compensaba.

Muchos de los vecinos de la favela eran también de Pernambuco o de otros estados del nordeste castigados por la sequía. Pronto me hice un personaje conocido y podía andar sin problemas de un lado para otro. Los niños me llamaban seu Francisco y me pedían ayuda para arreglar cualquier cosa. Me iba acostumbrando a olvidar el nombre de Bernardo, ahora era el seu Francisco, el señor Francisco. Y nadie me preguntaba si era gallego o portugués; por ellos bien podría haber sido japonés, la gente de la favela se ocupa de sus cosas, no de las de los demás.

En la favela también había ricos y pobres, gente bien y mal vista, vecinos de toda la vida y recién llegados; era un mundo en pequeño. Los recién llegados eran campesinos del nordeste de Brasil, del *sertão*. Huían de la miseria de sus pueblos para llegar a la opulencia de Rio, igual que nosotros, o los italianos o los portugueses. Mientras nosotros nos rodeábamos de los nuestros en una pensión, ellos llegaban con la familia a cuestas y buscaban un terreno vacío en la ladera de una montaña para construir su casa con tablones, cartones, latas o lo que tuvieran a mano. Tenían una noche para hacerlo, por la mañana la favela había crecido y ellos eran sus nuevos vecinos.

No sólo usábamos la favela para sacar fotos a los vecinos con sus fantasías de carnaval, Floriano tuvo otra idea que desarrollamos allí: las fotos pornográficas. Aquello nos dio mucho dinero... Él se encargaba de todo, yo sólo sacaba las fotos y las revelaba. Floriano las vendía, recibía los encargos y conseguía modelos entre sus vecinos: chicas solas de todas las edades, parejas en todas las posturas, mujeres con mujeres, hombres con hombres, blancos con negras o negros con blancas, tríos... No le decíamos que no a nada y Floriano siempre encontraba modelos que se prestaban, aunque a veces eran cosas que incluso a nosotros nos avergonzaban cuando mirábamos. Floriano contactaba con un intermediario, que era el que más dinero ganaba; siempre se quejaba de que si él fuera blanco accedería a los clientes, todos poderosos, sin necesidad de pagarle; pero no me lo decía como reproche, era yo el que se daba cuenta de que siendo blanco podía cumplir esa función. Para Floriano la amistad estaba por encima de cualquier reproche.

Mi socio y amigo quería que compráramos una cámara de cine para hacer lo mismo en película, pronosticaba que nos haríamos ricos. Tiempo después él lo hizo en solitario con mucho éxito. Fue una buena época, éramos amigos, nos divertíamos en el trabajo, ganábamos dinero... Mi único miedo era que la policía me descubriera y me enviara de vuelta a Galicia. Yo no quería volver, Galicia era la tierra de mi padre; Brasil, el país donde quería vivir para siempre.

Cuando llegó la Navidad, algunos de mis compañeros de

la pensión se entristecieron mucho; el que más, como era habitual, Delmiro. Decían que echaban de menos a la familia, las fiestas, el frío... Yo prefería el calor de Rio que el frío húmedo, que se te metía en los huesos, de mi pueblo. No echaba de menos a la familia y tampoco el turrón: en mi casa nunca se comió turrón, ni en Navidad ni en ninguna época del año. Galicia, mi padre, el barco y Mariano sólo eran malos recuerdos.

Mientras me dedicaba a las fotos llegó mi carné de conducir falsificado. Ya no lo necesitaba y tardé años en usarlo. Pero tenía que pagarlo. Debía el carné y los documentos, una cantidad de la que no disponía y no podía ganar con las fotos. Tenía que pagar porque la gente a la que debía el dinero sabía cómo tratar a los morosos. Tenía que conseguir el dinero como fuese y sólo había una forma: acompañar a Albino a hablar con su jefe, don Antonio. La única persona que me podía sacar del problema, la persona a la que le debía el dinero.

9

El negocio «oficial» de don Antonio era un restaurante de comida gallega en Copacabana.

Copacabana era el barrio más famoso de Rio de Janeiro; a los cariocas les gustaba ir los domingos a su playa, visitar su paseo al borde del mar, sentarse en una terraza a beber una cerveza o agua de coco, comprar un cucurucho de cacahuetes a los vendedores que los tostaban en una especie de hornillos. En la playa se jugaban partidos de fútbol en los que participaba todo tipo de gente: los policías se disputaban el balón con los ladrones, o los habitantes de la favela con los adinerados de la zona sur. El fútbol y la arena de Copacabana unían a los cariocas en un espacio común, liberaban las tensiones. Mientras se puedan bañar todos en Copacabana y jugar con un balón en sus arenas, Rio no explotará.

Floriano pertenecía a un equipo de fútbol formado por compañeros de la época de la obra. Ya no era *pedreiro*, pero todos los domingos por la mañana seguía yendo a Copacabana, a la altura de la rua Santa Clara, para jugar su partido. Yo le acompañaba y me tomaba una cerveza con él cuando acababan; todos eran negros y no me invitaban a unirme a ellos. Después volvíamos juntos en el tranvía; yo hasta Lapa y él seguía en otro hasta Serrinha. También visité con él Copacabana para hacer fotos especiales: dos mulatos con una rubia que se suponía que era una marquesa europea. Las hicimos en el jardín de una casona, una de las muchas que todavía se conservaban y que iban desapareciendo, demolidas para hacer edificios de apartamentos.

El día que fui a encontrarme con don Antonio llegué con tiempo de sobra y pude dar un paseo por el barrio. Copacabana era una zona limpia, con grandes avenidas, bien cuidadas, con edificios de once o doce pisos que tenían dos entradas, una para los dueños y otra para el servicio. El paseo que bordeaba la playa, la avenida Atlántica, tenía en las aceras olas formadas por piedras blancas y negras: era el lugar más elegante de todo Brasil, donde vivían los ricos y los famosos, donde se hacían las fiestas que salían en los periódicos.

En las callecitas de detrás estaba el mundo de la noche. Cuando vivía en mi pueblo no podía imaginar que existiera un lugar así. Mucho menos que llegaría a conocerlo.

El restaurante de don Antonio estaba en una calle muy próxima al Copacabana Palace, el hotel más lujoso de Sudamérica y uno de los mejores del mundo: allí se alojaban las estrellas de cine, los reyes y los presidentes que visitaban la ciudad, y también se habían grabado películas famosas... Era imposible para mí calcular cuánto podía costar pasar una noche allí, quizá más que mi deuda, tal vez más que todas las tierras y los animales de mi padre.

Antonio Blanco me hizo esperar más de una hora antes de recibirme. Estaba sentado a una mesa al fondo, la única ocupada del restaurante a esas horas. Por ella pasaban los que iban a verle. Sentado junto a él estaba Albino, que al verme llegar me sonrió para darme ánimos. Esperé en pie, al lado de la barra, hasta que me hicieron una señal para que me acercara.

Don Antonio se levantó y me abrazó y le pidió a Albino que nos dejara solos; me dijo que sabía de mi llegada a Brasil y que le gustaba conocer a todos los gallegos, que todos éramos una gran familia. Era absurdo, yo me presentaba allí a hablar con él para que me diera tiempo para pagarle la deuda sin matarme y él me trataba como si fuera mi tío de América.

Me ofreció café; lo rechacé. Entonces mandó traer una botella de orujo y dos copas.

—Recién llegado de Galicia, lo mejor para matar saudades.

No tenía saudades del orujo ni de Galicia, pero brindé con él. Antes de beber hizo lo que muchos brasileiros, derramó un poco de orujo en el suelo.

—Para los santos. Dígame qué le trae por aquí.

—Mi deuda con usted, don Antonio.

—Claro, la deuda, una cantidad alta, Bernardo.

Nadie me llamaba Bernardo, casi ni recordaba que era mi nombre, pero él lo hizo.

—Le voy a pagar.

—Por supuesto, claro que me vas a pagar. Pero necesitas una forma de ganar ese dinero. Haciendo fotos guarras no lo vas a conseguir. La policía te persigue, no queremos que te devuelva a España. ¿Sabes lo que es el garrote vil?

Me explicó que en España no ajusticiaban con horca o fusilando, lo hacían con garrote vil. Me explicó el funcionamiento con todo lujo de detalles y me recordó a mi hermano Alonso: disfrutaba recreándose en el sufrimiento y el dolor que padecía la víctima cuando el mecanismo le rompía el cuello. Era lo que me iba a pasar si tenía que devolverles la documentación falsa y la policía me deportaba a España.

—No te deseo eso, Bernardo, ni como gallego ni como amigo. Sólo quiero ayudarte, que formes una familia aquí, que tengas una vida mejor. A eso es a lo que hemos venido todos.

Le insistí en mi deseo de pagarle la deuda, sólo necesitaba tiempo.

—Tiempo y un trabajo bien pagado. ¿No estás dispuesto a trabajar para mí?

Me habló de Mariano y de las agallas que yo había demostrado al librarme del problema que me suponía, que gente con esa determinación era la que él quería para ayudarlo en sus negocios.

—Somos gallegos, Bernardo. Brasil es un país maravilloso

que nos ha abierto las puertas, un país lleno de oportunidades. Pero no te olvides de que somos gallegos y nos tenemos que proteger. Te ofrezco trabajar conmigo hasta que pagues la deuda, tal vez después quieras seguir, quién sabe. O tal vez quieras ahorrar para comprar unas tierras en Galicia y volver. Aunque te aseguro que éste es un gran país para establecerse y ver crecer a la familia. ¿No estás interesado?

No me quedaba más remedio, así que acepté. Entonces llamó a Albino.

—Albino, tu amigo Francisco trabajará con nosotros. Aunque sea portugués trátalo como a uno de los nuestros.

Por primera vez no me llamaba Bernardo sino Francisco, ni me recordaba que era gallego. Quizá su forma de indicarme que el garrote vil no era, de momento, mi destino.

Albino me llevó a una sala de fiestas en Copacabana, en el *beco das garrafas*, el callejón de las botellas. Decían que lo llamaban así por las botellas que los vecinos arrojaban a los juerguistas que armaban jaleo; si tengo que ser sincero, nunca vi caer una botella en los años que pasé por allí casi a diario. Mi amigo me anunció que esa noche nos divertiríamos, el trabajo tendría que esperar.

Pedimos champán, nunca lo había probado y me gustó; a nuestra mesa se sentaron dos madrileñas a las que él conocía y bebieron con nosotros. Actuaba una orquesta con una cantante a la que había escuchado en la radio, Dolores Duran. Aunque su nombre era español, ella era brasileira y cantaba samba; la llamaban la reina de la samba-canción.

Albino me presentó a mucha gente, pero yo olvidaba sus nombres enseguida. Algunos me sonaban de haberlos leído en los periódicos y todos le saludaban como si fuera el más famoso, por momentos me sentí orgulloso de que fuera de mi pueblo. Cuando acabó la actuación fuimos a otro sitio, un segundo piso muy cerca en el que había también un escenario. Pero allí no cantaban, bailaban mujeres desnudas. Me dio mucha vergüenza ver eso acompañado por las dos madrileñas, aunque ellas lo encontraban muy divertido. Albino no pagaba las cuentas que nos presentaban los camareros, sólo las firmaba.

Acabamos la noche en casa de las españolas, en un piso de la calle Rodolfo Dantas. Una se metió en su habitación con Albino y la otra conmigo. La que me tocó a mí era como Rosalía, no tenía ningún problema con los besos en la boca. Me desperté en su cama con dolor de cabeza y la boca seca. Albino estaba desayunando, vestido y afeitado. Antes de salir del apartamento me dijo que al día siguiente me vería, que tenía que marcharse a trabajar. Me avisó de que todo lo que habíamos gastado la noche anterior, madrileñas incluidas, lo tendría que pagar yo, pero que no me preocupara, que a partir de ese día ganaría mucho dinero.

Debía empezar a trabajar al día siguiente, pero era festivo: 31 de diciembre de 1954. Visité a Floriano en la favela y le anuncié que dejaba el negocio de las fotos, que le regalaba mi parte. Quiso pagarme, pero llegamos a un acuerdo: bastaba con que me dejara ver de vez en cuando las fotos especiales.

Yo no pensaba celebrar el fin de año de ninguna manera, pero Floriano lo tenía todo preparado. Teníamos que reunirnos a última hora de la tarde en Copacabana, vestidos de blanco. Allí nos juntamos con Odete y más gente de la favela. Comimos, bebimos, bailamos, vimos los fuegos artificiales y, a medianoche, nos metimos en el agua para dejar una flor, la ofrenda a Yemanjá, la diosa africana de las aguas; ella nos protegería el año siguiente.

Acababa el año de la muerte de Getúlio Vargas y empezaba el año que trabajé para don Antonio.

10

A mi llegada a Rio hice muchas cosas que después no me sirvieron para nada. Una de ellas fue comprar un carné falsificado para conducir camiones, otra aprender cómo funcionaba el *jogo do bicho*. Tuve que aprender a la perfección las modalidades de apuestas, los premios, el sistema de juego...

No me sirvió de nada porque pocas veces aposté y no fui cobrador; mi trabajo consistía en recoger el dinero que ellos recaudaban y llevarlo al restaurante de don Antonio. Conmigo iba otro gallego, Adrián. Teníamos un recorrido que hacíamos un par de veces al día.

Adrián se encargaba de que no nos robaran. Más que un hombre era una montaña, un ex boxeador con una pistola en la cintura que trataba de ocultar con la camisa por fuera. Daba miedo, pero sólo a primera vista, cuando lo conocías descubrías que era un buenazo al que se podía engañar sin problemas. Pasábamos todo el día juntos y hablábamos de todo, aunque él no entendía de muchos temas; un día le pregunté qué opinaba de la muerte de Getúlio Vargas, y me contestó que no sabía, que no lo conocía y que si le habían matado sus motivos tendrían, sobre todo si su muerte la había encargado un hombre justo como don Antonio.

Mi compañero llevaba diez años en Rio y estaba casado con una mujer de su mismo pueblo; él sí había vuelto a por ella. Se llamaba Paz y nadie la conocía, vivían en una casa de la zona norte de Rio. Adrián nunca parecía tener ganas de volver a casa y verla, pero jamás dijo una mala palabra sobre ella. Lo que a Adrián le gustaba era Copacabana, los compañeros y las putas que trabajaban para don Antonio.

Ésa era la otra parte del negocio, la más importante: putas, pensiones, boites que eran burdeles encubiertos. El *jogo do bicho*, aunque daba mucho dinero, no era más que un complemento.

En Rio había prostitución de todos los precios imaginables. Aunque cada vez se usaba menos esa clasificación, todavía se distinguía entre tres tipos de putas: francesas, polacas y mulatas. Ni eran francesas, ni eran polacas ni eran mulatas, sólo era una forma de llamarlas.

Las putas caras eran las francesas. Las llamaban así porque empezaron a llegar a Brasil a finales del siglo XIX, en compañías de teatro francesas, para actuar en un teatro que no llegué a conocer que se llamaba Alcazar Lyrique. Contaban maravillas de la belleza de esas mujeres y de algunas hasta se escribieron libros y poemas. Hacía años que se había cerrado aquel teatro y ya no llegaban las vedettes de Francia. Algunas seguían siendo actrices o cantantes y vivían en pisos que pagaba su protector. Ellas, a sus espaldas, recibían a algunos clientes escogidos. Las dos madrileñas con las que estuvimos Albino y yo eran así. Compartían piso porque compartían protector: un senador al que le gustaba acostarse con las dos a la vez.

Las polacas eran de precio medio y trabajaban en burdeles o en boites. Ésa era la parte del negocio que controlaban los gallegos como don Antonio. Había burdeles en cualquier lugar de Rio, pero sobre todo en el centro y en la zona sur. Don Antonio era propietario de diez, en cada uno trabajaban unas quince chicas de media: ciento cincuenta mujeres que trabajaban para aquel hombre que presumía de vida familiar y misa semanal. Las llamaban polacas porque hubo un tiempo en que se las traían del este de Europa. Muchas eran judías engañadas que creían que viajaban a América para casarse con judíos que habían emigrado antes. Después de la guerra mundial empezaron a llegar de todos los países arrasados: Italia, Alemania, Yugoslavia, Francia... Pero hacía años que la guerra había terminado y desde entonces la mayor parte eran brasileiras.

A las más baratas las llamaban mulatas. Trabajaban en la calle o en bares junto al puerto; José y yo habríamos acabado con alguna de ellas de haberlo buscado en Rio. También de ésas sacaba dinero la gente como don Antonio: eran los dueños de las pensiones a las que llevaban a los clientes.

Pero Adrián y yo todavía no estábamos en esa parte del negocio, nuestro trabajo era menos importante: recoger el dinero de los cobradores y comprobar que cuadrara con la lista de apuestas que entregaban. A mí me correspondía asegurarme de que no había ninguna apuesta peligrosa que hubiera que «descargar», es decir, pasársela a un bicheiro más importante para que se hiciera cargo.

La policía nunca nos incomodó, no vio la pistola de Adrián o se acercó a nosotros. Albino era el que trataba con ellos y evitaba que nos molestaran. Si las autoridades hubieran querido acabar con el *jogo do bicho* no habrían tenido que investigar mucho: hasta los agentes apostaban.

El bicho es fácil si has jugado desde niño y te sabes los números de cada animal y la posición que ocupa en la tabla. A cada uno de los veinticinco animales por los que se apuesta le corresponden cuatro números. Por ejemplo, el avestruz es el primero y sus números son el 01, 02, 03 y 04. Si apuestas al avestruz estás apostando a que uno de esos números sale premiado: si saliera el 2.104 ganaría el 04; al ser un número del avestruz el apostador cobraría dieciocho veces su apuesta. Si no se limitara a jugar al avestruz sino al 04 en concreto, ganaría la decena, es decir, sesenta veces lo apostado. Cada vez es más complicado: si apostara al 104 el premio sería de seiscientas veces el valor. Por fin, si apostara por el número que sale, en este caso el 2.104, el premio multiplicaría por cuatro mil el dinero arriesgado por el jugador. Hay, además, combinaciones de premios que sólo alguien muy familiarizado con el juego puede entender.

Es común que se interpreten los sueños. Por ejemplo, si sueñas que encuentras un millón de cruzeiros en el suelo y no lo recoges, es que eres muy burro: tienes que apostar a los números 09, 10, 11 y 12, que son los del burro, el tercer animal de la lista. Cada uno de los jugadores tiene sus supersticiones e interpretaciones para todo: los números del conejo para los que sueñan con niños, los del gato para los que se caen y no se hacen daño, los del águila para los que encuentran una moneda en el suelo... Ganar dinero en el bicho es la mejor manera de ganar dinero para un carioca, mucho mejor que trabajar.

Una apuesta al millar, es decir, a acertar los cuatro números, se lleva cuatro mil veces su valor. Si es de mucho dinero se podría arruinar a un bicheiro pequeño, entonces se «descarga». Entre los bicheiros hay uno al que llaman el «Papa da Contravenção», el más poderoso de todos ellos. Cuando otro bicheiro recibe una apuesta que le pondría en peligro, se la pasa a él. Si el apostante ganara, podría pagarla sin problemas. Muchas veces los bicheiros quieren aprovecharse de la intuición del apostante: si alguien ha apostado, por ejemplo, quinientos cruzeiros a un número habría que pagarle dos millones en caso de acierto; el bicheiro se la endosa al Papa por algo más, digamos seiscientos. Si el apostante acierta, cobra dos millones cuatrocientos mil; el bicheiro paga y además gana un buen dinero. En aquella época, el Papa era Natalino de Nascimento, conocido como Natal de Portela. Natal mantenía con sus beneficios la Escola de Samba de Portela, un barrio del norte de Rio, y el equipo de fútbol de Madureira. A la entrada de la mansión en la que vivía había mandado hacer un mural que representaba a los veinticinco animales del juego, los que pagaban todo aquello.

Mi deber era avisar cuando una apuesta era peligrosa. Don Antonio o Albino decidían si se descargaba en Natal de Portela. Don Antonio era un bicheiro muy poderoso, rara vez lo hacía.

Cuando el jugador ganaba una cantidad de dinero muy importante, en lugar de recoger dinero debíamos llevarlo para pagarle. Era algo que pasaba una o dos veces por semana. Nos avisaban, teníamos que ir al restaurante de don Antonio, atravesar la cocina y llegar a un patio interior. Allí había una puerta de metal a la que teníamos que llamar y quedarnos esperando hasta que se abría una ventanilla pequeña por la que nos entregaban el dinero envuelto en papel de periódico. Se lo llevábamos al cobrador, que era el que pagaba al jugador. Un bicheiro nunca deja de pagar un premio.

Nadie sabía qué había detrás de esa puerta, ni siquiera veíamos la cara del hombre que nos entregaba el dinero: le llamábamos la caja fuerte y corrían todo tipo de leyendas: que sólo había familiares de don Antonio o gente de su pueblo, que el edificio estaba lleno de pasadizos secretos por los que sacar el dinero, que dentro había todo un ejército de hombres armados... Muchas veces soñé con volar esa puerta y quedarme con todo para vivir en el Copacabana Palace para siempre. Un especialista me habría dicho que era un cerdo por desear eso, que apostara a los números del cerdo: 69, 70, 71 y 72.

Los temas de conversación favoritos de Adrián eran el boxeo, el fútbol, las mujeres y las radionovelas. Su sueño en la vida habría sido ver pelear a Joe Louis y a Rocky Marciano, pero en una pelea de verdad, no en la que se enfrentaron un par de años antes, cuando Louis ya era un viejo. Decía que el directo de Louis en sus buenos tiempos tenía la misma fuerza que la coz de un burro y que Marciano se habría ido a la lona aunque sólo le pasara cerca. Por algún motivo, que nunca me explicó, Marciano le caía mal. Otra de sus mayores ilusiones era que el Flamengo ganara el campeonato carioca, sobre todo si lo hacía enfrentándose al Vasco da Gama, el equipo al que apoyaban casi todos los portugueses que vivían en Rio. En cuanto a mujeres, habría sido feliz de poder acostarse con Anilza Leoni, la vedette de moda, que actuaba en el teatro Follies, algo que no descartaba que pudiera pasar. Por último, sufría a diario con Albertinho, el protagonista de la radionovela *El derecho de nacer*. Deseaba más que nada que acabara casándose con Isabel Cristina; ver a ese hombretón llorando mientras escuchaba el capítulo diario en Radio Nacional era impactante. Sólo su aspecto y su pistola te aconsejaban no recordárselo después.

Un día, cuando llegábamos al final de nuestro trayecto en la plaza General Osorio, en Ipanema, no encontramos al cobrador. Allí tenía que estar Marco, uno de los pocos que no eran ni gallegos ni brasileiros entre los hombres de don Antonio; era italiano, de Roma. Marco era muy simpático, siempre con chaqueta, hiciera el calor que hiciese, siempre sonriendo y bromeando. Nos saludaba al vernos desde lejos.

—Ahí vienen *i due bambini* de oro.

Yo le llamaba Marco Macarroni y él se reía.

—Macarroni no, espagueti. Marco Espagueti.

Nos extrañó no verle en la puerta; pensamos que quizá estaba dentro, que había tenido que ir al baño, pero nos dijeron que no, que esa mañana no había aparecido. Lo vi claro: el día anterior habíamos tenido que llevarle una cantidad muy alta de dinero para pagar una apuesta ganadora.

—Vamos deprisa a avisar a Albino.

—Mejor acabamos la ronda. Será que se ha puesto malo, quizá celebró el premio con el ganador y bebió demasiado.

Adrián no se daba cuenta de que no volveríamos a ver a Marco, de que se había largado con el dinero. Se lo expliqué y le convencí para volver.

En cuanto llegamos y lo contamos, Albino mandó a otra persona al lugar de Marco con dinero para pagar el premio, sospechábamos que no se había pagado todavía. A nosotros nos mandó seguir con nuestra ronda.

No supe nada hasta entrada la noche: el cuerpo de Marco apareció en la playa de Copacabana. Cuando digo que apareció el cuerpo, es literal: la cabeza apareció a la mañana siguiente en un paquete en el funicular que subía al Pão de Açúcar; lo encontró una turista americana que no guardaría un buen recuerdo de su estancia en Rio. La noticia estuvo varios días en los periódicos; el objetivo estaba cumplido, que todos los cobradores supieran lo que les podía suceder si trataban de engañar a don Antonio.

Nunca sentí remordimientos por la muerte de Mariano, dormía sin acordarme de él; de Marco, aunque no lo maté yo, sí me acordaba y me quitaba el sueño. Hasta que asumí que la causa de su muerte no fue que yo lo delatara, fue que él intentó quedarse con el dinero: apostó y perdió, como los que jugaban al bicho. Él era el culpable de su propia muerte; él y el que le cortara la cabeza, que supongo que fue Albino, mi amigo Albino.

Pocas semanas después Albino dejó la pensión y se fue a vivir a su propio apartamento en Botafogo. También se compró un coche, un Alfa Romeo. Aunque Albino no se sacara una foto con chaqueta y corbata para enviar a su familia, era un triunfador.

A mí me llamó don Antonio para agradecerme la información sobre Marco y me anunció un ascenso; no seguiría trasladando el dinero, una vez que había demostrado que se podía confiar en mí asumiría labores más importantes. Pregunté cuáles y me dijo que tuviera paciencia, que Albino me daría instrucciones. El sueldo sería mucho más alto, así que supuse que serían asuntos más peligrosos o más ilegales. La época con los bicheiros fue, dentro de lo que cabe, tranquila: la policía parecía huir de ti en lugar de huir tú de ella.

No tuve oportunidad de disfrutar mi ascenso. Al llegar a la pensión todo estaba muy alterado: Delmiro, el asturiano, se había intentado suicidar. Lo había hecho mal, como todo lo que hacía: se cortó las venas de los brazos y se tumbó en la colchoneta. Uno de sus compañeros de habitación lo encontró tumbado, con la colchoneta empapada en sangre y vivo. Dudaba sobre si llevarle al hospital, hacerle una cura allí o permitir que cumpliera sus deseos y dejarle morir. Entonces llegué yo.

Lo llevamos al hospital do Carmo, que estaba cerca de la pensión. Allí nos dijeron que no estaba grave y le hicieron una cura. Cuando volvimos con él, dona Margarida había hecho un paquete con sus cosas, no lo quería allí y ya no estaba Albino para defenderlo. Le llamamos y vino, se encerró con dona Margarida en su cuarto y, al salir, ella permitió que Delmiro se quedara en la pensión hasta que se recuperara.

Delmiro no pudo volver a usar su colchoneta, que quedó inutilizada por la sangre; le prestaron una litera tres o cuatro días y después volvió al suelo. Físicamente no estaba mal, su intento de suicidio fue una chapuza. Su único problema era su cabeza: prefería estar muerto a estar lejos de Asturias.

Algunos, yo uno de ellos, pensábamos que lo mejor era mandarlo de vuelta a su tierra; otros no querían ni oír hablar de eso: a América se venía a triunfar, volver fracasado y sin dinero era peor que la muerte. Afortunadamente, Albino era de los primeros: Delmiro nunca triunfaría. Convenció a los demás para colaborar y entre todos pagamos el billete de vuelta de Delmiro; él mismo puso casi la mitad de lo que costaba.

Delmiro volvió a España en un barco argentino, el *Entre Ríos*, el mismo en el que yo decía que había llegado a Brasil. Había imaginado que a la vuelta iría de vacío, tal vez cargado de mercancías, pero no era así, iba casi lleno. En primera volvían los triunfadores, los que regresaban ricos para quedarse, los que visitaban a su familia, los que querían casarse en su pueblo... Pero la tercera clase también iba llena: en Buenos Aires se había subido medio centenar de españoles, en Uruguay una veintena, en Santos veinticinco, en Rio diez más... Era el barco del desencanto, el de los que habían fracasado, el de los que no se atrevían ni a intentarlo. La travesía sería igual de dura que la de la ida, pero sin esperanza, sin que nadie animara a los demás pensando en encontrar su sueño.

A veces me pregunto qué habrá sido de Delmiro. El destino del barco era La Coruña, escribimos a su familia para que lo recogiera allí. Quién sabe si pudo volver a Asturias y si se recuperó.

Volví a mi vida habitual. El cambio de funciones que me anunció don Antonio no fue muy radical, sólo de horario: seguía recogiendo dinero, pero lo hacía de noche. En lugar de ir de cobrador en cobrador, lo hacía de burdel en burdel: mi premio por delatar a Marco.

Unos días después empezaba el carnaval, mi primer carnaval en Rio de Janeiro.

11

Los brasileiros se volvían locos cuando llegaba el carnaval. Un pueblo que entonces, aunque ahora no lo parezca, era tranquilo, amable, educado y melancólico, cambiaba por completo durante cuatro días. Todo estaba permitido, quizá gracias a eso se aguantaba el resto del año: unos días de libertad tras los cuales no había reproches o preguntas.

Las escolas de samba no eran escuelas de verdad, es decir, no eran lugares en los que se impartieran conocimientos; nadie sabía, o por lo menos yo no encontré a nadie que lo hiciera, por qué se llamaban así. Eran asociaciones que pertenecían a comunidades de vecinos, muchas de ellas de favelas.

Floriano estaba excitado durante aquellos días porque su escola, Império Serrano, una de las principales, era favorita para la victoria en el carnaval de ese año. Su tema se llamaba «Exaltación de Caxias», un antiguo militar brasileiro, y las fantasías de los miembros masculinos de la escola representaban los uniformes militares del siglo XIX. El carnaval era eso: disfrazarse de general o de emperador, ponerse capas de armiño o condecoraciones, dejar de ser durante unas horas un carioca mulato y pobre. Me reía al ver a Floriano con su disfraz, más que un general parecía el botones de un hotel. No le hizo gracia, con el carnaval y con la escola no se bromeaba. Le tomé una foto con su uniforme que presidió muchos años el salón de su casa.

Império Serrano llevaba tres años sin ganar después de haberlo hecho cuatro consecutivos. Los temas de los dos últimos, «El último baile de la corte imperial» y «El guaraní», sólo habían logrado quedar en segunda posición. Además, el último ganador había sido la escola Estação Primeira da Mangueira, su gran adversario, con el tema «Rio, ayer y hoy». Floriano protestaba y acusaba a los demás de copiar a Império Serrano, la primera escola que se atrevió a sacar a todos sus miembros disfrazados.

Aquel año, 1955, Império Serrano ganó el carnaval y Mangueira fue subcampeona. Floriano desfiló por la avenida Rio Branco —hasta años después no se construyó el Sambódromo— y todo el trabajo empleado en construir los carros alegóricos y en confeccionar las fantasías tuvo su premio.

Odete también desfiló: bailaba sobre una carroza lanzando caramelos, serpentinas y confeti. Su vestido habría sido un escándalo en los burdeles que yo visitaba cada noche, pero era carnaval y todo estaba permitido.

Eran días en los que todo se hacía en la calle: se bailaba, se comía y no se dormía porque nadie lo hacía. Una cabezada en la playa y vuelta a empezar. También era la playa el lugar para encontrarse con una mujer a la que no se volvería a ver, a veces con una máscara que no permitiría reconocerla. Los cuatro días los pasé con Floriano y sus amigos; Odete los pasó con sus amigas. Al reencontrarse no hubo preguntas entre ellos.

Hacía seis meses que estaba en Rio de Janeiro. A veces pasaba por la plaza de París, donde dormí las primeras noches, y miraba a los recién llegados. Buscaba a algún chaval y le daba algo de dinero para que se lo entregara a sus padres; no se lo daba a ellos para no humillarlos, no eran mendigos aunque durmieran al raso, sólo eran buena gente que venía a Brasil para tener una vida mejor. Don Antonio, Albino, yo mismo, los que nos dedicábamos al juego, a las drogas o a la prostitución, éramos los menos.

En mi trabajo nocturno no me acompañaba Adrián, él seguía en la recaudación del bicho; mi nuevo compañero se llamaba Orfeo. Brasileiro, hijo de una portuguesa que cocinaba en casa de una hermana de don Antonio, elegante, bien parecido... Orfeo vestía siempre con trajes de color crema, pajarita, zapatos de dos colores perfectamente lustrados y un sombrero panamá durante el día. Las mujeres lo adoraban; en un burdel vi pelearse a dos prostitutas por ser las escogidas para ofrecerle sus servicios gratis.

Su función era la misma que la de Adrián, garantizar nuestra seguridad. No llevaba pistola sino dos navajas, una en cada bolsillo de su chaqueta. Una noche le vi usarlas cuando un pobre infeliz intentó atracarnos. No era más que un chaval de dieciséis o diecisiete años, probablemente de una favela cercana, y nos amenazó con una pequeña navaja. Antes de que pudiera darse cuenta, Orfeo había sacado las suyas, le había cortado la cara y se las había clavado en los costados. La policía se llevó al chico a que lo viera un médico, aunque las navajas no estaban en lugares que pusieran en riesgo su vida, mientras Orfeo protestaba por lo poco seguro que podía pasear un ciudadano de bien por las calles de Copacabana cuando se hacía de noche. A la gente solía gustarle ese cinismo de Orfeo; a mí me caía bastante mal aunque me hiciera reír a ratos.

Orfeo también colaboraba con las madames para captar chicas para los burdeles. Sobraban las mujeres baratas, pero muchos clientes querían chicas educadas, de clase media. Las buscaban en las tiendas de moda de Rio y había que convencerlas para que trabajasen como prostitutas, algo nada fácil. Normalmente las madames eran antiguas prostitutas bien situadas. Cuando veían a alguna joven muy bella, la abordaban: elogiaban su belleza, le mostraban sus joyas y su ropa cara, se comportaban entre amables y altivas, haciéndole ver lo que una chica tan guapa podía llegar a conseguir. Muchas veces las acompañaba una prostituta joven, aún en activo, que se ganaba la confianza de la presa y le hablaba de lo fácil que entraba el dinero en compañía de la madame... Con algunas chicas no hacía falta nada más, fascinadas con el dinero decidían hablar con la madame e iniciarse en el trabajo. Otras eran más reacias y costaba más embaucarlas.

Con las reacias intervenían Orfeo y otros como él, eran el plan B. La prostituta joven, que ya se había ganado la confianza de la chica que se quería captar, se lo presentaba como un amigo. Orfeo la cortejaba: fiestas, regalos, cenas, paseos en coches lujosos... La chica, aunque cueste creerlo, se enamoraba de él; entonces Orfeo desaparecía. La prostituta joven le confesaba la verdad a la incauta enamorada: Orfeo no era rico y se había endeudado para hacerle esos regalos, ahora estaba en peligro; si no pagaba lo pasaría muy mal... Había sólo una forma de ayudarle y conseguir el dinero que necesitaba: llamar a la madame y ofrecerse a trabajar. La presa ya estaba dentro y pocas lo dejaban cuando se acostumbraban al champán, las fiestas y el dinero fácil. Orfeo podía estar haciendo lo mismo con cuatro o cinco chicas a la vez y cobraba cada vez que lo conseguía.

El mayor aliciente de mi nuevo puesto era gozar de la compañía de alguna de esas chicas. Trabajar para don Antonio hacía que las madames les ordenaran ser complacientes con nosotros y no lo desaprovechábamos. También que al trabajar de noche tenía los días libres para lo que quisiera: visitar a Floriano, conocer bien Rio de Janeiro o leer el periódico de principio a fin.

Me gustaba leer *O Dia*, el periódico en el que apareció mi foto un par de días después de llegar a Brasil. Era muy escandaloso, con espantosos crímenes en primera página, con grandes fotos del muerto y titulares llamativos: «Encontró la muerte en la alcoba», «Mató a la que le dio la vida», «La obsesión le obligó a matar»... *O Dia* me divertía mucho, pero para enterarme de las noticias políticas leía *O Globo*. Allí publicaban todo sobre las elecciones que se celebrarían en octubre de ese año.

El candidato que más me gustaba era Juscelino Kubitschek, al que llamaban JK, gobernador del estado de Minas Gerais, el que se había convertido en el gran enemigo de Carlos Lacerda, que usaba su periódico, la *Tribuna da Imprensa*, para ir contra él y promover un golpe de Estado. Decía: «Kubitschek no será candidato, si lo fuera no será elegido; si fuera elegido no tomará posesión; si tomara posesión no gobernará».

A Floriano no le gustaba Juscelino, prefería a Jango Goulart, el que había sido ministro de Trabajo con Vargas, el único, según él, que haría algo por los pobres. Floriano siempre recordaba que Jango subió al doble el salario mínimo en sus tiempos de ministro, lo más importante para él. Con Floriano descubrí que una de las mejores formas de mantener una amistad era no discutir de política, aunque no estuviera de acuerdo con él: gracias a eso era mi mejor amigo brasileiro.

Los sábados se hizo tradición compartir con él la más brasileira de las costumbres, la feijoada: habichuelas, arroz, carnes, verduras, harina de mandioca... Según mi amigo había que comerla los sábados para que diera tiempo a digerirla antes de volver al trabajo el lunes. Muchos vecinos de la favela se acercaban a comer la feijoada que preparaba Odete; cada sábado era una fiesta en la que no sabías con quién te encontrarías y la demostración de que a Floriano los negocios le marchaban bien y era generoso con los suyos.

A algunos de los vecinos les conocía de los paseos por la favela, a otros de las fotos especiales, a los chavales de ayudarles a arreglar bicis viejas... Me llamaban seu Francisco y me tenían bastante aprecio, hasta me presentaban a los recién nacidos. Yo era tan exótico para ellos como ellos lo eran para mí. Aprendí algo importante de ellos: que eran como nosotros, buena gente que se protegía.

Las favelas no siempre habían existido, eran una novedad del siglo XX. Hasta entonces los pobres vivían en unas casas llamadas *cortiços*, en el centro de Rio. Eran casas enormes en las que vivían centenares de personas en muy malas condiciones, algunas ni siquiera tenían baño. La mayor, «Cabeça de porco», alojaba a unas cuatro mil personas. El ayuntamiento decidió tirarlas para obligar a sus inquilinos a alejarse del centro de la ciudad; pero los habitantes no estaban dispuestos a salir y tener que pagar el transporte para acudir al trabajo, así que optaron por ocupar el lugar donde había espacio libre: las montañas.

Hasta entonces no se construía en ellas porque la pendiente era muy pronunciada y los cimientos no aguantaban bien. A ellos les dio igual: construyeron chozas a las que llamaban *barracos*, inestables, sin cimientos, con los materiales que encontraban. Después, poco a poco, las iban mejorando. Si el ayuntamiento las tiraba, construían más arriba, donde no podían llegar los tractores con los que les pasaban por encima. En las cuestas más empinadas hicieron escalones, se conectaron ilegalmente a la luz pública, construían rudimentarias canalizaciones para el agua...

Las casas estaban levantadas sin orden aparente, no había calles rectas y éstas no tenían nombres. Era imposible encontrar una dirección sin la ayuda de los vecinos: todo estaba lleno de rincones, callejones sin salida, trampas para que los de fuera se perdieran. La policía era incapaz de entrar si los vecinos decidían que no lo hiciera; ésa era su forma de protegerse, un lugar donde eran los únicos que se podían mover. Estar en lo alto del morro era un seguro de que nadie pudiera llegar hasta ti si tú no decidías bajar. Yo mismo, que podía andar por donde quisiera en la favela de Floriano, tardé mucho en acceder a la parte más alta.

En la favela se podía conseguir cualquier cosa: objetos robados, tabaco americano de contrabando, dinero falso, armas, drogas... El tráfico de drogas era el negocio más rentable; cada día salían cuadrillas enteras de jóvenes, cargados de marihuana y algo de cocaína, en dirección a los barrios de clase media, a Copacabana, a Ipanema, a Tijuca... De vez en cuando caía alguno de ellos en manos de la policía; en la comunidad había cola para sustituirlo.

Vivir en la favela no es fácil, hace falta mucho sentido común y de eso no sobra. Poco a poco fui conociendo las reglas y cada vez me sentía más a gusto. En la favela conocí a Iosinara, pero todavía faltaba mucho para eso.

12

Albino no era uno más entre los colaboradores de don Antonio; junto con Amaro, su yerno, se había convertido en uno de los capitanes, en su hombre de confianza. Se ocupaba de los tratos con la policía, de que todo funcionara.

—Hay que repartir dinero cuando las cosas te van bien. No para cuando te vayan mal, como todo el mundo piensa, para que te sigan yendo bien.

Nadie que le conociera entonces podría imaginar que había llegado a Brasil sólo unos años antes, desde un pueblo miserable, soñando con ser mecánico de coches y llevar las manos siempre manchadas de grasa. Albino iba siempre bien vestido, acompañado por las mujeres más bellas, repartía propinas con generosidad a camareros, porteros, taxistas y chóferes. En las manos, en lugar de la grasa de los motores, brillaba la crema de la manicura. Era el ídolo de Orfeo.

Nos encontrábamos a menudo por la noche y siempre se paraba a saludarme, a interesarse por los compañeros de la pensión, a preguntarme si necesitaba algo. Quería que los demás vieran que me saludaba, que era uno de los suyos, que había gente trabajando con don Antonio que estaba allí sólo porque él lo había decidido. Siempre me mandaba saludos para dona Margarida; desde que él se fue, ella estaba de peor humor.

Me decía que le hablaba a don Antonio de mí, que nuestro jefe estaba muy contento conmigo y que mis deudas con él no tardarían en estar saldadas. Me aseguraba que tenían grandes planes para mí. Aparentemente se portaba muy bien conmigo, sin embargo, cada vez me apetecía menos encontrarme con él.

Una noche, al llegar a una de las boites que visitábamos a diario, una en el *beco das garrafas* de la rua Duvivier, el portero me dio un mensaje de Albino. Debía ir de inmediato al restaurante de don Antonio, él me recogería allí. Fui tranquilo, no era la primera vez que me mandaban llamar para un trabajo extra, era algo que sucedía una o dos veces por mes. Lo normal es que tuviéramos que descargar un camión robado: lavadoras, televisores, ropa... Eran trabajos limpios por los que cobraba una buena gratificación. Sólo una vez hubo un problema, cuando el conductor que llevaba un camión de chaquetas de cuero sufrió un infarto y se murió. No fue culpa de nadie y se convirtió en tema de broma durante mucho tiempo: «Te voy a dar una hostia que te vas a quedar más quieto que el conductor del camión de las chaquetas...».

Pero el trabajo de aquella noche no era descargar un camión. A eso no iba personalmente Albino y aquella noche me dijeron que sería él quien me recogiera.

Esperé en la calle unos veinte minutos delante del restaurante, que a esa hora estaba cerrado, hasta que un coche paró delante de mí. Albino venía en el asiento del copiloto y le acompañaban dos leoneses a los que todavía no conocía, Gerardo y Garcés. Subí atrás con Garcés. Albino me dio una pistola.

—¿Sabes usarla?

En la mili había disparado alguna vez, pero no estaba seguro de saber usarla.

—Sí.

El coche circulaba a toda velocidad; atravesamos Copacabana, Ipanema, Leblon... Nadie hablaba, en la radio se escuchaba una canción de Emilinha Borba, «Mango Carioca». Llegamos a una zona de mansiones en el barrio de Gávea. El coche paró delante de una. Albino dio instrucciones.

—Vosotros ya sabéis lo que hay que hacer.

Después se volvió hacia mí. Yo no sabía qué hacíamos allí ni qué esperaba de mí.

—Se trata de matar o morir. Si alguien te apunta, dispárale antes de que te dispare a ti, porque él no va a dudar. Y mejor que lo hagas tú antes. Si tienes dudas, dispara, mejor pedirle disculpas a la viuda que morir.

Gerardo se asomó a la garita de vigilancia.

—El vigilante se ha marchado.

—Ha cobrado para hacerlo.

Entramos en el jardín por la cancela abierta; un perro se nos echó encima, Garcés lo mató de un disparo. Se escucharon ladridos de otros perros.

—Vamos, deprisa, tienen que haberse despertado.

Una empleada se asomó a la puerta de la mansión, alarmada por el ladrido y el disparo; Albino se ocupó de ella con un solo tiro.

Me ordenó que me quedara allí, en la entrada, y que disparara sobre todo aquel que intentara entrar o salir de la casa. Ellos subieron a la planta de arriba. Escuché varios tiros, me temblaban las piernas y el corazón me latía más deprisa que nunca. En el suelo estaba el cuerpo de la empleada.

Alguien saltó de una de las ventanas del segundo piso, cayó mal y se torció el tobillo. Durante un segundo nos miramos a los ojos, era un chaval de unos catorce años en pijama. Levanté la pistola y apunté, pero él se dio cuenta de que no pensaba disparar, se dio la vuelta y se alejó cojeando. Acabaron por fin los ruidos del piso de arriba. Después bajaron todos.

—Faltaba el hijo, ¿no ha salido nadie?

—Nadie.

—Ha tenido suerte, se habrá quedado a dormir en casa de algún amigo…

Volvimos corriendo al coche y nos sentamos en los mismos lugares que en la venida. Gerardo protestaba.

—¿Hacía falta matar al perro?

Garcés no le dijo nada. Albino encendió la radio, Nora Ney

y Fernando Lobo cantaban «Ninguém me ama», una canción muy famosa de Antônio Maria. Fuimos en silencio hasta Leblon, Gerardo tarareaba en voz muy baja las canciones de la radio. Yo intentaba tranquilizarme: el chico me había visto perfectamente la cara. Albino no decía nada, Garcés se intentaba limpiar con el pañuelo una mancha que no existía en los zapatos... Yo me justificaba a mí mismo: no había ayudado a los de la casa, pero tampoco había matado a nadie.

Gerardo, el conductor, dejó de tararear.

—¿Y si paramos en el Veloso a tomar una cerveza?

El Veloso estaba en la rua Montenegro, en Ipanema. El silencio se acabó en cuanto nos sirvieron las cervezas, acompañadas por unos *pasteis de bacalhau*, una especie de buñuelos de bacalao. Empezaron a discutir si era más elegante vivir en Ipanema o Copacabana. Yo seguía callado.

—Joder, Bernardo, qué callado estás, ni que no te hubieras divertido...

—¿Al final cómo te llamas? ¿Francisco o Bernardo?

—Francisco, yo le llamo Bernardo porque era como llamábamos a su familia en el pueblo, los Bernardos; ¿no tiene cara de san bernardo?

Hasta dos días después, cuando lo leí en el periódico, no supe lo que habíamos hecho. La casa pertenecía a un abogado llamado Milton Azevedo; los muertos eran Milton, su esposa Marilia y la empleada doméstica, Jazaira, una joven de veintiún años natural del estado de Espírito Santo. Se salvó su hijo Norton, de quince años, que declaró que no había visto la cara a ninguno de los asesinos: favor por favor.

Me atreví a preguntarle a Albino por qué la familia, por qué la criada, por qué no sólo Milton Azevedo.

—Los trabajos se hacen bien o no se hacen. Ahora mismo no hay nadie que tenga más ganas de vengarse que el hijo. Quizá algún día lo consiga, no deberíamos haberle dejado con vida. Además, así la gente sabe que no bromeamos.

La policía centraba sus investigaciones en los vigilantes que deberían haber estado en la garita de la mansión de los Azevedo y que habían desaparecido aquella noche. Los periódicos se preguntaban por qué habían asesinado a un abogado respetado como él: en la casa no faltaba nada, se descartó de inmediato el robo. Hasta cuatro o cinco días después no se publicó que la policía sospechaba que Milton Azevedo estaba detrás de una de las mayores operaciones de tráfico de drogas ocurridas en Brasil y que tal vez el triple asesinato podría deberse a un ajuste de cuentas entre bandas.

Al parecer se trataba de eso; don Antonio había tomado la decisión de que el negocio de las drogas era prometedor y entrábamos de lleno en él, por la puerta grande.

Pocos días después pasé, tras bastante tiempo sin hacerlo, por el largo da Carioca. Todo seguía igual, la misma animación de gente que siempre, incluso el profeta ocupaba su lugar, con su público alrededor, con los niños que se reían de él, con sus gritos y sus amenazas. Me acerqué, pero cuando me vio cortó su parrafada a la mitad. Ante la sorpresa de todos los presentes, recogió sus cosas y se fue. A partir de ese día lo hizo todas y cada una de las veces que me vio: recoger y marcharse. No supe por qué, aunque sí que tenía sus motivos: yo había llegado a Rio para llenarlo todo de sangre.

Otra de las consecuencias de la operación nocturna en casa de Milton Azevedo fue que don Antonio me mandó llamar. Fue el mismo Albino quien me pidió que fuera a hablar con él y me llevó en su Alfa Romeo a Copacabana. Esta vez no me hizo esperar, nada más verme me mandó sentar, pidió orujo para él, para Albino y para mí, derramó un poco en el suelo y brindó con nosotros.

—Albino, una de las personas en las que más confío, me recomendó que te ayudáramos, Francisco. Me alegro de haberle escuchado, te tengo mucho aprecio, casi tanto como el que él te tiene. Te he llamado para darte una buena noticia: tu deuda quedó saldada tras la ayuda de la otra noche. Enhorabuena.

Se levantó y me abrazó; después, Albino me abrazó también. ¿Eso significaba que era libre?

—Seguirás trabajando con nosotros, ahora sabes muchas cosas de los negocios y no podemos dejar marchar a una pieza tan importante. Aprovecha y te harás rico a nuestro lado.

No me sentía aliviado. Quizá fuera lo mismo que sintió el abuelo de Floriano, Evanildo, cuando supo que era el único libre de su familia, que sus padres seguían siendo esclavos. La diferencia era muy pequeña, debía seguir obedeciendo. Yo tampoco era libre, sólo cobraría un poco más por continuar siendo su esclavo.

En teoría nadie sabía que nosotros fuimos los asesinos de Milton Azevedo; en la práctica todo el mundo me trataba con más respeto: los porteros de las boites me daban las buenas noches con una reverencia, los camareros me ofrecían servirme lo que quisiera y las cuentas no me llegaban para abonarlas, las mujeres de los burdeles querían acostarse conmigo... Hasta Orfeo se portaba de otra manera y se quejaba de ser brasileiro e hijo de portugueses.

—Si yo hubiera sido gallego me habría ido mejor... Y no lo digo por ti, Francisco, tú te lo mereces; claro que sí.

Yo le decía que no era gallego, que era portugués; él no se atrevía a decirme que sabía perfectamente que no era portugués, sólo que portugués y gallego eran la misma cosa. Intuía que no le convenía decir que sabía que yo no era quien decía ser.

Donde nada cambió fue en la pensión; allí seguían tratándome como siempre, como uno más de los que dormían en la cama de abajo de una de las literas. Tampoco Floriano; cuando iba a su casa a comer la feijoada seguía mostrándome las fotos especiales, pidiéndome que ayudara a algún chaval de la favela a arreglar algo o invitándome a una cerveza bien fría. En la favela todos sabían que si algún motor se estropeaba no me importaba mancharme las manos de grasa. Les ayudé a instalar motores para subir el agua a la parte de arriba del morro y puse a andar motos a las que les faltaba la mitad de las piezas. Sólo allí era quien había querido ser siempre, una persona normal a la que se le daba bien la mecánica.

El trabajo no cambió con la nueva posición: todas las noches recorría Copacabana de Leme a Arpoador, recogiendo el dinero de los clubes para llevarlo a la caja fuerte, una puerta con ventanilla al fondo del patio que estaba tras el restaurante de don Antonio.

Los periódicos encontraron un filón con la muerte de Milton Azevedo y lo explotaron una temporada. Recordaban que era un traficante de drogas y pintaban Rio de Janeiro como si fuera el Chicago de los años veinte, lleno de mafias persiguiéndose unas a otras cada noche. Otras veces olvidaban los turbios negocios del padre de los Azevedo y se lamentaban de que una familia pudiera morir en casa, víctimas de desalmados. De vez en cuando sacaban fotos de Norton, el hijo. Nunca contó su encuentro conmigo. No sé qué hubiera hecho Albino de enterarse que le perdoné la vida.

A los pocos días detuvieron en Bahía al guardia que tendría que haber estado en la garita de vigilancia y temí que eso trajera a la policía hasta nosotros, pero Albino me aconsejó que me tranquilizara, el vigilante no sabía quién le pagaba por ausentarse.

—Además, el periódico no tiene ni puta idea. Dice que lo están interrogando y lo mismo está ya muerto.

Al día siguiente salía en primera página: el guardia se había suicidado en su celda con su propio cinturón. No le pregunté a Albino si había tenido algo que ver con su muerte. Para qué.

Albino tenía algo que hacía que la gente le respetara. Era muy alto y muy fuerte, pero no era por eso: nunca le vi metido en una pelea ni me enteré de que se hubiese peleado con nadie, ni en el pueblo ni en Brasil. Su autoridad venía de su mirada: cuando te clavaba los ojos sentías la necesidad de bajar la cabeza. Los que trabajaban con nosotros, los huéspedes de la pensión, la gente con la que nos cruzábamos, todos asumían que él era quien mandaba allí donde estuviera. Él mandaba, pero también era el líder: cuando había problemas se acudía a él. Nunca hubo una pelea en la pensión hasta que él se fue y dos gallegos se liaron a puñetazos. En tiempos de Albino eso no habría pasado, la pensión de dona Margarida era entonces un remanso de paz.

Tardé mucho en enterarme del nombre de la pensión, no lo decía por ningún lado: La Bella Napoli. Dona Margarida era brasileira, pero heredó la pensión de su marido, un napolitano que la rebautizó tras comprársela a un gallego. Cambió el nombre, pero la clientela siguió siendo siempre española. Dona Margarida era todavía una mujer joven; se había casado con el italiano cuando tenía quince años y él sesenta y cuatro, y sólo tardó dos en enviudar. Desde entonces siempre tenía a uno de los alojados que la visitaba ocasionalmente en la cama: un tiempo fue Albino, pero antes había sido un sevillano que se llamaba José Luis y antes aún un anarquista catalán que se llamaba Joan. Cuando estuvo claro que Albino no volvería, su puesto lo ocupó otro gallego que se llamaba Ramón, como mi padre.

La Bella Napoli estaba en el barrio de Lapa, en la misma rua da Lapa, muy cerca de los arcos. Por delante pasaba el tranvía, al que llamaban *bonde* o *bondinho*, y era un lugar céntrico, lleno de restaurantes baratos y de bares, con mucha vida nocturna y algunos cabarés. No sé por qué, los españoles no tenían muchos negocios por allí, casi todos eran de portugueses o brasileiros.

La casa en la que estaba la pensión tenía dos plantas. Era la de arriba la que se alquilaba: cinco habitaciones, dos baños y una sala en la que estaba la radio y años después, cuando lo pagamos entre todos los inquilinos, se instaló el televisor. En la parte de abajo estaba el apartamento que ocupaba dona Margarida, la cocina y la habitación de las tres chicas que se encargaban de limpiar.

Las tres eran mulatas y las tres eran muy feas. Pero en una casa en la que viven veinte hombres ser fea no es un obstáculo.

Siempre había algún inquilino dispuesto a olvidar la belleza física y recibían visitas cada noche. Yo no necesitaba visitarlas porque tenía acceso a los burdeles de don Antonio, si no, hubiera hecho cola con el dinero en la mano, como todos los demás.

En la pensión no se daban comidas; allí sólo se dormía, se charlaba con los compañeros, se escuchaba la radio un rato antes de dormir... Todos éramos españoles, todos habíamos llegado a Brasil con ganas de hacernos ricos y, con altibajos, todos intentábamos ayudarnos; cuando alguno se enteraba de una oportunidad de empleo avisaba a los demás, cuando alguno tenía una entrevista de trabajo se le prestaba ropa para que fuera lo mejor vestido posible, incluso un gaditano consiguió que entre todos le prestáramos dinero para pagar el traspaso de un bar en Tijuca.

En mi habitación estaban los Andreses. Los llamábamos así porque los dos se llamaban Andrés, claro. Eran de Vigo, del mismo barrio, pero no se conocieron y se hicieron amigos hasta llegar a Rio. Los dos decidieron que montarían una sala de fiestas que se llamaría Andrew's. Trabajaban mucho y ahorraban hasta el último cruzeiro; decían que cuando fueran millonarios tendrían tiempo para descansar. Eran inseparables. Cumplieron su sueño y abrieron su sala de fiestas, pero los dos se enamoraron de la misma mujer, una camarera del Andrew's, y se pelearon. Su negocio acabó cerrando y uno de ellos volvió a Galicia. Al otro le perdí la pista, no sé qué sería de él.

En La Bella Napoli todos nos quedábamos más tiempo del que esperábamos. Al principio era una solución provisional, un lugar donde pasar las primeras semanas, mientras se conseguía un buen trabajo, ganar dinero, pagar el pasaje de la familia para que pudiera viajar a Brasil y entonces alquilar una casa. Después todo era más complicado: ni el trabajo era tan bueno, ni el dinero se estiraba tanto, ni las casas y los pasajes estaban al alcance de cualquiera... Algunos compañeros llevaban cinco o seis años en la pensión, soñando con tener la misma suerte que los que conseguían montar su propio negocio, encontrar el trabajo esperado, incluso casarse.

Cada dos o tres meses alguien abandonaba la pensión camino del altar. Algunos se casaban con brasileiras; otros con españolas, los menos ya que en los barcos viajaban más hombres que mujeres; también con españolas nacidas en Rio, hijas de los emigrantes de hacía algunos años. Las conocían en los bailes que se organizaban en los clubes españoles. Éramos tantos que en Rio había tres: la Casa de Galicia, el Club Español y otro pequeño del que no recuerdo el nombre. Para frecuentarlos había que ser socio, algo que los recién llegados no nos podíamos permitir, pero en fechas señaladas como el 18 de julio, el día del Pilar o la Navidad se hacían fiestas abiertas a todos los españoles. La pensión se revolucionaba: se cosían botones, se lustraban zapatos, se prestaban chaquetas, corbatas y cinturones; había que dar la mejor impresión.

Algunos querían encontrarse con una chica que hubieran conocido en el baile anterior, otros conocer a alguna nueva, muchos soñaban con enamorar perdidamente a la hija de algún gallego bien situado. Era famoso el caso de Andoni, un vasco que hizo el amor con la hija de un gallego rico, uno que hacía negocios de chatarra, la misma noche que la conoció. La chica se presentó en la pensión a las pocas semanas acusándole de haberla dejado embarazada; él aceptó casarse con ella, con una boda pagada por el padre de la chica. Sólo seis meses después de su noche de amor nació su bebé, de color café con leche. Para entonces, Andoni ya trabajaba en el negocio de compraventa de chatarra de su suegro y le iba muy bien, así que prefirió no alarmarse por el color de su hijo o la premura con la que vino al mundo, lo atribuyó al clima tropical y no hizo preguntas ni reproches. Sus antiguos compañeros de la pensión se reían de él, pero todos estarían dispuestos a llevar su vida. Cuando su suegro murió, heredó el negocio y no era raro verle pasear por Copacabana, en un Chevrolet enorme, acompañado por su hijo mulato.

El único que nunca iba a los bailes era yo, siempre con miedo a salir de mi ambiente y ser descubierto, detenido y enviado a España, a que me aplicaran el garrote vil, como me había avisado don Antonio.

No era raro que me cruzara con agentes de policía en mis recorridos nocturnos por Copacabana. Algunos me reconocían y me hacían un gesto de saludo. Yo evitaba hablar con ellos, de ninguna forma quería provocar una situación en la que me viera obligado a mostrarles mi falsa documentación portuguesa. La policía tenía fama de corrupta, y se comentaba que Alcino, el pistolero que contrató el Ángel Negro para matar a Carlos Lacerda, cobraría cien mil cruzeiros y un puesto de agente; lo mejor era no tener con ellos demasiado trato.

Sin embargo, mi primer problema serio no estuvo causado por la policía. Aunque cueste creerlo, vino por mi aumento de nivel de vida una vez que mi deuda con don Antonio quedó saldada.

Nunca había tenido una cuenta en un banco; en mi pueblo no había ninguno y yo ni sabía que existían las cuentas. Además, nunca había tenido dinero para guardar. Ahora sí que tenía, los sobres que el mismo Albino me entregaba en mano cada sábado. Era mucho más de lo que necesitaba para comer, pagar a dona Margarida o comprar algo de ropa. Pensé en dejar lo que me sobraba escondido entre mis cosas, pero me acordaba de las doscientas pesetas que se quedaron en el barco cuando llegué a Rio, así que decidí llevarlo encima: si tenía que huir mi dinero vendría conmigo.

Pronto fue una cantidad demasiado grande, tanto que me abultaba en los bolsillos y me daba miedo llevarla por la calle. Supuse que Albino había tenido ese mismo problema antes que yo y le pregunté. Se rió de mí, me llamó paleto y me aconsejó ir a un banco. Tuvo que explicarme cómo funcionaban y, por fin, accedió a acompañarme al suyo.

Estaba en el centro de la ciudad, en la avenida Rio Branco, y allí nos atendió un hombre muy bajito, muy delgado, de ademanes muy pausados, muy atildado, con la ropa muy bien planchada y la cabeza afeitada. Podía dar risa o dar miedo, pero no dejarte indiferente. A Albino le causaba risa.

—Éste es Carvalho, el hombre que va a cuidar de que no se lleven tu dinero. Parece una mierda de duende, pero cuando llegan los malos se crece y se convierte en una fiera, ¿verdad, Carvalho?

Carvalho sonreía e intentaba que no se le notara lo mal que le sentaban las bromas de Albino. Mi amigo se parecía cada día más a Mariano: la misma falta de respeto hacia los demás, las mismas bromas humillantes.

Carvalho, con su voz de falsete, me explicó todo lo que necesitaba saber y contestó amablemente a mis preguntas; después me pidió la documentación. Cuando la vio lo noté, se quedó desconcertado.

—¿El señor es portugués?

—Sí.

—Hay que ver cómo perdemos todos el acento... Yo también soy portugués y no se me nota. Pero hubiera jurado que usted era gallego.

—Mi pueblo, Vila Verde da Raia... hace frontera con Galicia... en el concelho de Chaves... pegado a Galicia...

No lograba decir nada coherente. Albino estaba tan tranquilo como siempre y salió en mi ayuda.

—Ya sabemos que portugueses y gallegos son la misma cosa, ¿no? Date prisa con los papeles, Carvalho, que no tenemos todo el día, *caralho*.

Se rió, cómo no, de su propia broma.

—Carvalho, *caralho*... Rima.

Carvalho acabó de arreglar los papeles, los trajo, le entregué el dinero y lo firmé todo. A la salida, Albino se ensañó conmigo.

—Si te pones nervioso con Carvalho, que es como un hada del bosque, qué vas a hacer cuando el que te pida los papeles sea un policía con los huevos negros...

Pero Carvalho había visto algo en los papeles, estaba seguro. No era sólo que le llamara la atención que yo no fuera gallego.

Pese a mi nerviosismo celebramos la apertura de mi primera cuenta corriente cerca de allí, en el bar Luiz, el que tenía según él el mejor *chopp*, cerveza de barril, de Rio de Janeiro, en la rua da Carioca.

13

Sabía que volvería a encontrarme pronto con Carvalho; sucedió en el tranvía que me llevaba desde la pensión hasta Copacabana. Subió una parada después que yo y se sentó a mi lado. Aunque parezca una exageración, parecía más pequeño que en el banco.

—Señor Nunes…

Seguía la costumbre portuguesa de dirigirse a alguien por el último de sus apellidos. Claro, los dos éramos portugueses…

—…qué casualidad encontrarle en este tranvía; aunque seré sincero, no es un encuentro casual, sabía que usted estaría aquí.

Los pies no le llegaban al suelo, le colgaban como si fuera un niño y apenas lo tocaba con las puntillas. Me dijo que quería charlar tranquilamente conmigo, que si tomábamos una cerveza en Leme. Bajamos en la plaza Lido y nos sentamos en un *botequim*, el Brahma.

—Así que es usted portugués, de la parte de Chaves.

—De Vila Verde da Raia, un pueblo muy pequeño, casi frontera con Galicia.

—Sí, muy cerca.

Se quedó callado y yo no quería hablar, esperé. Sus manos parecían las de un niño, con las uñas muy cuidadas y largas; todo en él era pequeño aunque proporcionado, no tenía rasgos de enano, sólo era diminuto: un hombre en otra escala. Podía tener cualquier edad entre los treinta y los sesenta, era imposible adivinarlo. Mi sensación era la misma que tuve en el banco: risa o miedo; a Albino le daba risa, a mí miedo. A la vez tenías la sensación de que podrías quebrarlo sin esfuerzo.

—También soy portugués, también soy del concelho de Chaves, también soy de Vila Verde da Raia. Qué casualidad. Y más casualidad todavía: conocí a Francisco Brandão da Silva e Nunes, fuimos juntos al colegio. ¿Le conoció usted? Era un grandísimo hijo de puta.

No podía alegar nada, sólo esperar.

—Qué casualidad todo. También que usted y su amigo Albino entraran en mi banco, que me correspondiera atenderles. La verdad es que da miedo, tantas coincidencias...

—La vida es así.

Pensé en quitarlo de en medio, allí, sin contárselo a nadie: levantarme, matarlo y echar a andar, sin mirar atrás, sin preocuparme de si alguien me reconocía o no. Pareció leerme el pensamiento.

—No se le ocurra hacerme nada; he tomado medidas para que esta historia llegue a conocimiento de la policía en caso de que algo me suceda.

Podía ser verdad o no. Mejor no comprobarlo.

—¿No me va a preguntar qué quiero a cambio de mi silencio?

—Estoy seguro de que me lo va a decir sin necesidad de que se lo pregunte.

—Me gusta usted, una pena, no es como su amigo Albino. Él se parece mucho a Francisco Nunes, tan hijo de puta como él. Prefiero a la gente callada, aunque a mí me gusta hablar; siento que rara vez me escuchen con la misma atención con la que lo hace usted.

Divagó unos minutos: no sabía cuánto pedirme, tenía que meditarlo, estudiar mis cuentas y las de mi amigo Albino; no quería cobrar menos de lo que yo pudiera pagarle.

—Le recomiendo que empiece a ahorrar, el dinero le hará falta. Claro que antes deberá pagar estas cervezas.

Se levantó de la mesa y se alejó sin decirme ni cuánto quería ni cuándo me lo diría. Caminaba entre la gente, cualquiera podría destrozarle sin esfuerzo. Menos yo.

Decidí esperar a tener nuevas noticias del hombrecillo antes de hablar con Albino y relatarle todo. No fue hasta dos semanas después, otra vez en el tranvía, en la misma parada, en el mismo asiento...

—¿Me esperaba nervioso?

—Nervioso no, sólo le esperaba. Uno se acostumbra a que lo que tenga que pasar, pasará.

—Siento mi demora y lamento que usted, tan joven, piense así. No se dieron antes las condiciones para repetir nuestro encuentro.

Bajamos en la misma parada, nos sentamos en el mismo *botequim*, a la misma mesa y en la misma posición; el camarero era el mismo y probablemente fuéramos los dos vestidos de la misma manera. Ésas eran las condiciones que Carvalho necesitaba: repetirlo todo.

—He pensado mucho en cuánto quiero por mi silencio. Hasta me he informado de algunos asuntos: ¿sabía que Nunes sigue vivo? Volvió al pueblo, claro, en Brasil no le fue bien. Este país es más sensato de lo que parece y expulsa sus inmundicias. Al principio creí que usted y su amigo Albino lo habían matado para quedarse con sus documentos. Y no, sólo se los robaron. Lo siento, Nunes estaba mejor muerto que vivo, los hijos de puta como él no deberían sobrevivir mucho.

Seguía sin decir cuánto quería y yo procuraba que no notara mi impaciencia.

—¿Es bueno para mí que esté vivo? No sé. Cualquier asunto tiene siempre dos caras, hay que saber escoger la que más nos favorece. Tengo mis motivos para llegar a la cantidad que he pensado: un millón de cruzeiros.

Era una barbaridad, el precio de dos buenos pisos en la mejor zona de Rio de Janeiro.

—Es una cantidad justa. Usted puede seguir usando su falso nombre y yo vuelvo a Lisboa, que es donde siempre he querido vivir.

Sentí un alivio repentino: se acabó el miedo. Ya no era un ser casi sobrenatural, era un hombrecillo que jugaba de farol. Tuve la tentación de cogerle de las solapas y levantarlo hasta que los pies no le tocaran el suelo, de darle una tunda de palos que no olvidara en la vida. En lugar de eso, bajé la cabeza, le pedí tiempo, le rogué: era mucho dinero.

—Poco tiempo, falso señor Nunes, poco tiempo.

—No creo que pueda darle más de trescientos mil.

—Quinientos mil, ni un cruzeiro menos.

Fue su sentencia. Se ponía nervioso ante la posibilidad de conseguir el dinero, se podía regatear. Había perdido aunque hiciera cuentas para gastarse el dinero que creía que iba a recibir. En sus años de vida, fueran los que fuesen, no tuvo tiempo de aprender que un hombre no debe hacer aquello para lo que no está llamado.

Sólo entonces se lo conté a Albino.

—¡Qué cabrón el hombrecillo! Sabes lo que debes hacer, ¿no?

—Sí.

—¿Quieres que me ocupe yo? Estoy más acostumbrado que tú a esos trabajos.

—No hace falta, esto debo hacerlo yo.

—Entiérralo en una caja de zapatos, seguro que cabe. Y asegúrate de revisar entre sus papeles, no vaya a haber guardado algo.

No usé caja de zapatos: su cuerpo, que yo sepa, aún no ha aparecido. Está enterrado en algún lugar de la Floresta da Tijuca, camino del Cristo del Corcovado. Quizá alguna de las sendas que usan los turistas le pase por encima. Ni yo mismo sería capaz de encontrarlo.

Antes de matarlo visité su casa, un apartamento en Humaitá, cerca de Botafogo, el lugar más organizado que he visto, tan atildado como su propietario. En los armarios había un sitio para cada cosa y nada estaba fuera de lugar; lo mismo en la cocina, en el baño... El mueble del salón lo presidía un retrato suyo con sus padres; a su lado parecían muy altos. La madre era idéntica a él, en grande y con el pelo largo. No había objetos de valor ni dinero, tampoco nada que me pudiera incriminar. No encontré nada que indicara que Carvalho se relacionaba con nadie, probablemente no tenía a nadie a quien contarle mi historia. No tuve ningún remordimiento, igual que cuando maté a Mariano.

Fui a contárselo a Albino, me felicitó y me invitó a comer en el restaurante Gôndola, en Copacabana. Él también quería decirme algo, que se marchaba a España de vacaciones y visitaría nuestro pueblo.

—Voy a ver a mi hermana Rosalía, ¿quieres que la traiga?

—Claro, le prometí que me casaría con ella y quiero cumplir mi promesa.

Se ofreció a llevar una carta escrita por mí para mi familia, pero le dije que no hacía falta, que lo único que me interesaba del pueblo era saber el paradero de mi hermana Arlinda, si había vuelto a casa.

Estaría en Galicia algo más de un mes, iría en avión hasta Madrid y en coche de allí a Galicia. Quizá un día yo hiciera lo mismo; en Madrid compraría un buen coche, uno americano, y al llegar al pueblo aparcaría delante de la casa de mi padre.

—Mire, padre, no he vuelto arrastrándome, como usted dijo; he vuelto sobre ruedas.

Los rumores, de los que Orfeo me puso al día, eran que su viaje no se debía a unas vacaciones sino a los negocios de don Antonio: volvería con cincuenta chicas nuevas que trabajarían en los pisos. Se decían disparates, que en las maletas no llevaba ropa sino dólares, que tenía que probar a todas las putas gallegas y traer a las cincuenta mejores, que no pensaba volver porque don Antonio lo había echado de Rio... Albino era un hombre importante y sobre los hombres importantes siempre se inventan cosas.

Yo contaba los días que faltaban para verle aparecer en la escalerilla del avión con Rosalía del brazo. Ahorraba todo lo que podía para ese día: tendría que alquilar y amueblar un apartamento, comprarle ropa a mi novia, preparar la boda, pagar el banquete... Hacía números y me daba cuenta de que tendría que pedirle un nuevo préstamo a don Antonio.

Estaba tan concienciado de mi compromiso con Rosalía que dejé de acostarme con otras mujeres. Me costó mucho dejar de ver a Nélia, mi favorita entre las ciento cincuenta mujeres que trabajaban para don Antonio.

Desde el primer día de trabajo en la noche me aprovechaba de ser uno de los hombres de don Antonio y me acostaba, un par de veces a la semana, con alguna de las chicas. Casi nunca nos lo hacían pagar. Seguí el consejo de Albino de no repetir con ninguna hasta que la conocí a ella, a Nélia, una paranaense igualita a Ava Gardner.

Nélia llegó a Rio con la intención de ser actriz, pero las cosas no le fueron como pretendía y acabó en uno de los pisos, el de la rua Paula Freitas. No se quejaba, decía que allí estaba mejor que en su casa de Paraná, que nunca hacía frío como allí.

—¿Frío en Brasil?

—En Paraná, en invierno, hasta nieva...

En su casa eran diez hermanos, tres chicas y siete chicos, y se reía cuando yo le decía que nosotros también éramos diez, pero al revés, tres chicos y siete chicas. Ella era la novena, igual que Arlinda y, a ratos, me recordaba a ella.

—O sea que a ratos te recuerdo a tu hermana y a ratos a Ava Gardner. ¿Y cuándo te recuerdo a mí misma?

Con Nélia me empeñaba siempre en pagar, aunque la madame me ofreciera hacerlo gratis. Tenía la sensación de que si no la pagaba se convertiría en mi novia y mi novia seguía siendo Rosalía. Cuando Albino se fue a Galicia dejé de acostarme con ella. A las dos semanas de no hacerlo se acercó a mí y me pidió que pasáramos un rato juntos, me dijo que me echaba de menos. Me mantuve firme y no lo hice. Insistió unos días después, me dijo que se sentía sola, que si no estaba con ella prefería Paraná a Rio de Janeiro. Tampoco le hice caso, me apetecía estar con ella pero llegaba Rosalía.

Para evitar las tentaciones, dejé de subir al piso de Paula Freitas. Esperaba a Orfeo en la calle mientras él recogía el dinero; le prohibí que me hablara de ella o que le sirviera de mensajero, no quería ningún mensaje suyo. Orfeo cumplió su palabra. La primera vez que habló de Nélia fue el día que murió Carmen Miranda, para decir que a quien de verdad se parecía Nélia no era a Ava Gardner sino a ella.

Carmen Miranda existía y llevaba la cabeza llena de frutas, no era una invención de Alfredo en mi pueblo. Era muy famosa en Estados Unidos y los brasileiros la acusaban de haberse americanizado, pero cuando su cadáver llegó a Brasil, en agosto de 1955, salió más gente a la calle que cuando murió Getúlio Vargas: más de cien mil cariocas acompañaron sus restos hasta el cementerio, sin dejar de cantar en voz baja sus canciones. Una carroza del cuerpo de bomberos la portaba desde el ayuntamiento y pasó por delante de la casa en la que la cantante vivió su infancia, en Lapa, muy cerca de la pensión. Pude ver su paso desde la ventana de La Bella Napoli, escuchar a la gente te ponía la carne de gallina. Me costó mucho atravesar la multitud para salir del barrio y llegar al aeropuerto: aquel mismo día llegaba Albino. Yo llevaba un ramo de flores en la mano, no era para Carmen Miranda, era para Rosalía.

No la vislumbré al bajar por la escalerilla. Rosalía no venía con Albino; cuando llegó al pueblo se encontró con que estaba ya casada. Rosalía se había casado con mi hermano Alonso, el de la silla de ruedas. No sentí tristeza ni enfado, pero no podía imaginar a Rosalía escuchando las historias de la guerra que contaba mi hermano.

Esa misma noche volví a la rua Paula Freitas a buscar a Nélia pero ya no estaba, se había vuelto a Paraná, a pasar frío, hacía una semana. Orfeo se defendió, no me lo había dicho porque yo le prohibí hacerlo. Fue cuando me dijo que Nélia se parecía a Carmen Miranda.

Estuve varias semanas preguntando a sus compañeras, intentando averiguar la forma de ponerme en contacto con ella y pedirle que volviera a Rio, a casarse conmigo. No la he vuelto a ver pero nunca la he olvidado y, ahora que lo pienso, quizá Nélia ni siquiera fuera su verdadero nombre.

De Galicia, Albino no me traía buenas noticias: mi hermana Arlinda no había vuelto al pueblo, mi padre seguía emborrachándose en la cantina, Alfredo el portugués se ocupaba de las tierras, mi madre y mis hermanas soportaban el mal humor de mi padre y Alonso, casado con Rosalía, contaba historias de la guerra. A mí me habían olvidado, la noticia de la muerte de Mariano era conocida en el pueblo pero nadie preguntó por mí.

La novedad era que Albino no volvió solo, le acompañaba Elena. Para ella fue el ramo de flores que compré para Rosalía. Elena era vasca, de Bilbao, y Albino ya había sido su novio antes, mientras hacía la mili. Venían casados y decidieron hacer un banquete en el restaurante de don Antonio para presentarla en sociedad.

Antes de la comida hubo una misa en la Igreja da Matriz, en Copacabana. Allí me encontré con Adrián, seguía recogiendo el dinero de los cobradores del bicho. Me pidió que hablara con Albino, a ver si podía ascender y ganar más dinero. Le prometí que intercedería por él a sabiendas de que no lo haría. Después no le vi en la comida, sólo había sido invitado a la misa.

En el banquete había de todo y en cantidad: carnes, mariscos, vino, cerveza... Vinieron muchas españolas y se empeñaron en que bailara con una madrileña que se llamaba Pilar, pero yo no estaba para bailes. Albino pensó que estaba triste por Rosalía, pero no era por ella, era por Nélia. Y por la fecha.

La celebración de la boda de Albino fue el 23 de agosto de 1955, justo cuando se cumplía un año de mi llegada a Rio; el día antes del primer aniversario de la muerte de Getúlio Vargas.

JUSCELINO

1

El día 3 de octubre de 1955 fue muy importante para Brasil, para Rio de Janeiro, para Albino y para mí; pero para don Antonio fue más importante todavía.

Antonio Bueno, el bicheiro de la zona sur, el amo de la prostitución en Rio de Janeiro, quizá el gallego con más dinero de la ciudad, amaneció muerto en su cama. La versión oficial de la familia fue que murió durante la noche, mientras dormía y sin enterarse. Era falso, tuvo un ataque cardíaco haciendo el amor con Juliana, la mulata de diecisiete años con la que compartía lecho desde hacía cuatro años. Juliana vivía en un piso de la avenida Atlántica con maravillosas vistas al mar, en el mismo edificio que el resto de la familia del viejo: su esposa, sus dos hijas casadas con gallegos, sus seis nietos... Todos miraban para otro lado y se comportaban como si Juliana no existiera; la mayor de sus nietas tenía dieciocho, uno más que la amante del abuelo; el más pequeño sólo tenía dos meses.

Había muerto el hombre más poderoso que conocía y, aun así, no era la noticia más importante de la jornada: aquel mismo día se celebraban elecciones a la presidencia de Brasil, las primeras que me tocó vivir. Tres candidatos partían con posibilidades de ganar: Juárez Távora, Ademar de Barros y Juscelino Kubitschek.

En el poco más de un año que llevaba en Rio había decidido que Brasil era el país en el que quería vivir para siempre, que mis hijos, si algún día los tenía, serían brasileiros y que era en esa ciudad donde quería ser enterrado cuando muriera. Si aquel día hubiera sido ya brasileiro no habría dudado en votar por Juscelino Kubitschek.

Su nombre no era fácil de recordar, por lo que la gente le conocía por sus iniciales, JK. La primera vez que leí ese nombre fue a mi llegada a Brasil, en el primer periódico que leí: «Juscelino Kubitschek, de Minas Gerais, único gobernador que vela el cadáver del presidente Vargas».

JK nació en Diamantina, una pequeña ciudad del estado de Minas. Procedía de una familia humilde de inmigrantes checos; su madre era maestra de escuela y su padre un viajante de comercio que murió cuando él tenía tres años. Él destacó desde niño, estudió medicina y se casó con Sarah, la heredera de una de las mayores fortunas del estado. Desde joven se dedicó a la política, primero como alcalde de Belo Horizonte y después como gobernador de Minas, pero nunca abandonó la medicina: todas las tardes pasaba consulta y ejercía de cirujano en uno de los hospitales de la ciudad de Belo Horizonte. Tomaba decisiones populistas; al llegar al gobierno decidió abrir al público su palacio oficial los domingos por la tarde para que sus conciudadanos pudieran disfrutar de él, pero a la vez era un gestor eficaz y un hombre de completa dedicación, uno de los políticos más famosos, honestos y queridos de Brasil.

No era el heredero natural de Getúlio Vargas, ése era un honor que cabía a Jango Goulart, su ministro de Trabajo y el destinatario de su carta-testamento, pero éste había salido derrotado en unas elecciones locales en su estado, en Rio Grande do Sul, poco después de la muerte de su mentor, y había perdido la confianza de su partido. Jango sólo consiguió ser nominado para el cargo de vicepresidente y JK aprovechó la oportunidad y el desánimo en sus filas, se hizo con el puesto de candidato a la presidencia de la coalición que formaban su partido, el PSD, y el del Getúlio y Jango, el PTB.

La opinión generalizada era que, tras el suicidio de Vargas, a la coalición le tocaba pasar una temporada en la oposición, pero JK no tardó en dar la vuelta a las encuestas. Cuando sus compañeros se dieron cuenta de que no estaba claro que fueran a perder las elecciones intentaron cambiar de candidato, pero ya no lograron apearle del puesto. Su mayor enemigo era el presidente en funciones, Café Filho; los dos sentían un profundo desprecio mutuo y no tenían el menor reparo en expresarlo en público y descalificarse en cualquier oportunidad.

Los brasileiros, yo como uno más, veían a JK como un vaquero solitario, enfrentado a los políticos tradicionales, a los adversarios y a sus compañeros de partido, a todos. Un hombre simpático, muy trabajador, buen bailarín, conquistador, siempre al borde de una carcajada. Lo adoraban. Además, era un hombre con suerte: en plena campaña, rodeado de periodistas, una mujer se puso de parto mientras la comitiva en la que viajaba recorría una carretera del interior. Juscelino se bajó de su coche y la asistió como médico; el niño nació sin problemas. Los demás candidatos llegaban, soltaban su discurso y se largaban, JK además ayudaba a quien lo necesitara. Getúlio era un padre autoritario y riguroso, Juscelino el amigo que todos querían tener.

Todos los días compraba los periódicos y los devoraba, seguí la campaña con más interés que ninguno de los brasileiros a los que conocía, estudié los programas de los candidatos, leí sus discursos, escuché sus debates en la radio... JK estaba obsesionado con los números, prometía un crecimiento imparable para Brasil: construir carreteras, fabricar coches, producir energía, avanzar en cinco años lo que se tenía que avanzar en cincuenta. Aquél era su lema: cincuenta años en cinco. También prometía algo de lo que los periódicos y el resto de los candidatos se reían: Brasilia. JK quería construir una nueva capital en el centro del país, la demostración para el mundo de la fuerza de Brasil. Los brasileiros debían convertirse en gente orgullosa de serlo.

Su campaña fue ejemplar, superó todos los contratiempos, incluyendo las maniobras de Carlos Lacerda, que apoyaba a Ademar de Barros en la *Tribuna da Imprensa*. El día de las elecciones, el 3 de octubre, era el favorito en todas las encuestas.

La noche anterior a las elecciones nuestro trabajo terminó más tarde de lo normal: una chica de uno de los pisos de Copacabana, una argentina llamada Laura, salió gritando de la habitación en la que estaba con un cliente llamándole pervertido, asesino, degenerado... Fue justo en el momento en que Orfeo y yo recogíamos la recaudación del día. Laura no paraba de toser y de llorar, el cliente había intentado asfixiarla mientras hacían el amor. Era una de las favoritas de Orfeo y él sacó sus navajas y se dirigió hacia la habitación. Fui tras él para impedir que cometiera un desatino y el asunto se nos fuera de las manos. Los dos nos llevamos la sorpresa a la vez: se trataba de un conocido periodista, uno de los más famosos de la sociedad carioca. Estaba borracho y drogado, apenas se enteraba de lo que pasaba.

Le encerramos en la habitación hasta que llegó Albino. No sé a qué acuerdo llegaron, pero tras hablar un rato Albino nos ordenó que le lleváramos a su casa en un taxi. Laura seguía muy nerviosa y amenazaba con denunciarle, con contar a todo el mundo lo que el periodista quiso hacerle. Albino también negoció con ella. Unas horas después, la chica cogió el primer avión con destino a Buenos Aires, con bastante dinero en los bolsillos y el compromiso de no volver a pisar Rio de Janeiro. Eran los negocios que mejor manejaba Albino, estoy convencido de que el periodista acabaría pagando mucho más de lo que Albino gastó en callar a la argentina. Quizá no en dinero, quizá en favores de esos que mi antiguo amigo sabía valorar mejor que nadie.

Entre unas cosas y otras, eran las seis de la mañana cuando me acosté. Mi idea era dormir hasta mediodía y salir entonces a dar un paseo. Visitar los locales en los que estaban las urnas electorales, ver cómo se votaba... Habría dado lo que fuera por poder hacerlo, por ser un brasileiro más y depositar mi voto para ayudar a que JK ganara la presidencia.

Pero no llevaba ni media hora en la cama cuando vino a despertarme dona Margarida. Estaba profundamente dormido y me sentí desorientado al abrir los ojos y ver que era ella quien sacudía mi hombro: nunca la había visto entrar en una de las habitaciones de los huéspedes, tenía que haber pasado algo muy malo.

—Te ha llamado Albino. Quiere que vayas corriendo al restaurante de don Antonio. Dice que es urgente. Tienes que llevarle esto.

Me dio un paquete, por el peso sólo podía ser una pistola.

—Pero qué pasa, ¿qué ha pasado?

—No me ha dicho nada, sólo que no tardes.

Salté de la litera, me puse la ropa que había dejado sobre una silla, la misma que la noche anterior. Uno de mis compañeros de habitación se despertó.

—¿Pasa algo?

—Sí, pero no sé el qué. Duérmete.

Salí a la calle y cogí, a la carrera, un *bonde* que se alejaba. Era muy temprano y sólo viajábamos el conductor, el cobrador y yo. Hacía fresco y me iba despejando poco a poco. No se me ocurría qué podía haber pasado, no creía que fuera algo relacionado con la prostituta argentina y el periodista, eso era algo que había quedado zanjado. Tampoco tendría que ver con las elecciones, a los bicheiros les traía sin cuidado quién fuera a ser presidente: financiaban a todos los candidatos por igual para no encontrarse con sorpresas.

Me bajé del tranvía al llegar a la Barata Ribeiro y anduve hasta el restaurante. En la entrada estaban Albino y Amaro, el yerno de don Antonio, charlando. Me hicieron un gesto para que esperara. Pensé que en cualquier momento aparecería don Antonio, todavía no sabía que su muerte era la causa de la llamada. No escuchaba qué decían, pero la conversación era tensa; no me extrañó, Amaro y Albino nunca fueron amigos.

La calle estaba casi desierta, sólo pasaba de vez en cuando alguna criada que iba a buscar el pan, algún juerguista rezagado de la noche anterior, un vecino paseando a un perro muy pequeño... El siguiente en llegar, con cara de dormido y despistado, como yo, fue Adrián, mi antiguo compañero de ronda. Le indiqué que debíamos esperar. Un par de minutos después, Amaro se fue para dentro y Albino salió a buscarnos.

—¿Te ha dado Margarida un paquete para mí?

Le entregué la pistola.

—Voy a llenar de agujeros al hijo de puta de Amaro. El viejo ha muerto.

Casi de inmediato llegaron Gerardo y Garcés, los dos leoneses de la noche de Milton Azevedo. La calle se estaba despertando y se empezaba a ver a los vecinos salir de sus casas, eran ya casi las ocho de la mañana. Albino nos hizo entrar y nos señaló una mesa, la más cercana a la calle y alejada de la barra.

—El viejo ha muerto y lo que aquí se discute es si mandan Amaro y su gente o mandamos nosotros. ¿Estáis conmigo?

El silencio general fue para Albino una señal de asentimiento.

—Lo primero que nos hace falta es dinero, ¿a qué hora estarán los cobradores en sus puestos?

—Hoy iban a empezar muy temprano, para aprovechar que la gente va a votar. En una hora estará cada uno en su sitio.

—Perfecto. Vais a hacer el recorrido para recoger la recaudación de ayer. En dos grupos, uno Gerardo y Adrián, el otro Garcés y Bernardo.

—Francisco, me llamo Francisco.

—Me da igual cómo quieras llamarte; hoy me da igual, cojones. El dinero sólo me lo entregáis a mí, ¿de acuerdo? ¿Lleváis todos pistola?

Todos asintieron menos yo. Albino me devolvió el paquete que me dio dona Margarida en la pensión.

—Toma ésta. Supongo que Amaro también habrá pensado

en lo de recoger el dinero. Vosotros os encargáis de la gente de Amaro y yo me encargo de él, ¿entendido?

Todos asentimos de nuevo.

—Que se sigan pagando las apuestas a los ganadores. Vamos.

Nos levantamos. Antes de salir, Albino se acercó a mí. Todo estaba en marcha y él había recobrado la calma.

—De ésta, o nos hacemos ricos o nos volvemos al pueblo con los pies por delante. Si hay que volver, quiero que me entierren dentro de la iglesia; paga lo que haya que pagar.

Le sonreí, no sabía qué otra cosa podía hacer. Garcés vino en mi rescate.

—Tú y yo vamos por la orla.

La orla de Copacabana es el paseo marítimo, la avenida Atlántica. Allí casi no había cobradores, pero sí en las calles transversales. A todos les extrañó que recogiéramos el dinero tan temprano, pero me conocían y no ponían problemas para entregarlo. Sólo uno se negó; si nadie le ordenaba lo contrario, sólo se lo daría a la persona habitual. Garcés le mostró la culata de su pistola.

—Precisamente te he traído aquí la orden firmada. ¿Quieres que le ponga algún sello más?

El cobrador consideró que era mejor no seguir discutiendo y lo entregó. Nosotros retomamos el camino sin hablar. Yo caminaba asustado, comprobando cada dos pasos que la pistola seguía en su sitio, como si la fuera a perder. Yo la llevaba en el cinturón, oculta bajo los faldones de la camisa; Garcés era más profesional, en una funda bajo el sobaco, oculta bajo una chaqueta fina. Era un buen compañero para una situación como aquélla: avanzaba serio, recorriendo la calle con la mirada de un lado a otro. Éramos un gallego y un leonés ejerciendo de pistoleros por las calles de Rio de Janeiro, menos mal que eso no era lo habitual entre los gallegos y los leoneses que vivían en Brasil.

El primer cobrador al que no encontramos en su sitio fue

al de la rua Constante Ramos, tampoco al de la rua Barão de Ipanema: todos los cobradores de los *Postos 5* y *6* habían desaparecido. Me alarmé.

—Tenemos que avisar a Albino. Amaro ha retirado a los cobradores de esta zona.

—Albino sabía que eso pasaría, ahora lo importante es el dinero. Vamos a seguir recaudando. Además, no puede tenerlos mucho tiempo fuera, si no pagan los premios el resto de los bicheiros se echa encima. Ya volverán, calma...

Avanzaba la mañana y las calles se llenaban de gente que iba a votar, de paseantes, de familias que iban hacia la playa... Nos encontramos con otro cobrador asustado: les había dado el dinero a los hombres de Amaro.

—Me dijeron que les mandaba don Antonio...

Llegamos a Arpoador, la zona que separa Copacabana de Ipanema. Allí, en la rua Francisco Sá, tenía que estar el siguiente. Y estaba.

—Espera, Garcés, ese tipo no debía estar ahí sino en la acera de enfrente.

—¿Seguro?

—Sí, es Ángel, uno del pueblo de Amaro... Nos han preparado una emboscada.

Garcés sacó su arma y apuntó.

—Me lo voy a cargar. ¿Estás seguro?

Tragué saliva.

—Completamente.

El cobrador todavía no nos había visto cuando el disparo de Garcés le arrojó hacia atrás; una gran mancha de sangre se pintó en la pared. Un coche apareció a toda velocidad y nos dispararon desde él, nos lanzamos al suelo, tras los vehículos aparcados, y respondimos los disparos. Por lo menos no me había equivocado: habían cambiado de sitio al cobrador para poder matarnos.

Algunos vecinos salían de todas partes, entre gritos y carreras, durante el enfrentamiento. En los tiroteos se mata poco para lo mucho que se dispara; se apunta de cualquier manera o no se apunta. Garcés y yo salimos corriendo por la rua Francisco Sá hasta la Bulhões Carvalho y de allí a la favela de Cantagalo.

Meternos en la favela nos salvó la vida, la primera de tantas veces... Los vecinos de la favela nos miraban, veían las pistolas y volvían la cara hacia otro lado. Los dueños de la favela tardarían segundos en saber que estábamos allí: dos blancos con pistolas en la mano no son bien recibidos en ninguna favela de Rio de Janeiro.

Salimos por el otro lado, por el de Ipanema, a la rua Saddock de Sá. En la puerta del Jangadeiro, el bar donde antes estaba Marco el italiano, tampoco había ningún cobrador. Garcés entró a llamar por teléfono mientras yo me quedaba en la puerta, con la mano cerca de la pistola, mirando en todas las direcciones.

Adrián y Gerardo también habían sido atacados y Adrián estaba bien, pero Gerardo había sido herido, todavía no sabían si grave o no. Nosotros teníamos que ir al apartamento de Albino en Botafogo y esperar nuevas instrucciones. Me preocupé por Albino, ¿le atacarían a él también? Garcés se echó a reír.

—Albino y Amaro están en casa de don Antonio, con el viejo de cuerpo presente, dándose abrazos para que todo el mundo vea que sienten mucho su muerte y que nada ha cambiado, que los gallegos siguen unidos y fuertes.

Tuvimos que dar un largo rodeo para llegar a Botafogo. Elena, la mujer de Albino, nos abrió la puerta y nos pasó a la sala; lo único que podíamos hacer era esperar. Después de una noche sin dormir y de los sobresaltos de la mañana, no pude mantener los ojos abiertos mucho tiempo. Al despertarme me dolía el cuello por la postura y eran las tres de la tarde. Todavía quedaban unas horas para que los brasileiros votaran y yo debía seguir imaginando cómo era una urna sin haber visto ninguna. Garcés leía el periódico y sobre la mesa había un plato con unos bocadillos.

—Te los ha dejado la mujer de Albino. En la nevera hay cervezas.

Elena había ido a casa de don Antonio a velar el cadáver; él había conseguido hablar con Albino: Gerardo había muerto y teníamos que esperar hasta que llegara.

—¿Por qué hacemos esto?

—¿Qué?

—Gerardo ha muerto, nosotros estamos vivos de milagro...

—Alguien tiene que suceder a don Antonio.

No podía decirle que eso a nosotros nos daba igual, que eso era un problema entre Albino y Amaro y que debían ser ellos los que se apañaran. Yo no tenía opciones, era del pueblo de Albino y debía tomar partido, los demás no.

—¿Conocías a Gerardo hace mucho tiempo?

—Cuatro o cinco años, ¿por qué?

—Los dos erais de León...

—León es muy grande. Nos conocimos en Rio.

En la radio hablaron de los tiroteos de Copacabana por la mañana, pero no mencionaron ni la muerte de don Antonio ni la de Gerardo. De las elecciones decían que estaban resultando tranquilas y que el ministro de la Guerra, el general Lott, se estaba ocupando de que no se vieran militares en los lugares de votación para no dar pábulo a los rumores de golpe de Estado.

Albino y Elena volvieron cuando ya era de noche y los colegios electorales estaban cerrados. Amaro y él habían llegado a un acuerdo para que no hubiera agresiones entre gente de los dos bandos, podíamos irnos tranquilos.

—Pero no salgáis a la calle sin pistola, no me fío de él.

Salí camino de la pensión, pero me arrepentí a mitad de camino, así que seguí hacia la favela de Floriano y le dije que me quedaba a dormir allí. No le conté lo que había vivido las anteriores veinticuatro horas: ni el escándalo con el periodista y la chica argentina, ni la muerte de mi jefe y un compañero, ni el tiroteo de la rua Francisco Sá. Estuve un buen rato ayudándole a revelar fotos; no eran de las que me gustaban, eran de niños con uniforme de colegio. Su negocio había crecido, tenía a cuatro empleados dedicados sólo a eso; ya tenía dinero para comprar, si quería, una casa fuera de la favela. Le pregunté si lo pensaba hacer.

—Nunca, ¿dónde voy a estar mejor que aquí?

Su teoría era que cada uno pertenece al lugar en el que se siente protegido y feliz, perderlo sólo por estar ganando algo más de dinero era absurdo.

—Te puedes ir para estar mejor en otro sitio, pero no por estar bien y ganar mucho. Eso es una tontería.

Había comprado ya la cámara de cine y le tenía que llegar de Estados Unidos en unas semanas, entonces empezaría a rodar películas con la misma temática que las fotos especiales. Me ofrecí, en broma, como actor. Me rechazó, según él los blancos éramos muy flojitos. Si quería ayudarle lo que necesitaba era que le aportara ideas.

—Lo importante es la acción, claro, pero hay que adornarlo...

Montamos varias historias: una mujer que se despierta en la cama, se encuentra al limpiacristales en la ventana y lo hace entrar; una chica que se va a ahogar y recompensa a los socorristas que la salvan; dos amigas que se apuestan cuál de ellas consigue conocer a más hombres una sola noche; una reina del carnaval que decide premiar a toda la batería tras el desfile...

La charla con Floriano me animó y me hizo olvidar el día. Pero no logré dormir bien: él y Odete estuvieron toda la noche haciendo el amor, quizá incentivados por los argumentos de sus futuras películas. Por mucho que intentaban no hacer ruido, Odete era una escandalosa. Cuando estaban haciéndolo, él la llamaba «blanquita».

2

Juliana no asistió al entierro de don Antonio Blanco. La familia no tardó en deshacerse de ella y mandarla a la favela de la que el viejo la había sacado, el Morro dos Macacos, en Vila Isabel. No volví a saber de ella hasta un par de años después, cuando ya era mayor de edad y entró a trabajar de puta en uno de los pisos del que fuera su protector. Su hija, nacida pocos meses después de su muerte, era también hija de don Antonio, pero no le heredaría como las otras. Si su padre hubiera muerto unos meses después la habría reconocido y habría sido una niña de la avenida Atlántica. Tuvo mala suerte y nació en una favela a la que hasta el Cristo daba la espalda. Siempre consideré que mi hermano Ramón era el mayor ejemplo de mala suerte, hasta que supe de la existencia de aquella niña.

El entierro de don Antonio no estuvo a la altura de lo que él se merecía: las lágrimas, los discursos y los abrazos fueron falsos. Quizá Juliana, que cobraba por compartir cama con el viejo, habría sido la única sincera. Asistieron más de quinientas personas, en su mayor parte españoles; el cura que ofició la misa era un hermano del muerto que llegó a Brasil antes que él. Los dos hermanos no se hablaban desde hacía cuarenta años: don Manuel trabajaba con niños en las peores favelas de Rio; intentaba que no acabaran trabajando como prostitutas y pistoleros para su hermano pequeño. Morir después que él fue su primera victoria.

A la entrada de la iglesia se formaron los grupillos habituales, con más motivos que nunca: habían salido los resultados provisionales de las elecciones —a los definitivos les faltaban todavía un par de semanas— y daban como ganador por escaso margen a JK. Lacerda había escrito un artículo en su periódico en el que pedía a los militares —«que tienen la fuerza en sus manos»— que no permitieran la toma de posesión, un llamamiento al golpe de Estado como los muchos que había lanzado.

La situación política no estaba clara, como no lo estaba la relación entre Albino y Amaro. Él recogía el bicho y nosotros la prostitución, pero ninguno entregaba el dinero en la «caja fuerte». Copacabana se había dividido entre los dos y el resto de los bicheiros se limitaban a observar, pendientes de poder hincar el diente a los negocios de los gallegos.

Me extrañaba que Orfeo se mantuviera al margen de las peleas; nunca hacía un comentario, su neutralidad era exquisita, impropia de él. Ni siquiera hacía preguntas. O no le interesaba, imposible conociendo a Orfeo, o quería darlo a entender. Nunca fue tan serio en el trabajo: no le tenía que esperar, no se empeñaba en pedir una copa en cada local, no intentaba que todas las chicas se acostaran gratis con él... Se convirtió en el perfecto compañero de trabajo.

Sospechaba de él, pero sólo confirmé mis sospechas por casualidad: Orfeo trabajaba para Amaro. Habíamos subido a recoger el dinero del piso de la rua Paula Freitas, el mismo en el que tiempo atrás estaba Nélia. Era temprano y teníamos tiempo de sobra para pasar allí un rato con alguna de las chicas. Orfeo entró en el cuarto con Leda, una carioca que decía que tenía dieciocho años aunque no los aparentara. Yo escogí a una chica nueva, una uruguaya llamada Mariana. Acabé muy pronto, mi elegida no me gustó y no me apetecía seguir con ella. Volví a la sala para hacer tiempo mientras mi compañero terminaba con Leda. Otra de las chicas, Anita, una bahiana que llevaba allí bastante tiempo, me pidió fuego. Yo no tenía, no fumo ni lo he hecho en la vida, pero la chaqueta de Orfeo estaba en el respaldo de una silla. Orfeo fumaba hasta dormido, era imposible verle sin un cigarrillo en la mano y llevaba repartidos paquetes de tabaco y cajas de cerillas por todos los bolsillos para no quedarse sin ellos. Palpé por fuera hasta dar con una de las cajas y la saqué, pero dentro no había cerillas sino un papel doblado: allí estaban escritas las direcciones de todos los pisos y la recaudación de cada uno de ellos durante la semana. Las cuentas las llevaba yo, Orfeo sólo tenía que cuidar de que no nos robaran; esas cifras no tenía ni que conocerlas.

Busqué otra caja de fósforos y me senté a esperar. No tardó en salir hablando de las artes amatorias de Leda. Dos veces estuve a punto de preguntarle por sus motivos para anotar la recaudación de los pisos de las chicas; las dos tuve el acierto de quedarme callado, no sé qué consecuencias habría tenido que él fuera consciente de mis sospechas y no quería probar su habilidad con los cuchillos.

Acabamos la ronda y volví a la pensión. Me costó dormir, no sólo por la preocupación sino porque en la habitación ya no estaba Luis Damasceno y, sorprendentemente, una vez que te habías acostumbrado a escucharle durante la noche, debías acostumbrarte a no escucharle. Su apellido, Damasceno, no parecía gallego, pero él era de Villagarcía de Arosa y al roncar recordaba a la sirena de un barco. Luis había dejado la pensión, como tantos otros, en los últimos días.

De repente La Bella Napoli se vaciaba de españoles. Los inquilinos habituales se marchaban para casarse o para alquilar sus propios apartamentos y no llegaban otros nuevos, como si en España se hubiera decidido que Brasil había dejado de ser un buen lugar para emigrar. Y lo más peculiar es que fue todo muy rápido, en cinco o seis semanas. La plaza de París estaba vacía y en mi habitación de la pensión dos camas estaban libres: de los cinco que llegamos a ser sólo quedábamos dos, Pío y yo. Cualquier día, dona Margarida empezaría a llenar la pensión con inquilinos de otros lugares; era el momento de empezar a pensar en marcharse.

Cuando me desperté era casi mediodía. Fui a comer a uno de mis dos restaurantes habituales, Cosmopolita, frente a los arcos de Lapa; el otro era A flor de Coimbra, en la calle de detrás. En ambos se comía bien, me conocían y tomaban recado si alguien preguntaba por mí. Escogí una mesa a la que más de una vez había estado sentado con Orfeo; debía tomar una decisión, podía denunciarle a Albino o podía hablar con él, decirle que lo había descubierto y aconsejarle que huyera a São Paulo o a Argentina... Era una idea ridícula, en cuanto terminara de hablar con él se lo contaría a Amaro y a quien quitarían de en medio sería a mí.

No podía hacer nada, la guerra había empezado y estábamos en bandos contrarios: yo en el de Albino porque así me había correspondido; Orfeo en el de Amaro por decisión propia.

Mientras comía, entró en el restaurante Xan Ribeiro, uno de los huéspedes de la pensión, y me pidió permiso para sentarse conmigo a la mesa. Me extrañó, creo que nunca había hablado antes con él, pero se lo concedí. Me dijo que había comido y que no quería tomar nada. Ante mi insistencia aceptó un café. Supongo que no tenía dinero; el café, en los restaurantes brasileiros, era gratis entonces.

Lo único que sabía de Ribeiro es que trabajaba en Vogue, una de las mejores salas de fiestas de Copacabana, en la avenida Princesa Isabel: un sitio que me gustaba mucho, quizá porque no era de don Antonio. En el Vogue actuaba una orquesta de negros americanos que interpretaba jazz, pero la verdaderamente famosa era una cantante francesa llamada Patachou. Durante su sensual actuación escogía a un hombre del público, alguno rico y poderoso, para sentarse en sus piernas y cantar para él. Antes de acabar la actuación sacaba unas tijeras y cortaba su corbata. Decían que era una señal para que el escogido acudiera a recuperar el pedazo a su camerino... Yo no era poderoso, nunca fui escogido por Patachou, y no sé si es cierto o sólo una leyenda.

Pero Vogue ya no existía, en agosto se había quemado y tanto la sala de fiestas como el hotel que había sobre ella habían sido destruidos. Murieron cinco personas y muchas se quedaron sin sus empleos, Ribeiro uno de ellos. Le pregunté cómo le iba, si había encontrado otro.

—Intenté montar mi propio local. Tenía un socio capitalista y un local en la Visconde de Pirajá, en Ipanema, pero no fue bien, ni llegué a abrir.

—¿Y eso?

—El socio se marchó y además se llevó todos mis ahorros. Ahora trabajo donde puedo, aquí y allá…

—Lo siento; ¿te puedo ayudar en algo?

Pensé que Ribeiro quería una recomendación para Albino, para que lo empleara como encargado en alguno de los locales, y estaba dispuesto a ayudarle pero no se trataba de eso. La idea de Ribeiro era recuperarse de los reveses vendiendo información.

—Trabajando de noche se escuchan muchas cosas. Amaro, el yerno de don Antonio, sale a tomar una copa con algunos amigos de vez en cuando. Quiero que me consigas una entrevista con Albino para contarle algo que le va a interesar.

—Adelántame algo de lo que le quieras decir, eso acelerará las cosas.

—Sólo a él, Francisco, sólo hablaré con Albino.

Me molestó que me considerara tan poco importante, pero no me quejé, sólo asentí.

—Lo hablaré con Albino. Después te busco en la pensión.

—Dejé la pensión hace una semana. Mañana vengo a buscarte aquí a esta hora.

Albino no recordaba a Ribeiro y me preguntó si era de fiar; le respondí que no, pero que no se perdía nada escuchándole. Quedé en que llevaría a Ribeiro al Joana's, la boite en la que Albino había establecido algo similar a un cuartel general. Aún no le hablé de mis sospechas sobre Orfeo.

Los datos definitivos de las elecciones de octubre ya se conocían y no diferían de los provisionales. El ganador era Juscelino Kubitschek y la vicepresidencia la ocuparía Jango Goulart. Jango había arrasado, pero JK sólo había logrado el apoyo del treinta y seis por ciento de los electores, a sólo ocho puntos de Juárez Távora y a doce de Ademar de Barros, distancia insuficiente para acallar a los partidarios de que una dictadura militar se hiciera con el poder. El principal impulsor de esa idea era, cómo no, Carlos Lacerda. En la *Tribuna da Imprensa* inició una campaña de desprestigio de JK en la que le acusaba de haber ganado gracias a los votos de los comunistas; lo mismo alegaba la Liga Brasileira Anticomunista, que además acusaba a los electores de ser una enorme masa ignorante que no debía ser tenida en cuenta. El presidente seguía siendo Café Filho, de él dependía lo que fuera a suceder.

Lo que pasó fue que Café Filho simuló un infarto e ingresó en el hospital. El poder quedaba en manos de Carlos Luz, el presidente del Congreso de los Diputados, uno de los partidarios del golpe. Era él, el tercer presidente que yo conocía desde mi llegada a Brasil, el que debía facilitar la llegada al gobierno de los militares e impidiera que JK fuera investido presidente. Los militares colocarían en su lugar a un civil que no estuviera contaminado por el golpe y Café Filho, ingresado con un falso infarto, sería el candidato ideal. Tampoco estaría mal situado el mismo Carlos Lacerda.

Esa noche volví a mi ronda y me comporté con Orfeo como si no me hubiera dado cuenta de nada; él seguía igual de serio y no se perdía ni un detalle de las entregas de dinero. Antes de la muerte de don Antonio era algo que no le interesaba más que para hacer bromas: «Si me dieran ese dinero todos los días me compraría un avión y un pedazo de selva en Amazonas y lo llenaría de putas para que me esperaran desnudas»; «Si tuviera ese dinero me compraría el Pão de Açúcar, me construiría una mansión en lo alto y la llenaría de putas que me esperaran desnudas»; «Si tuviera ese dinero...». Estaba bien que no tuviese dinero, sólo habría hecho tonterías con él. Ahora no hablaba, prestaba atención cuando yo lo contaba y, cuando creía que yo estaba pendiente de otra cosa, tomaba nota. No me había fijado desde cuándo lo hacía, pero dejar que siguiera un par de días no empeoraría las cosas.

Al día siguiente volví a comer al Cosmopolita. Ribeiro apareció y acercó una silla para sentarse a mi mesa.

—Disculpa, no te he invitado a sentarte. Tú sólo quieres hablar con Albino, yo prefiero comer solo.

Dejó la silla en su sitio y se quedó de pie.

—¿Te ha dicho cuándo se va a encontrar conmigo?

—Esta noche en el Joana's. Ve y espera a que yo llegue.

Se iba a marchar sin despedirse, pero antes de llegar a la puerta dio la vuelta.

—Te vas a arrepentir de haberme despreciado.

—Lo dudo, casi nunca me arrepiento de lo que hago.

Pasé por el Joana's a la hora de abrir; Albino ya estaba allí, en el despacho que tenía en la parte de atrás, junto al almacén de bebidas.

—Albino, supongo que lo sabes, Amaro está detrás del dinero de los burdeles.

—Sí, claro. Y yo detrás del dinero del bicho. Uno de los dos se lo va a quedar todo, por muchos abrazos que nos demos en público.

Me explicó que lo que de verdad estaba en juego era el dinero de las drogas.

—Va a ser tanto que, dentro de unos años, el que mande en las drogas mandará en todo. Y de momento no lo tenemos ni él ni yo; no logramos aprovecharnos de la muerte de Milton Azevedo y otros se nos adelantaron. Para conseguir meter el pie ahí vamos a necesitar amigos en las favelas.

Era la primera vez que oía que las favelas fueran a ser importantes para nuestros negocios. Estaba claro que cuando yo iba, Albino había ido y vuelto un par de veces. Puede que yo no fuera tan listo como él, pero tenía amigos en las favelas.

—¿Por qué dices lo de Amaro?

—Orfeo.

—Sí, lo sabemos, es él quien le pasa información. Nos ocuparemos cuando llegue el momento, tú tranquilo y no digas nada.

Esa noche miré a Orfeo con pena. Habría sido mejor para él dedicarse a conquistar dependientas, a acostarse con las chicas y a vivir tranquilo. Le pasó lo que a Carvalho, quiso dedicarse a algo para lo que no valía.

Esperé a Xan Ribeiro y le hice entrar en el despacho de Albino. Les dejé solos y no me enteré hasta varios días después de la información que le vendió. Albino le pagó muy bien y Ribeiro pudo hacerse con el local de Visconde de Pirajá. Se convirtieron en socios. Tal vez no debería haberme enemistado con él.

3

Según los periódicos, y para mí era incomprensible que pudieran dar esas informaciones sin que los cerraran, todo estaba preparado para el golpe de Estado. Pero los golpistas no contaban con el general Lott, el ministro de la Guerra. Henrique Lott no era partidario de JK, sólo de la ley: el que gane las elecciones es el presidente, «nos guste o no». En tiempos de Getúlio fue el único de los ministros militares que le apoyó; sólo por eso me caía bien.

Los perdedores de las elecciones esperaban el golpe de Estado y lo tuvieron; sólo que no fue en el sentido que ellos esperaban: lo dio Lott desde dentro del gobierno. La tarde del 10 de noviembre Carlos Luz, presidente en funciones, destituyó a Lott con la idea de nombrar a otro ministro de la Guerra que no fuera a oponerse a sus planes, uno afín a los planes de Lacerda. La mañana del 11 los cariocas se despertaron con los tanques en la calle: Luz había cometido un error muy brasileiro, dejar el papeleo de la destitución para el día siguiente. Lott aprovechó su última noche de ministro para dar el golpe: se hizo con el poder y se negó a ocupar la presidencia; no quería ascender, sólo que se cumpliera la ley. Se nombró presidente provisional a Nereu Ramos, el presidente del Senado, el cuarto que yo conocía desde que llegué a Brasil.

Lott ordenó que los barcos de guerra se mantuvieran anclados en puerto. Sólo uno de ellos eludió la orden, el *Tamarandé*.

En él viajaban los más destacados golpistas, entre ellos el presidente depuesto, Carlos Luz, y Carlos Lacerda. Huían de Rio con la esperanza de llegar a Santos y allí ser recibidos por el gobernador del estado de São Paulo, Jânio Quadros, del que esperaban que se opusiera al golpe preventivo de Lott. El *Tamarandé* estaba en puerto en labores de reparación y sólo funcionaba con un motor auxiliar, a menos de la mitad de la velocidad habitual. En esas condiciones fue protagonista de la batalla de Copacabana.

Aquella mañana me levanté temprano, sin saber qué pasaba. Yo también había decidido que debía dejar la pensión y alquilar un apartamento. Se me ocurrió ir a mirar algunos en la zona de Peixoto, un pequeño barrio dentro de Copacabana donde se estaban construyendo edificios nuevos con apartamentos minúsculos. Compré el periódico antes de subir al tranvía; allí todavía no decía nada del golpe de Estado. Los primeros tanques los vi al pasar por la Glória; sin embargo la vida parecía seguir su ritmo habitual sin que nadie se alarmara. Al llegar a Copacabana vi que la gente se dirigía a la avenida Atlántica y fui tras ellos. Fue cuando me enteré de la noticia del golpe, de la que ya se hablaba en la radio. Desde la playa se veía el *Tamarandé*, para la gente aquello era una fiesta.

Me sorprendió encontrarme con Floriano, que estaba en Copacabana por asuntos de trabajo: había ido para contratar a un operador para la cámara de cine que le había llegado de Estados Unidos. Se tenía que encontrar con él en una de las terrazas del paseo, pero estaba cerrada por la gran cantidad de público que se concentraba en la avenida Atlántica. Así que los dos teníamos la mañana libre para dejarnos llevar por la marea de gente.

Caminábamos en dirección al fuerte de Copacabana. Según los presentes, el nuevo gobierno de Lott había dado un ultimátum al barco de guerra: si superaba ese punto sus defensas abrirían fuego. El *Tamarandé* iba tan lento que todos seguíamos su rumbo sin perderlo de vista. Floriano estaba convencido de que no pasaría nada.

—Somos todos brasileiros, los del barco, los del fuerte y los que miramos. ¿Cómo van a disparar? Si fueran argentinos, todavía...

Como siempre en Rio, aparecieron vendedores ambulantes de helados, de cocos, de dulces bahianos... La batalla parecía un carnaval sin fantasías, los únicos disfrazados estaban subidos en el barco. Floriano y yo compramos un par de mazorcas de maíz y nos sentamos en la arena de la playa, en un lugar desde el que podíamos verlo todo bien.

—Te apuesto cien cruzeiros a que no disparan.

—Sabes que no me gusta jugar, Floriano.

—Sólo diez, por darle emoción.

—Está bien, diez cruzeiros. Yo digo que disparan, ¿no?

—Sí, y yo que no. Ah, aprovecho para darte una noticia que pensaba darte el sábado. Odete está embarazada.

—¿Y me lo dices así? Enhorabuena.

—Si es niño se llamará Francisco, como tú.

Le di las gracias y me quedé con ganas de pedirle que le llamara Bernardo. No pude porque se escuchó un disparo de cañón.

—Me debes diez cruzeiros.

Aquel disparo, igual que los que siguieron, no acertó en el barco. Floriano tenía razón a medias: disparaban pero con cuidado de no hacerle daño a nadie, tanto los del barco como los del fuerte eran brasileiros. Desde el *Tamarandé* no se contestó, con la cantidad de espectadores que había podrían haber provocado una desgracia. En estos asuntos los brasileiros son gente muy sensata, han salido a los portugueses. El barco superó la punta de Arpoador y se acabó el espectáculo. Los dos nos levantamos y nos sacudimos la arena.

—Te invito a comer y celebramos el embarazo de tu mujer. Vamos al Copacabana Palace.

Floriano no quería ir allí, decía que un negro de favela no sería bien recibido. Acabamos comiendo marisco en un restaurante de Leme, aunque creo que en el Copacabana Palace nos habrían atendido; en esos sitios el único color que tiene importancia es el de los billetes del banco.

Por la tarde, a la hora de abrir el Joana's, fui a ver a Albino. Me había mandado recado para que lo hiciera, tenía un trabajo que encargarme. Estaba esperándome y me ofreció un whisky. Yo nunca había probado esa bebida. Me dio las gracias por haber llevado a Ribeiro hasta él. Me enteré de la información que le vendió: la fecha en la que Amaro pensaba asesinarle.

—Como puedes imaginarte, hemos tomado medidas para que no logre hacerlo.

Tras el incendio del Vogue y la estafa de su socio brasileiro, Ribeiro trabajó en varios lugares de Copacabana, uno de ellos el Drink's, justo enfrente de donde estaba antes el Vogue. Una noche estuvo allí Amaro acompañado por dos personas más. No se dieron cuenta de que el camarero que les atendía era español y hablaron con libertad, pensando que nadie les entendía. Pero Ribeiro entendió una cosa: tenían un plan para asesinar al del pelo blanco.

—¿Y? Tú no tienes ni una cana.

—Es por mi nombre, Albino...

Hasta ese día no supe lo que era un albino. Nunca había visto a ninguno y no conocía el significado de la palabra. Pasado el tiempo vi a un albino y era negro; pero no fue hasta siete u ocho años después, en Petrópolis.

—Afortunadamente, Ribeiro sí sabía lo que era un albino. ¿Has seguido fijándote en Orfeo?

—Sí, continúa apuntando la recaudación.

—Las madames van a empezar a darte menos dinero. No te alarmes, es que queremos que a Amaro le llegue información falsa. Pero vamos a lo que nos interesa...

Lo que de verdad era importante era el asunto de Amaro. Me sorprendía la frialdad y la tranquilidad con la que lo manejaba Albino, como si una amenaza de muerte contra él no le preocupara.

—Hay que hacer algo con Amaro. Esto sólo lo puedo hablar contigo. Para algo así sólo puedo confiar en ti. Somos del mismo pueblo y eso no se olvida.

¿Me estaba pidiendo que matara a Amaro personalmente? Quizá era el momento de decirle que no estaba de acuerdo con él en muchas cosas, que había perdido gran parte del aprecio que le tenía cuando estábamos en el pueblo.

—Gente de la favela. Tú tienes conocidos en la favela que se pueden encargar de todo. Que nadie nos implique a nosotros y podamos ir al velatorio de Amaro y decirle a su mujer que lo sentimos y que haremos lo que esté en nuestras manos para vengar su muerte.

—Yo en la favela sólo conozco buena gente.

—La favela está llena de valientes. Ya sabes lo que dicen de la gente del nordeste, que se puede confiar en ellos, que no hablan aunque les arranquen los ojos.

Es cierto que era eso lo que se decía, que la favela estaba llena de valientes: hombres que vestían camisas de seda para que el cuchillo del oponente resbalara sin herir, dispuestos a sacar las navajas a las primeras de cambio. Una vez vi a uno al que llamaban Caboclinho llevarse por delante a otro al que llamaban Pernambucano sólo por no ofrecerle cerveza de su botella.

—Podría parecer un atraco: un par de tipos quieren su dinero, Amaro se resiste y se lo cargan.

—Es difícil encontrar a Amaro solo, siempre está rodeado por los suyos.

—Siempre no, una vez a la semana visita a una puta que tiene en un apartamento de Flamengo. Esos días va solo, con el que le hace de chófer, un tal Jailson. Tú consigue a los morenos, yo me entero del lugar y la hora.

Si Caboclinho no hubiera estado en la cárcel por matar a Pernambucano habría sido una buena opción; si Pernambucano no hubiera estado muerto, también. El único que podía ayudarme a encontrar a la persona adecuada era Floriano y no sabía si atreverme a pedirle algo así. Albino quería que el asunto estuviera resuelto en no más de un par de semanas, me daría el dinero necesario en cuanto hiciera falta.

—Ya sabes, un nordestino, un tipo duro.

No me quedaba más remedio que acudir a Floriano, hablaría con él el sábado, en la tradicional feijoada que celebraba cada semana en su casa.

Cuando salí del despacho de Albino la radio ya anunciaba el éxito del golpe de Estado de Lott. El *Tamarandé* no atracó en São Paulo; el gobernador Jânio Quadros, imprevisible como siempre, se puso en contra de los fugados y el general Lott amenazó con hundir el barco si no se entregaban sus ocupantes. Volvieron a Rio e hicieron el mismo recorrido en sentido inverso, desde el fuerte de Copacabana hasta Leme, con la dotación formada en la cubierta y la orquesta tocando marchas militares para el público congregado en la playa. Un enviado del gobierno se desplazó en lancha hasta el barco para negociar y el presidente depuesto, Carlos Luz, y sus acompañantes se reincorporaron a sus puestos y sus vidas sin represalias. En enero, tal como estaba previsto, Juscelino Kubitschek tomaría posesión del cargo de presidente de Brasil.

Sólo uno de los pasajeros del barco, temiendo por su seguridad, pidió asilo en una embajada: Carlos Lacerda. Después de intentarlo en la de Perú, acabó en la de la Cuba de Batista. Pocos días después salió escoltado hacia el aeropuerto y viajó a La Habana, donde apenas pasó una semana, y de allí a Nueva York. En Estados Unidos se dedicó a traducir películas del inglés al portugués —*El monstruo de la laguna negra* fue la primera— y a publicar artículos para *O Globo* y la *Tribuna da Imprensa*, con el pseudónimo de João da Silva. No volvió a Brasil hasta un año después.

Antes del sábado tuve otra llamada de Albino, había llegado a Rio Irene, su cuñada, la hermana de Elena. El viernes por la noche se celebraba una cena de bienvenida para ella en un restaurante de Copacabana, el Alcázar. La lista de invitados era significativa: irían los que Albino consideraba sus fieles. Los que no estaban en esa lista eran los enemigos.

Yo ocupaba un lugar de honor, en la mesa de los más íntimos, de la familia que ninguno teníamos. A esa mesa nos sentábamos Albino y su mujer, Garcés y la suya, Irene, la homenajeada, y yo.

Irene, aunque no era muy guapa —boca y nariz demasiado grandes, barbilla fina y cara de pájaro—, era una mujer muy interesante, con unos bonitos ojos azules. Había algo en la forma en que te miraba y te escuchaba, haciéndote parecer el hombre más importante del mundo, que la hacía muy atractiva. Me preguntó muchas cosas sobre Rio, me contó sus primeras impresiones: el Pão de Açúcar, el Cristo, las playas... Me pidió que la acompañara a subir al Corcovado, no creía que su hermana y su cuñado tuvieran interés en llevarla.

Albino, cuando supo de mi intención de mostrarle Rio, me guiñó un ojo.

—Muy bien, llévala y haz que se divierta. Y diviértete tú también. No es muy guapa pero es de la familia, y por la familia uno es capaz de hacer cualquier cosa...

Albino era cada día más poderoso, pero a mí cada día me parecía menos respetable. Ya no tenía nada que ver con el que salió de Galicia.

Todavía tuve tiempo de charlar bastante rato con Irene, hasta pude bailar con ella una canción de Dorival Caymmi, «Só Louco». Me pidió que se la tradujera para familiarizarse con el idioma. Intentó aprender portugués pero no lo logró, nunca he conocido a nadie con menos facilidad para las lenguas.

Aquella noche me fui a la cama pensando en ella.

4

El día después de la fiesta acudí, como cada sábado, a la favela. Después de la feijoada los dos, Floriano y yo, dábamos un paseo para despejarnos de la cerveza y la cachaça que bebíamos en los múltiples brindis que se hacían. Aprovecharía el momento para hablar con él de lo que Albino me había pedido.

Pero antes conocí a Iosinara, una prima de Odete recién llegada del *sertão*: la mujer más guapa que había visto desde que llegué a Brasil, la más guapa que había conocido nunca en mi vida. Iosinara era mulata, bastante clara de piel, más alta que yo, con pelo rizado, grandes ojos oscuros, dientes que se verían de noche, labios carnosos... Todo lo que diga sobre ella es poco. Tan seducido estuve por ella que casi olvidé lo que tenía que hablar con Floriano. Al final, lo hice como lo habría hecho él: sin rodeos.

—Floriano, necesito a alguien para un trabajo especial.

—¿Fotos?

—No. Le pagarían muy bien por encargarse de un tipo.

—No me meto en esas cosas.

—No necesito que te metas, sólo que me digas quién puede hacerlo. No quiero buscarlo a tus espaldas.

Caminamos en silencio, me llevó a un área de la favela en la que nunca había estado, llegamos al límite, la zona en la que acababan las casas. Seguimos andando.

—¿Qué te ha parecido Iosinara?

—Maravillosa.
—Está soltera y ya tiene dieciséis años.
—¿Sólo?
—Va siendo hora de que un hombre cuide de ella.
Nos alejábamos de la Serrinha, no quise preguntarle adónde me llevaba. Llegamos a otra favela, más pequeña, con las casas peor hechas. Olía mal, la basura estaba tirada por todas partes, los niños que jugaban estaban más sucios.
—¿Qué hago? ¿Invito a salir a Iosinara?
—El sábado que viene hay fiesta en la escola de samba, se escoge la música del próximo carnaval. Después de la feijoada iremos, vente con nosotros.
Llegamos por fin a una casa hecha de planchas de madera, cartones y latas, una de las peores de la favela en una favela mucho peor que las que yo había conocido hasta entonces. Unos niños jugaban delante con una pelota hecha con trapos.
—Ahí vive el hombre al que necesitas, Élder, «el Tuerto». Es de Piauí y es duro como el diamante. ¿Estás seguro de que quieres que le llame?
Asentí con la cabeza. Él se dirigió a uno de los chicos.
—Jair, dile a tu padre que salga.
El chaval se metió dentro de la casa y tardó unos minutos en salir con su padre, un hombre muy delgado, muy negro, no muy alto, con la cara picada de viruela y el bigote recortado muy fino. Sólo vestía pantalones cortos y chancletas, sin camisa. No era tuerto pero uno de sus ojos estaba en blanco.
—Élder, mi amigo quiere hablar contigo; tiene un trabajo que encargarte.
—Si es tu amigo, sea bienvenido.
—Os dejo solos para que habléis.
Floriano se alejó. Élder no me invitó a entrar en la casa, nos quedamos en la puerta, con su hijo a nuestro lado. Le hice un gesto al chico para que se alejara también.
—Jair puede escuchar lo que tengas que contarme.

Le hablé del encargo, matar a un gallego acompañado por un guardaespaldas, procurar que pareciera un atraco...

—Serán cincuenta mil cruzeiros, la mitad antes y la mitad después.

—No hay problema.

—Tráeme veinticinco mil, los datos del tipo y una pistola que nunca antes haya matado.

Supuse que Albino estaría de acuerdo con las condiciones y acepté. Me despedí de ellos y fui a reunirme con Floriano.

—¿Arreglado?

—Sí, volvamos.

Me despedí de Élder y Jair con la mano e iniciamos el camino de vuelta para Serrinha.

—Ha hecho que Jair se quede escuchando, le está enseñando el oficio. Es una pena, el chico es listo.

—¿No se puede hacer nada por él?

—No mientras los blancos creáis que los trabajos sucios os los tienen que hacer los morenos de las favelas. El hijo del Tuerto tendrá más futuro con su oficio que Francisquinho con el que yo pueda darle.

—No te preocupes por Francisquinho, entre los dos podremos sacarle adelante. Porque será mi ahijado, ¿no?

—Claro.

No dijo nada más, pero sentí que el acuerdo al que había llegado con Élder era una traición a nuestra amistad.

Iosinara se había marchado cuando llegamos a su casa. Nos tomamos una última cerveza y me marché. Mi intención era descansar, pero fui al piso de la rua Paula Freitas y pregunté si Anita, la bahiana, estaba libre. Avisé a la encargada de que esa noche no tendría más clientes, la pasaría entera conmigo. Me desperté en la cama con ella y sólo me separé a la hora en que tenía que encontrarme con Irene.

No había vuelto a visitar el Cristo desde que llegué a Rio. Entonces no sabía el nombre de todo lo que se veía desde allí, pero cuando subí con Irene pude explicárselo todo, lo conocía y había estado en todos aquellos lugares: Flamengo, Botafogo, Copacabana, Ipanema, Leblon, la Lagoa, el Jockey Club, las casitas de los morros, el Pão de Açúcar... Nuestro mundo se veía perfectamente desde arriba. Hay que subir de vez en cuando para recordar que Rio es la ciudad más bella del mundo. Desde abajo, y más cuando te dedicabas a lo que nosotros, se veía todo sucio. Rio no lo era, nosotros sí.

Irene me preguntó por todo; le contesté a lo que sabía, me inventé la respuesta otras veces y le confesé mi ignorancia las menos. A la luz del día también te hacía sentir importante cuando le hablabas. Llevaba una pequeña cámara de fotos, me hacía posar e insistía en enseñarme cómo funcionaba para que la enfocara a ella. Le tuve que confesar que había sido un fotógrafo casi profesional y fingió escandalizarse cuando le conté las sesiones de fotos especiales. Le prometí que le enseñaría algunas.

—¿Y yo no podría posar?

—Si quieres que Albino nos mate...

Bajamos del Corcovado a mediodía y me pidió que la llevara a la playa. Cogimos el tranvía hacia Ipanema.

—¿Cómo has dicho que se llama el tranvía? ¿*Bonte*?

—No, *bonde*, pero olvídalo, creo que nunca vas a aprender portugués.

—¿No? Ya verás... ¿E Ipanema, qué significa Ipanema?

—Nada, no significa nada. Que yo sepa, vamos... Es como Vigo, o Bilbao, ¿significa algo Bilbao?

Caminamos por el paseo marítimo, vimos la playa llena de surfistas y nos cruzamos con una chica muy joven en biquini, el primero que veíamos en nuestras vidas.

—Pienso usar uno de ésos.

—No será conmigo.

—Si tú no me dejas, me buscaré un novio guapo, surfista, que me traiga en biquini a la playa.

Comimos en el restaurante Zepelín, en Visconde de Pirajá, un restaurante muy famoso donde lo tradicional era pedir pato a la manzana. Después paseamos por la arena de la playa con los zapatos en la mano. Irene miraba las casas del paseo y decidió cuál quería comprarse algún día: la casa de la familia Alvim, una de las más famosas del barrio.

Ya anochecía cuando volvimos a casa de Albino. Mi intención era dejarla en la puerta, pero ella insistió en que subiera. Nada más ver la cara de Albino supe que pasaba algo malo.

—¿Dónde has estado todo el día?

—En el Corcovado, en la playa... ¿Ha pasado algo?

—La policía ha hecho una redada.

La redada se llevó por delante nuestros burdeles, los puntos de juego que aún controlábamos, los clubes y las boites; la parte de Amaro no la tocaron. La policía detuvo a más de sesenta gallegos, a mí sólo me salvó el paseo con Irene; de no haber sido por ella quizá habrían descubierto mis papeles falsos y me habrían deportado: el mismo Amaro me habría delatado. Aquel domingo cambió mi vida; daba igual el dinero dedicado a sobornos, Amaro dedicó más. Albino estaba furibundo.

—¿Has hecho algo de lo que te pedí?

—Sí, ayer contacté con un hombre, un nordestino tal como me pediste, le llaman el Tuerto.

—¿Cuánto pide?

—Cincuenta mil, la mitad ahora y la otra mitad cuando haya hecho el trabajo. Y una pistola limpia, que nunca se haya usado para matar.

—Mañana la tendrá. Y dile que si mata a Amaro antes del viernes le pagamos el doble, cien mil. Ah, me da igual que parezca un atraco o que se lleve por delante a toda su familia, el caso es que lo mate, que lo haga como le salga de los cojones.

Tuvimos que dejar de hablar cuando Elena entró en el salón.

—Francisco, te quedas a cenar. Irene está haciendo una tortilla de patatas que te vas a chupar los dedos.

Miré a Albino, él asintió con la cabeza, así que acepté. Volvimos a quedarnos solos.

—No vayas a dormir a la pensión, no quiero que te pillen. ¿Tienes algún lugar donde dormir seguro?

—Sí.

Claro que lo tenía, la casa de Floriano en la favela de Serrinha; allí la policía no podría entrar a buscarme.

Cenamos con las dos hermanas. Albino había recuperado el buen humor y escuchó a Irene contándole los lugares a los que la había llevado; Elena protestaba por no haber ido a casi ninguno de ellos, por no haber estado nunca en el restaurante en el que servían el pato a la manzana.

— No te preocupes, iremos... A lo mejor nos llevan ellos el día de la pedida de mano...

Todos se rieron mucho menos yo, que pegué un respingo. Irene fue la que más rió.

—¿Les llevamos allí, cariño?

Antes de marcharme me quedé un momento a solas con Irene. Se acercó y me besó en los labios.

—Espero que volvamos a vernos.

—Yo también, lo he pasado muy bien.

Volvió a besarme y se apartó antes de que regresaran Albino y Elena. Albino traía un paquete en la mano y me acompañó a la puerta.

—Son documentos. Guárdalos, si me pasa algo...

Intenté interrumpirle, pero siguió hablando.

—Si me pasa algo, ábrelo. Hay instrucciones sobre lo que debes hacer. Mañana te doy lo que te ha pedido el nordestino.

Me abrazó y, por un momento, sentí por él el mismo aprecio que cuando éramos unos chavales en el pueblo.

A Floriano le extrañó verme aparecer por su casa un domingo, tan tarde, pero, como era habitual en él, no preguntó nada. Sólo me dijo dónde dormir. A los pocos minutos aparecieron Odete e Iosinara, venían del terreiro de una ceremonia umbanda.

La casa de Floriano era grande y buena, de ladrillos, no era un barraco más de la favela. Por fuera parecía muy pobre, con los ladrillos desnudos, pero dentro estaba muy cuidada, con suelo de baldosas y paredes pintadas. Él siempre estaba trabajando en ella para que su familia estuviera lo mejor posible. Tenía hasta televisión y los vecinos pasaban a verla con unos dulces, unas empanadillas... Había algunos que cobraban entrada para ver la tele, en casa de Floriano podía sentarse quien quisiera.

Nada más entrar en la casa te encontrabas con el baño a la derecha y la cocina a la izquierda, después una sala grande que era donde se hacía vida. Al fondo dos habitaciones, una con puerta, la de Floriano y Odete, la otra separada de la sala por una cortina. Yo dormiría en ésa e Iosinara en la sala.

Nos acostamos pasada la medianoche. Apenas pude hablar con Iosinara y me habría gustado invitarla a entrar en la habitación conmigo, pero no me atreví.

Todavía no me había dormido cuando se corrió la cortina. Allí estaba ella, completamente desnuda, era impresionante. Me hizo un gesto para que me mantuviera en silencio y se acostó a mi lado. Nos besamos pero, cuando empecé a moverme para hacer algo más, me lo impidió y me habló al oído.

—Hoy no, tenemos que esperar.

Cada vez que lo intentaba, volvía a negarse.

—Tendrás tiempo, lo harás miles de veces. Hoy le he pedido a la Ialorixá, la *mãe de santo*, que te trajera hasta mí.

Estuvo más de dos horas a mi lado, dejándose besar y acariciar, después se levantó y se fue a la sala a dormir. Yo me quedé pensando en las dos, en Irene y en ella.

5

Se hacía muy extraño ver algunos bares de Copacabana sin sus cobradores del *jogo do bicho* apostados en la puerta; los habían detenido. Fui hacia casa de Albino —el Joana's también había sido precintado— procurando no encontrarme con ningún policía, dando un gran rodeo para evitar sus lugares de vigilancia habituales. Albino lo tenía todo preparado: la pistola, el dinero y una foto de Amaro. Era una foto de su boda con la hija de don Antonio, los dos llevaban gafas y ninguno parecía divertirse y ser feliz.

No era de lo único que se había ocupado: los nuestros estaban a punto de dejar los calabozos y todo volvería a funcionar por la tarde.

—La broma de Amaro me ha costado muy cara. Va a pagar por ello. Recuérdale al nordestino mi oferta: el doble si lo hace antes del viernes.

Volví a la favela de Élder, con miedo a perderme y no encontrar la casa. Reconocí antes el enorme montón de basura que había al lado que su barraco. Le llamé desde fuera. Salió su hijo Jair y me indicó que entrara.

Su barraco no tenía nada que ver con el de Floriano, estaban muy cerca pero parecían mundos distintos. No había baño o cocina, tampoco habitaciones, sólo una sala de cuatro metros por tres con unas cajas de madera en el suelo que servían de sillas y mesa. Dos mantas tiradas de cualquier manera en el suelo de tierra debían hacer las veces de cama; no había nada más. La poca luz que entraba lo hacía a través de un pequeño ventanuco. Élder me esperaba sentado en una de las cajas, me señaló la otra para que tomara asiento. Jair lo hizo en el suelo.

—Buenos días...

No me saludó, sirvió cachaça en dos vasos sucios. Tenía que beber aunque me diera asco. Los dos tiramos un poco al suelo.

—Para el santo.

—Para el santo.

Bebimos. Era una cachaça muy fuerte, más que ninguna que hubiera probado antes. Tuve mucho miedo, nadie sabía que estaba allí y Élder era un asesino a sueldo; en mis manos había un paquete con veinticinco mil cruzeiros y no parecía que a él le atara nada a ese lugar. Lo tendría fácil para matarme, quedarse con el dinero y desaparecer, tal vez volver a Piauí. Yo mismo le llevaba la pistola para hacerlo.

—¿Cómo sé que vas a hacer bien el trabajo?

—Es mi trabajo y lo ha sido siempre. No será la primera vez.

Miré alrededor y él supo lo que estaba pensando.

—Lo que hago con el dinero es asunto mío. Si no estás de acuerdo sal por la puerta.

No tenía más remedio que aceptar.

—Si el gallego muere antes del viernes cobraréis el doble.

—Así será. ¿El dinero?

Le di el paquete con los veinticinco mil cruzeiros. Élder lo sopesó y, sin abrirlo, se lo dio a Jair.

—¿No lo cuentas?

—No creo que fueras capaz de engañarme.

Jair salió del barraco con el paquete.

—¿La pistola?

Se la entregué descargada, no le daría las balas hasta antes de marcharme. Coloqué la foto de Amaro sobre la caja que hacía de mesa.

—Éste es el hombre.

—¿Ella no?

—Si no hace falta, no. Y ya no es necesario que parezca un atraco, nos basta con que muera.

Le expliqué que un día a la semana visitaba a su amante en Botafogo, que entonces sólo llevaba un guardaespaldas que le hacía de chófer.

—¿Debo matarlo?

—Nos da igual, pagamos por que muera él, lo demás nos da todo igual.

—¿Es obligatorio que lo haga en Botafogo?

—Como si lo quieres hacer en el salón de su casa. En Botafogo te será más fácil escapar.

—De eso me ocuparé yo.

Siguió preguntando detalles. No apuntaba nada, tal vez no sabía escribir, pero daba la sensación de que se acordaría de todo.

—¿Dónde recibiré el dinero cuando esté hecho?

—Te lo traeré aquí.

—Tendrá que ser la misma noche que haga el trabajo. Por la mañana ya no estaremos aquí. Si nos hemos ido sin el dinero, el gallego no será el único muerto. Mi hijo o yo os perseguiremos hasta acabar con vosotros, contigo y con el que de verdad lo encarga.

—Os pagaremos, no habrá problemas. Si la policía detiene a alguien…

—No lo hará, y si lo hace nadie hablará.

Jair regresó al barraco y Élder se levantó. Le imité y fuimos hacia la puerta, allí le entregué las balas.

—No olvides que el dinero debe estar aquí la misma noche que el gallego muera.

—Así será.

Antes de volver a Rio, decidí pasar por la Serrinha a visitar a mi amigo Floriano. Él y Odete habían salido; Iosinara estaba sola.

—Pasa, te estaba esperando.

Me recibió desnuda, tal como entró en mi cuarto la noche anterior.

—¿Cómo sabías que era yo?

—Lo sabía. Ven.

Me llevó hasta la habitación y me hizo tumbarme en la cama. Quise levantarme.

—Voy a cerrar bien la puerta de la calle, no quiero que entren Floriano y Odete y nos pillen así.

—Haz lo que quieras, pero no van a entrar.

—¿También lo sabes?

—También.

Volví a la cama sin cerrar la puerta.

—Hasta ahora lo has adivinado todo.

—Cállate.

No parecía que tuviera la edad que tenía. Los dieciséis años de una mulata brasileira no se parecen a los nuestros. Estuvimos juntos tres horas. De repente se levantó y me pidió que me marchara.

—Sal a dar un paseo y vuelve en media hora, Floriano y Odete estarán ya aquí.

Me vestí e hice lo que me mandaba. Di un largo paseo por Serrinha. Los niños me conocían y se acercaban a mí para que les diera alguna moneda. De vuelta en la casa, Floriano me recibió sonriente.

—Bienvenido, me ha dicho Iosinara que has pasado el día con ella.

La miré extrañado; pensé que me había pedido que me fuera para que ellos no se enteraran. Después olvidé preguntárselo y ella no me lo explicó. Odete salió muy risueña de la cocina.

—Ahora mismo te saco algo de comer; me dice Iosinara que hoy has gastado muchas energías.

Bromearon con nuestro día de sexo hasta que se hartaron. A Iosinara no le importaba en absoluto, parecía sentirse orgullosa. Por fin me quedé solo con Floriano.

—¿Qué tal se ha portado Iosinara?

—Perdona, Floriano, a vosotros os da igual hablar de eso, pero yo no me siento cómodo.

—¡Qué raros sois los gallegos! ¿Duermes hoy aquí?

No podía, tenía que volver a Copacabana y ponerme a las órdenes de Albino, bastante me había distraído en un día en el que muchos compañeros estaban encerrados.

—No puedo, no sé si has leído lo de la redada de ayer...

—¿Por eso viniste a dormir?

—Lo siento, no os quiero meter en líos.

—Es tu casa, siempre que tengas que venir, ven.

Iosinara no buscó la forma de que nos viéramos otra vez a solas, pero al despedirme me besó como si fuéramos novios desde hace años.

Albino me esperaba en el Joana's, ya abierto, con el dinero preparado.

—Aquí tienes, setenta y cinco mil cruzeiros. Pago doble: cien mil menos los veinticinco que ya pagamos.

—¿Crees que lo va a hacer antes del viernes?

—Ya lo ha hecho.

Élder no esperó ni un día, no hizo falta que Amaro visitara a su amante en Botafogo. Mientras yo estaba en la cama con Iosinara, él ya había cumplido el encargo. Lo hizo en el restaurante de don Antonio. Allí comía su objetivo acompañado por su hijo mayor. Entró, localizó la mesa y vació el cargador sobre él.

—¿Logró escapar?

—No, los guardaespaldas lo frieron a tiros. Tendrás que llevarle el dinero a su hijo. Los trabajos bien hechos se pagan.

El dinero tenía que ser entregado la misma noche. Un coche me llevó hasta la entrada de la favela. En el camino me acordé del hijo de Amaro, un chaval de unos quince años, con gafas y cara simpática. Le costaría recuperarse de lo que había visto aquel día. Durante toda su vida recordaría al hombre con el ojo blanco que mató a su padre.

Jair me esperaba en el barraco.

—¿Sabes lo que le ha pasado a tu padre?

—Sí, estaba enfrente. Lo vi todo.

—Lo siento.

—Mi padre sabía que éste sería el último trabajo, leyó su futuro en los *búzios*, por eso me enseñaba el oficio.

Los búzios, unas conchas en las que los afrobrasileiros leen el futuro, quizá fueran fieles a la realidad. Jair tendría la misma edad que el hijo de Amaro, quizá un año menos. Los dos se quedaban solos, y me dieron pena.

—Mi padre me dijo que podía confiar en ti, que vendrías con el dinero.

—¿Qué vas a hacer?

Volvía a su tierra, a Piauí. Compraría un terreno.

—Si me va mal, tengo un oficio, el de mi padre. Espero no verme obligado a usarlo.

Le deseé suerte y me fui. Pasé a pocos metros de la casa de Floriano pero no entré. Después de varios días me fui a la pensión a dormir. En sólo una semana las cosas habían cambiado. Los gallegos sólo ocupábamos dos habitaciones; una tercera estaba vacía y en las otras dos dormían unos evangélicos del estado de Mato Grosso. La Bella Napoli dejaba de ser un lugar para gallegos recién llegados, ya casi no llegaban gallegos a Brasil.

6

Los días que desatendí mi trabajo en la recaudación de los pisos de Albino fui sustituido por Garcés, pero volví a mi trabajo tras el entierro de Amaro. Albino estuvo en todo momento junto a la viuda, le prometió que haría todo lo posible por vengar el asesinato de su marido, que encontraría a los que lo mandaron matar; fue especialmente sentido el abrazo que le dio a su hijo cuando taparon su tumba. Yo también asistí, en segundo plano, mirando las caras de dolor, verdadero o fingido, de los presentes.

La organización volvió a ser una sola, como en tiempos de don Antonio, bajo el mando de Albino. No hubo represalias contra los hombres de Amaro y su viuda y sus hijos regresaron a Galicia. La única excepción fue Orfeo.

Me extrañó que no saliera huyendo el mismo día de la muerte de Amaro; quizá tuvo miedo, quizá pensó que nadie había sospechado de él, quizá no tenía adónde ir. O tal vez creyó que estaba incluido en el perdón de Albino. Era una noche muy calurosa y caminábamos por Copacabana, junto al mar. Orfeo protestaba, con ese calor sería imposible dormir por la mañana; pensaba en dejar de trabajar por la noche, empezar a vivir de día, como todo el mundo, decía que la noche perdía atractivo a medida que cumplías años... Un coche oscuro paró a nuestro lado, de él se bajaron Garcés y Adrián. Orfeo se dio cuenta, miró a los lados para echar a correr, pero Adrián ya le apuntaba con su arma.

—Francisco, diles que no, que se equivocan...

Albino también se bajó del coche.

—Bernardo, tenemos que dar un paseo con tu compañero Orfeo, ¿te importa seguir tú solo?

Orfeo me miraba con odio, me odiaba más a mí que a los que le iban a matar. Nunca supe más de él, no apareció su cadáver y no pregunté.

Al día siguiente acompañé a Albino a firmar el contrato de compra de su nuevo apartamento. Estaba en la avenida Atlántica, frente al mar, a pocos metros del que ocupaba don Antonio. El salón principal, con dos enormes ventanales que daban al océano, era más grande que la iglesia de nuestro pueblo. En medio había una viga que me recordó a la de su pajar, la viga de la que Albino tuvo que descolgar a su padre cuando se suicidó.

Por la mañana, mientras me afeitaba para encontrarme con Albino, había escuchado las noticias en la radio. Café Filho, que había abandonado la presidencia de Brasil por su enfermedad, recibía el alta en el hospital y expresó sus deseos de volver a su cargo. Se montó de inmediato una votación en el Congreso para relevarlo definitivamente y enviarlo arrestado a su domicilio particular, en la esquina de la rua Joaquim Nabuco con la avenida Nossa Senhora de Copacabana. Después de la firma del contrato de Albino pasé por allí. Sé que costará creerlo, pero le vi en la puerta, charlaba amistosamente con los policías que lo custodiaban. No estaba de acuerdo con sus ideas pero le consideraba un hombre amable y honesto, de los pocos que no se lucró en los tiempos en que tuvo poder para hacerlo.

Llegó la Navidad, la segunda que pasé en Rio. Dividí el tiempo entre la casa de Floriano en la favela y el espectacular piso de Albino en la avenida Atlántica, entre las costumbres españolas y las brasileiras y entre Irene e Iosinara.

Mi relación con Irene seguía los cauces normales. Tras el día del Cristo del Corcovado llegaron otros en el Pão de Açúcar, en la isla de Paquetá, en las carreras de caballos... Estuvimos en la playa, aunque no se atrevió a usar biquini; nadaba muy bien y me prometió que me enseñaría. También fuimos al teatro, a ver *Los hijos de Eduardo*, con una actriz muy famosa en la época, Cacilda Becker. Al acabar le confesé que era la primera vez en mi vida que asistía a una obra de teatro; se echó a reír, también era la primera vez para ella, no quiso que se le notara para que no pensara que era una paleta. Nos divertimos mucho más en el teatro Follies, viendo *Very good carnaval*, una revista carnavalesca llena de samba y mulatas. También en el cine con *Ni Sansón ni Dalila*, la película brasileira más famosa de aquel año, de un género que se conocía como *chanchada*: películas cómicas, muchas veces con números musicales, un poco picantes, muy populares.

Comentábamos la noticia que más impresionó a los españoles entonces: el crimen de la rua do Senado. Un matrimonio español fue asesinado a finales de año. Se especuló con todo tipo de sospechas: amantes despechados, ajustes de cuentas, venganzas que venían desde España... De lo único que yo estaba seguro era de que nosotros no habíamos tenido nada que ver con el asunto. La solución resultó mucho más sencilla: unos ladrones entraron a robar en la casa y, al ser descubiertos, asesinaron al matrimonio de españoles que la cuidaba.

También veía a Iosinara. Muchas veces dormía con ella cuando acababa mi ronda nocturna por Copacabana. No tenía que avisarla, ella intuía cuándo la visitaría y me esperaba despierta. Iosinara ocupaba el día ayudando a Odete, su embarazo no avanzaba todo lo bien que quería y temía perder a su hijo en cualquier momento; necesitaba reposo absoluto.

Los negocios de Floriano marchaban viento en popa. Las fotos de los niños en los colegios le daban mucho dinero, las de las fantasías de carnaval estaban en marcha un año más, tenía acuerdos con muchas iglesias para tener la exclusiva de las fotos de las bodas y los bautizos... Se estaba convirtiendo en un gran y exitoso empresario, con decenas de cámaras y de fotógrafos trabajando para él. Pero su negocio favorito eran las películas especiales. La primera estaba a punto de estar terminada. Me invitó al rodaje pero no encontré el momento; quedamos en que la veríamos juntos cuando estuviera lista.

La cena de Nochebuena la celebré en la favela, con Floriano, Odete, Iosinara y todos los vecinos que quisieron acompañarnos. El dulce típico era la *rabanada*, parecido a nuestras torrijas, hecho con miga de pan, leche, azúcar y canela. Hubo música hasta que Odete, agotada por el embarazo, nos mandó a todos a la calle. La fiesta siguió al aire libre. La comida de Navidad fue en Copacabana, con Albino, Irene, Elena y Garcés y su esposa: pavo asado y turrón.

El fin de año fue igual, sólo que la gente de la favela se reunió también en Copacabana, en la playa, todos vestidos de blanco para hacerle la ofrenda a Yemanjá. Toda la noche la pasamos entre samba, tambores, baños, flores y diversión. El día 1 de enero, cuando llegué al piso de Albino, Irene me reprochó no haber estado allí la noche anterior.

—Había miles de personas vestidas de blanco arrojando flores al mar… Albino no me dejó bajar, decía que era gente peligrosa, gente que venía de las favelas. Si tú hubieras estado le habríamos convencido.

Le expliqué quién era Yemanjá y por qué se le echaban flores; le prometí que al año siguiente no se lo perdería. Después de comer estuvo mostrándome todos los anuncios de alquiler de apartamentos que me había seleccionado en el periódico. Mi idea era alquilar en Copacabana, no en la avenida Atlántica como Albino sino en una de las calles de detrás; pero Irene era partidaria de Ipanema, menos abarrotado de gente, más cerca de la playa…

—En unos años va a ser mucho más elegante Ipanema.

Escogió un piso para que fuéramos a ver, uno que a mí me pareció muy grande para mí solo.

—No siempre vas a vivir solo y éste es el que me gusta a mí.

Negoció ella misma con la casera, logró un buen descuento afirmando que estábamos a punto de casarnos.

—Si es con usted, la cosa cambia. No es lo mismo alquilárselo a un hombre solo, que no lo cuida, que a un matrimonio joven.

—No se preocupe, me encargaré de que el apartamento esté en las mejores condiciones...

Estaba en la rua Maria Quitéria, entre las ruas Redentor y Nascimento Silva. Tenía dos dormitorios más otro para el servicio, salón, un baño y un aseo, cocina y lavadero. Era el lugar más lujoso en el que hubiera soñado vivir. El edificio tenía tres plantas, con dos apartamentos en cada una, y dos entradas, una para los señores y otra para el servicio. Todos los vecinos, menos yo, eran brasileiros.

También vinieron a verlo Albino y Elena. Intenté resistirme, alegar que era caro para mí, pero Albino no estaba de acuerdo.

—¿Qué quieres? ¿Un aumento de sueldo? Pues vale, te lo aumento, al doble. ¿Es bastante? ¿No? Pues al triple. Ni un cruzeiro más...

La muerte de Amaro había acabado con la precaución: el dinero entraba a espuertas y todo lo controlaba Albino: bicho, prostitución, hostelería, nuevos negocios... Albino resultó ser un buen gestor, muy imaginativo; en poco tiempo teníamos intereses en los objetos robados, a través de los chatarreros, en el cambio de dólares, a través de las agencias de viaje y los hoteles...

—Hay que empezar a preparar el futuro, tenemos que empezar a invertir en negocios legales. No siempre vamos a ser unos delincuentes, pero antes hay que meterse en las drogas y en los casinos. ¿No te gustaría ser el director de un casino? El Gran Casino Gallego de Rio.

En Brasil el juego había sido legal hasta 1946. En Rio había tres casinos, uno en el Copacabana Palace; otro en el extremo contrario del barrio, llegando a Ipanema, el Casino Atlántico; por último el de Urca, a los pies del Pão de Açúcar. Pero entonces el presidente Eurico Dutra, por la presión de su esposa, que había descubierto que había gente que lo perdía todo a la ruleta, ordenó su cierre. Se destruyeron miles de empleos, se cerraron orquestas, se acabaron las giras de los grandes espectáculos internacionales por Brasil... El casino del Copacabana Palace se convirtió en restaurante, los otros dos en los estudios de dos cadenas de televisión, Rio y Tupí.

Abandoné la pensión y ocupé el apartamento de la rua Maria Quitéria a finales del mes de enero, un día antes de la toma de posesión de Juscelino Kubitschek, el quinto presidente de Brasil al que conocía. Hubo poco que reseñar, aparte del artículo de Carlos Lacerda en el que pronosticaba que su mandato no duraría más de seis meses, que si fuera necesario él mismo lo echaría «a tortas».

Las calles de todo el país estaban empapeladas con un cartel en el que estaba escrito el lema del presidente: «Cincuenta años de progreso en cinco de gobierno». Yo sólo llevaba uno y medio en Rio y sentía lo mismo: cincuenta años en uno y medio. Pero JK hizo mucho más, hizo que los brasileiros se dieran cuenta de lo que los que llegábamos de fuera ya sabíamos: Brasil era un gran país.

Irene se encargó de amueblar el apartamento de Maria Quitéria e hizo un gran trabajo: mi casa parecía una de las que salían en las revistas, en nada recordaba a la pensión o a la casa de mi familia en el pueblo. Me habría gustado llevar a Iosinara a que la conociera, pero cómo explicarle que no viviría allí conmigo. Sentía que la estaba tratando de una forma injusta, también a mi amigo Floriano, pero no podía contarles que tenía dos vidas, que en una estaban ellos dos y en la otra Albino e Irene. En la favela me llamaban Francisco, pero era Bernardo, un gallego que había llegado de su pueblo; en Copacabana me llamaban a veces Francisco y a veces Bernardo, pero era Francisco, un portugués metido en negocios sucios: dos personas distintas.

Los que sí vinieron, en cuanto todo estuvo en su sitio, fueron Elena y Albino. Irene preparó la cena y ejerció de anfitriona. Las bromas sobre un compromiso y una futura boda fueron una constante en la conversación. Al acabar la cena, Irene dijo que estaba cansada y que, si su hermana y su cuñado no tenían inconveniente, se quedaba a dormir en mi apartamento. Elena puso cara de escandalizada, Albino me sonrió con picardía.

El cuerpo de Irene, aunque no tenía nada que ver con el de Iosinara, era bonito. Tenía veintiún años, cinco más que la mulata, pero mucha menos experiencia que ella. Iosinara sólo buscaba placer, Irene estaba asustada y temerosa. Para Iosinara el sexo era una fiesta, para Irene un mal trago. Era la primera vez que lo hacía y no fue la mejor experiencia de nuestras vidas...

Mientras tanto, seguíamos buscando el emplazamiento del que sería nuestro primer casino. Albino había decidido que no fuera en la zona sur, nuestro medio ambiente habitual, quería abrir su influencia a otros lugares, a barrios donde fuera más barato sobornar a la policía y se pudieran expandir más tarde otros negocios. Su idea era que con el tiempo hubiera más casinos, no sólo en Rio, también en São Paulo y otras grandes ciudades. Albino pensaba a lo grande. Nos decidimos por una mansión en Santa Teresa, uno de los pocos morros cariocas que no había sido ocupado por una favela sino por un barrio de clase alta, el favorito de la aristocracia en el siglo XIX.

Al decir «casino clandestino», uno se imagina un lugar sucio, oscuro, poblado por personajes peligrosos; nada más lejos de la realidad. Era un lugar lujoso, una mansión con lámparas espectaculares, con alfombras que cubrían salas enteras, con paredes enteladas, camareros uniformados y crupieres profesionales, en paro desde la prohibición del juego. No conocí los casinos legales, pero dudo que fueran mejores que el nuestro, que llegó a tener orquesta y actuaciones musicales de lujo. Muchos de los cantantes de bossa nova, que tan famosos se hicieron unos años después en medio mundo, se presentaron en público en nuestro casino. Las obras de acondicionamiento comenzaron a mediados de febrero y no pudimos abrir hasta finales de abril. Costó mucho dinero: Albino nunca tenía bastante, nada le parecía lo suficientemente bueno para nuestro casino.

Nunca fue tan rentable como los otros negocios, pero nos daba todo lo que Albino buscaba: respetabilidad, relaciones y oportunidades. Estaba obsesionado con ofrecer la imagen de próspero empresario y su objetivo era que nuestros hijos heredaran posición y negocios limpios. Hablaba de crear empresas de construcción, de transportes, de turismo y de hostelería sin relación con el bicho o la prostitución, que pagaran sus impuestos como cualquier otra empresa. Se imaginaba a sí mismo saliendo de casa por la mañana, a la misma hora que cualquier otro empresario, y dirigiéndose a un edificio de oficinas del centro de Rio.

—Un rascacielos en la avenida da Assambleia, con la secretaria más guapa de Brasil y una mesa de despacho importada de Francia, ¿qué te parece?

Viéndole en su despacho, de un tugurio de mala muerte llamado Joana's, parecía un salto demasiado grande; pero no más grande que el que nos había llevado a Rio desde nuestra aldea.

Albino era, a su manera, un adelantado a su tiempo: hablaba de oferta, demanda, riesgos, aprovechamiento de recursos... Poco a poco lo iba organizando todo como una empresa moderna. Quizá estuviera poseído por el espíritu de JK. el día después de su toma de posesión el nuevo presidente presentó el Plano de Metas, un documento con treinta puntos para lograr el crecimiento que quería: cincuenta años en cinco. En el Plano de Metas se recogían desde los kilómetros de carreteras que se debían construir hasta los miles de coches que había que fabricar. De lo que no decía nada era de Brasilia.

Kubitschek no tenía la nueva capital en su programa electoral, todo sucedió casi por casualidad. Durante la campaña, JK insistía en que durante su mandato se cumpliría la Constitución por encima de todo. En un mitin celebrado en Jataí, una pequeña localidad del estado de Goiás, un hombre al que llamaban Toniquinho le preguntó si cumpliría el punto de la Constitución que hablaba de la futura construcción de una capital en el interior de Brasil. Fue como si en ese momento JK descubriera la labor más importante de su vida, la que le llevaría a la historia. Era verdad que aquel punto existía desde 1891 en la Constitución brasileira.

JK se abrazó a la causa de la nueva capital con fe de converso: retomó todos los estudios que se habían hecho durante el siglo XIX y la primera mitad del XX, en ellos ya se decía el lugar en el que se debía construir la ciudad, el Planalto Central, en el estado de Goiás. Fue una de las primeras cosas que hizo tras su llegada a la capital, ponerlo todo en marcha y marcar la fecha de su inauguración, el 21 de abril de 1960, sólo tres años y medio más tarde.

El 11 de febrero, once días después de llegar al gobierno, todo estuvo a punto de desbaratarse: Juscelino sufrió el primer intento de golpe de Estado en contra por parte de unos oficiales de las fuerzas aéreas. Eso no fue obstáculo para que una de las primeras medidas del presidente fuera suspender la censura en prensa; la información debía ser libre aunque fuera para criticar su gobierno.

Ese mes de febrero Floriano volvió a desfilar en carnaval con Império Serrano; a Odete se le notaba demasiado el embarazo y no pudo hacerlo, Iosinara ocupó su lugar. Império Serrano ganó por segundo año consecutivo con el tema «El cazador de esmeraldas», un enredo basado en un poema de Olavo Bilac que narraba la historia de Fernão Dias Paes, un *bandeirante* que se internó por primera vez en el estado de Minas Gerais con el encargo del rey de Portugal de encontrar esmeraldas. El disfraz que llevaba Floriano recreaba a un lujoso *bandeirante*, nombre de los exploradores que conquistaron el interior de Brasil, en los colores verde y blanco de Império Serrano. Iosinara bailaba vestida, o quizá habría que decir desnuda, de indígena brasileira. Puede que fuera la más deseada de las dos mil personas, la mitad de ellas mujeres, que desfilaron con la escola.

Era la fiesta más esperada por las personas que componían una de las dos partes de mi vida; la otra también tuvo su fiesta unas semanas después: la inauguración de nuestro casino.

Yo era el director del Gran Casino Gallego, como nosotros le llamábamos en broma, pero la gran estrella del evento era Albino. Él recibía a los invitados, les daba fichas gratis, mandaba abrir botellas de champán... No sé cuánto costó la fiesta, pero sí que gran parte del dinero se recuperó en las mesas de juego a lo largo de la noche. Por muy clandestino que fuera el casino, allí estaba todo el mundo, incluyendo a muchos habituales de los periódicos: artistas, políticos, periodistas, millonarios... Todos con sus mejores galas, todos saludando a mi amigo Albino, el que arreglaba los tractores en mi pueblo.

Ese mismo día, unas horas antes de la fiesta, Elena, Albino, Irene y yo almorzamos en el Lamas, en el largo de Machado, uno de los restaurantes más renombrados de Rio, muy agradable y nada lujoso. Se contaba que una noche un camarero resbaló y se fue al suelo sin dejar caer ninguno de los vasos que llevaba en la bandeja. Los clientes se levantaron para aplaudir y el camarero tuvo que saludar varias veces. Irene escogió el restaurante y yo pagué la cuenta. Celebrábamos la inauguración del casino y una noticia que Irene y yo debíamos darles. Pero ellos se nos adelantaron: esperaban un hijo. Hubo felicitaciones y brindis, sólo después hablamos nosotros: nos casábamos.

Se repitieron las felicitaciones y Albino hizo un pequeño discurso sobre lo bien que nos estaba tratando Brasil, mucho mejor que lo que los dos soñábamos cuando éramos unos niños en el pueblo. No le recordé que no soñábamos con Brasil sino con Argentina y que sólo aspirábamos a arreglar motores y ganarnos la vida.

Unos días antes de la inauguración, Albino y yo nos habíamos ido a hacer unos trajes, tres cada uno, a Almeida Ravelo, la mejor sastrería de Rio, en la rua da Carioca. También compramos camisas, corbatas, zapatos... Los dos estrenábamos ropa la noche de la inauguración y, según Elena e Irene, parecíamos actores americanos. Allí estábamos, dos gallegos de un pueblo de menos de doscientos habitantes, vestidos a medida en el mejor sastre de Rio, codeándonos con la clase alta de la ciudad, en una mansión que habíamos comprado y rehabilitado...

Conocía a poca gente en la fiesta, apenas a algunos que trabajaban con nosotros. Sólo eché de menos a Floriano. No le invité para que no me viera con Irene; no habría sido capaz de explicárselo, ni yo mismo era capaz de entenderlo.

Irene perdió las fichas que Albino le dio en un tiempo récord; lo mismo les pasó con muchos otros invitados. Algunos cambiaron lo que traían de casa y el dinero empezó a entrar. No fue suficiente para pagar la fiesta pero se veía que pronto entraría mucho más del que saliera. Yo llevaba comisión sobre los beneficios, y no tardaría mucho en tener dinero suficiente para volver a España, comprarme un coche lujoso y visitar a mi padre en el pueblo: no volvería arrastrándome.

Al acabar la fiesta me fui a la favela a pasar la noche con Iosinara. Me preguntó cuándo viviríamos juntos y le respondí que pronto, muy pronto.

7

La primera película producida por Floriano estaba mucho mejor hecha de lo que todos esperábamos. Él, Odete, Iosinara y yo asistimos al primer pase privado en su casa, con las ventanas tapadas por mantas para que no entrase la luz; la pantalla fue una sábana en una pared y el proyector era la última adquisición de Floriano: no se limitaría a rodar las películas y vender las copias, quería poner en marcha una especie de cine itinerante, como aquellos que deambulaban de pueblo en pueblo y nunca llegaban al mío. Pero Floriano no pretendía ir de pueblo en pueblo sino de fiesta en fiesta y de casa en casa.

Si la película se hubiera visto en mi casa de Ipanema, habría sido un verdadero escándalo. En la favela era un motivo de celebración: mi amigo había conseguido cumplir sus deseos y eso sólo era causa de alegría y felicitaciones. Odete, con el embarazo muy avanzado, abría cervezas y nos servía pasteles de carne; Iosinara se reía de las caras de los actores y explicaba, sin el menor pudor, qué posturas habíamos practicado nosotros y cuáles se apuntaba para nuestras próximas sesiones amatorias; Floriano comentaba anécdotas del rodaje y de los actores. Yo era el único que permanecía en silencio, muy divertido, escuchándoles.

Floriano quería que fuera la primera película de muchas: contrató a un operador de cámara profesional, a un director que ya había rodado películas normales al que nadie quería por alcohólico, a un montador... Junto a cada uno de ellos situó a un vecino de la favela, para que aprendiera el oficio; en el futuro serían ellos quienes harían las películas. Se gastó casi todo lo que tenía ahorrado del negocio de las fotos en su sueño.

Los actores habían protagonizado sesiones de fotos especiales con él. Sólo uno de ellos era profesional, el que hacía de coronel: trabajaba en una compañía que recorría el interior del estado de Rio representando obras clásicas donde podían, casi nunca en teatros de verdad.

El argumento era simple, aunque con una parte social, y los diálogos, escritos por Floriano, eran divertidos e ingenuos. La historia narraba el día en que, a finales del siglo pasado, llegaba a una hacienda la noticia de la Ley Áurea, la que ponía fin a la esclavitud en Brasil. Los esclavos, ya libres, empezaban a celebrarlo y, siendo como era una película pornográfica, sólo conocían una forma de hacerlo: combinaciones entre cuatro actrices y tres actores, todos negros, en distintas partes de la hacienda, desde los establos hasta los salones. Llegaban entonces el coronel, propietario de la hacienda, con su esposa; el coronel no tenía noticia de la nueva ley, así que quería acabar con la fiesta a base de latigazos. Su esposa lo impedía, ella sí que sabía que la esclavitud llegaba a su fin. Los dos se unían a la celebración y se repetían las escenas, ahora con la intervención de los señores de la casa, especialmente de la esposa con los esclavos. El colofón era la llegada de la hija, la rubia heredera, que confesaba su amor por uno de los esclavos y se unía a él, y a los demás, en una multitudinaria escena final, con la aprobación y participación del coronel y su esposa.

Nada más acabar la película Floriano encendió las luces, ansioso por conocer el veredicto de su público. Iosinara no pudo ser más elocuente: tenía lágrimas en los ojos, se emocionó cuando la hija del coronel confesó su amor por el esclavo. Yo no podía parar de reírme. Floriano estaba preocupado, el objetivo de la película no era que los espectadores se emocionaran... Pero ella y Odete opinaban que era una película muy romántica y muy bonita.

—Eso es un desastre. Mi película no puede emocionar, tiene que provocar diversión...

Me preguntó a mí. Yo no estaba de acuerdo con ellas, lo que me apetecía era correr a encerrarme con Iosinara.

—Es lo que tiene que pasar.

Seguimos discutiendo un rato. Floriano prometió que nunca más haría una película con final feliz; los finales felices no le cuadraban a su género. Eso provocó las quejas de Iosinara.

—Pues cambia de género: haz películas normales.

Fue una noche muy divertida. Cuando los dos nos quedamos solos, Floriano me confesó que no creía que esa primera película le diera dinero.

—Pero están puestas las bases, la próxima me saldrá a menos de la mitad de precio y ganaré mucho.

—¿Para cuándo será?

—Cuando consiga el dinero para hacerla.

Le ofrecí un préstamo, pero no lo aceptó.

—Si alguna vez lo necesito, serás al primero a quien acuda. Pero de momento no hace falta.

La película fue un éxito y después vinieron muchas otras; Floriano ganó mucho dinero, más del que él pensó que fuese posible. Sus problemas no llegaron por causas económicas sino legales: la actriz de una de sus películas, una rubia muy guapa que le dijo que era argentina, era en realidad la hija menor de edad de un político de Rio Grande do Sul que se había escapado de casa. Pero eso no fue hasta mucho después.

Al acostarnos, Iosinara me preguntó cuándo viviríamos juntos. Se quejaba de que nunca nos viéramos fuera de la favela y que nuestras únicas salidas fueran a los ensayos de Império Serrano; de que nunca la hubiera llevado a la playa, a cenar a un restaurante, a Copacabana... Reconocí que era verdad y que así debía seguir siendo.

—No sabes a qué me dedico...

—Sí lo sé, Floriano me lo ha explicado: cosas del *jogo do bicho*.

—Eso es sólo una parte, hay otros negocios y algunos son peligrosos, por eso no puedes vivir conmigo.

Iosinara me hizo una amenaza velada: cuando Odete tuviera a su hijo dejarían de necesitar que viviera en la casa y ella tendría que hacer su vida; si yo no me casaba con ella tendría que buscar a otro hombre, candidatos no le faltaban. No quería que un día yo no volviese a aparecer y no saber si me había cansado de ella o me había pasado algo.

—Piénsatelo.

No pude dormir en toda la noche, me aterraba la idea de perder a Iosinara pero también la de perder a Irene. Por la mañana tenía una decisión tomada.

—Cásate conmigo.

Yo sólo ponía una condición: ella seguiría viviendo en la favela y yo en la zona sur, yo me haría cargo de sus gastos y le haría una casa para ella. Iosinara aceptó.

Floriano y Odete se alegraron mucho y sólo pidieron que ella no se marchara hasta que su hijo hubiera nacido. Nuestra casa se empezó a construir un par de semanas después, muy cerca de la de ellos. Por fuera sería como el resto de las casas de la favela, pero por dentro tendría de todo: sala, cocina, baño y dos habitaciones. La levantaron obreros de la favela, de la comunidad, como ellos la llamaban, en sólo unas semanas; a finales de junio estábamos metiendo los muebles. Yo pasaba allí tres noches a la semana; no sabía cómo me organizaría cuando también estuviera casado con Irene.

Unos días antes de que nos entregaran la casa nació Francisquinho, mi ahijado, el hijo de Odete y Floriano. Nosotros dos esperábamos fuera de su casa, nerviosos; a mi amigo se le descomponía la cara cuando escuchaba los gritos de su esposa, atendida por Iosinara y otras vecinas. Todos dijeron que fue un parto bueno y corto, pero a mí se me hicieron eternas las dos horas que pasamos con la angustia de que algo saliera mal.

Para distraer a Floriano, le di conversación. Le hablé de mi pueblo y de mi familia, de mi padre, de mi madre, de mi hermano Ramón, el que murió en la guerra, y también de mi hermano Alonso, el que estaba en la silla de ruedas y se casó con Rosalía, de mi hermana Carmiña, que no sabía si estaba casada con Alfredo, y de Arlinda, que desapareció antes de que yo llegara a Brasil...

—¿Y no sabes dónde está?

—No, quizá en Argentina, o en Madrid...

—O en Rio.

—No, en Rio la habría encontrado.

Iosinara salió, por fin, con el niño en brazos. Anunció que era varón y se lo entregó a su padre, que lo cogió con cuidado. Era muy pequeño y muy, muy negro.

—Míralo, es muy guapo, se llama Francisquinho, como tú. Es mi hijo...

—Parece que le han dado dos manos de pintura.

—Es verdad, ha salido a mí, no a su madre.

Después se llevaron al niño y Floriano sacó una botella de cachaça que tenía preparada para celebrar su nacimiento. Yo también tenía algo preparado: una botella del mejor champán que servíamos en el casino. Brindamos con ella y todos los vecinos estuvieron de acuerdo: no les gustó.

—Muy rica la gaseosa del portugués, pero abre la cachaça, Floriano.

Poco después, en julio de 1956, llegó una temporada de grandes acontecimientos a mi vida: me casé dos veces y tuve dos lunas de miel.

Mi primera boda fue en la favela, en el terreiro por el rito umbanda. Floriano y Odete fueron los padrinos. La única diferencia con la boda de ellos fue que el novio, yo, era más espectador que protagonista. Las mujeres de la comunidad se encargaron de la comida y los hombres de la bebida y la música. El *babalaô* leyó los *búzios* y concluyó que el Orixá de Iosinara era Iansã y el mío Xangô, el de ella femenino y el mío masculino: todo estaba a favor de que fuera un matrimonio feliz.

En las religiones afrobrasileiras, en las que se mezclan dioses africanos con santos católicos, cada Orixá tiene su equivalente: Oxalá es el dios de la luz, es decir, Jesucristo; Yemanjá la diosa de las aguas oceánicas, la gran madre, la Virgen; Xangô es san Jerónimo, que después de una vida mundana se retira al desierto a meditar; Iansã es santa Bárbara, Oxosí es san Sebastián, Ogum es san Jorge...

Nuestra luna de miel fue en el estado de Minas Gerais, en una preciosa ciudad llamada Ouro Preto, una de las ciudades coloniales mejor conservadas de Brasil, creada tras la aparición de oro en la zona muchos siglos atrás. Pasamos cuatro días maravillosos alojados en un hotel. Fue el primer viaje de placer de nuestras vidas; los anteriores, el mío desde Galicia y el suyo desde Pernambuco, fueron distintos. Cuando Iosinara llegó a Rio, la carretera que llegaba del nordeste no estaba asfaltada y era un viaje muy duro. Asfaltarla estaba en el Plano de Metas de JK.

En mis primeras vacaciones yo prefería no hacer nada: levantarme tarde, buscar un sitio para comer, echarme un rato después, salir de noche a dar un paseo, disfrutar del cuerpo de Iosinara y dormir... Ella no, el regalo de bodas de Floriano fue una cámara fotográfica y quería usarla en todas las iglesias, en todos los palacios, en todos los rincones... Quería que saliéramos los dos en todas las fotos, pedía a cualquiera que se cruzara con nosotros que nos retratara. Yo me reía de ella, le decía que ninguna foto iba a salir, que estábamos en el interior de Brasil, que la gente no había visto una cámara fotográfica en la vida...

—¿Te crees suizo? Eres de Tras os Montes, o de Galicia, que no lo sé bien porque las dos cosas están igual de lejos. Brasil está mucho más civilizado que tu tierra; allí sí que sería difícil encontrar a alguien que supiera usar la cámara...

Los guías hablaban de las iglesias y los museos, pero también contaban en voz baja un acontecimiento de finales del siglo anterior, un secreto que la ciudad guardaba: un estudiante de Rio Grande do Sul asesinó a otro de São Paulo como venganza por una pelea sucedida el día anterior. El estudiante muerto era hijo de un importante político paulista; el agresor se llamaba Viriato y su hermano pequeño, presente tanto en la pelea como en el asesinato, Getúlio... Según todo el mundo, quien disparó fue el antiguo presidente, y su hermano cargó con la pena para no truncar su prometedora carrera política.

Ouro Preto tenía muchas iglesias. La favorita de Iosinara era Nossa Senhora do Rosario, circular y con ángeles negros. A mí nunca me han gustado las iglesias, pero me resultaba muy divertido que Iosinara me explicara con entusiasmo que la mayor parte de las esculturas eran obra de uno de los artistas más famosos de Brasil, António Francisco Lisboa, «el Aleijadinho». *Aleijado* significa algo así como impedido; le llamaban así porque sufría una enfermedad muy grave que, al final de su vida, le impedía agarrar las herramientas para esculpir; él pedía que se las ataran a las manos para seguir trabajando. No sé por qué, pero eso a Iosinara y al resto de los brasileiros que visitaban Ouro Preto les parecía de mucho mérito. A mí me parecía que más le habría valido retirarse y dejar el trabajo.

De vuelta en Rio cumplimos con lo pactado: ella se quedó en la casa de la favela, yo seguí viviendo en el apartamento de Ipanema.

Mi segunda boda fue a finales del mismo mes en la Igreja da Nossa Senhora da Paz, en Ipanema, una iglesia que se hizo famosa poco después por ser la primera del mundo con aire acondicionado: el párroco aseguraba que su adversario no era el diablo sino la playa, que el único lugar donde debía hacer calor era el infierno. Los padrinos fueron Albino y Elena y los invitados, en su mayor parte, eran españoles. Los padres de Irene viajaron desde Bilbao para asistir a la boda y el banquete se celebró en el restaurante Alcázar, el mismo en el que nos conocimos a su llegada. La luna de miel fue también en Ouro Preto.

Irene era mucho más tranquila que Iosinara; intenté mostrarle los sitios que conocía del viaje anterior, incluso repetir alguna de las fotos, pero a ella le gustaba más dar un paseo tranquilo, cenar en un buen restaurante y charlar. Era una persona muy entretenida y estaba de acuerdo conmigo en que si el Aleijadinho no podía coger las herramientas debía descansar, no atárselas a las manos. Tampoco a ella le parecía algo de mérito ese sufrimiento. Con Iosinara todo era agitación, no saber un minuto qué harías al siguiente; con Irene, tranquilidad y sosiego. Lo perfecto habría sido casarse con una mezcla de las dos; hacerlo con las dos acabaría trayendo problemas y yo mismo lo sabía.

Si Brasilia hubiese existido entonces, no habría dudado en cambiar el destino de mis lunas de miel: tenía muchas ganas de conocer la nueva capital. Nadie dudaba de que la fecha de inauguración, en abril de 1960, se respetaría. El presidente Kubitschek anunció que él mismo se ponía al frente del proyecto y se creó una empresa, Novacap, para centralizar e impulsar los trabajos de construcción.

Los grandes periódicos de Rio de Janeiro y São Paulo se dieron cuenta de que la cosa iba en serio y de que perderían el control sobre la política y los políticos brasileiros; iniciaron entonces una gran campaña en contra de Brasilia: no sirvió de nada, los brasileiros estaban entusiasmados con la idea de una nueva capital, moderna, que enseñaría un nuevo Brasil al mundo. El mayor opositor, como era tradicional, era Carlos Lacerda, que regresaba a Rio tras unos meses de exilio entre Estados Unidos y Portugal.

Poco después de volver de Ouro Preto llegó una carta de Galicia, de Rosalía. Anunciaba la muerte de mi hermano Alonso. Ella se quedaba viuda y pedía a Albino que la llevara a Brasil, no quería continuar en el pueblo. Albino me preguntó mi opinión y le respondí que me daba exactamente igual, yo estaba casado con Irene y no me interesaba lo que pasara con Rosalía. En su siguiente carta supimos sus motivos para querer abandonar el pueblo: muchos vecinos la acusaban de haber matado a su marido. La noche de su muerte él estaba solo en la casa cuando se produjo el incendio, no logró alcanzar la silla de ruedas y murió calcinado. La Guardia Civil archivó el asunto como un accidente, pero los vecinos estaban convencidos de que ella fue la autora del incendio en venganza por los malos tratos que recibía de Alonso.

Elena e Irene convencieron a Albino para que Rosalía no viajara a Rio. Ninguna de las dos la quería allí, una porque era hermana de su marido, la otra porque había sido novia del suyo. Rosalía se fue a vivir a Vigo: lejos del pueblo pero también de Rio de Janeiro.

Vivir con mis dos mujeres, no sólo pasar algunas noches con ellas, me complicó la vida. Menos mal que trabajaba de noche y las dos entendían que no pasara las noches en casa. Los días de menos movimiento, entre semana, me limitaba a pasar un rato por el caserón de Santa Teresa, ver cómo iba el negocio, y marcharme a la favela para compartir cama con Iosinara; de madrugada volvía a Ipanema y dormía unas horas. Después de comer regresaba al casino y lo ponía todo al día. Las dos estaban muy preocupadas pensando que trabajaba mucho y dormía pocas horas.

Irene no protestaba entre semana; lo más complicado era convencerla de que no me podía acompañar a las feijoadas de los sábados en casa de Floriano. Cuando la conocí le conté la costumbre y le hablé de mi amigo y de nuestros tiempos de fotógrafos. Se empeñaba en venir conmigo; cuando yo le decía que era muy peligroso, insistía en que fuera él quien viniera a cenar a casa alguna noche. Yo me excusaba, ya le había invitado pero a él le daba miedo no saber comportarse en una casa de Ipanema. Tampoco Iosinara se conformaba fácilmente. Intentaba no quejarse, pero de vez en cuando volvía a las protestas por no conocer a mis amigos, por no salir conmigo de la favela, por no poder pasar un día de playa como cualquier persona...

Acababa de cumplir dos años desde mi llegada a Rio de Janeiro y, si volvía la vista atrás, veía que sólo en un día me pasaban más cosas que en todos los años anteriores en el pueblo. La situación estallaría y en mi vida todo sucedía demasiado deprisa. Casi había olvidado que quería ser mecánico, que tuve un amigo en el barco que se llamaba José y un enemigo que se llamaba Mariano, que ahora tenía dos casas y dos familias pero que cuando llegué a Rio sólo tenía doscientas pesetas que conseguí vendiendo una bicicleta.

8

Mi adaptación a los dos barrios en los que vivía, Ipanema y Serrinha, era casi total. De Ipanema me gustaban la playa, los bares, las caminatas por el paseo marítimo, al que llamaban Calçadão, sentarme en la roca de Arpoador y ver el sol esconderse tras el morro de Dois Irmãos, los chicos y las chicas, que me parecían muy jóvenes y tenían mi edad... De Serrinha me gustaba la gente, la música que sonaba en cuanto había un motivo, las ganas de ayudarse de los vecinos, la alegría... Sólo una vez vi juntarse ambos mundos, cuando Albino me regaló unas entradas que le enviaron para un estreno en el Teatro Municipal, en la plaza de Cinelândia. Fue a finales de septiembre de aquel año y la obra se llamaba *Orfeu da Conceição*, escrita por Tom Jobim y Vinicius de Moraes.

El escenario representaba una favela, todos los actores eran negros y la obra era una historia de amor que se desarrollaba allí. Estuve sin pestañear del primer minuto al último, tenía que volver a verla con Iosinara. Irene me preguntó al salir si de verdad en la favela había tantos negros y si no me sentía incómodo entre ellos. En poco tiempo había cambiado mucho, ésa era una tontería propia de su hermana Elena, no suya. Al llegar a Rio no se le hubiera ocurrido preguntar eso, todo lo contrario, habría aumentado sus deseos de conocer un morro carioca.

Dos días después volví al teatro con Iosinara; ese mismo

fin de semana la vi una tercera vez, también nos acompañaron Odete y Floriano. *Orfeu da Conceição* sólo estuvo una semana en el Teatro Municipal y después un mes en el Teatro da República, creo que no se volvió a representar pero se hizo años más tarde una película francesa, *Orfeo Negro*, basada en ella.

La noche que fuimos con Odete y Floriano, a la salida del teatro nos encontramos con Adrián. Yo no conocía a su esposa, Paz, que iba en silla de ruedas. Creo que nadie lo sabía. Adrián no hizo ningún comentario cuando Iosinara le saludó feliz y le dijo que era la primera vez que conocía a un compañero de trabajo de su esposo. Él había estado invitado a mi boda con Irene y sabía perfectamente mi situación, sin embargo se comportó con total naturalidad, como si yo le hubiera hablado miles de veces de Iosinara. Al día siguiente fui a buscarle para pedirle que mantuviera la discreción sobre nuestro encuentro. Me contestó sonriente que él nunca iba al teatro, que nunca se había encontrado conmigo y que tenía que pasar algún día por casa a tomar café y saludar a Irene…

Los decorados de la favela de *Orfeu da Conceição* estaban diseñados por Óscar Niemeyer, el arquitecto de moda en Brasil, tan famoso como cualquier futbolista, actor o cantante: fue él quien recibió el encargo de Kubitschek de diseñar los edificios de Brasilia.

El presidente visitó el lugar donde se iba a construir la nueva capital a principios de octubre de 1956. A mediados de ese mismo mes, el día 18, partieron los primeros obreros desde Rio y Minas Gerais con los materiales para iniciar las obras. No había carreteras y puentes, tardaron una semana en llegar. Cuentan que el día que llegaron, tras preparar un campamento en el que pasar la primera noche, alguien sacó una botella de whisky para brindar por Brasilia y por ser sus primeros habitantes. De inmediato comenzó una lluvia de granizo: hielo para el whisky. La posibilidad de que caiga hielo del cielo en el Planalto Central, casi en el centro de Brasil, es bastante remota. Casi con toda seguridad que la anécdota era falsa, una de esas mentiras que tanto gustan a la gente.

Los obreros que trabajaron en la construcción, y más tarde los habitantes de la ciudad, recibieron el nombre de *candangos*. «Candango» es una palabra africana que quiere decir extranjero, así llamaban los africanos a los portugueses. Entre los primeros candangos hubo muchos españoles que viajaron desde São Paulo para trabajar en Brasilia. Los primeros barracones que alojaron a los trabajadores se llamaron Candangolândia, nacía la nueva capital. La primera construcción, terminada en pocas semanas, fue el Catetinho, un diminutivo de Catete, el nombre del palacio presidencial de Rio. El Catetinho era un barracón de madera desde el que JK seguiría las obras en sus visitas semanales a Brasilia.

El problema más grave era el transporte de los materiales hasta el lugar de las obras; no existían carreteras acondicionadas. No sólo había que hacer la ciudad sino que también había que conseguir la forma de llegar hasta ella, los periódicos bromeaban con la posibilidad de llevar los ladrillos en avión. El presupuesto era un pozo sin fondo, los más críticos hablaban de que llegaría a los dos billones de dólares. Con ese dinero se podían solucionar los problemas de las grandes ciudades brasileiras; por ejemplo Rio, aunque sus habitantes estábamos acostumbrados, sufría cortes continuos en el suministro de agua que podían ser resueltos. Lo normal es que lo primero que un carioca hiciera al llegar a casa fuese mirar los grifos para ver si salía agua; los vecinos intercambiaban información sobre la hora a la que la abrirían en cada zona. Las protestas eran tan habituales que ni las recogían los periódicos.

Un presupuesto de dos billones de dólares en un país en el que la honradez de los políticos no era la norma habitual, era un llamamiento para todos los que querían sacar partido; Albino era uno de ellos. Su despacho ya no estaba en la parte de atrás del Joana's, ahora trabajaba en un edificio de oficinas de Copacabana; todavía no había llegado a un rascacielos de la rua da

Assambleia, pero estaba más cerca. Sacó a Adrián del *jogo do bicho* para convertirlo en su chófer y guardaespaldas. Salía todas las mañanas de su maravilloso apartamento frente al mar en la avenida Atlántica, en el que trabajaban tres personas de servicio, se subía en un lujoso Chevrolet Bel Air y una secretaria le esperaba en su despacho con un café recién preparado... Su vida había cambiado mucho en muy poco tiempo, estaba obsesionado con la respetabilidad, en dejar de ser un gallego pobre que llegó a Rio en tercera: se vestía con trajes confeccionados a medida, comía en los mejores restaurantes, no visitaba lugares donde su reputación pudiera quedar en entredicho, ni las boites ni mucho menos los burdeles. Ni siquiera creo que jugara al bicho, algo a lo que siempre fue aficionado.

El único de los negocios que visitaba al menos una vez a la semana era el casino. No se sentaba a las mesas a jugar, sólo saludaba a sus conocidos, hacía apartes con las personas que le interesaban, repartía fichas de cortesía entre las acompañantes de los jugadores de más renombre... En definitiva, hacía negocios. Fue allí, en la barra del bar, donde me señaló a un hombre que jugaba al black jack.

—¿Ves a ese hombre, el de la corbata a rayas con gafas? Ese nos va a hacer ricos.

Era un jugador habitual, visitaba el casino un par de veces por semana, siempre jugaba cantidades fuertes al black jack.

—Ya somos ricos.

—Nunca se es lo bastante rico, Bernardo. ¿Hay alguna chica en los pisos en la que confíes?

Hablamos de algunas de las chicas y nos decidimos por Carla, una paulista rubia, de cerca de treinta años, que se dedicaba a la prostitución hacía poco tiempo. Antes había sido la amante de un millonario boliviano. Era educada, elegante y se sabía comportar, solíamos usarla para acompañar a diplomáticos extranjeros de paso por Rio. Albino me pidió que contactara con ella y le visitáramos a la mañana siguiente en su despacho.

El hombre que me señaló Albino era Edmilson da Costa,

uno de los funcionarios por cuyas manos pasaría gran parte del presupuesto para la construcción de Brasilia. Supongo que una parte de lo que perdía en nuestras mesas de juego salía de aquel mismo presupuesto. Era muy nervioso jugando, apuntaba cosas continuamente en papeles que guardaba en los bolsillos y después encontrábamos tirados por los ceniceros. Fumaba sin cesar, sin sacarse el cigarrillo de entre los labios y dejando que la ceniza le cayese en la solapa de la americana. Casi nunca hablaba con nadie o bebía nada, aunque los camareros le ofreciesen bebidas por gentileza de la casa.

Carla recibió el encargo de Albino de seducirlo y convertirse en su amante. A mí me pidió que organizara todo para que sus encuentros amorosos quedaran inmortalizados con fotos.

—Ese amigo tuyo, el negro de la favela, ¿no se dedicaba a hacer fotos? Pues pídele a él que nos mande a alguien para que se encargue.

No pensé que recordara a Floriano; en los primeros tiempos le hablé de él alguna vez, pero hacía ya mucho que había dejado de mencionarlo.

Le di dinero a Carla para que se comprara ropa, y fichas para que jugara en el casino y esperara a que apareciera Edmilson. Dos días después entré en la sala de juego y la vi junto a él. Esa misma noche logró que pidiera, en contra de su costumbre, una botella de champán para compartir con ella. Los dos se marcharon juntos. Carla había sido tan eficaz que el fotógrafo no estaba todavía preparado.

Las fotos las hice unos días después yo mismo, con una cámara prestada por Floriano, en un hotel de Flamengo. El dueño era un gallego que llegó en el mismo barco que Albino y la habitación tenía un falso espejo, opaco por la parte de dentro y transparente por la de fuera. Le pregunté para quiénes estaba destinada esa habitación y su respuesta me desconcertó: para maridos que deseaban ver a sus esposas acostarse con sus amantes. El mundo nunca dejaba de sorprenderme.

Albino recibió las fotos, pagó a Carla con generosidad y la hizo encargada de uno de los mejores pisos, en la avenida Rio Branco, cerca del Senado, ubicado en el palacio Monroe, y los grandes edificios de oficinas. Era muy frecuentado por los políticos y le encargó que estuviera atenta a las oportunidades de negocio.

Garcés fue el encargado de presentarse con las copias de las fotos ante Edmilson. Cuando las vio, no hizo ningún gesto de disgusto, todo lo contrario, las apreció; dijo que era soltero, que no tenía que rendir cuentas ante nadie y que se notaba que su amante era una mujer bellísima a la que había satisfecho: todos sus conocidos se sentirían orgullosos de él al ver las instantáneas. Hubo que explicarle que no había ninguna intención de enviar las fotos a su familia y sus amigos sino a los periódicos y las revistas sensacionalistas. Sólo entonces aceptó colaborar.

El chantaje nos reportó la exclusiva del transporte de algunos materiales para la construcción de Brasilia y de las carreteras que llegaban hasta allí. Serían tres grandes carreteras, una que partía de Rio, de mil doscientos kilómetros; otra de São Paulo, de mil ciento cincuenta, y la tercera de Belem, de dos mil doscientos cuarenta. En una de las primeras entrevistas que le hicieron a JK desde el anuncio de la construcción de la nueva capital, una periodista francesa le preguntó si no era absurdo construir una ciudad en el desierto; JK respondió que lo absurdo era el desierto. Brasilia estaba empezando a dejar de serlo.

Gracias a Juscelino Kubitschek, Albino tenía la empresa legal que tanto ansiaba, con doce camiones, relaciones y contratos con el gobierno. Hasta yo le empezaba a ver en un rascacielos de la avenida da Assambleia. Yo era socio minoritario de la empresa: un cinco por ciento. Mi sueño al llegar a Brasil era tener un camión, entonces me convertí en dueño de un cinco por ciento de doce... Nunca me dieron dinero, todo se reinvertía, poco a poco íbamos siendo dueños de muchos negocios, tantos que yo mismo no sabía cuáles. La empresa se iba profesionalizando. Albino decidió que tuviésemos reuniones todos los martes por la mañana en las que los responsables de cada área del negocio informaran a los demás de la evolución: Albino era el director general y llevaba los negocios legales, Garcés el encargado del *jogo do bicho* y los asuntos de seguridad, un gallego llamado José Manuel de la prostitución y la contabilidad, y yo, responsable del casino.

La reunión era en uno de los salones del casino y duraba un par de horas, después comíamos en algún restaurante, siempre uno de los mejores de Rio. Albino estaba obsesionado con la seguridad y decía cuándo se podía hablar de negocios y cuándo no. En el restaurante estaba prohibido, si alguna vez nos colocaron un micrófono sólo escucharon hablar de mujeres, de fútbol y de Galicia. Y alguna vez, pocas, de lo mucho que admirábamos lo que estaba haciendo JK. En el salón del casino, que todos los lunes se examinaba a conciencia para evitar los micrófonos, se hablaba de la recaudación, de los beneficios, de los sobornos, de las decisiones difíciles, incluso se sometía a votación si había la necesidad de eliminar a alguien.

Lo más conflictivo era el reparto de beneficios. Tres de nosotros, Garcés, José Manuel y yo, queríamos retirar la mayor cantidad de dinero posible. Albino quería que todo se dedicara a nuevos negocios. Opinaba que vivíamos muy bien y que cada uno tenía en su casa lo que necesitaba; tener más dinero sólo serviría para gastarlo en extravagancias y llamar la atención. Tenía razón, pero la experiencia nos había enseñado a todos que las cosas cambiaban y que la bonanza podía ser pasajera, que quizá un día necesitáramos el dinero y que era mejor tenerlo al alcance de la mano. Albino, que en otros asuntos practicaba una especie de democracia, era inflexible en aquello: cada uno tenía su sueldo, muy bueno, lo demás lo gestionaba él. Ese afán inversor nos llevó a tener, además de la empresa de suministros para la construcción de Brasilia, acciones en varias empresas, tres o cuatro bares, dos hoteles, una pensión y, lo más raro, dos carnicerías. La explicación era sencilla: nuestro socio carnicero llegó a Brasil en el mismo barco que Albino y él sentía debilidad por los suyos.

El cambio de Albino era evidente; seis meses atrás todo lo habría resuelto recurriendo a las pistolas, desde que era jefe absoluto se había convertido en un hombre flexible: desdramatizaba, perdonaba, era partidario de negociar siempre que se pudiera. La comparación es absurda, pero don Antonio recordaba a Getúlio Vargas: autoritario, paternal, serio, distante, y Albino a Juscelino: dialogante, amistoso, cercano. Habría sido un buen cambio de ser real, pero yo estaba seguro de que, en su fuero interno, Albino seguía siendo el mismo.

La etapa de Getúlio quedó definitivamente cerrada, JK consiguió que los brasileiros se olvidasen de él. Por aquellas fechas, dos años y pico después de su muerte, se celebró por fin el juicio por el atentado de la rua Tonelero. Gregorio Fortunato, el Ángel Negro, eximió de cualquier responsabilidad a Vargas o a cualquier otro miembro de su familia. Fue condenado a veinticinco años de prisión. Murió en la cárcel Lemos de Brito años después, asesinado por otro preso, Feliciano Dantas. Aquello me hizo una gracia injustificada y cruel: un Feliciano mataba a un Fortunato mientras todo les iba mal...

Mientras, en mi vida, los acontecimientos se seguían agolpando: Iosinara me comunicó que estaba embarazada en octubre, Irene en noviembre. Los dos embarazos fueron muy distintos: Iosinara estaba cada día más guapa y no sufría ninguna molestia, su vida seguía siendo la de siempre, bailaba con su barriga en la escola de samba y quería hacer el amor a todas horas; Irene sintió náuseas, malestar, tuvo vómitos, el médico le recomendó reposo y casi se trasladó a vivir a casa de su hermana, en todo el embarazo no hicimos el amor una sola vez... Iosinara me consultaba las listas de nombres que elaboraba: Cléver o Fausto si era niño, Yosara o Giovana si era niña; Irene lo tenía claro: Aitor o Arancha. A las dos les sugerí que se llamara Bernardo si era niño. Iosinara tomó nota; Irene me dijo que no, que ése era nombre de paleto gallego.

Las Navidades se acercaban; yo tenía dos esposas embarazadas y no sabía cómo me apañaría. Albino y Elena, sin ser conscientes, vinieron en mi ayuda: un domingo, durante la comida familiar, nos dijeron que pasarían las fiestas en España y nos invitaron a acompañarlos. Volarían a Madrid, pasarían la Nochebuena en Bilbao con la familia de ella, y después viajarían en coche a nuestro pueblo en Galicia. Dije que no, esperábamos que fuera una semana de mucha actividad en el casino y no podía ausentarme. Las dos hermanas se enfadaron mucho y nos dejaron solos.

—¿Por qué no quieres ir? Sólo será una semana...

—¿Se te ha olvidado que me persiguen, que tengo documentos falsos? No quiero acabar en una cárcel española.

Albino acabó reconociendo que era un riesgo innecesario. El enfado de mi esposa duró varios días; en realidad creo que nunca nos recuperamos de él y desde entonces terminó nuestra relación cordial. Al final, decidimos que Irene viajara a España con su hermana y Albino.

Yo pasé las fiestas en la favela, con Iosinara. Salí con ella, la llevé a cenar a buenos restaurantes, incluso fuimos una noche al Al Bon Gustaio, uno muy caro de Copacabana en el que probó el vino por primera vez en su vida. Una noche, en el coche de Albino, fuimos a Búzios, a la playa. Se nos hizo tarde y nos quedamos a dormir en una *pousada*. Fue otra luna de miel; me costó mucho volver a Ipanema y recibir de vuelta a Irene, cargada de regalos que yo no quería tener.

No venían solos de España, les acompañaba Iñaki, el hermano pequeño de Elena e Irene, un chico de dieciocho años, tan alto como Albino, rubio, de ojos claros y piel muy blanca. Desde la primera vez que lo vi tuve la sensación de que estaba loco. Albino le puso a trabajar con Garcés en el mismo puesto en que empecé yo, de recaudador de los cobradores del bicho.

Mi relación con Irene se convirtió en casi inexistente. Me

habría separado de ella y me habría ido a vivir con Iosinara a la favela si no fuera porque temía la reacción de Albino, no me engañaba con su nuevo talante abierto y flexible. José Manuel, el otro gallego, era su hombre más cercano ahora; de los viejos tiempos quedábamos Garcés y yo.

Garcés venía de un pueblo pobre de León; un día se subió a un barco camino de Brasil para buscarse la vida aquí. Lejos de trabajar como camarero, lo que habría colmado todas sus expectativas, se encontró con el bicho, los burdeles y los casinos. Garcés era el mayor de todos nosotros, rondaría los treinta y cinco años, y el que más tiempo llevaba en Brasil, catorce. Hablaba perfectamente portugués, sin ningún acento español, estaba casado con una brasileira, tenía un hijo de ocho años y vivía en Tijuca, un barrio de clase media. Su única extravagancia eran los zapatos; no sé cuántos tendría, no menos de cincuenta pares, siempre perfectamente lustrados. En España nunca tuvo unos zapatos, llegó con alpargatas y aquí se compró los primeros; cuando veía a un limpiabotas, un *engraxate*, en la calle o en un café, no podía resistirse a llamarlo, aunque los que calzaba brillaran como espejos.

Garcés llegó a Rio con un nombre anotado en un papel, el de un viejo amigo de su padre del pueblo que llevaba ya unos años en Brasil. Su contacto era colaborador de don Antonio, así acabó Garcés como cobrador del bicho; su punto era el *beco das garrafas*, él sí vio caer las botellas que los vecinos lanzaban a los juerguistas ruidosos. Vivió tranquilo hasta que se hizo amigo de Albino y éste le metió el gusanillo: le hablaba del dinero que ganaban los bicheiros, de la posibilidad de volver a España como triunfadores, de la vida a la que podían acceder... Fue suficiente para despertar la ambición de Garcés, y cuando salió el primero de los trabajos especiales a favor de don Antonio, lo hicieron ellos dos.

No es que el leonés fuera una buena persona que se hubiera juntado con malas compañías; era como todos los demás, hacía lo que tuviera que hacer sin que le temblara el pulso, pero no disfrutaba con ello. Tenía todo el dinero que deseaba; si el nuestro fuera un negocio en el que uno se pudiera retirar, él lo habría hecho, habría montado un negocio y se habría dedicado a ver crecer a su hijo. No se atrevía a decirlo en las reuniones semanales pero le asustaba la brutalidad de Iñaki: los cobradores se quejaban de sus amenazas, había montado algunas peleas en bares, destrozó la habitación de uno de los burdeles en una noche de borrachera. Albino lo sabía, Garcés no tenía que decirlo.

—¿Iñaki? Sangre caliente, muy joven, ya se tranquilizará.

Hasta que un día nuestro cuñado le pegó una terrible paliza a uno de los cobradores, a Pedrito, otro leonés que tenía su puesto llegando a Arpoador, junto al bar de los pescadores. Pedrito era un tipo de unos cuarenta y cinco años, simpático, inofensivo, aficionado al fútbol, fanático del Real Madrid. Era él quien se enteraba de los resultados de los partidos en España y nos tenía a todos informados. El motivo de la paliza fue que el Madrid le ganó al Bilbao e Iñaki consideró que su sonrisa al decírselo era provocativa. Pasó un mes en el Hospital Español, en la rua do Riachuelo.

Garcés informó a Albino en presencia de Iñaki, que sonreía socarrón y le miraba amenazante. Albino se volvió a Iñaki.

—¿Me cuentas tu versión?

—Nada, ésa, que siempre me estaba tocando los cojones con el Madrid. Se lo había ganado.

Albino dudó un instante, de las pocas veces que le he visto hacerlo. Después cambió de tema.

—Vamos a pasar al siguiente asunto. ¿Cómo ha ido esta semana la facturación de los pisos?

Todos nos quedamos asombrados. Garcés no aguantó.

—¿Cómo que pasamos a otro asunto? Pedrito lleva años con nosotros, es una buena persona, nunca ha dado un problema.

—Es algo que trataré personalmente con Iñaki. ¿Tienes algo más que decir?

Garcés negó con la cabeza, después no vino a comer con los demás, alegó que debía acompañar a su mujer al médico. Iñaki sí vino, bromeó, bebió y acabó cantando en el restaurante. Albino se lo llevó a casa. Cuando yo llegué a la mía, Irene no estaba, probablemente los tres hermanos se habían reunido en casa de Albino. Sólo me quedaba por conocer a Aitor, el mayor de la familia, y no tenía ningún deseo de hacerlo.

Por aquellos días se falló el concurso para decidir cómo sería la capital, le llamaron Plano Piloto. El proyecto ganador, que tenía un premio de un millón de cruzeiros, fue el presentado por un arquitecto brasileiro llamado Lúcio Costa. Brasilia ya tenía responsables: Oscar Niemeyer diseñaba sus edificios, Costa su urbanismo, Israel Pinheiro dirigía la empresa constructora, Novacap, y Juscelino Kubitschek bromeaba afirmando que él sería el jefe de obras. En las revistas aparecía en mangas de camisa, visitando las obras, charlando con los candangos, consultando los planos... Todas las semanas viajaba a Brasilia para ver la evolución de las obras y recordarle a todo el mundo la fecha de inauguración: 21 de abril de 1960, ni un día más tarde.

9

El carnaval de 1957 fue un fracaso para Império Serrano. El tema escogido coincidió con el de la ganadora, Portela: «El emperador João VI». La escola de Portela ganaría, para desesperación de Floriano, varios años consecutivos.

En marzo, Carlos Lacerda, que había regresado a Rio unos meses antes, logró uno de sus objetivos: ser nombrado líder de la UDN, el partido de la oposición a JK. Su éxito estuvo a punto de sacarle de la política y mandarlo a la cárcel: uno de sus seguidores le hizo llegar un documento cifrado en el que se acusaba al vicepresidente Jango Goulart de intervenir en una supuesta compra ilegal de armas. Se trataba de un documento clasificado como secreto que Lacerda no dudó en publicar parcialmente en la *Tribuna da Imprensa*. El fragmento que reproducía era sesgado y falso, él lo presentaba como la demostración de que Jango Goulart intentaba crear un ejército para hacer la revolución en Brasil, algo absurdo dado que se trataba del vicepresidente. Pero no le acusaron de mentir, su problema fue peor: fue acusado de violar la Ley de Seguridad Nacional y, si el Congreso lo aprobaba, debería responder ante un tribunal militar. La decisión se tomaría el 16 de mayo y 164 votos a favor le mandarían a la cárcel.

Lacerda, el Cuervo, como le llamaban sus detractores, inició su campaña habitual: insultos, difamaciones, acusaciones contra todo y contra todos... Su intención era desviar la atención, hacer olvidar el motivo del juicio contra él, la violación de una ley de seguridad, para presentarlo como el ataque a un demócrata que no se calla nada y se enfrenta al poder. Pero todo hacía pensar que esta vez no se saldría con la suya. Sólo unos pocos votos indecisos, y la postura que acabara tomando el siempre imprevisible gobernador de São Paulo, Jânio Quadros, podían salvarle.

La radio transmitía en directo las votaciones, yo la escuchaba desde mi despacho del casino en un día especialmente flojo: muchos de nuestros clientes eran diputados y aquella noche estaban encerrados en el Congreso; otros muchos eran periodistas políticos, abogados o empresarios a los que la decisión sobre Lacerda podía afectar.

La noche había empezado de una manera muy desagradable, un conocido presentador de televisión había discutido sobre la propiedad de una ficha con un paulista de origen japonés. No era la primera vez que algo así sucedía, el presentador tenía muy mal perder y lo hacía de vez en cuando, pero era un buen cliente que dejaba bastante dinero en nuestra caja. Aun sabiendo que no tenía razón, intervine en su favor y me llevé al japonés. Le restituimos su dinero, pero no su honor.

Volví al despacho a tiempo para escuchar el resultado final de las votaciones. Arrojé el vaso del que bebía contra una pared, quizá por eso no escuché el disparo. No se habían alcanzado los 164 votos necesarios, algunos diputados habían cambiado su intención en los últimos minutos, sólo 152 pedían que Lacerda se presentara ante el tribunal militar. Entonces entró un camarero a avisarme: el japonés había disparado contra el presentador; afortunadamente sólo le había herido en un brazo.

Salí del despacho sin tener muy claro qué debía hacer. Lo primero era sacar de allí a los dos, antes de que llegara la policía; también hacer que el presentador fuera atendido por un médico que colaboraba con nosotros y hacer que el japonés se marchara a su casa con la prohibición de volver a poner un pie allí. Alguien, probablemente otro cliente, aunque les dimos fichas gratis para su próxima visita antes de pedirles que abandonaran el casino, llamó a la policía y hubo que dedicar mucho dinero a sobornos; fue la primera noche, después de la inauguración, que el Gran Casino Gallego tuvo pérdidas.

Dos días después, en una entrevista, el presentador dijo que se había herido el brazo en un accidente de caza. No fue fácil convencerlo para que diera esa versión, hizo falta que recibiera una visita de Albino en persona. Yo no lo recordaba pero el presentador, periodista de profesión, era el mismo que tuvo el problema con la chica argentina en uno de nuestros pisos la noche de la muerte de don Antonio. Albino tardó un par de años en cobrarse el favor prestado aquella noche, pero lo hizo, como siempre.

Pedrito, el cobrador del bicho que había recibido la paliza de Iñaki, salió por fin del Hospital Español. Durante su estancia allí me acerqué a visitarlo casi todas las tardes; le preocupaba qué hacer al salir, no estaba dispuesto a volver a su puesto de cobrador para encontrarse todos los días con mi cuñado: sentía pánico hacia él.

Muchas tardes me encontraba en el hospital con otros españoles que habían ido a visitarle. Unas semanas antes nos habríamos quedado charlando un rato sobre fútbol, tal vez nos habríamos ido a tomar una Brahma a cualquier bar; si hubiéramos coincidido con Tomás, el gaditano, nos habría contado los mismos chistes que siempre... Ya no, me saludaban y se marchaban: Iñaki había terminado con la confianza ganada en años en los tres o cuatro minutos que duró la paliza.

Un par de días antes de que Pedrito recibiera el alta hubo un ingreso más: Julio, el Madriles. El motivo de su paliza fue dar dos premios grandes dos días consecutivos. Yo estaba visitando a Pedrito cuando llegó, le vi en la camilla y apenas reconocí quién era de lo destrozada que llevaba la cara.

—¿Es Julio?

—Sí, el Madriles.

—¿Qué ha pasado?

—Iñaki.

Pedí a los médicos que le dieran la mejor atención, aseguré que pagaríamos todo el tratamiento que debiera recibir: Julio llevaba mucho tiempo con nosotros, era compañero de barco de Albino, durmió a su lado la primera noche en la plaza de París, compartiendo manta con él...

Cuando salí del hospital había un grupillo de españoles esperando.

—Sólo quería deciros que lo siento. No hagáis ninguna locura, yo hablo con Albino, ¿de acuerdo?

—No vamos a esperar a entrar uno detrás de otro en el hospital.

El martes siguiente, Garcés y yo pedimos a Albino que Iñaki no estuviera presente. Él nos miraba con chulería, sonriendo.

—Venga, el chico ha hecho mal, lo he hablado con él... Tiene dieciocho años, ¿quién no ha hecho tonterías a los dieciocho?

Hablé yo, antes de que Garcés se dejara llevar. El asturiano estaba indignado con los dos, con Iñaki y con Albino.

—Tenemos a dos cobradores en el hospital. No es una tontería.

—Ya, ya lo sé... Iñaki se ha pasado. A veces te pasas al intentar mantener el orden.

—No tiene que ver con mantener el orden, ninguno de los dos había hecho nada.

Albino intentó quitarle dramatismo.

—Bueno, eso de que no han hecho nada... Joder, Julio no hacía más que dar premios altos.

Garcés se levantó.

—¿Esto quiere decir que Iñaki no va a salir de la sala?

Albino lo hizo también, para ponerse a su altura.

—Quien decide quiénes asisten a las reuniones soy yo.

Iñaki, sonriente, disfrutaba del enfrentamiento. Garcés se fue hacia la puerta.

—Entonces el que se va soy yo.

—Espera, Garcés, vamos a hablar con calma...

Intenté intervenir, pero Albino me cortó enseguida.

—Cállate, Bernardo, empezamos la reunión. José Manuel, esta semana han bajado los ingresos de todos los pisos...

—Ha llovido tres días, ya sabes que cuando llueve es así.

—Pues poned a las putas en la calle con paraguas, joder.

Ése fue el tono del resto de la mañana. Ni la circunstancia de que Julio fuera su compañero de barco afectó a Albino. No hubo comida conjunta.

Por la tarde me presenté en su oficina. Me hicieron esperar media hora antes de permitirme pasar. En la pared de su despacho había una foto de su hija.

—¿Te gusta? Cuando nazca tu hijo te mando hacer una igual y la pones en tu despacho del casino.

No me gustaba, sólo comprobaba si era del nuevo estudio de fotografía de Floriano.

—Sí, me encanta, a ver si el mío es niño.

—No sé. Yo también quería un niño, pero ahora estoy encantado con tener una niña, son más tranquilas y más cariñosas. Últimamente no te pasas nunca a verla.

Hablamos unos minutos de cuestiones sin importancia, mientras su secretaria, que era evidente que también era su amante, Thereza, muy joven y muy guapa, trajo unos whiskys; me había acostumbrado a su sabor, pero seguía sin gustarme.

—Quería hablar contigo de Iñaki.

—¿Tú también vas a exagerar? El chico es como sus hermanas, tienen la sangre caliente.

Sonreía, no tenía la menor intención de castigarlo o ponerle freno.

—No voy a exagerar, no voy a hablar de lo que hace. Está loco, pero eso no podemos arreglarlo nosotros. Sólo quiero proteger nuestras inversiones, ese chico nos va a hacer perder mucho dinero. Las chicas de los pisos le temen, los cobradores hablan de hacer un plante, al casino no ha venido nunca y si lo hace le mandaré echar.

—No se te ocurrirá hacer eso.

—Dile que se pase por allí esta noche y lo compruebas.

Albino dudó entre reírse y mandarme matar. Optó por lo primero.

—Eh, no le des un cabezazo como al marinero aquel, que Iñaki es de la familia.

También me reí, yo no tenía más opciones. Entonces entró la secretaria anunciando una llamada muy urgente de la mujer de Garcés: su marido había sufrido un accidente, un coche lo atropelló y se dio a la fuga. Estaba ingresado en el Hospital Getúlio Vargas en estado crítico. Salimos corriendo en el coche de Albino, conducía Adrián.

—Ha sido un atropello, un accidente, no se te ocurra echar la culpa a nadie, ¿entendido?

—No hace falta que yo le eche la culpa a nadie, los dos sabemos quién le ha matado.

Garcés no sobrevivió al quirófano. No se supo con certeza si era Iñaki el conductor del coche que lo atropelló y no pagó por ello. Albino no puso mucho interés en averiguar quién había matado a su gran amigo.

A su entierro asistieron más españoles de los que yo pensaba que pudiera haber en Brasil; no sólo los que trabajaban con nosotros, también hombres honrados que intentaban ganarse la vida con todo tipo de profesiones. Había muchos brasileiros, los vecinos, los chicos de un equipo de fútbol a los que el leonés entrenaba en su tiempo libre, la familia de su esposa... Garcés era un hombre muy apreciado por todos. También estábamos Albino y yo con nuestras mujeres e Iñaki, con una corbata de colores que a muchos nos habría gustado hacerle tragar.

No sé qué se haría de su colección de zapatos. Le pregunté a su esposa cuántos tenía: sesenta y ocho, los últimos los acababa de recoger en el momento del atropello y los llevaba en una bolsa, no llegó a estrenarlos. Eran unos zapatos negros, hechos a medida en la zapatería Moreira, en la rua do Ouvidor.

Los cobradores del bicho se negaron a recoger apuestas, las putas no recibieron clientes, yo no abrí el casino, los bares cerraron sus puertas, los cambistas no compraron un solo dólar... Durante un día no se abrió la caja fuerte en honor a Garcés. Iñaki tendría que haber propinado unas quinientas palizas para abrirla: ya nos estaba haciendo perder dinero.

Al acabar el entierro dejé a Irene en un taxi y me fui a la favela, a pasar el día con Iosinara. Le conté que venía del entierro de un amigo querido y me dijo que le habría gustado acompañarme. El domingo siguiente no asistí a la comida familiar en casa de Albino pese a las quejas de Irene. En lugar de eso, recogí a Iosinara, Floriano y Odete y nos fuimos al Maracanã, a ver jugar al Botafogo, el equipo de Floriano. Juagaba Garrincha y era tan espectacular verle que yo también me hice fan del Botafogo.

Cuando regresé a Ipanema, Irene estaba gritando, me echaba en cara haberle hecho pasar la vergüenza de presentarse en casa de su hermana embarazada y sola.

—Pues vete acostumbrando. O dile a tu hermano Iñaki que a mí también me dé una paliza o me pase con un coche por encima, así serás viuda.

Lloró, se metió en la habitación y horas después se puso de parto. Era un bebé prematuro, tras siete meses de embarazo, que tardó casi un día, hasta la tarde del día siguiente, en nacer. Fue niña e Irene quería que se llamara Arancha, pero a mí se me había acabado la paciencia: se llamó Carmiña, como mi hermana mayor. No me gustaba el nombre, lo escogí porque era el que menos le gustaba a Irene, era otro nombre que consideraba de gallegos paletos.

Albino, al enterarse, se acercó a mí para interceder; le pedí que no se metiera en mis asuntos con mi esposa. Reconoció que yo tenía razón, que si lo hacía era por no escuchar a Elena.

—Ya sabes, vuelves a casa y te marean con sus protestas...

—Estoy hasta los cojones de toda la familia, Albino, de tu mujer, de la mía y del hermano de las dos.

Albino era listo y sabía cuándo callarse, así que abrió una botella de whisky y me ofreció un vaso.

—Por Carmiña.

No lo acepté y me serví un vaso de cachaça. Irene me miró con odio. Iñaki no apareció por allí.

Pocos días después acompañé a Pedrito, ya en la calle, al puerto: volvió a España y no supimos nunca más de él. Julio también recibió el alta, fui a recogerlo y lo llevé a casa. Vivía en Copacabana, en un edificio de apartamentos muy pequeños a los que llamaban irónicamente JK, las iniciales del presidente. Significaban *Janela* y *Kitchenette*, o sea, ventana y cocina pequeña, lo único que tenían. Eran apartamentos muy baratos que sustituían a las grandes mansiones y hacían que Copacabana estuviera perdiendo el halo señorial de toda su historia. Los ricos se marchaban a Ipanema y Leblon, algunos incluso más lejos, a São Conrado y Barra da Tijuca. Julio tampoco volvió a su puesto de cobrador, se colocó como camarero en un bar por Santa Isabel. Yo le visitaba de vez en cuando; odiaba a Albino e Iñaki, tal vez eso me sirviera algún día.

10

Iosinara tuvo el niño en casa, ayudada por las vecinas, igual que Odete. Rompió aguas por la noche, mientras yo estaba en el casino; cuando llegué las vecinas ayudaban, Odete lo organizaba todo y Floriano me esperaba. Me dejaron entrar a verla y darle un beso un momento, después me echaron: un parto no era lugar para hombres.

Fuera, mientras esperábamos, Floriano me dio conversación para tranquilizarme, tal como hice yo cuando el padre fue él. Me habló de sus películas: ya había rodado seis y ganaba mucho dinero. También lo hacía con el estudio que había abierto en la rua Sete de Setembro, una de las más comerciales de Rio; se había convertido en un próspero hombre de negocios. Pero lo que de verdad le divertía eran las películas pornográficas.

—La próxima la dirijo yo, será de lujo, como las norteamericanas.

—De lujo pero llena de guarrerías.

—Sí, eso sí.

Le ofrecían mucho dinero si lograba hacer la primera película pornográfica de Brasilia. La única condición es que se viera claro que estaba rodada allí; debían salir los edificios, el Congreso, el palacio presidencial.

—¿Cómo lo vas a hacer? No creo que lo permitan.

—Ya sabes cómo es Brasil; si repartes un poco por aquí, otro poco por allí... ¿En tu tierra no es así?

—No tengo ni idea, lo único que sé de mi tierra es que había que dar de comer a los cerdos. Pero supongo que sí, que en todas partes es igual.

Aún faltaba mucho tiempo para que Floriano pudiera rodar la película. Brasilia avanzaba, pero todavía le quedaba para estar acabada. Se había puesto pocos días antes la primera piedra de la que sería la plaza de los Tres Poderes y se había celebrado la primera misa de la nueva capital.

Floriano siguió contándome sus muchos proyectos.

—Te vas a hacer rico.

—Ya soy rico.

—Albino, el de mi pueblo, dice que uno nunca es lo bastante rico.

—Está equivocado, uno es rico cuando tiene más de lo que necesita.

El parto fue muy rápido, no llegó a las dos horas. Eran las cinco de la mañana cuando Odete salió con mi hijo en brazos.

—Es niño. Iosinara me ha pedido que te diga que quiere que se llame Bernardo.

Floriano sacó una botella de cachaça para brindar.

—Cachaça de Minas Gerais, es la mejor, la guardaba para hoy.

Más de veinte vecinos pasaron a brindar y darme la enhorabuena, y también a probar la cachaça. Iosinara estaba cansada, pero bien, feliz de haberme dado un hijo. Bernardo era bastante oscuro, con un color más parecido al de su madre que al mío. Si me hubiesen dicho en mi pueblo que algún día tendría un hijo mulato... No se parecía en nada a su hermana mayor, que era rubia y blanca como su madre. Me pasó por la cabeza que quizá los dos hermanos nunca llegaran a conocerse.

Con Irene no hablaba más que de cosas que tuvieran relación con nuestra hija. Dormía pocas noches en Ipanema y no me molestaba en disimular; todas las tardes iba a visitar a Carmiña y a jugar con ella un rato. Me acostumbré a dormir la siesta con mi hija en brazos. Intentaba ser un buen padre para mis dos hijos, aunque fuera tan mal marido. Una tarde, tras mi siesta con Carmiña, Irene me dijo que quería hablar conmigo. Me propuso que viajáramos a España para que sus padres conocieran a su hija; me prometía cambiar, asumía que no había sido una buena esposa por culpa de los consejos de su hermana Elena, que de novios nos llevábamos muy bien y que quería que volviera a ser así. Le dije que me lo pensaría.

Le di vueltas varios días, me apetecía volver a España aunque el año anterior me hubiese negado: si entraba con la documentación portuguesa no había motivo para tener problemas... Llegaríamos a Madrid en avión, de allí viajaríamos a Bilbao. Tal vez yo visitase mi pueblo... Lo consulté con Albino, él consideraba que no era peligroso siempre que no visitara nuestro pueblo. Yo le di la razón, pero sabía que iría, que dejaría a Irene con la niña en Bilbao y me presentaría en casa de mi padre con el coche americano más grande que encontrara, con un haiga, para decirle: «Ya ves, soy más rico que tú». Llamé a Irene desde el casino y le dije que sí, que iríamos a España. Se puso muy contenta.

—¿Vas a venir muy tarde a dormir? ¿Te espero despierta?

—No voy a ir, ni tarde ni temprano. Mañana, después de comer, iré a ver a Carmiña.

Partimos unos días antes de las Navidades de 1957, después de arreglar papeles y billetes. Llegué a Brasil en barco y volvía en avión, en un largo viaje. Fuimos de Rio a Salvador de Bahía, allí estuvimos dos horas sin salir del aeropuerto, mi segunda visita a Bahía sin conocer la ciudad de Salvador: nunca visitaría el *Pelourinho* y la parte alta de la ciudad. Recordé a José, sólo habían pasado tres años y medio desde que estuvimos allí; si hubiera podido le habría dicho que se viniera a Rio, que conocía a muchas negras con las tetas enormes, como a él le gustaban.

De Salvador de Bahía fuimos a Las Palmas. También allí recordé a José y a la puta rubia con la que estuvimos los dos, a la que no pregunté su nombre. Tampoco salimos del aeropuerto y estábamos ya agotados.

Por fin, desde Las Palmas llegamos a Madrid. Nuestra primera noche en España la pasamos en un hotel de la Gran Vía. Madrid era muy grande, casi tanto como Rio de Janeiro, pero mucho más gris; el frío era tan intenso que las chaquetas que llevábamos no servían para nada y por la mañana, antes de salir hacia Bilbao, tuvimos que comprar unos abrigos. Cuando estuvimos instalados en nuestra habitación salí a la calle a dar un paseo, muy corto a causa del frío; todo era muy extraño para mí, la gente era blanca, no había cobradores del bicho en la puerta de los bares, no se acercaban los vendedores de cocos, no esperabas encontrarte con el mar al doblar cada calle. Nunca me sentí tan brasileiro como en aquel paseo.

Por la mañana recogimos el coche alquilado en la plaza de España, bajo un rascacielos muy alto. No encontré ningún coche americano ostentoso y tuve que conformarme con un Citroën francés, ni muy lujoso ni muy grande, pero mejor que los demás que se veían por las calles. En cuanto tuvimos el equipaje cargado, salimos hacia Bilbao, casi en silencio: Irene y yo no lográbamos mantener una charla fluida. Cada vez que encontrábamos un tema de conversación acabábamos comparando España y Brasil, para ella era mejor España, para mí Brasil; entonces nos callábamos. No llegamos a Bilbao hasta entrada la noche, en total tardamos tres días desde que salimos de Rio.

La noche siguiente, Nochebuena, cenamos en casa de Aitor, el hermano mayor de Elena, Iñaki e Irene. Resultó ser un hombre agradable, simpático y buen conversador, además de un magnífico cocinero. El padre de Irene era un hombre apocado y la madre era como las dos hermanas, mandona e insoportable. El día de Navidad comimos en casa de los padres de Irene, su madre era peor cocinera que Aitor, y tuve que soportar que todos hablasen de lo buen hijo que era Iñaki: cariñoso, sensible, algo tímido... Qué difícil es conocer a los más cercanos.

El día 26 por la mañana cogí el Citroën y me fui a Galicia yo solo. Mirando en el mapa no parecía que fuera a estar tan lejos, pero las carreteras eran pésimas y había que dar muchas vueltas: me pasé el día entero conduciendo. Dormí ya en Galicia, en un pueblo cercano al mío, el mismo en el que vivía la puta cuando yo era un chaval. Salí a dar un paseo, cené en una taberna y pedí una copa de orujo; todos me miraron extrañados cuando derramé un poco en el suelo para el santo. Después busqué a la puta, no porque quisiera acostarme con ella, sólo para recordar; el pueblo ya no tenía puta, era mucho peor que unos años atrás... Por la mañana salí hacia mi pueblo. Vi las tierras de mi padre, estaban heladas, por la época, pero no daban la sensación de estar mal cuidadas.

Entré en el pueblo con el coche. Vi a Domingo, un vecino algo mayor que yo, de la edad de Albino; de niños eran amigos. Se quedó mirando el coche pero no me reconoció. Delante de la iglesia vi a don Sixto, el que me vendió y me volvió a comprar la bicicleta; iba en una nueva, tuve que parar para dejarle pasar. Llegué a casa de mis padres, conduje muy despacio para verla, pero no paré hasta cien metros más allá. Bajé del Citroën y me quedé mirándola: era pequeña y fea, mucho peor que en mis recuerdos.

Esperé unos diez minutos, hasta que la puerta se abrió. Salió mi hermana Carmiña y caminó en dirección contraria a la mía. Después salió Alfredo, el portugués; colocó una silla al sol, junto a la pared, y entró en la casa para salir ayudando a mi padre, al que sentó en la silla. En el tiempo que llevaba sin verle se había convertido en un anciano. Estuve unos diez minutos, apoyado en el capó, mirándole. No salió mi madre ni volvió mi hermana. Decidí que no les hablaría, me subí en el coche, arranqué y no paré hasta Asturias.

Pasé el resto de las vacaciones en silencio, contando las horas que me faltaban para volver a Rio de Janeiro y jugando con mi hija. El día de fin de año compré un ramo de flores para tirarlas al mar. El frío me impidió meterme dentro, así que las arrojé con el deseo de que Yemanjá no me lo tuviera en cuenta y aceptara mis flores y mi lejano homenaje.

Mi relación con Irene no se arregló, pero tampoco empeoró. El día 3 de enero volvimos, pasamos la noche en Madrid e hicimos escala en Las Palmas y en Salvador de Bahía. Cuando llegamos a Rio tuve la sensación de que volvía a casa. Hacía un día de verano y desde el avión vi el Cristo, el Pão de Açucar, la bahía de Guanabara, las montañas y las playas. Como el día que llegué en barco. En el aeropuerto nos esperaban Albino, Elena y su hija.

No paré en casa, me fui a la favela para ver a Iosinara. Era el día de Reyes, una festividad que los brasileiros no celebran, pero llené de regalos a Floriano, Odete y su hijo Francisquinho y a Iosinara y mi hijo Bernardo. En cuanto pudimos, Iosinara y yo nos encerramos en la habitación; no había tocado a ninguna mujer desde mi salida de Rio, ni se me había ocurrido hacerlo con Irene.

11

Iosinara, con la misma figura espectacular de antes de tener a nuestro hijo, desfiló por la avenida Rio Branco en el siguiente carnaval; no se lo hubiera perdido por nada del mundo. Aquel año, 1958, fue la primera vez que el desfile se emitió en directo por la televisión Tupí. Iosinara soñaba, como todos los integrantes de Império Serrano y el resto de las escolas, con aparecer en la televisión. Muchos familiares no pudieron ir a la avenida, tuvieron que quedarse delante de las pantallas para decir a los interesados a quién habían enfocado. Desgraciadamente, Império volvió a fracasar con el tema «Exaltación de Bárbara Heliodoro», que no me enteré bien de quién era. Portela ganó de nuevo con «Efemérides de Brasil». Mi mujer y mis amigos se enfadaron conmigo cuando les dije que me parecía un resultado justo, el desfile de Portela me gustó más que el de ellos; quizá porque estaba harto de ver las fantasías de Império Serrano: Iosinara se compró una máquina de coser y desde septiembre se dedicó a confeccionarlas; mi casa de la favela estaba llena de disfraces...

Una de las cosas que convertían en único el carnaval de Rio eran los «lanzaperfume», unas cápsulas que contenían éter con olor a colonia que los juerguistas se arrojaban unos a otros por la calle y en los bailes. El efecto era el mismo que el de las borracheras; los lanzaperfume causaban desinhibición, además de ser un potente afrodisíaco, y eran imprescindibles para que Rio fuese lo que era durante esa semana. No sólo se le echaban las culpas de los desmanes amatorios, todo se justificaba por el lanzaperfume. Los más conservadores llevaban años pidiendo su prohibición, pero el gobierno no se atrevía, temía que supusiese una revolución. Yo no sólo no quería que lo prohibieran, por mí se habría usado todo el año, me encantaba el efecto que producía en los cariocas. Nuestras reuniones de trabajo habrían sido mejores con lanzaperfume: desde la muerte de Garcés no volvieron a celebrarse las comidas posteriores.

Los negocios crecían y el grupo de personas que nos reuníamos los martes cambió. Iñaki se incorporó definitivamente para hacerse cargo de los negocios relacionados con la prostitución, es decir, pisos, burdeles y boites; José Manuel siguió con la contabilidad y pasó al *jogo do bicho*; yo me quedé en el casino, el negocio favorito de Albino, y Albino aumentaba el número de negocios legales; su último juguete era una empresa de vehículos blindados que trasladaban dinero entre bancos, el lobo cuidando de los corderos... También se incorporaron dos antiguos cobradores del bicho brasileiros: Wanderley para el cambio de divisas y el comercio de objetos robados y Amalio para seguridad y protección de negocios en la zona sur.

El de la protección era un nuevo negocio copiado de alguna película: si el negocio no pagaba la cuota que se le impusiera, el mismo Amalio organizaba su atraco. Amalio propuso también hacer secuestros; según el informe que nos pasó, se hacían en algunos lugares y eran muy rentables. Todos votamos en contra menos Iñaki.

El personaje más interesante de aquellas reuniones era José Manuel, un gallego nacido en Brasil pero tan gallego como los demás. Sus padres se mudaron a Brasil recién casados y él era el más pequeño de sus hijos. Su mayor peculiaridad era que había estudiado en la universidad: el único de todos nosotros, la primera persona que yo conocía licenciada en Derecho. Cuando acabó la carrera, José Manuel recibió una oferta de trabajo de un bufete importante, pero alguien le habló de él a Albino: un gallego inteligente, con estudios... Se presentó en casa de sus padres para conocerlo; dos horas después se dieron un apretón de manos y empezó a trabajar con nosotros. Organizó la contabilidad y, lo más importante para Albino, dio soporte legal a los negocios que íbamos abriendo. Gracias a él dejábamos de ser un grupo de gallegos desarrapados que ganaban dinero con las pistolas.

Nos reíamos de él porque era muy delgado y usaba unas gafas muy gordas; siempre llevaba libros en las manos, hasta en la época en la que trabajaba en los negocios de prostitutas y tenía que visitar a menudo los burdeles. Decían que nunca entraba con las chicas en las habitaciones, pero era mentira, claro que lo hacía, un par de veces por semana y con las mulatas más espectaculares que hubiera.

José Manuel era el verdadero hombre de confianza de Albino; ellos no sólo se reunían los martes, lo hacían casi a diario. Era él quien tenía la llave del dinero: hacía los pagos, recibía los ingresos de todos y proporcionaba los fondos necesarios. No le gustaba nada Iñaki y ponía mala cara a todas sus propuestas, pero no se metía. Sabía que para que su parte funcionara bien hacía falta algo de brutalidad en las otras, sólo esperaba que no fuera excesiva.

Yo tenía una relación cordial con él. Todas las semanas le recibía en mi despacho del casino y revisábamos las cuentas. Nunca había problemas, era muy serio trabajando, ni siquiera aceptaba beber algo. Sin embargo, nunca fuimos amigos, nunca me invitó a su casa, en Ipanema, muy cerca de la mía, ni yo le invité a él. Quizá porque yo me llevaba mucho mejor con los brasileiros que con los gallegos.

Todos los sectores del negocio, la firma, como le llamaba Albino, eran rentables. Los picos de mayores beneficios coincidían con la visita a Rio de los barcos de guerra americanos. Cuando una flota soltaba unos cientos de marineros había que estar preparados, no había días libres para nadie: Wanderley debía doblar el número de cambistas, las boites necesitaban camareros, los pisos reclutaban chicas en cualquier lugar... Los marineros llevaban dinero y ganas de gastarlo, si una chica les gustaba eran capaces de pagar diez veces su valor habitual. Pero también eran grandes bebedores y nos hacían falta hombres fuertes para impedir que destrozaran un local en plena borrachera.

Yo no tenía problemas en el casino, eran muy pocos los que se enteraban de que existía, casi todos altos mandos. Y ésos llegaban, jugaban, perdían y se marchaban, como todos los demás. Era mucho más grave en las boites y en los burdeles. Y lo peor es que de eso se ocupaba Iñaki: dinero, chicas, alcohol, drogas, marineros borrachos y un psicópata cuidando de todo...

Una de aquellas noches, unos marineros americanos entraron en un local, A Bomba, situado en São Cristovão, muy alejado de los habituales. Nunca habíamos tenido problemas allí y no existía ningún tipo de seguridad especial. No se sabía cómo llegaron allí aquellos ocho americanos, quizá se perdieron y entraron por casualidad. El encargado mandó llamar a Iñaki en cuanto los vio entrar. Mi cuñado se fue para allá con cuatro hombres reclutados en Rocinha, la mayor favela de Rio. Cuando llegaron no había pasado nada, excepto que los americanos bebían y se divertían. A mí no me extrañaría que fuera el mismo Iñaki quien empezara la pelea. Ocho americanos desarmados contra Iñaki y sus cuatro hombres, armados con bates de béisbol, puños americanos y navajas. Acabaron en el hospital dos por cada lado. Uno de los americanos, un chaval rubio con cara de campesino, murió dos días después y una de las chicas del local denunció a Iñaki. El consulado americano presionó para que la muerte del marinero no quedara sin castigo y Albino no pudo hacer nada: Iñaki ingresó en la cárcel de Lemos de Brito, la misma en la que años después murió Gregorio Fortunato, el Ángel Negro, condenado a doce años de reclusión.

Sus dos hermanas, Elena e Irene, lloraron mucho. Yo me alegré, y supongo que los cobradores del bicho, las chicas de los pisos y los camareros de los bares respiraron tranquilos. Rio era mejor sin mi cuñado; la cárcel, peor.

La vida política brasileira también pasaba una temporada tranquila. Lacerda había pasado los seis meses anteriores en una campaña que denunciaba la corrupción del gobierno de JK, le llamaba la Caravana de la Libertad. No se daba cuenta de que Juscelino Kubitschek se había convertido en un ídolo para los brasileiros. Lo único que podía impedir su reelección una y otra vez era la ley que lo prohibía. JK acabaría su mandato en 1961, le sustituiría otro presidente y volvería triunfal en 1965. Tampoco estaba claro que Lacerda consiguiera ser el candidato de la oposición en las elecciones; Jânio Quadros, el gobernador de São Paulo, era cada día más popular y le ganaba terreno sin parar.

Mi vida también era tranquila: vivía en la favela con Iosinara y Bernardo y pasaba todos los días después de comer por la casa de Ipanema para visitar a Carmiña. Los domingos llevaba a Irene a comer en casa de Albino y Elena. Yo pagaba los gastos, las únicas obligaciones de mi mujer eran educar a la niña y no hacer preguntas.

Estábamos en 1958, en junio de ese año se celebraba el Mundial de Fútbol de Suecia. Brasil tenía a Garrincha y a un joven de diecisiete años que jugaba en el Santos, Pelé, del que se hablaban maravillas. También estaban Didí, Zagalo, Nilton Santos... Garrincha era de un pueblo del interior del estado de Rio de Janeiro, Magé. Empezó a jugar al fútbol en la calle, como cualquier niño brasileiro, y a trabajar en una fábrica textil donde las máquinas hacían un ruido infernal: eso no impedía que se quedara dormido, no le despedían porque los domingos jugaba en el equipo de fútbol de la fábrica. Era una mezcla de negro con indígena, tenías las piernas torcidas, una de ellas seis centímetros más larga que la otra, la boca destrozada por las enfermedades y la falta de higiene, graves problemas con el alcohol, apenas sabía hablar... Lo último que buscaba Brasil para vender su imagen en el mundo; sin embargo, puede que haya sido el mejor jugador de fútbol de la historia, sólo su poca ejemplaridad ha hecho que no se reconociera.

Nadie sabe con seguridad quién le llevó a hacer la prueba al Botafogo, dicen que un antiguo jugador llamado Arati, que le había visto jugar en su pueblo. Lo que sí cuentan es que lo primero que hizo al llegar fue un túnel a Nilton Santos, una estrella consagrada. Cuando todo el mundo le miraba mal por humillar al astro, le hizo otro. Nilton Santos, lejos de enfadarse, pidió que le contrataran, prefería que estuviera en su equipo que en el contrario. Circulaban leyendas de todo tipo: en una ocasión un árbitro le amenazó con expulsarle si seguía regateando una y otra vez al defensa que lo cubría; en un partido contra un equipo italiano en el Maracanã dribló a cuatro adversarios, llegó a la línea de gol, se dio la vuelta, les volvió a driblar y sólo entonces marcó... Si a eso se añade su éxito con las mujeres más bellas de Rio, se entiende que Garrincha se convirtiera en uno de los mayores ídolos de la ciudad.

El Mundial de Suecia fue el primero que Brasil preparó con profesionalidad. Poca gente confiaba en que diera resultado: de 1950 se recordaba el fiasco, la derrota contra Uruguay en la final; el de 1954 fue decepcionante, goleados por Hungría en cuartos de final; el de 1958 se celebraría lejos, en Suecia, con un seleccionador, Vicente Feola, prácticamente desconocido... La federación contrató a un joven para que lo organizara, João Havelange. Una de sus primeras medidas fue contratar a un psicólogo para los jugadores, el doctor Carvalhães.

Carvalhães preparó un test de esos en los que hay que dibujar varias cosas: un cuadrado, un triángulo, un círculo... Nilton Santos lo acabó sin problemas, pero preocupado. Antes de salir le pidió al psicólogo hablar con él.

—Mire, ahí viene uno que se llama Garrincha. No va a ser capaz de hacer el test, pero déjelo venir a Suecia, el tipo juega muy bien...

Duró poco en el puesto de psicólogo. Diagnosticó que Pelé no debía ir por infantil, que Garrincha era un débil mental sin capacidad para el juego de combinación, que Didí era un mercenario que, al plantearle un dibujo libre, hizo la casa que se pensaba comprar con las primas que le dieran por ganar el campeonato... Se impuso el sentido común: los jugadores viajaron a Suecia y Carvalhães se quedó en Brasil.

España no participaba, así que los españoles que vivíamos en Brasil no tuvimos dudas, apoyábamos a nuestro país de adopción como cualquier brasileiro más. Los partidos empezaban a mediodía, a la hora de comer, y cambiaron las costumbres de todos: le gente hacía un alto en el trabajo y se reunía para ver el juego o escucharlo entre amigos.

El estreno de la selección fue contra Austria. Lo vi en la favela, en casa de Floriano. La alineación inicial fue una decepción para todos, no jugaban ni Garrincha ni Pelé. Los vecinos aseguraban que el motivo era el color de su piel, eran negros y el entrenador era racista. Sólo jugaba un negro en el equipo, Didí, y porque no había viajado ningún blanco para su puesto. Ni siquiera otro indiscutible, el lateral Djalma Santos, había saltado al campo, vio el partido desde el banquillo. Era una nueva y absurda moda, pensar que los jugadores blancos soportaban mejor la presión. Pese a todo, Brasil ganó tres a cero con dos goles de Altafini y uno de Nilton Santos.

El segundo partido, contra Inglaterra, lo vi en casa de Albino, donde me presenté agitando una bandera brasileira. Allí estaban Albino, José Manuel, algunas personas más de nuestros negocios y unos ingleses que vivían en el mismo edificio. Fue cuando conocí a David, Deivid, con el que volvería a encontrarme años después en circunstancias muy distintas. El resultado fue de empate a cero, un pésimo resultado que obligaba a ganar a la Unión Soviética para seguir adelante. Tampoco contra Inglaterra jugaron Garrincha y Pelé.

Los jugadores más importantes de la selección, Didí, Nilton Santos y Bellini, el capitán, preocupados, se reunieron con el entrenador para pedirle que sacara a los dos jugadores que todo Brasil quería ver. Creían que era la única manera de ganar a los rusos.

Vi el tercer partido en la favela otra vez. Ver a los dos jugadores negros en la alineación fue un estallido de alegría, como si el juego ya estuviera ganado. En la primera jugada, Garrincha cogió el balón, regateó a tres defensas y la estrelló en el larguero. Fue el delirio. El resultado final fue de dos a cero, los dos goles de Vavá. Me daba más suerte asistir a los partidos en la favela que en casa de Albino, así que decidí que no volvería a hacerlo en el piso de la avenida Atlántica.

Los cuartos fueron contra País de Gales, uno a cero con gol de Pelé; la semifinal contra Francia, el máximo goleador del torneo hasta ese momento: cinco a dos con un gol de Vavá, otro de Didí y tres de Pelé. Todos nos abrazábamos y agitábamos nuestras banderas: Brasil estaba en la final del Mundial, como ocho años antes, no nos pasaría lo mismo que contra Uruguay.

La final fue el día 29 de junio contra Suecia, el anfitrión. Ganamos otra vez cinco a dos, con dos goles de Vavá, uno de Zagallo y dos más de Pelé. La Copa se venía para Brasil, cualquiera que lo viviera lo sabe: aquélla fue la mayor alegría de nuestras vidas. Las celebraciones fueron como un segundo carnaval, éramos campeones del mundo, nunca más seríamos un país de tercera. Los jugadores desfilaron por las calles de Rio en camiones de bomberos, aclamados por toda la ciudad. Pelé y Garrincha eran las mayores estrellas del fútbol mundial, los jugadores más grandes de la historia. La foto de Bellini alzando la copa se convirtió en parte del decorado de todos los bares del país. JK recibió a los campeones en el Palacio de Catete y el país se olvidó durante unos días de todos los problemas, incluso del más grave, la sequía en el nordeste.

Los estados del nordeste de Brasil, Ceará, Paraíba, Piauí, Pernambuco, Rio Grande do Norte y Bahía, estaban sufriendo la peor sequía que se recordaba. En algunas ciudades había manifestaciones de campesinos pidiendo agua y pan; por los campos vagaban los trabajadores de la tierra, de camino a las capitales, para buscar una solución: no quedaba nada para comer. Muchos se marcharon a Brasilia a trabajar en la construcción, otros vinieron al sur, a Rio y São Paulo. Llegaban en unos camiones a los que llamaban *pau-de-arara*, el nombre de la barra de madera transversal a la que debían agarrarse para no caer de la caja; a ellos también les llamaron así, *paus-de-arara*.

Las favelas habitadas por nordestinos, una de ellas la de Floriano, se llenaron de *paus-de-arara*, casi todos familiares de los que estaban ya instalados allí. Se construyeron nuevos barracos de cualquier manera y el orden al que se había llegado se volvió a romper; la favela duplicó su número de habitantes en pocas semanas. Nadie protestó por aquello, lo prioritario era ayudar a los parientes que llegaban con hambre, sin trabajo ni dinero.

Mi familia también recibió a los suyos: un primo y una hermana pequeña de Iosinara, Aldaira, una niña de catorce años. Aldaira sólo pasó un mes en nuestra casa, entonces se casó con un hombre de treinta y cinco de su pueblo. Protesté, pero era a mí al único que le parecía mal la diferencia de edad, así que hice lo que me pidió Iosinara, callarme y pagar la boda. Se marcharon a vivir a Rocinha y tuvieron un hijo al año, no sé cuántos años consecutivos.

Iosinara me pidió trabajo para su primo; ella nunca me pedía nada, así que me esforcé en conseguirlo. Lo más fácil era pedir a José Manuel que le pusiera de cobrador del *jogo do bicho*, pero José Manuel había cambiado la forma de reclutar a éstos: prefería que fuesen personas con defectos físicos, viudas con hijos, personas mayores... No quería a nadie fuerte y sano y era una buena decisión. El bicho daba trabajo a quienes más lo necesitaban, así a los vecinos de la zona sur les parecía que apostando hacían una buena obra con los más desfavorecidos. Si un policía quería detenerlos, no sólo debían enfrentarse al cobrador, también a los vecinos indignados. José Manuel siempre decía que si le dejaran a él, el *jogo do bicho* acabaría siendo legal, anunciándose en televisión y pagando sus impuestos.

Al final le conseguí trabajo al primo de Iosinara en una boite de la rua Raúl Pompeia, la Mónaco. No había trabajado nada más que en el campo, así que empezó lavando los vasos. Duró tres días antes de marcharse con toda la recaudación y dejar a los camareros atados dentro de uno de los baños. Nadie se enteró hasta la mañana siguiente. No he vuelto a saber de él, pero era un chico simpático, espero que le fuera bien.

Con las favelas creciendo de tamaño a ese ritmo arreciaron las quejas del resto de los habitantes de Rio. Cada vez las veían menos como lugares inocuos en los que vivían los pobres y más como un foco de infecciones y peligros. El político que antes captó el descontento fue Carlos Lacerda. Desde su periódico inició una campaña furibunda contra ellas que con el tiempo le llevaría a ser gobernador de Guanabara.

Aunque todavía faltaban dos años para las elecciones, ya se hacían apuestas sobre quiénes serían los candidatos para sustituir a JK en la presidencia de Brasil. Lacerda se daba cuenta de que su momento todavía no había llegado, que Jânio Quadros avanzaba imparable y que él se tendría que enfrentar otra vez a Kubitschek en 1965. Sería una lucha desigual, a la construcción de Brasilia se añadía que el presidente había viajado al nordeste, había visto las condiciones de vida de las gentes a causa de la sequía, y ya pensaba que su siguiente mandato se centraría en la agricultura. Su campaña de siete años después ya tenía nombre: JK-65.

Lacerda, sin posibilidades para la presidencia, usó la campaña contra las favelas para postularse para el puesto de gobernador del estado de Guanabara, que sería el nombre que se le daría al que se crearía cuando Brasilia empezara a ser la capital. Un estado de una sola ciudad, lo que entonces se llamaba Distrito Federal.

Lacerda había sido el candidato más votado para diputado

en Rio de Janeiro en las anteriores elecciones; pero eso no era suficiente para ser gobernador. Necesitaba algo más y lo encontró en las favelas. Floriano me decía que era un alarmista, que las favelas formaban parte de Rio y seguirían allí, con Lacerda o con cualquier otro, con nosotros o sin nosotros.

Yo me encontraba muy a gusto en la favela y cada día tomaba menos precauciones: salía a pasear con Iosinara y mi hijo Bernardo, les llevaba a la playa, les acompañaba al médico... No sé quién me vio con ellos y le fue con el cuento a Albino, quizá fuera un cobrador del bicho, quizá la misma Irene. Albino me llamó a su despacho.

—¿Quién era esa mulata con la que paseabas el domingo por Urca?

Era inútil mentir. Conocía a Albino y estaba seguro de que lo sabía todo sobre ella.

—Se llama Iosinara. Y el niño Bernardo.

—El niño tiene la misma edad que Carmiña; ¿llevas con ella desde el principio, desde que te casaste con Irene?

El cambio que había experimentado Albino en los últimos tiempos me venía bien, hacía tres o cuatro años habría montado en cólera, quizá habría sacado la pistola.

—Tú también estás liado con tu secretaria.

—Joder, pero atiendo a mi familia; no la paseo por Urca, no tengo hijos con ella. Alquilo un apartamento en Lido y me la llevo allí, ya está...

—Es distinto, voy a separarme de Irene.

—Ni hablar, no te vas a separar...

Era una cuestión de dinero: había muchas cosas a nombre de las dos hermanas. Oficialmente eran las dueñas de muchos de los negocios, no nos podíamos separar.

—Sólo te digo una cosa, Irene me interesa más viuda que separada. ¿Estamos? Vas a seguir como hasta ahora, haces lo que te dé la gana pero sin llamar la atención. Que nadie te vuelva a ver con la mulata y el niño y que Irene no proteste.

—El niño es mi hijo, voy a seguir viéndole.

—A mí como si lo mandas a estudiar a un internado en Suiza, pero que nadie te vea con él.

El domingo siguiente comí en su casa con Irene y Carmiña. Se comportó como si la conversación de su despacho nunca hubiera sucedido.

No pasaron ni dos semanas cuando, al llegar a mi casa en la favela, me la encontré vacía. Fui a casa de Floriano y no me invitaron a entrar, fue mi amigo quien salió.

—Iosinara no quiere verte, vamos a dar un paseo.

No hacía falta que me contara qué había pasado, yo ya lo sabía.

—¿Cómo se ha enterado?

—La española se ha presentado esta mañana en tu casa.

—¿Aquí en la favela?

No me lo esperaba, nunca supuse que Irene iría a la favela sin hablar antes conmigo.

—Ha insultado y ha amenazado a Iosinara.

—¿Le hizo algo al niño?

—No. Iosinara no quiere verte.

—La voy a llevar a vivir conmigo a Ipanema.

Volvimos a su casa. Costó mucho convencer a Iosinara para que hablara conmigo. No logré convencerla para que se viniese conmigo a Ipanema.

Irene me estaba esperando en el apartamento de la rua Maria Quitéria. Estaba sentada en el salón, pasé por delante de ella sin saludarla y sin mirarla. Le di un beso a la niña, fui al dormitorio a cambiarme de ropa. Vino detrás de mí.

—¿No me vas a decir nada?

—Sí, claro que sí.

Pero no dije nada. Me subí a un taburete, cogí una maleta de lo alto del armario, la eché encima de la cama y empecé a meter dentro su ropa.

—¿Qué haces?

—Te vas.

—Voy a llevarme a Carmiña.

—Y mandarás a alguien cada día con ella para que yo la vea.

—¿Sí? ¿Me vas a obligar?

Por primera vez fijé la mirada en ella, en sus ojos.

—Lo vas a hacer porque sabes que es lo que te conviene.

Un cuarto de hora después, Irene y Carmiña estaban en un taxi camino de casa de Albino.

No comí con ellos el domingo. Me trasladé a vivir a la favela, sólo pasaba por el apartamento de Ipanema para ver a mi hija. Su madre no dejó de mandarla con alguien ni un solo día.

Mis dos hijos, Carmiña y Bernardo, no podían ser más distintos: ella rubia de ojos claros, él mulato de ojos negros; ella decía sus primeras palabras en español, él en portugués; ella era muy cariñosa, él muy bruto... A los dos les hablaba del otro; quise llevar a Bernardo a Ipanema para que conociera a su hermana, pero Iosinara no me lo permitió: ni ella ni su hijo pisarían el apartamento de la otra.

A Albino no lo vi hasta la reunión del siguiente martes y estaba de un humor endiablado, pero no por Irene y por mí: había pedido el ingreso como socio en el Country Club, uno de los lugares más exclusivos de Rio, y se lo denegaron. Montó un escándalo, les gritó que tenía dinero para comprar el Club si quería; le contestaron que no estaba en venta. Le consolábamos, le decíamos que era una vergüenza, que ellos perdían más al no tenerle de socio que él, pero en el fondo nos reíamos. El Country Club no era para nosotros; si lo hacíamos bien sería para nuestros nietos, con suerte.

También estaba de mal humor por la bajada de facturación de los burdeles. No era consecuencia de la entrada en prisión de Iñaki, porque venían hundiéndose desde que nuestro cuñado se hizo cargo del negocio.

Y había un tercer motivo de enfado: Natalino do Nascimento, Natal de Portela, seguía siendo el gran bicheiro de Rio, el Papa da Contravenção; además, tardaría mucho en dejar de serlo. Albino ni siquiera era el segundo; Castor de Andrade, de Bangú, también facturaba mucho más que nosotros. Los dos controlaban grandes zonas de la ciudad y de otras localidades en todo Brasil. Albino no soportaba que le consideraran un bicheiro menor, que ni siquiera estuviera invitado a la extracción de los números del premio, eran ellos los que se encargaban de la limpieza del sorteo. Eran muy famosos, eran brasileiros y controlaban los gustos de la gente: Natal hizo que Portela fuera campeona del carnaval varios años seguidos, Castor lo consiguió después con Mocidade do Padre Miguel, patrocinaban equipos de fútbol, ayudaban a sus comunidades... Albino nunca llegaría a tener tantos apoyos como ellos, nunca conseguiría ser el Papa de los bicheiros.

Me pidió que dejara el casino y me ocupara de la prostitución. Me quejé, pero no me quedó más remedio que obedecer. Yo me había acostumbrado al casino, estaba a gusto allí, nada me apetecía menos que volver a pasar la noche en burdeles y boites. Esa misma noche tuve que ponerme en marcha y visitar nuestros negocios, hacía más de un año y medio que no ponía un pie en ninguno. No me extrañó que la facturación hubiera caído tanto, Copacabana e Ipanema se habían llenado de lugares para salir de noche muy lujosos: Au Bon Gustaio, que también era restaurante y tenía actuaciones, años después cantarían allí Tom Jobim, Vinicius de Moraes y Gilberto Gil; el Sacha's, que era el más frecuentado, allí actuaba Murilinho; el Maxim's, en la avenida Atlántica... Nuestras boites, en tiempos lugares a los que se podía ir en pareja, a bailar o ver las actuaciones, aunque también hubiera chicas de una manera discreta, ahora eran los antros más tirados, a los que iban los tipos más peligrosos y las putas más baratas. Lo mismo había pasado con los pisos: hacía mucho que no se invertía en ellos y se notaba la decadencia de las instalaciones y de las chicas; cada día se parecían más a los burdeles de marineros de la plaza Onze.

Albino me dio libertad absoluta para invertir e intentar cambiar el negocio de arriba abajo. Me ordenó trabajar en el tema con José Manuel y hacer lo mismo que en el casino, transformar un negocio sucio en algo aparentemente respetable.

Los meses siguientes pasamos muchas tardes juntos José Manuel y yo, haciendo cuentas, visitando a decoradores, a proveedores, otros negocios de lo nuestro. Llegué a apreciarle bastante, era un hombre inteligente y discreto, su única pasión eran las mulatas espectaculares. Convertimos algunas antiguas boites en negocios normales de hostelería, en salas de fiestas adonde podían ir quienes no buscaban prostitutas. Pagábamos a los famosos para que asistieran a las fiestas y a los cronistas de sociedad para que hablaran de ellas en sus columnas. Tras las celebridades venía la gente normal. También dimos un lavado de cara a los pisos y situé a Carla, la paulista rubia que nos ayudó a sacar las fotos a Edmilson da Costa, al frente de ellos: se decoraron, se reformaron habitaciones y baños, se subió el precio y la selección de las chicas... Les prometí que no volverían a encontrarse con alguien como Iñaki, serían trabajadoras que recibirían su dinero y a las que se respetarían sus derechos. Pronto empezaron a ofrecerse las mejores para ejercer su oficio con nosotros.

Pero nos faltaba la guinda del pastel, y eso fue el Woman's: un local de lujo, con más de cien mujeres, las más bellas de Rio, con camareros profesionales, orquesta, reservados, habitaciones en el piso de arriba y moteles alrededor... Lo situamos en São Conrado, cerca de los barrios más burgueses y turísticos, pero a la vez apartado de ellos para no tener problemas con sus habitantes. Una idea de José Manuel fueron los moteles con habitaciones temáticas, desde castillos medievales hasta termas romanas, lugares románticos donde no sólo acudirían las chicas con los clientes; se convirtieron en lugar de encuentro de amantes, de parejas de novios y de matrimonios con ganas de vivir una aventura especial.

Tuvimos otro gran acierto: las chicas trabajaban para ellas mismas, nosotros no nos llevábamos nada de sus beneficios. Nuestro negocio eran las copas que se consumían, las entradas al local, el alquiler de habitaciones en los reservados y en los moteles, hasta las comisiones de los taxistas que esperaban en la puerta para recoger a los clientes. Ellas estaban entusiasmadas y recibíamos propuestas para venirse a trabajar con nosotros de chicas de todas partes, hasta de São Paulo o de Buenos Aires. No había que obligarlas o chantajearlas para trabajar, el cupo de cien chicas siempre estaba cubierto y había lista de espera para acudir cada noche al Woman's.

Coloqué a un viejo amigo como encargado del Woman's: Julio, el Madriles, el cobrador del bicho que se llevó la paliza de Iñaki. La persona que más odiaba a Albino de todas las que conocía.

La chica más espectacular de las que trabajaban allí cada noche, era Neuza, una negra de Bahía, muy alta, más que la mayor parte de los hombres que la contrataban, delgada y guapa. A los pocos días de empezar a trabajar, sin más éxito que las demás, apareció con la cabeza afeitada: los clientes se volvieron locos por ella. Albino fue uno más de los que perdió la cabeza por Neuza. El mismo día que la conoció, la subió en su Chevrolet y se la llevó a uno de los moteles de la avenida que bordeaba el mar, a la altura de Vidigal. Consumieron tres botellas del champán más caro que teníamos y no salieron de la habitación hasta las doce del día siguiente. Albino, que nunca salía de noche, pasó a ser el mejor cliente del Woman's. Sólo faltaba los sábados, los días que Neuza prefería no ir: estaba demasiado lleno de gente.

Cuando llegaba y Neuza estaba ocupada, la esperaba en la barra, con la cara descompuesta, tomando un whisky detrás de otro. Ni yo mismo podía acercarme a hablarle sin recibir un ladrido. Hablé con Neuza, le dije que era el dueño de todo aquello, que si seguía acostándose con otros hombres acabaría teniendo problemas.

—Sí, lo hemos hablado. Por cinco millones de cruzeiros me retiro, me dejo crecer el pelo y si quiere hasta me caso con él...

Era como Carvalho, el empleado de banco que me intentó chantajear: pedía una barbaridad, ni siquiera Albino podía pagar tanto dinero por una mujer.

Me preocupó no ver aparecer a Neuza un domingo, tras su habitual día de descanso de los sábados; Albino tampoco vino, así que supuse que los dos habían quedado en encontrarse fuera del local. Tampoco aparecieron el lunes. Al día siguiente, martes, teníamos la reunión semanal. Llegué antes de tiempo para hablar con él; la secretaria joven y guapa que era su amante ya no estaba, en su lugar había una mujer mayor que no me conocía, me pidió que esperara en una salita, no le hice caso y pasé. Esperé a que Albino terminara de hablar por teléfono.

—¿No te ha dicho el perro guardián que estaba ocupado?

—¿Dónde está Neuza?

—Eso no es asunto tuyo. Ya no trabaja en el Woman's. No hagas más preguntas.

Llegaron los demás y no volví a preguntar. Confiaba tan poco en Albino que salí de allí pensando que estaba muerta.

Seguí creyéndolo hasta dos o tres semanas después. Caminaba por la avenida Rio Branco, estaba comprando los regalos de cumpleaños de mis dos hijos, cuando pasé por delante de Casa Canadá, la tienda de ropa de mujer más cara de Rio. Dos hombres miraban embelesados a una mujer que salía de allí, era Neuza. Adrián le sujetaba la puerta y le abría el coche para que subiera. Por la noche llamé a Adrián y me contó que la señorita Neuza Ferreira vivía en el mismo apartamento de Botafogo en el que lo hacía Albino antes de casarse y que él tenía la orden de atender sus necesidades. La había convertido en su amante oficial; ¿habría pagado los cinco millones de cruzeiros que ella pedía?

Pocos días después, Albino hizo el viaje que yo más deseaba: Brasilia. Como director de una empresa de transporte y suministro de material fue invitado a visitar las obras de la nueva capital. Eran famosos los viajes que organizaba JK, un brasileiro podía considerarse importante si el presidente le invitaba a visitar Brasilia en su compañía; los grandes empresarios, los políticos y los directores de periódicos eran agraciados con esa deferencia. Juscelino Kubitschek mostraba los planos, enseñaba las obras, comentaba cómo sería la ciudad en el futuro... Era su mejor valedor, ponía a los invitados a favor de Brasilia, hacía que olvidaran las críticas a la inflación que hacía sufrir al resto de los brasileiros. La oposición no dejaba de denunciarlo, el Fondo Monetario Internacional lanzaba avisos: el gobierno de JK no dejaba de imprimir billetes para pagar las obras; la inflación y la devaluación de la moneda serían terribles...

Albino no viajó con el presidente, el suyo fue mucho más humilde: constructores, transportistas, fabricantes de cemento y ladrillos... Pero él lo vendía como una visita de «los que hacemos posible el sueño del presidente». Yo habría presumido igual que él.

Durante su ausencia de Rio llamé a Neuza y me invitó a cenar en el apartamento de Botafogo. Acabé pasando la noche con ella y me confirmó que sí, que Albino había pagado los cinco millones de cruzeiros. Me equivocaba, no era como Carvalho, ella sí pedía lo que valía.

Llevaba meses sin ver a Irene, desde que la eché del apartamento de la rua Maria Quitéria. Sólo sabía de vez en cuando de ella a través de Albino o de la chica que me traía a Carmiña cada tarde. Me extrañó recibir una llamada suya pidiendo que nos encontráramos. Quedamos en hacerlo en el bar Lagoa, frente a la laguna Rodrigo de Freitas, cerca de la casa donde habíamos vivido juntos.

Era absurdo asegurar que en sólo cuatro meses había envejecido, pero estaba desmejorada y con aspecto triste: no soportaba a su hermana, quería salir de casa de Albino... El idilio entre él y Neuza no había pasado desapercibido en la casa y Elena había contratado a un detective para seguir a su marido. El detective no cumplió con su trabajo: recibió una paliza en cuanto Albino se percató de que le seguían. Le dio tiempo a informar a su cliente de los encuentros de su marido con su amante en el apartamento de Botafogo.

Elena se enfrentó con Albino y le amenazó con volver a

Bilbao con su hija. Me hubiera gustado ver la cara de mi antiguo amigo al escuchar la amenaza: nadie en su sano juicio, Elena demostraba no estarlo, se había atrevido a hacerlo. No sé hasta qué punto Irene me adornó la respuesta de Albino: si se marchaba a España lo haría sin su hija y sin un solo cruzeiro; de no ser así, antes de que su avión aterrizara en Bilbao estarían muertos sus padres y sus hermanos, además de todos los vecinos de su pueblo que tuvieran sus mismos apellidos. Para ella habría un trato especial tras el aterrizaje.

Irene no me pedía perdón por haberse presentado en casa de Iosinara aquel día, según ella tenía derecho a hacerlo: era mi esposa. Me pedía que la dejara vivir de nuevo en la casa de Ipanema. Acepté, aunque le avisé de que eso no quería decir que volviéramos a estar juntos. Una semana después acabé tarde en el Woman's y no me apetecía volver a la favela. Decidí dormir en el apartamento y acabé en la cama con ella. Mi vida se volvía a complicar.

12

El 1 de enero de 1959 murió Donato Ferreira Martins. No supe quién era hasta que lo leí en el periódico: el profeta del largo da Carioca, aquel al que me quedaba escuchando durante mis primeros meses en la ciudad, el que me acusó de haber llegado a Rio de Janeiro para llenarlo de sangre. Encontraron su cadáver la primera mañana del año, en la calle, cerca del lugar en el que siempre predicaba. Según los forenses había muerto por causas naturales, aproximadamente a las doce de la noche, mientras los demás nos felicitábamos el nuevo año después de haber hecho nuestras ofrendas a Yemanjá. No se convirtió en noticia de primera página de los diarios sensacionalistas hasta tres o cuatro días después, cuando se descubrió que el profeta era dueño de cuarenta y dos casas en distintos barrios de Rio. Las heredarían sus dos hijos, unos abogados que residían en Ipanema. Nunca supe si había comprado sus cuarenta y dos casas con el dinero recibido en limosnas o las tenía de antes, si las había conseguido por decir que Rio era la ciudad del pecado: al menos eso no era mentira. ¿Por qué un hombre rico vivía así? Siempre tuve miedo de acabar como él, en la calle, gritando que el fin del mundo está cerca.

El profeta se ahorró vivir el siguiente carnaval, el momento del triunfo del anticristo según él. Un grupo carnavalesco les dedicó una canción a sus cuarenta y dos casas, pero la marcha más famosa de aquel año estaba dedicada a Garrincha. La cantaba la vedette Angelita Martínez que, pese a su nombre, no era española. La canción ya había sido prohibida el año anterior: hablaba, con dobles sentidos, del órgano sexual del jugador, famoso por su gran tamaño, y de su facilidad para penetrar sorteando las defensas.

Portela ganó otra vez el carnaval con «Brasil, panteón de las glorias». Iosinara y Floriano volvieron a protestar diciendo que el «Brasil holandés», de Império Serrano, era mejor y que había favoritismo hacia Portela, lo mismo que todos los años.

Brasilia también estuvo presente en el carnaval, la fecha de inauguración se acercaba y muchos grupos le dedicaban canciones y marchas. Desde «Os Cariocas», que se negaban a ir en «Não vou pra Brasilia», hasta Jorge Veiga, que la defendía en «Vamos pra Brasilia». Para unos, Brasilia era «cosa de indios» y se negaban a salir de Copacabana; para otros era cosa de JK, así que aburrido no sería... Yo me moría de ganas de conocerla.

Albino, tras su visita, dudaba que se cumplieran los plazos para la inauguración en abril del año siguiente.

—Está todo a medio hacer y, a la velocidad que trabajan, cualquier día se empieza a caer lo que han levantado...

Lo mismo decían la oposición, los periódicos y los funcionarios que tendrían que abandonar sus casas de Rio y mudarse a la nueva capital. La campaña final contra Brasilia había comenzado. Acusaban a Novacap, la empresa constructora, de despilfarro; decían que, tal como se contaba en los chistes de los primeros días, se enviaban los ladrillos en avión. Es falso, los enviaban a través de empresas como la nuestra, de lo que no estoy seguro es de que, con tanta comisión, no fuera más rentable hacerlo vía aérea. También se presentaban informes técnicos que defendían que el lugar escogido para la construcción no era seguro, que en menos de tres años se producirían corrimientos. Aseguraban que el gran lago central no retendría el agua, que ésta se filtraría por mucha que le metieran.

Para Lacerda daba igual cuánto se hubiera gastado, parándolo todo todavía se podía ahorrar mucho; era mejor dejar que la selva se comiera lo construido que seguir echando cruzeiros sin fin.

También los funcionarios protestaban, no querían trasladarse: tendrían que cambiar de colegio a sus hijos, separarse de sus familias, abandonar sus necesarios pluriempleos... Algunos se lo tomaban a broma: sus esposas viajarían con ellos, pero sus amantes se quedarían en Rio.

Incluso algunos ministros de su propio gobierno sugirieron a JK que se aplazara la inauguración, no estaban en contra de construir la nueva capital, pero pensaban que no era posible hacerlo en sólo cuatro años. El presidente se negó: no estaba dispuesto a que su sustituto la inaugurase y saboreara el éxito, quería pasar a la historia como el constructor de la ciudad del futuro.

Por aquellas fechas, mayo de 1959, JK recibió a Fidel Castro, recién llegado al poder en Cuba. En lugar de hacerlo en Rio lo hizo en Brasilia: una señal de que no tenía en cuenta las críticas, ni de la oposición, ni de los periódicos, ni del FMI, ni de los funcionarios, ni de los americanos y los rusos... Que todo el mundo se diera por enterado.

El Fondo Monetario Internacional exigió medidas a Kubitschek para detener la inflación; él reaccionó rompiendo con ellos y escudándose en la soberanía de los brasileiros. Más tarde harían las paces: las medidas impopulares tendría que tomarlas su sustituto, un motivo más para su vuelta triunfal en 1965.

La sequía del nordeste, la misma que había duplicado las favelas de Rio, también llevó *paus-de-arara* a Brasilia: la ciudad pensada para el futuro no contaba con el presente. Antes de ser inaugurada ya tenía favelas alrededor, como cualquier otra ciudad brasileira. En Rio se calculaba que seiscientas mil personas vivían en sesenta favelas. No todas las casas eran como la de Floriano o la mía, lo habitual es que no tuvieran luz o agua corriente. La clase media cada vez las odiaba más, al lado de casas que pagaban sus impuestos se erigían nuevas favelas que traían problemas de seguridad, de falta de servicios públicos y de vertederos incontrolados de basuras que producían malos olores.

Con todo, el mayor problema eran los robos. En la favela siempre existieron lo que los brasileiros llamaban bandidos: criminales más o menos organizados que se escudaban en el laberinto de la favela. Normalmente actuaban en el asfalto, fuera de sus comunidades. Eran grupos importantes dentro de la favela pero no regían su vida. Con la llegada de los nuevos habitantes, casi todos sin empleo, crecieron en importancia. Ya no sólo se trataba de que usaran el morro para esconderse, es que empezaron a imponer reglas que los vecinos debían acatar. La vida comenzó a ser más difícil para los sufridos habitantes de las favelas.

En los morros también había bicheiros; cada comunidad importante tenía el suyo. Aunque yo conocía bien la favela de Floriano, nunca había hecho negocios allí, ni siquiera sabía el nombre de los bandidos y los bicheiros. Con las que ocasionalmente teníamos contacto era con las dos familias que controlaban los morros de la zona sur, los Silveira, que mandaban en Cantagalo, Pavão, Babilonia y Dona Marta, y los Machado, dueños del crimen en Vidigal y Rocinha. Fue Floriano quien me avisó de los rumores, empezaba la guerra de los Machado contra los Silveira: cada noche se escuchaban disparos y los soldados de unos morros atacaban a los del otro. Se hizo tan evidente que los periódicos, que solían ignorar lo que pasara en esas comunidades, empezaron a informar sobre los enfrentamientos entre una facción y otra.

Albino me llamó para que le informara. Le conté lo poco que sabía y me hizo un montón de preguntas. Le interesaba saber cómo eran las favelas por dentro, sus accesos, si alguien de clase media podía acceder a ellas para comprar drogas, qué tipo de armas había allí, cuántos soldados podía tener cada grupo... Le pregunté por qué tenía tanto interés.

—Vamos a dejar que los Silveira y los Machado se destrocen entre ellos, después vamos a llegar nosotros para quedarnos con todo. Nos vamos a hacer ricos, Bernardo...

Era inútil decirle que ya éramos ricos, que teníamos mucho más dinero del que podríamos llegar a gastar. Tampoco quise recordarle que ya no me llamaba Bernardo, que no debía llamarme así, pero ya siempre lo hacía, incluso en público.

Pavão, Pavãozinho y Cantagalo eran tres favelas juntas entre Copacabana e Ipanema, en plena zona sur, los barrios de la clase media acomodada. En ellas vivía todo el servicio de la zona: las criadas, los camareros, los chicos de reparto, las limpiadoras y los botones de los hoteles, las chicas de alterne que se ofrecían por la calle... La gente se quejaba, pero sin la favela allí, a la vista de todos, la ciudad dejaría de funcionar.

En Rio de Janeiro hay un espacio en el que la mezcla de clases sociales es total, la playa. A mi hija Carmiña le encantaba y, cuando hacía buen tiempo, la llevaba casi a diario. Allí estaban los vecinos de la primera línea de edificios y también los de los morros, muchas veces jugando juntos las *peladas*, partidillos improvisados con un balón. Mucha gente vivía en la playa y de la playa: vendedores de cerveza, de helados, de agua de coco, de *biscoitos*... Acababas conociendo a todos ellos, a los jugadores de fútbol o a los padres de otros niños; así que cuando Albino me preguntó si sabíamos de alguien que viviera en la favela y pudiera concertarnos una entrevista con los Silveira, le dije que sí, que había decenas a nuestro alrededor.

La cita fue en la Churrascaria de Leme, donde servían una de las mejores feijoadas de Rio de Janeiro. Éramos seis a la mesa, los tres hermanos Silveira, Albino, José Manuel y yo. Los únicos que hablaron durante la comida fueron Albino y Paulo, el mayor de los Silveira. Albino abrió la conversación ofreciendo ayuda a los Silveira para gestionar el *jogo do bicho* en su zona.

—No lo necesitamos. Pero ofrecemos nuestra ayuda para gestionar el *jogo do bicho* en la vuestra.

Los dos se miraban altivos, estaban midiendo sus fuerzas, pero los Silveira tenían poco que hacer: su guerra con los Machado los estaba debilitando, todo su dinero se iba en armas, sobornos, pagos a las viudas de los soldados muertos... Albino no tenía un ejército armado, como ellos, pero tenía el dinero necesario para comprarlo y lo sabían. Además, Albino tenía un as en la manga del que muy pocos estaban al corriente; su interés no se centraba en el bicho sino en la droga: en pocas semanas recibiría un enorme alijo de cocaína desde Bolivia y había encargado a Amalio, uno de los brasileiros que ahora colaboraban con nosotros, traer un camión entero de marihuana desde el nordeste. Su intención era distribuirlo desde las favelas de los Silveira para toda la zona sur. Podía hacerlo con ellos o sacarlos de allí y poner hombres leales a él.

Paulo se dio cuenta y atendió al viejo dictado de unirse al enemigo si no se podía contra él. Los Silveira serían los socios, muy en desventaja, de Albino. La única muestra de orgullo que se pudo permitir fue arrebatar la cuenta de manos de Albino al acabar la comida y pagarla él.

Quedé encargado de ser el puente entre los Silveira y los gallegos, un puesto tan importante que fue imposible ocultarlo en la favela de Serrinha: me convertí en una de las personas más influyentes de la comunidad.

Desde mis primeros días en Brasil veía a los vecinos acudir a Floriano en busca de consejo. Los recibía los sábados, mientras la feijoada se preparaba; era un hombre respetado y su posición económica le permitía ayudar al que lo necesitaba; además, era ecuánime, muchas veces actuaba como una especie de juez que mediaba en los conflictos. El acuerdo con los Silveira me convirtió también en una persona de respeto y muchos empezaron a pedirme consejo o ayuda a mí.

La que más disfrutaba era Iosinara, le encantaba saber que podía ayudar a los demás y hacerlo. Cada día me esperaba con una lista de peticiones.

—Me he encontrado con dona Adriana, no tiene dinero para pagar las medicinas de su marido, ¿podemos ayudarla?

Eso era lo más fácil, las peticiones de ayuda económica eran muy humildes: medicinas, leche para un niño, dinero para el transporte hasta que se cobrara el primer sueldo... Eran cuestiones que normalmente podía resolver dándole a Iosinara parte del dinero que llevara en el bolsillo en ese momento. Lo peor eran las peticiones de otro tipo de ayuda.

—Mara está en el hospital. Negão, su marido, le ha dado una paliza. Habla con él.

—¿Yo? Sabes que Negão es una bestia, ¿no viste cuando tuvo la pelea con Lourinho?

—A ti no te va a tocar, no se va a atrever.

—¿Y si se atreve?

Acababa hablando con Negão, el marido de Mara, uno de esos valientes que eran capaces de sacarte la navaja antes de darte los buenos días. Yo pensaba que la culpa de la paliza la tenía Mara por casarse con él. Afortunadamente, me tenían mucho respeto e Iosinara tenía razón, no se atrevían a tocarme. Y había aprendido algunas cosas de Albino, por ejemplo que la mejor defensa era un buen ataque.

—Negão, han venido a contarme que le has pegado a tu mujer. Sólo vengo a avisarte, porque si vuelves a hacerlo te voy a cortar los cojones. En mi tierra nos los comemos después, ¿lo sabías? A ver si me acuerdo un día de éstos y te traigo un libro de recetas, ya verás qué ricos.

Palizas de maridos, niños que no querían estudiar, padres de familia a los que había que ayudar a encontrar un trabajo, adolescentes que dejaban embarazadas a sus novias y no querían hacerse cargo del bebé..., de todo me tocaba ver ante la mirada irónica de Floriano.

—Deberías hacerte *pai de santo*, la comunidad confía en ti, blanquito. Y a mí me quitas trabajo.

Nunca había pasado tanto tiempo en la favela; salía de Serrinha para llegar a Pavão y encontrarme allí con los Silveira casi a diario.

Los Silveira eran mulatos, hijos de un portugués que emigró muy joven a Brasil y de una lavandera negra: una nieta de esclavos, como siempre recordaba Paulo Silveira. Él era el mayor de sus tres hijos, también el más listo. Cuando acabó los estudios secundarios se matriculó en la universidad para formarse en medicina, un caso único en las favelas en aquel tiempo. Sólo pudo estar allí un año.

Una tarde estaba estudiando en casa cuando su madre llegó con un ojo morado: el dueño de la casa en la que tenía que entregar la ropa lavada y planchada se negó a pagarle, cuando ella protestó le propinó un puñetazo. Paulo, un hombre de maneras muy tranquilas, no dijo nada, salió de casa, bajó de la favela y se presentó en casa del hombre que había agredido a su madre. Lo mató en el descansillo; le clavó la pluma con la que estudiaba cerca de un centenar de veces por todo el cuerpo. Pasó once años en la cárcel y dejó la medicina, pero allí aprendió todo lo que necesitaba para ganarse la vida. Un año después de ser puesto en libertad ya era el dueño del morro.

Cuando le conocí llevaba diez años fuera de prisión, tenía cuarenta y dos, era un gran lector y estaba casado con una mujer muy bella; tenía un hijo de siete años que estudiaba interno en un colegio de ricos, no quería que se criara en la favela. Sus dos hermanos, Nuno y João, no tenían nada que ver con él, pero respetaban lo que él decidiera como lo mejor para la familia.

Con Nuno, el mediano, era imposible llevarse mal: te sentabas a beber una cerveza con él y no paraba de contar chistes, de hablar de fútbol, de decirles piropos a las mujeres que pasaran por su lado. Cuando veía a una chica bonita decía que era un *avião*, siempre estaba con lo mismo: «Mira qué avión, ¿y ésa? Menudo avión». Nunca he conocido a un hombre con tanto éxito con las mujeres, ni siquiera Orfeo; tenía media docena de hijos repartidos por Rio, todos con mujeres distintas y bellísimas. Un día me contó que la famosa noche en que Ava Gardner fue expulsada del Hotel da Glória estaba con él. Cualquiera sabe si era verdad.

Mucho más difícil era entenderse con João, el pequeño. Era el brazo armado, me recordaba a Iñaki en algunas cosas. Fue él quien tuvo que vérselas a tiros con los Machado, quien tuvo que aguantar, perder a los hombres que mandaba, inclinar la balanza a su favor. Entonces, cuando estaba a punto de vencer, llegaban unos gallegos que pretendían quedarse con la porción más gorda de la tarta. Él prefería no parar, acabar con los Machado y ponerse después con nosotros. Eran sus hermanos los únicos que lograban controlarlo. Formaban un buen equipo, el mayor pensaba y decidía, el mediano convencía y el pequeño ejecutaba.

Gracias a José Manuel no me costó que Paulo viera los beneficios que le podía traer asociarse con nosotros y él era un hombre práctico, que le fuera bien era su único criterio válido. Ya he hablado de José Manuel, no era un bandido, era un estudioso: profesionalizó al máximo la recaudación y las previsiones económicas del *jogo do bicho*. Gracias a sus estadísticas sabíamos a principio de mes cuánto se ganaría, qué comisiones se llevarían los cobradores, cuánto dedicaríamos a premios... Eso nos permitía hacer una provisión muy aproximada del dinero que haría falta y nos evitaba tener grandes cantidades inmovilizadas. Para los Silveira, con problemas económicos a causa de la guerra, aquello era la salvación.

Paulo y José Manuel se reunían a menudo y, entre los dos, perfeccionaron el sistema; eran capaces hasta de predecir los beneficios anuales de cada punto de juego y cambiar al cobrador si no se alcanzaban. También se comenzó a aplicar al casino y a los burdeles, hasta el Woman's se empezó a regir por esos criterios. Para Paulo Silveira, yo era el representante de los que le hacían ganar más dinero: era bienvenido.

Las Navidades de 1959, las últimas en las que Rio de Janeiro sería capital de Brasil, tuvieron algo de despedida, aunque después se vio que el cambio no sería tan grande. Las pasé repartidas entre mis dos casas, con mis dos hijos, tan distintos el uno del otro. La noche del fin de año me vestí, como cada año, de blanco, llevé a Iosinara a Copacabana y nos metimos en el agua para hacer nuestra ofrenda a Yemanjá. Otra vez tenía dos mujeres, aunque con quien dormía la mayor parte de las noches era con Iosinara, a la que la maternidad no había hecho perder su apetito sexual. Volvía a llevarme bien con Irene; lejos de la influencia de su hermana Elena era de nuevo una mujer divertida e interesante. Una vez más pensé que lo que me habría gustado conocer es a una mezcla de las dos.

El carnaval fue raro, se produjo un empate entre cinco escolas: Mangueira, Salgueiro, Império Serrano, Portela y Unidos da Capela. Es decir, no ganó nadie. Mucha gente, uno de ellos mi hijo Bernardo, asistió a los bailes populares disfrazada de Jânio Quadros: gafas y bigote a lo Groucho, chaqueta clara, corbatita estrecha negra... Jânio, representante de los conservadores, era tan popular entre el pueblo que difícilmente perdería las elecciones a finales de ese año y todo hacía pensar que sería el sustituto de JK.

Por primera vez en muchos años Floriano no desfilaba por la avenida Rio Branco con Império Serrano. El motivo fueron las películas especiales. La decimocuarta, no tenían nombre así que no puedo llamarla de otra forma, fue la que le causó los mayores quebraderos de cabeza.

La película contaba la historia de dos amigas, dos «gringas», en Rio de Janeiro. Era una producción cara, cuidada, una película pornográfica pero también una especie de guía turística de la ciudad. Las chicas tenían encuentros sexuales con mulatos y mulatas en los lugares más típicos: Pão de Açúcar, playa de Copacabana, tranvía de Santa Teresa, los arcos de Lapa... Acababa con las dos desnudas en un barco, con Rio a sus espaldas, haciendo el amor entre ellas. En principio esa escena debía rodarse en el Cristo, pero Floriano se arrepintió, «por respeto a vuestra religión».

Una de las chicas era americana de verdad, cobró por hacer la película y se volvió a su país. La otra, rubia, muy guapa, con aspecto de gringa, presentó documentos argentinos que aseguraban que tenía veintitrés años. Eran falsos: era brasileira, tenía diecisiete y llevaba un año fugada de su casa, era la hija de un político de Porto Alegre.

Después de un año de estar desaparecida, sus padres dejaron de buscarla y se separaron. Su padre sufrió una fuerte depresión y estuvo mucho tiempo sin salir de casa. Sólo aceptó hacerlo una noche por insistencia de unos amigos, fueron a casa de un conocido que había recibido una película nueva de esas que llegaban de Rio...

Las dos americanas llegaban con unos sombreros muy aparatosos y no se les veía la cara. La primera vez que se mostraba en pantalla un primer plano de la más joven de las chicas no estaba haciendo nada que a un padre le gustara ver hacer a su hija... Entiendo el grito que cuentan que se oyó.

Las películas de Floriano no llevaban títulos de crédito, pero todo el que las compraba sabía dónde encontrar a sus responsables. Floriano había recibido dos visitas de la policía, una oficial y otra extraoficial, cuando me lo contó. Le habían amenazado y lo peor era que no tenía ni idea de cómo dar con a la hija del político. Era la primera vez que me pedía ayuda.

Hablé con Albino y le conté el problema; se rió mucho, él mismo había visto algunas de las películas de Floriano. Albino hizo algunas llamadas y solucionó el problema, a Floriano le costó mucho dinero pero dejó de tener visitas de la policía.

Además, unas semanas después la chica apareció en São Paulo y volvió a casa.

Floriano visitó a Albino para agradecerle su intervención. Albino no le recibió, le hizo llegar una nota a través de su secretaria en la que le recordaba que le había hecho un favor y que esperaba que algún día se lo devolviera.

13

El día de la inauguración de Brasilia se acercaba y las obras se intensificaban, la capital estaría acabada, por lo menos aparentemente. Los más críticos decían que sería como esos poblados de las películas del Oeste en los que sólo existía la fachada de las casas, apuntalada con tablones, que Brasilia no era una ciudad sino un decorado vacío. Los funcionarios que debían viajar irremediablemente se preparaban; otros intentaban retrasarlo. Muchas embajadas seguirían en Rio mientras se construían sus edificios en Brasilia. Rio dejaría de ser capital de nombre pero lo sería de facto durante un largo tiempo. En Brasilia se preparaban las celebraciones, los fuegos artificiales, las fiestas populares, la recepción que daría JK en el nuevo palacio presidencial, el Palacio del Planalto.

A nosotros nos preocupaban también otras cosas: el acuerdo de Albino con los Silveira nos dio un poder excesivo, en opinión de los demás bicheiros de Rio. Albino fue convocado a una reunión, a la que no se presentó, en un restaurante de Tijuca. Me inquietaba cómo pudieran entenderlo ellos.

—¿Eso no es una declaración de guerra?

—No te preocupes, es posible que entremos en una guerra, pero no será con quien tú crees. Los bicheiros viven muy bien y no querrán pelearse con nosotros. Cuando llegue el momento lo sabrás.

Al entrar en su despacho, un guardaespaldas nos cacheó antes de dejarnos entrar. Cuando protestamos, se rió.

—Es verdad, para vosotros tengo que poner a una de las chicas del Woman's, ella os cachea y así unimos el deber con el placer...

En marzo llegó el primer gran alijo de droga, pero Albino no se la entregó a los Silveira sino a los Machado, a los que había rearmado tras la guerra. En contra de lo que habló con Paulo en la Churrascaria de Leme, dejaba el bicho en manos de los Silveira y la droga en las de los Machado. Se aseguraba así de que ningún grupo se hacía fuerte y de que la guerra de destrucción entre ellos continuara, hasta quedar él solo. No lo supe hasta que Paulo Silveira vino a protestar. Ésa era la guerra que preparaba Albino, la de las favelas; la de los bicheiros podría esperar.

Tuve que ir al despacho de Albino el mismo día que se cambió de Copacabana a un rascacielos de la rua da Assambleia, su sueño. Allí no me recibió. Fui a su casa y otro guardaespaldas me cacheó en la puerta. Intenté argumentarle que los Silveira eran unos buenos socios, que nos iba bien con ellos, que estaba cometiendo un error. Me mandó callar, mi trabajo era cumplir sus órdenes, no estaba interesado en conocer mis opiniones, mucho menos en atender mis deseos sobre lo que debía hacer.

Me vi obligado a tomar partido. Lo cómodo era seguir con Albino: recibir órdenes y observar, asistir a una guerra en la que sólo podías ser vencedor, nunca víctima. Pero pensé en la favela, en mi hijo Bernardo, en los amigos que tenía allí y que no merecían que sus vidas se decidieran en un despacho de un rascacielos de la rua da Assambleia. Tomé partido por los Silveira.

Hablé con Paulo Silveira, teníamos que encontrar la forma de encarar la lucha contra Albino y los Machado. Estaban preparados para la guerra de guerrillas en las favelas contra los Machado y teníamos una ventaja: nosotros empezaríamos las hostilidades. Para lo que no estábamos preparados era para combatir contra Albino; sólo había una opción para hacerlo: eliminarle.

Albino era listo y se había rodeado de guardaespaldas a todas horas. Estaba más protegido que un jefe de Estado, y un asesino a sueldo, como Élder, el que mató a Amaro, no tenía ninguna posibilidad de llegar hasta él, tenía que hacerlo alguien que gozara de su confianza. Puse una condición, debía matarlo yo; era lo menos que podía hacer por el que había sido mi amigo, matarlo personalmente, no dejar que lo hiciera un desconocido. Tardamos varios días en estudiar cómo hacerlo y sólo dos personas estábamos al tanto de nuestros planes, Paulo y yo. Ni siquiera sus hermanos estaban informados. João, el pequeño, era muy difícil de controlar, quería empezar la batalla en todo momento y no entendía que su hermano confiara en mí, el enemigo. El otro hermano, Nuno, no quería guerra, quería vivir en paz con sus chistes, sus juergas y sus mujeres, sin que nadie viniera a estropearle sus placeres, pero haría lo que Paulo le ordenara.

La fiesta de la inauguración de Brasilia estaba prevista para el 21 de abril, y un día después, el 22, era el décimo aniversario de la llegada del barco de Albino a Brasil. No fue difícil organizar una fiesta en la que se reunieran él y sus compañeros. De los doscientos cincuenta que llegaron en el *Alcántara*, treinta y dos habían vuelto a España, quince estaban muertos, a cuarenta y cuatro fue imposible localizarlos y cinco dijeron que no tenían ningún interés en celebrar una fiesta que conmemorara su llegada al país. Quedaban ciento cincuenta y cuatro: Albino y los que serían testigos de su muerte.

Albino, siempre tan cuidadoso y cariñoso con sus hermanos de barco, se entusiasmó en cuanto tuvo noticia de la fiesta: hizo una donación que prácticamente cubría los gastos completos y aseguró que estaría presente. Ni siquiera se preocupó de enterarse dónde se celebraría. Los organizadores, entre los que estaba Julio el Madriles, alquilaron las instalaciones de la escola de samba de Escondidinho, una favela tan dominada por los Silveira que los Machado ni siquiera habían contemplado la posibilidad de entrar en ella.

La cena empezaría a las ocho de la noche y se contrataría la actuación de un grupo de vedettes de Carlos Machado, empresario musical de Rio que no tenía nada que ver, aunque compartiera apellido, con los enemigos de los Silveira. Una orquesta tocaría toda la noche, un grupo de niños gallegos interpretaría canciones de la tierra... No habría guardaespaldas, sólo estarían los gallegos, sus parejas, Albino y yo. Claro que yo sólo aparecería un momento, hacia el final.

Todo estuvo a punto de irse al garete mientras lo preparábamos: Albino fue invitado a la fiesta de inauguración de la capital, sería uno de los que recibiría el presidente en el Palacio del Planalto. Si estaba en Brasilia el 21 no podría asistir a la fiesta del 22. Albino tranquilizó a los organizadores, existían los aviones e iría a las dos; y de tener que faltar a una sería a la de JK, no a la de sus compañeros de barco.

Paulo y yo seguimos preparándolo todo, sólo tuvimos que informar a Julio de lo que pretendíamos, era fundamental para conseguirlo. Hicimos que se enterara de cuáles serían las medidas de seguridad. Como sospechábamos, Albino no quería a sus guardaespaldas dentro de la cena, pero pidió que les permitieran comprobar si alguien llevaba armas a la entrada. Teníamos que meter la pistola en las instalaciones de la escola el día anterior, en un lugar en el que no la pudieran encontrar al examinar el local.

Discutimos cuál podría ser el sitio. Hablamos de muchos posibles: el relleno de la tapicería de una silla, la parte de debajo del tablero de una mesa, un centro floral, el interior de una tarta... Nos decidimos por la cisterna de uno de los baños, igual que se hizo en una película americana años después. Yo estaría dentro desde horas antes, me haría pasar por uno de los ayudantes de cocina. Esperaríamos a que la cena estuviera acabando y se perdiera un poco la formalidad, los invitados be-

berían mucha cerveza e irían al baño, no llamaría la atención que la gente entrara y saliera: yo sería uno de ellos. Justo después de los brindis empezarían a actuar las vedettes, Albino estaría distraído; yo aprovecharía para acercarme y dispararle; tendría que matarle por la espalda, pero lo importante era el resultado. Funcionaría.

Una vez pensado cómo hacerlo, había que preocuparse de la huida: desde el baño había una ventana con unos barrotes que se podrían preparar para que cedieran, un coche podría estar esperando a que yo saliera. Si cambiábamos la disposición del escenario y las mesas, yo podría salir del baño, andar un par de metros, disparar, volver corriendo y salir por esa ventana. El coche me llevaría muy cerca, ni siquiera tendría que pasar por delante de la puerta donde estarían los guardaespaldas de Albino, mi escondite estaría en un barraco de la misma favela de Escondidinho. Allí pasaría unos días, pero esa misma noche se habría empezado a ejecutar la segunda parte del plan: los Silveira atacarían a los Machado antes incluso de que se enteraran de lo sucedido. Julio, el Madriles, uno de los organizadores de la cena, nos ayudó a poner el escenario y las mesas en el sentido que le pedimos.

Los siguientes días lo comprobamos todo: el local, los planos, las fichas del personal que serviría la cena, de los compañeros de barco de Albino, de sus esposas, el barraco donde debía esconderme, el lugar donde estaría el coche... Para que nadie pudiera descubrirlo, ni siquiera los hermanos de Paulo, toda la documentación la guardaba yo en una carpeta de la que no me separaba ni para ir al baño.

Los actos para celebrar la inauguración de Brasilia empezaron en febrero. Cuatro columnas de coches fabricados en Brasil partieron de cuatro puntos diferentes del país utilizando las nuevas carreteras construidas durante el gobierno de Kubitschek; se encontraron en la capital después de recorrer siete mil kilómetros por varios estados. El presidente se unió a ellos en los últimos kilómetros y entró en Brasilia a bordo de un Iseta, un minúsculo coche de dos plazas, la primera unidad fabricada en Brasil.

El día 20 de abril, a las nueve de la mañana, Juscelino Kubitschek cerraba la puerta del Palacio de Catete, que a partir de ese momento se convertía en Museo de la República. Allí quedarían expuestos la pistola con la que Getúlio se suicidó y el pijama a rayas que vestía, con el agujero de bala en el pecho. JK, acompañado por su mujer y sus hijas, una de ellas adoptada, partía hacia el aeropuerto Santos Dumont, su avión para Brasilia partiría a las once menos cuarto.

Sólo faltaba un día para la gran operación contra Albino, pero aquél era un momento histórico y quise que mis hijos asistieran conmigo: de mayores, cuando les hablaran de la inauguración de Brasilia, podrían decir que su padre les llevó a ver el momento en que el presidente de Brasil abandonaba Rio de Janeiro y se trasladaba a la nueva capital. Logré convencer a las madres y aquella mañana salí con Bernardo de la favela en dirección a Ipanema, allí recogeríamos a Carmiña. Era la primera vez que los dos se veían y me hacía ilusión. Me molestó la mirada de Irene; no besó a Bernardo, no le sonrió.

—Es negro.

—Es mi hijo. ¿Está preparada Carmiña?

Me dijo que estaba enferma y no nos podría acompañar, no la creí y entré en su cuarto a comprobarlo; era verdad, la niña tenía catarro y fiebre. Sonrió cuando le dije que Bernardo era su hermano. Estuve a punto de suspender el plan, pero había quedado con Floriano, él también llevaría a Francisquinho. Me fui con Bernardo. Hasta ese momento no me había separado de la carpeta en la que estaba toda la información sobre el atentado contra Albino, y no había caído en que no podría llevar al niño y subirlo a hombros para que viera al presidente si tenía las manos ocupadas. La dejé en el armario.

Llegamos en el tranvía hasta el largo de Machado, allí me encontré con Floriano y mi ahijado, caminamos hacia el Palacio de Catete junto a muchos otros que también habían deseado asistir al acto. Conseguimos ver a Juscelino subiendo al coche, era la primera vez que veía en persona al presidente. El acto duró poco, Bernardo y Francisquinho aplaudieron como locos. Rio de Janeiro, mi ciudad, dejaba de ser la capital de Brasil.

Nos sentamos a beber una cerveza. Floriano estaba muy contento, un agente europeo, no estaba seguro de si era holandés o belga, había visto una de sus películas y las había comprado todas para distribuirlas allí. Pagaba muy bien.

—Ahora sí soy rico. Estoy pensando en comprar una casa fuera de la favela... En algún barrio de clase media, no quiero vivir como tú, donde los ricos.

—Es un buen momento, creo que la vida de las favelas va a empeorar mucho. Se acercan malos tiempos: violencia, drogas...

—Podría irme a Brasilia; al fin y al cabo me pagan por hacer una película allí...

Nos reímos, a mí se me había olvidado aquella oferta. Llevaba un tiempo prestando poca atención a Floriano, mucha menos de la que se merecía.

—Podemos ir a Brasilia de vacaciones, Odete y tú, Iosinara y yo, los niños...

—Cuando quieras.

En Brasilia ya había cien mil habitantes, otros cien mil llegaron de todas partes del mundo para asistir a la inauguración. En la semana anterior partieron mil cuatrocientas familias en mil ochocientos treinta camiones, coches y furgonetas de todo tipo... A las doce de la noche, en el cambio del día 20 al 21, se celebraría una misa para la que se había trasladado desde Portugal la cruz de Frei Henrique de Coimbra, la misma con la que se celebró la primera misa en Brasil, más de cuatro siglos antes.

Los cariocas intentábamos mostrar indiferencia, como si en nuestra ciudad no pasara nada, pero muchos nos preguntábamos qué iba a ser de Rio de Janeiro: no era la ciudad más grande de Brasil, no era la capital... Pero seguía siendo la ciudad más bonita del mundo.

Volví a Serrinha con Floriano para dejar allí a Bernardo y después visitar a Carmiña, ver cómo iba su catarro. Pero me entretuve con una petición de Iosinara: una vecina le había solicitado ayuda, su hija se había quedado embarazada y su novio, otro chico de la favela, no quería hacerse cargo. Según la chica, él decía que ella se acostaba con cualquiera y que tenía las mismas posibilidades de ser el padre que de no serlo. La chica lloraba y aseguraba que era mentira, que sólo lo había hecho con él. Prometí que volvería por la noche e intentaría hablar con el chico.

Cuando nos quedamos solos, Iosinara me preguntó qué me pasaba, que me veía raro. Le dije que tenía problemas pero que estarían resueltos al día siguiente, que todo cambiaría, que pronto nos iríamos de vacaciones a Brasilia con Floriano y Odete. Estaba feliz, me pidió que me quedara con ella, me propuso que mandáramos al niño a casa de Odete y pasáramos el día juntos... Me excusé, pronto no nos tendríamos que volver a separar.

Aunque a esa hora tenía que estar, el portero del edificio de la rua Maria Quitéria no ocupaba su puesto. Entré en el piso y no escuché ruidos, me extrañó que Irene no saliera a recibirme. Llegué a la habitación de la niña, estaba vacía, había ropa tirada por todas partes, habían hecho la maleta a toda prisa. Corrí al dormitorio, lo mismo, ropa tirada. Abrí el armario, la carpeta con los planos del atentado contra Albino había desaparecido.

En ese momento unos disparos abrieron la puerta de la calle. No lo pensé, salté por la ventana, era un segundo pero había un árbol por el que pude descolgarme. Estaba ya en el suelo cuando me dispararon desde la ventana por la que acababa de abandonar la casa. Tuve suerte de que no me acertaran; no llevaba armas, no me podía defender.

Corrí por la rua Maria Quitéria hasta la laguna Rodrigo de

Freitas. Crucé sin mirar la avenida Epitácio Pessoa y un coche estuvo a punto de atropellarme. Otro coche paró a mi lado, pensé que sería uno de ellos pero miré al conductor y lo reconocí, era David, lo había conocido dos años antes en casa de Albino; era uno de los ingleses con los que vi el partido del Mundial de Suecia entre Brasil e Inglaterra. Me subí a su coche.

—Acelera, joder, acelera.

El coche era muy bueno, un Jaguar, y pegó un fuerte acelerón. Vi llegar a los hombres que me habían disparado desde mi apartamento pero iban a pie, no podían darnos alcance.

—¿Adónde voy?

—No sé, sal de aquí. Lejos...

Me bajé en la zona del Jardim Botánico. No sabía adónde ir. No podía aparecer por Serrinha, sería el primer lugar donde me buscaran.

Aquella noche, mientras se celebraba la primera misa en Brasilia, yo intentaba dormir al raso en la Floresta da Tijuca, la selva que rodea al Cristo del Corcovado. Estaba asustado y con frío, cada ruido me recordaba que allí había animales salvajes...

Dormía cuando a las ocho de la mañana se izó por primera vez la bandera de Brasil en la plaza de los Tres Poderes de Brasilia. Me desperté a las nueve y media, mientras JK hacía la proclamación de la nueva capital y anunciaba la creación de la Universidad de Brasilia.

Hasta las doce del mediodía no conseguí hablar con Paulo. Ya sabía lo que había pasado y lo había suspendido todo. Se había producido la primera baja, Julio el Madriles. Lo mataron la tarde anterior, mientras jugaba al fútbol con su hijo en la playa.

—Hay que saber perder, gallego. Intenta salvarte, sólo eso.

A lo largo de día, las fiestas recorrieron Brasilia: desfiles, exhibiciones de acrobacia aérea, actuaciones musicales... Los invitados por el presidente asistirían a la recepción ofrecida en el Palacio del Planalto al caer la tarde, los demás podrían ver la mayor demostración de fuegos artificiales que nunca se hubiera realizado en Brasil.

Fui andando, por calles pequeñas, hasta el centro de Rio. Comí un coco que le compré a un vendedor ambulante. Ya había oscurecido cuando llegué a la plaza de París, el lugar donde dormí mis primeras noches en Rio de Janeiro. Me senté en un banco, llevaba todo el día andando, estaba agotado. No me di cuenta de que alguien se me acercaba por detrás y me ponía una navaja en el cuello. Pensé que todo estaba perdido, que me habían encontrado.

Pero no era la gente de Albino, era un simple atracador. Se llevó mi reloj y mi dinero. Era la segunda vez que me robaban allí; en la plaza de París siempre lo perdía todo.

Abordé a Floriano cuando estaba a punto de subir al tranvía. Me hizo esconderme para hablar con él en una calle pequeña, donde nadie pudiera verme. Habían estado buscándome todo el día, había gente vigilando mi casa en la favela, pero Iosinara y Bernardo estaban bien, nadie les había hecho nada. No podía ir a Serrinha. Me dio dinero y quedamos en encontrarnos allí mismo al día siguiente.

Me separé de él y recordé el barraco que años atrás ocupaban Élder, el Tuerto, y su hijo, los nordestinos que asesinaron a Amaro. Conseguí llegar sin perderme, seguía vacío y miserable.

Entré, limpié un poco el suelo con el pie, me arropé con una manta sucia que había por allí y me tumbé en un rincón. Conseguí dormir, aunque me desperté varias veces por la noche al escuchar a las ratas. Eran más grandes que los gatos.

JÂNIO

1

Dormí tres días en el *barraco* de Élder hasta que me llevaron a un lugar seguro. Las ratas no le tenían miedo a nada, había que matarlas a patadas; siempre aparecían más, no sé cómo logré que no me mordieran. Hay zonas de Rio con más ratas que personas.

El olor era nauseabundo, no había ni agua ni alcantarillas; la mierda, la basura y los restos de comida bajaban por unas acequias a cielo abierto. Cuando llovía, se evacuaba deprisa, cuando no llovía podía pasar días allí y descomponerse; pero si llovía demasiado era peor: se desbordaba y la basura inundaba la favela, llegaba hasta las mismas casas. No era como la favela de Floriano, la que yo conocía, tampoco como la de los Silveira: en la de Élder vivían los más pobres, los marginados, los locos, los borrachos... En el morro de Floriano llamaban a esta zona la de los paraíbas, pero casi ninguno de sus habitantes era del estado de Paraíba, los había de todas partes: nordestinos, portugueses, italianos... La última noche hasta escuché a alguien maldecir en gallego.

Mientras estuve escondido, Floriano hizo lo que pudo por sacarme de allí y rescatar mi dinero, sin miedo a que Albino le vigilara: fue a mi banco, al apartamento de Ipanema, a mi casa de la favela... Conseguía entrar en cualquier sitio, todo el mundo le conocía de las fotos, sobre todo de las que hacía en los colegios. Muchos de los que se encontraban con él le recordaban con afecto y habían disfrutado del caramelo que regalaba a los niños tras hacer cada foto; para muchos había sido el único regalo de su vida. Aunque viviera varias vidas, nunca podría agradecer a Floriano todo lo que hizo por mí, ni por haber sido mi mejor amigo desde que llegué a Brasil. Se portó siempre conmigo mucho mejor que yo con él.

Se presentó en casa de los Silveira para hablar con Paulo y pedirles que me acogieran en alguna de las favelas controladas por ellos, donde estaría más seguro. Las más importantes, y más protegidas, eran Pavão, Pavãozinho, Cantagalo, Babilonia, Santa Maria y Praia do Pinto, la que años después mandó quemar Lacerda. Fue la primera en la que me escondí, después me llevaron a Santa Marta y allí pasé varios meses.

Santa Marta está junto al barrio de Botafogo. Mucha gente le llama Dona Marta, me contaron que fueron los evangélicos los que le apearon del tratamiento de santa. Es una de las favelas más importantes de Rio, de las mejor situadas y con mejores vistas. Desde la parte alta de la favela se ve al Cristo casi cara a cara, del otro lado las luces de la ciudad, la bahía... Era perfecta para mí: muy escarpada, de acceso muy difícil, imposible acceder a ella en coche, con calles muy estrechas y escalones por los que hay que subir en fila india. Además, tenía muchas vías para escapar a través del *mato*, la selva, que la rodeaba. En Santa Marta mandaba Chiquinho Ferreira, un aliado de los Silveira. Debía pagarle a él por mi protección.

Me sacaron de noche de casa de Élder, me metieron en el maletero de un coche y me dejaron a la entrada de Santa Marta. De allí tuve que subir a pie, debilitado como estaba, y escoltado por varios hombres armados, por callejuelas con escalones que llegaban al medio metro de alto hasta acceder al barraco que me asignaron, uno bastante apartado de los demás, pegado al mato.

Tendría tres metros de ancho por cuatro de largo y estaba hecho de ladrillos; después supe que en la favela había porteadores que subían los ladrillos por el mismo camino que me habían traído a mí. En la parte de atrás, fuera de la casa, tenía un retrete con un ingenioso sistema para hacer llegar el agua: venía por unas mangueras que entraban por la parte superior, los excrementos bajaban por la roca, por debajo de los suelos de las casas en unas zonas y a cielo abierto en otras.

Nadie podía verme, me prohibieron salir del barraco durante el día y alejarme de él durante la noche. Una mujer mayor me traía todos los días la comida típica de los brasileiros pobres, el arroz blanco con feijão, las habichuelas. De vez en cuando, y con suerte, un pedazo de carne de sol, la carne que los nordestinos secan al sol para que se conserve.

Floriano me visitaba dos o tres veces por semana. Me traía comida, periódicos y ropa, también me daba noticias de Bernardo e Iosinara. Albino no había hecho nada contra ellos. Recibía también visitas de Paulo Silveira, me comentaba la marcha de la guerra contra los Machado, me pedía consejo e información sobre la organización de Albino. Fuera de esas visitas, no tenía nada que hacer ni nadie con quien hablar. Dormía de día y salía de noche al aire libre, a ver la ciudad en la que tan feliz había sido.

Leía los periódicos de la primera a la última página: los primeros días de Brasilia, los candidatos a la presidencia de Brasil en las elecciones de octubre, la creación del estado de Guanabara... Era la única actividad que me entretenía un poco y hacía que dejara de pensar obsesivamente en la traición de Irene, en Iosinara, en mis dos hijos, en la venganza de Albino. Mis días de bienestar se habían terminado. El *babalaô* tuvo acierto al determinar mi Orixá, *Xangô*, san Jerónimo: después de años de vida mundana se retiraba al desierto para meditar sus pecados. Todavía no sé cómo acaba su historia.

También terminaba una época gloriosa para mi país de adopción; vivimos años en los que en Brasil todo parecía posible. Se decía que si Juscelino Kubitschek anunciara la construcción de una carretera que uniera Brasilia con la luna, sus conciudadanos no dudarían de que fuese cierto, sólo tendrían una pregunta: ¿cuándo será la inauguración? Con el tiempo se llamó a esa época los años dorados, pero JK no podría presentarse a las elecciones de nuevo. Todos pensábamos que los siguientes años serían un paréntesis, que el presidente volvería en 1965 para cumplir lo que prometía: cinco años de cultivos para cincuenta de abundancia. Imaginábamos los campos brasileiros llenos de tractores y a los agricultores viviendo como ricos. Pero antes tenía que haber otro presidente, el primero que juraría su cargo en Brasilia. Los candidatos estaban designados y los brasileiros escogerían al menos malo de los posibles.

Nadie dudaba de la victoria de Jânio Quadros, JQ. Sólo JK habría podido impedir que él fuera el nuevo presidente. Su adversario, Henrique Lott, el autor del contragolpe de noviembre de 1956 contra Café Filho, eterno ministro de la Guerra desde tiempos de Getúlio, no tenía nada que hacer.

Jânio Quadros representaba a la coalición de partidos de derecha, la misma con la que había aspirado a presentarse el líder de la UDN, Carlos Lacerda. Él mismo lo dijo años más tarde: «Sabíamos que Jânio iba a ganar, mejor presentarse con él». Lott, un anticomunista acérrimo, representaba a los partidos de izquierdas, comunistas incluidos. Los comunistas habían sido legalizados en tiempos de JK, y su representante, Lott, los despreciaba e insultaba en cada mitin.

JK, que todavía era presidente, lo observaba todo con distancia. Propuso un candidato de consenso: el PTB había gobernado con Getúlio, el PSD con él; de los tres grandes partidos brasileiros, sólo faltaba UDN y Juscelino propuso que su candidato ocupara el gobierno. Parecía una propuesta generosa, pero era astuta: Jânio Quadros iba a ganar con consenso o sin él, para qué pactar con nadie. Carlos Lacerda fue el primero que se negó, su objetivo era demostrar que Brasilia era la cueva de Alí Babá, que allí todos se habían lucrado por culpa de las ansias faraónicas de Kubitschek.

Brasilia se inauguró a medio acabar, eran muchas las instituciones del Estado que siguieron todavía años en Rio de Janeiro. Muchos funcionarios estaban allí instalados y todo eran quejas: los servicios, las obras, la lejanía... Además el polvo rojo del Planalto lo invadía todo. Los cariocas seguían sintiéndose orgullosos: Brasilia era la Novacap, la nueva capital; ellos eran la Belacap, la bella capital.

El partido de Lacerda estaba a punto de tocar poder, pero tenía un problema: Jânio Quadros era completamente imprevisible y se jactaba de hacer política al margen de los partidos. Lacerda no podría manejarlo a no ser que consiguiera colocar un vicepresidente afín a él. En la política brasileira el presidente y el vicepresidente se elegían en votaciones diferentes. Podía ganar la presidencia un partido y la vicepresidencia el opuesto. A veces era tan importante uno como otro.

Lacerda quería como vicepresidente de Jânio a Leandro Maciel; Jânio se negaba, quería a uno de sus íntimos colaboradores, Milton Campos. Por lógica, tendría que haberse impuesto el candidato de Lacerda, pero Jânio no estaba dispuesto a perder sin protagonizar uno de sus golpes de efecto: anunció que abandonaba la carrera por la presidencia a causa de un cáncer de garganta de su esposa. El partido de Lacerda vio que se le escapaba la presidencia y negoció: aceptó a Milton Campos y el cáncer se convirtió en inflamación de garganta. Era la segunda vez que usaba el cáncer como elemento de negociación, siendo gobernador de São Paulo dijo que el afectado era él. Lacerda debió de darse cuenta entonces del lío en el que metía a Brasil apoyando a Quadros.

El candidato era un hombre muy peculiar, su parecido físico con Groucho Marx era asombroso: delgado, con bigote y gafas de concha... Era capaz de cualquier cosa, y una de sus tretas habituales era simular desmayos en los discursos: entraban unos sanitarios y le ponían una inyección que lo animara. Se excusaba con los asistentes, se había desmayado porque tenía tanto trabajo que no encontraba tiempo para comer, entonces sacaba un bocadillo de mortadela de un bolsillo y se lo comía mientras seguía con su discurso. También enarbolaba una escoba, *vassourinha* en portugués. Decía que sería la escoba con la que barrería la corrupción en Brasil. Sus seguidores empezaron a llevar escobas a los mítines y *Vassourinha* se convirtió en su apodo. Había miles de anécdotas sobre él: durante una cena de gala en São Paulo recibió la noticia de que se había producido un incendio; minutos después apareció en el lugar del siniestro, había cambiado su frac por la chaqueta de un pijama y afirmó ante las cámaras que había saltado de la cama al conocer la noticia para estar junto a los afectados. Para los presentes en su cena de gala era un farsante, para los vecinos que veían arder sus casas era un hombre que se preocupaba por ellos, que estaba a su lado.

Jânio usaba palabras y expresiones muy cultas, que sus interlocutores no entendían. Los periódicos tenían que especular y llamar a especialistas para entender qué había querido decir. Pero daba igual, la gente entendía lo que quería oír, independientemente de lo que él hubiera dicho. También había anécdotas a millares sobre su afición al alcohol. Una de las más graciosas se dio en una rueda de prensa en la que el periodista le preguntó por qué bebía tanto alcohol: «Porque es líquido —contestó—, si fuese sólido lo comería». También aseguraban que la caspa que a veces adornaba sus hombros no era tal sino queso rallado; en su opinión, la caspa le acercaba al pueblo.

Pese a todo, era un hombre brillante, un político honesto y un trabajador incansable. En su época de gobernador del estado de São Paulo visitaba por sorpresa algunas dependencias públicas para asegurarse de que los funcionarios estaban en sus puestos de trabajo y no «robando al pueblo brasileiro».

Su oponente era Henrique Lott, un militar ordenancista, descendiente de alemanes, sin nada resaltable en su currículum excepto el golpe de Estado legalista de noviembre de 1955. Muy poco para enfrentarse al ciclón Quadros.

Yo echaba de menos poder comentar las noticias con mis antiguos conocidos, con Floriano, con los demás gallegos... En mi escondite apenas recibía visitas, no tenía casi relación con Chiquinho, el hombre de los Silveira en Santa Marta, al que pagaba para que me protegiera. Nunca supe por qué me evitaba y no venía a hablar conmigo ni cuando Paulo Silveira, su jefe, lo hacía. Chiquinho no participaba en los grandes negocios, ni en las drogas, ni en el bicho ni en el tráfico de armas, sólo se dedicaba a los pequeños robos y a obedecer órdenes de los Silveira. Me contaron que era el jefe de la favela porque coincidió con Paulo en la cárcel y allí se hicieron amigos; creo que la razón era mucho menos importante: murió el anterior jefe y él estaba allí, se quedó con el puesto y no molestó tanto como para que le quitaran. Sus virtudes eran obedecer y callar cuando tenía que hacerlo.

A veces escuchaba el sonido de la favela, los gritos de la gente, las discusiones, la música, los juegos de los niños... Una tarde, dos jóvenes, un chico y una chica, entraron en el patio trasero de mi casa. Pensaban que estaba vacía y querían ocultarse en ella, quizá para hacer el amor. Se sorprendieron al verme, quisieron marcharse, pero les pedí que se quedaran y charlaran un rato conmigo. Se llamaban Washington y Edite y eran novios; tenían quince y catorce años. A partir de ese día vinieron a visitarme casi a diario.

Washington era moreno, había nacido en la favela y vivía allí con su madre. Ella trabajaba en una casa de Copacabana: limpiaba, cocinaba, lavaba, planchaba, cuidaba de los hijos...

—Cuida de los hijos de su patrona mejor que de mí. A ellos les hace regalos de Navidad, a mí nunca.

Era un chico listo, aunque sólo había ido a la escuela un par de años. Sabía leer y escribir, pero eso no le servía para lo que quería ser de mayor: un bandido peligroso.

Edite llamaba la atención por el color de su piel: muy blanca y rubia. Su madre, prostituta, decía que era hija de un marinero norteamericano, pero no estaba segura.

—Dice que no se acuerda de ninguno tan rubio como yo, pero que le resulta imposible acordarse de todos sus clientes, que han sido miles.

Vivía en la favela con sus abuelos desde hacía dos años, cuando metieron a su madre en la cárcel por robar a un turista; antes había vivido en un apartamento normal, en la ciudad, y aspiraba volver a hacerlo algún día. Sabía cómo debía ganar el dinero para conseguirlo, igual que su madre, sólo esperaba ser mayor de edad para hacerlo.

—No quiero que Washington se entere, pero más de una vez me he ido a la cama con un gringo. Pagan bien. No pienso vivir aquí para siempre.

Washington sabía que para conservar a Edite a su lado tenía que ascender en la escala de la favela, convertirse en alguien importante, hacer que Chiquinho se fijara en él.

Algunos chavales de la favela empezaban a trabajar para los bandidos como vigías a los once o doce años: se apostaban en los lugares de acceso a la comunidad y controlaban a todo aquel que entraba; en el caso de que fueran policías, habitantes de otra favela con la que las relaciones no fueran buenas o simplemente alguien de quien sospecharan, avisaban a sus jefes con petardos, campanas, cometas o lo que en cada lugar fuera mejor. Era importante que no se distrajesen, contaban que João Silveira había establecido el castigo más duro para los dormilones: un disparo en la palma de la mano.

Después de un par de años como vigías ascendían en el escalafón, se convertían en ayudantes de los bandidos: limpiaban armas, entregaban drogas, ayudaban en la venta de objetos robados... Eso era lo que hacía Washington cuando le conocí. El siguiente paso era ser vapor o soldado. El vapor es el que vende drogas, un puesto importante en las favelas controladas por narcotraficantes; el soldado es el que defiende el morro, y los negocios, con las armas. En esas posiciones los chicos ganan dinero y se convierten en gente importante en la comunidad: las jóvenes más atractivas quieren ser sus parejas, los hombres los respetan... Son bandidos.

Una vez que se llega a soldado se puede aspirar a todo: el puesto más alto es el de dueño del morro. Para eso hace falta tener suerte, ser listo y valiente y carecer de escrúpulos. El dueño del morro es la persona más respetada de la favela, el que ayuda a los vecinos, dirime las disputas, decide quién vive y quién muere. Pero, por encima del dueño, estaban los Silveira o los Machado. Y todavía por encima de ellos, Albino y otros como él: personas poderosas que nunca habían pisado una favela y lo manejaban todo desde los despachos de los rascacielos de la rua da Assambleia.

El problema de Washington era que Chiquinho no se fijaba en él. Cuando estaba en presencia de su jefe, el joven se sentía tan respetuoso e intimidado que apenas hablaba. Soñaba con un tiroteo en el que demostrar que era más valiente con las armas que con las palabras; soñaba con defender el morro y probar que era un hombre, no un niño.

En una de las visitas que me hizo Paulo Silveira coincidió con Washington. Su silencio, que tanto daño le hacía ante Chiquinho, fue lo que más le gustó al jefe de los Silveira.

—Estoy harto de niños que hablan sin escuchar, como si pudieran enseñar en lugar de aprender.

En esa visita Paulo me dio una noticia que no por esperada me causó menos dolor: Irene había partido hacia España con mi hija Carmiña. Yo mismo me daba cuenta de que lo más probable era que no volviera a verla. Él se enteró por casualidad: Albino, Irene y Paulo Silveira coincidieron en el aeropuerto. Paulo también enviaba a su hijo fuera de Brasil, a Lisboa, para no verle en peligro por causa de la guerra.

—Tu amigo Albino es un hijo de puta, pero debo reconocer que es un caballero. Se acercó a saludarme, me deseó suerte y me aseguró que podía estar tranquilo: a mi hijo no le pasaría nada, lo protegería un hombre suyo hasta que llegara a Lisboa como si fuera de su familia…

Olvidé pronto a Irene, no a mi hija. He pensado en ella todos estos años; es posible que ya tenga sus propios hijos, ya mayores, y que a veces les diga que su padre desapareció en Brasil hace muchos años. Quizá recuerde cuando yo le llevaba a jugar a la playa de Ipanema y sienta cariño por mí. Nunca más entré en el apartamento de la rua Maria Quitéria, allí quedaron muchos recuerdos, algunos buenos y muchos malos; igual que en el barco que me trajo hasta Rio de Janeiro.

Rio, aunque sólo fuera jurídicamente, había cambiado mucho: ya no era el Distrito Federal, ahora se llamaba Estado de Guanabara. El mismo día que se celebraran las elecciones generales, se celebrarían también las primeras elecciones para escoger al gobernador del nuevo estado. Los candidatos principales serían Sergio Magalhães y Carlos Lacerda. No podía votar, lo habría hecho en contra del cuervo Lacerda...

Iosinara no venía casi nunca a visitarme y, cuando lo hacía, no traía a Bernardo. El mismo día que Paulo Silveira me informó de la huida a España de Irene, recibí una de sus escasas visitas. Le habría gustado saberlo, ya era mi única familia, no había otra mujer ni otro hijo, pero no se lo dije. Pasó la noche conmigo, una noche tensa, incómoda. Nada era como antes, estaba asustada, nerviosa, no era capaz de andar por la calle sin sospechar de todos los que se cruzaban con ella: un hombre al que nunca había visto, una mujer que se paraba a mirar a nuestro hijo... Cada vez que algo así pasaba, suspendía sus visitas, nos íbamos convirtiendo en desconocidos. Además, estaba acostumbrada a la casa confortable de Serrinha y el barraco de Santa Marta le parecía miserable, nada le hacía sentirse cómoda allí.

Aquella noche, cuando se marchó, supe que sería una de sus últimas visitas. Viví bien en Rio, tuve dinero, dos casas, dos familias, dos hijos... Pero entonces ya no tenía nada.

2

Cuando huí de mi apartamento de Ipanema, con los matones de Albino disparándome desde la ventana, no pensé que los Silveira pudieran aguantar mucho tiempo en la guerra contra los Machado. Los dos morros más grandes de la zona sur, Vidigal y Rocinha, no permanecieron en sus manos: no gastaron ni una bala en defenderlos. Eran morros que siempre habían sido fieles a los Machado y eran imposibles de conservar. Una vez más, Paulo hacía gala de su inteligencia, era mejor hacerse fuertes en las favelas en las que ellos vivían y pasar allí los malos tiempos.

Su cuartel general estaba en Pavão y las más cercanas, Cantagalo, Praia do Pinto y Santa Marta, les servían de protección. Con esas favelas seguían estando cerca de los barrios de clase media y la droga les seguía dando el dinero que necesitaban para armarse. João, el hermano pequeño de los Silveira, nunca confió en Albino y no dejó de armarse y de prepararse para lo que sabía que estaba por llegar. Gracias a él se podían defender.

Albino, que para cuando empezó la guerra era su mayor suministrador de cocaína, les cortó las entregas, pero aquello estaba previsto desde el principio y otros grupos de São Paulo y Salvador se la llevaban. A cambio, Paulo dejó sin prostitutas a la mitad de los burdeles de mi antiguo compañero en Copacabana. Washington se reía mucho al contármelo, decía que en

Cantagalo vivían tantas putas a las que no dejaban bajar del morro que nunca se habían encontrado mujeres tan baratas. No se habría reído tanto si hubiera sabido que Edite había recuperado su profesión en vista de la demanda de chicas que había en los clubes de Copacabana. Mientras él creía que su novia estudiaba en el colegio, ella, a sus catorce años, ganaba muchísimo dinero en un piso de la rua Domingos Ferreira. A mí me aseguró que serían pocos días, hasta que Paulo volviera a dejar a las putas salir de la favela y los precios bajaran otra vez.

João Silveira era brutal. Ya he contado que se le atribuía ser el creador del castigo del disparo en la mano para los vigías dormilones, pero eso no era lo único que se contaba de él. Decían que tenía un grupo especial de soldados a sus órdenes a los que escogía personalmente. Cuando le gustaba uno de los mensajeros, lo encontraba responsable y de fiar, en lugar de hacerlo soldado normal se lo llevaba y le señalaba a alguien para matar. Podía ser un traidor, un soldado de un morro enemigo, un policía... Si el chico no dudaba y mataba, pasaba la prueba; si dudaba, el mismo João lo mataba a él. Los chavales no sabían que era una prueba, ni cuál era el castigo por no superarla. João venció, con sus métodos, la primera vez a los Machado. Esta segunda, teniendo en cuenta que Albino había tomado partido, sería difícil que los Machado perdieran, pero él conseguiría que casi no les mereciera la pena ganar.

Cuando me hablaban de los Machado pensaba que ése era su apellido. Tardé en enterarme de que no era así. Machado es un apellido portugués muy común, pero «machado» significa, también, hacha. Les llamaban así porque Aloisio, el padre de Vladimir, el jefe de la familia en aquel momento, cortó con un hacha las manos de dos hombres que le robaron. Desde entonces se quedó con ese apodo y le gustó tanto que repetía continuamente la hazaña del hacha. Decían que la familia Machado procedía del interior, de la Amazonia, y que eran mezcla de blancos con indígenas, *caboclos* como se les llama en Brasil. El negocio principal en tiempos del padre eran los robos. Pero Aloisio cedió el mando a su hijo unos años antes de morir: sufrió una apoplejía y se quedó impedido. Hasta que murió, un par de años después, se le caía la baba y no era capaz de andar, hablar o moverse solo. Vladimir, su hijo, se hizo cargo de todo y amplió el negocio. Tenía la misma brutalidad y afición al hacha que su padre, pero era mucho más inteligente.

Nunca dejaron los robos, pero, después del ataque de Aloisio, se metieron en el *jogo do bicho* y en las drogas. Fue una de las primeras bandas en darse cuenta de que aquél se convertiría en el mejor negocio de todos. Cuando quisieron ampliar su poder, desde Vidigal y Rocinha hasta el resto de la zona sur, se encontraron con la oposición de los Silveira, entonces empezaron las guerras.

Me habría gustado hablar con Vladimir para explicarle los planes de Albino: armarlo para que pudiera ganar a los Silveira, ni una bala más, y entonces, cuando sólo quedaran los Machado, debilitados, acabar con ellos y apropiarse de todo. Se podían discutir los métodos de Albino desde el punto de vista moral, no desde su eficacia: era bueno en su trabajo, por eso le iba tan bien. Si nos hubiéramos quedado en el pueblo habría llegado a alcalde.

La guerra era muy rara, casi invisible para el resto de los habitantes de Rio de Janeiro. Sólo se combatía de noche, entonces se formaban caravanas de ataque para golpear en una de las favelas de los adversarios. Unas veces los Machado atacaban a los Silveira, otras los Silveira a los Machado. Los vecinos del morro atacado se escondían en sus casas rezando para que una bala perdida no atravesara sus débiles paredes y los matara en la cama. Los únicos que combatían la «invasión» eran los soldados de la favela.

Los tiroteos podían durar unos minutos o toda la noche, pero cuando empezaba a clarear el día se reanudaba la vida normal, los trabajadores se marchaban a sus trabajos, los niños al colegio, los vigías se encargaban de que los soldados que combatían durante la noche durmieran tranquilos y se enterraba a los muertos, si los había.

Aunque en el tiempo que estuve en Santa Marta sólo hubo un ataque, sin bajas, había visto la escena en otros morros: el cadáver en el ataúd, con su arma como si fuera a ser enterrado con ella, su madre llorando, el resto de los soldados pasando delante del cadáver. Y siempre dos o tres chicas jovencitas, las *namoradas* del muerto, con los niños que hubieran tenido con él, llorando y consolándose juntas. En el último momento se retiraba el arma del cajón y se le entregaba a un compañero del fallecido. Muchas veces a un mensajero que se convertía así en soldado. La guerra siguió durante meses, con un lento goteo de muertos y balas perdidas que creaban el pánico dentro y fuera de la favela, en los edificios cercanos a ella. Vivir en la parte trasera de Copacabana o Ipanema empezaba a ser peligroso.

Seguir la guerra era monótono. Recibía las visitas de siempre: Floriano, Paulo de vez en cuando, alguna vez, muy rara, Iosinara... Los que sí venían a verme a diario eran Edite y Washington.

Washington, que aún no estaba al corriente de la vuelta de Edite a la prostitución, estaba desesperado, no sabía qué hacer para que Chiquinho se fijara en él y convertirse en soldado. Casi lamentaba que el único ataque de los Machado a Santa Marta no dejara muertos.

—No es que quiera que alguien muera, no. Pero si alguien lo hace hay un arma libre, y entonces uno de nosotros sube a soldado...

A mí tampoco se me ocurría nada para ayudarle. Si alguna vez hubiera venido a verme Chiquinho, lo habría intentado, pero el dueño del morro se comportaba como si yo no estuviera allí.

Edite venía casi siempre con Washington, pero también me visitaba a solas. Seguía trabajando en uno de los pisos de Copacabana. Lo hacía a mediodía, cuando sus abuelos y su novio creían que estaba en el colegio. En Brasil entonces las clases no empezaban por la mañana sino a mediodía y duraban toda la tarde. Estaba convencida de que Washington jamás la descubriría, tenía más miedo a sus abuelos. Yo no le diría nada a Washington; diciéndoselo no ayudaría a ninguno de los dos, ni a él ni a su novia.

Washington se aficionó a leer el periódico conmigo. Era un chaval muy listo, aprendía muy deprisa, me preguntaba lo que no entendía y no tardaba en tener ideas propias sobre lo que pasaba.

—Es que esto es lo que tenemos que hacer aquí, elecciones para ver quién es el dueño del morro; ¿por qué tiene que ser Chiquinho, que es un cobarde?

—Como te escuche no duras vivo ni un minuto.

—Aquí no me escucha. Pero hay otras cosas que en la favela no aguantamos: si nace aquí, a Lacerda lo habríamos matado.

Le expliqué que fuera también lo quisieron matar y sobrevivió.

—Le protegería su Orixá, pero su Orixá tendrá que descansar algún día, ¿no?

Washington no podía votar en las elecciones, pero quería que ganara Jânio. La campaña electoral del otro candidato, del general Henrique Lott, era un desastre. Llegaba al punto de que una vez le preguntaron a Jânio Quadros si iba a ir a una ciudad a hacer campaña; y él preguntó si su adversario pensaba ir y le contestaron que sí, «entonces no necesito ir yo, ya les convence él de que me voten».

Yo tenía alguna simpatía por Lott, gracias a él Juscelino fue investido presidente. Era un militar muy respetuoso con las leyes en un país donde los militares eran aficionados a dar golpes de Estado cada pocos años. Pero había que reconocer su escasa cintura. Hay una anécdota muy divertida. En plena campaña dio una charla en una asociación de productores de carne. Lott empezó a hablar de lo importante que era la exportación de carne para Brasil, ahí se metió en el lío. Según Lott, para la exportación era importante la parte trasera de la vaca, «y a los brasileños nos gusta comernos el trasero». En Brasil «comer» es comer, igual que en castellano, pero también significa tener relaciones sexuales. Las risas empezaron. «A los brasileños nos gusta comernos el trasero», seguía Lott, «y a los extranjeros también les gusta comerse el trasero». Lott asistía sorprendido a las carcajadas de los asistentes sin entender a qué venían las risas, «así que tenemos que comernos el delantero, y darles nuestros traseros a los extranjeros, que se los coman ellos». La gente ya se tiraba por los suelos de risa y hubo que suspender el acto.

Todos los días pasaban cosas así en la campaña de Lott. Mientras, Jânio se frotaba las manos y sacaba su escoba, la *vassourinha*, con la que decía que barrería la corrupción en Brasil. Cientos de escobas eran blandidas entonces por el público, encantado de asistir a un mitin y a un espectáculo cómico al mismo tiempo.

A Edite le traían sin cuidado las elecciones, no le interesaba ni el periódico ni lo que contaba. Venía a verme porque no soportaba a sus abuelos. En aquella época todavía no había muchos evangélicos en las favelas cariocas. Los abuelos de Edite eran de los primeros en abandonar las religiones tradicionales, el catolicismo y la umbanda, para asistir a los ritos evangélicos. Un pastor americano vivía en la parte baja de la favela, allí evangelizaba. Poco a poco, algunas familias acudían y se convertían. Los conversos cambiaban su forma de vestir, de hablar, de comportarse. No bebían, no fumaban, no robaban... Era, para muchos, la solución de las favelas.

Según Edite, su casa se había convertido en un infierno.

—Todo es pecado. Oír música es pecado, dormir es pecado; creo que la comida no es pecado si está mala y pecado si está buena.

Los abuelos de Edite, igual que Washington, no sospechaban, ni por asomo, lo que su nieta hacía en Copacabana cuando ellos creían que estaba en el colegio. Intenté convencerla para que lo dejara.

—¿Qué hago? ¿Estudio para qué? ¿Para fregar toda mi vida como la madre de Washington? ¿Para no tener nada más que dos vestidos como mi abuela? Prefiero vivir de éstas...

Y se agarraba las tetas. Intentaba hacerle ver que su madre también había vivido de eso y que estaba en la cárcel.

—Porque le robó a un gringo, por eso. No por puta, por puta nadie va a la cárcel. Al infierno, sí; a la cárcel, no.

—¿Y si Washington lo descubre?

—No sé, se lo explico y ya está. Pero no lo va a descubrir. ¿Tú se lo vas a contar?

No se lo iba a contar, pero lo descubriría tarde o temprano. Porque las cosas siempre se descubren, porque lo que está oculto, al final, siempre sale a la luz, es sólo cuestión de tiempo.

Yo estaba oculto y no tardaría en salir a la luz, me extrañaba que Albino tardara tanto en encontrarme. No había dejado de buscarme, pero no tenía mucha prisa por dar conmigo. Paulo me avisó de que ofrecía algo de dinero para quien le dijera dónde me escondía; era poco dinero, nada que incitara a nadie a delatarme. Era una cantidad casi humillante para mí.

En cuanto Albino subiera la recompensa, y el dinero le sobraba, no podría seguir escondiéndome. No tenía duda de que sería el propio Chiquinho el que me entregara. A no ser que mantenerme allí le fuera más rentable que delatarme.

Chiquinho era, como decía Washington, un cobarde. Brutal pero cobarde. Nadie en la favela discutía su liderazgo, pero no cumplía una de las máximas que Paulo me repetía miles de veces: tu gente tiene que vivir bien, les tiene que compensar estar en el lado de los bandidos; van a morir pronto, pero su familia quedará en buena posición, van a darles a sus hijos las cosas que el vecino con trabajo legal no les puede dar. Paulo seguía esa norma, el mismo Albino llevaba esa norma como si fuera un mandamiento divino.

En Santa Marta vivían bien los que estaban directamente a

las órdenes de los Silveira. Los soldados de Chiquinho, aunque asociados a los otros, eran tan pobres como el resto de los vecinos del morro. Sólo cometían robos pequeños, Chiquinho no permitía ningún atraco que pudiera poner en peligro a los suyos.

Algunos pensaban que lo hacía para protegerlos. Por lo que me contaban, creo que no era así. Simplemente sabía que si perdía hombres no conseguiría defenderse bien. Si perdía fuerza, los Silveira pactarían con quien la tuviera. Por eso protegía a sus hombres y no hacía nada que los pusiera en peligro, aunque ellos estuviesen descontentos.

Que mi situación siguiera siendo tranquila pasaba por el bienestar de Chiquinho y su gente, que no tuvieran necesidad de venderme a Albino.

Empecé a acariciar la idea de dar un golpe. Si conseguía convencer a Chiquinho para colaborar y salía bien, podríamos dar más... Mi situación no sería tan inestable. Tenía claro a quién quería robar, a Albino. Había un dinero muy fácil de conseguir: el dinero del casino. Si Albino no había cambiado la forma de recaudarlo, ése sería mi primer golpe como socio de Chiquinho.

En mi época en el casino, el dinero se guardaba en una caja fuerte durante toda la semana. Sólo un día, los viernes, llegaba un coche con dos personas y se lo llevaba. Era un coche normal, sin ningún distintivo y sin ninguna medida de seguridad más allá de las pistolas que llevaban sus ocupantes.

Siempre me pareció un sistema poco seguro y se lo comenté muchas veces a Albino, pero él no quiso darle importancia, no quería que su empresa de caudales, legal, se relacionara con los negocios ilegales. Decía que nadie se atrevería a robarnos a nosotros. Estaba equivocado, yo sí iba a atreverme.

Le dije a la señora que me llevaba la comida que quería hablar con Chiquinho, que le llevara el recado de que tenía que verle. Tardó tres días en aparecer, pero al final vino. Le expliqué lo que pretendía hacer.

Al principio, Chiquinho no quería saber nada de robar a Albino. Después de insistir mucho, conseguí contarle el plan y convencerlo hasta que le pareció bien. Le dije que lo prepararía todo con Washington, que era lo único que necesitaba, que pusiera a uno de sus chicos a trabajar conmigo.

Como yo no podía salir de la favela, Washington tenía que ser mis ojos fuera. Le pedí una cámara fotográfica a Floriano y le enseñé a usarla. Le expliqué bien qué tenía que fotografiar y se fue el viernes a hacerlo. Las fotos se revelaron en la tienda de Floriano. Eran un desastre, en casi todas se veía el dedo de Washington. Nos habíamos ocupado mucho de la teoría y poco de la práctica.

Nos retrasamos una semana, pero el viernes siguiente volvimos a intentarlo. Lo que trajo era mucho mejor. Allí estaba el mismo coche que en mi época, los mismos hombres, las mismas bolsas con el dinero... Aunque Albino tuviera una empresa de transporte de caudales que daba servicio a los bancos, el dinero de sus negocios se seguía llevando como antes.

Washington me consiguió un plano de Rio y lo estudié hasta sabérmelo de memoria. Sólo había un sitio donde podíamos dar el golpe sin temor, el Túnel Novo que unía Botafogo y Copacabana. Mandé otra vez a Washington a fotografiar la entrada y la salida del túnel, a recorrerlo con una bicicleta para que me contara todo lo que viera. Washington era un excelente observador. Después de pasar allí una tarde me lo describió perfectamente; me dio muchos más detalles de los que yo habría sido capaz de descubrir con mis propios ojos. Entre los dos hicimos decenas de diseños hasta que estuvimos seguros de cómo tenía que darse el golpe.

Hacían falta dos coches; uno de ellos tenía que entrar en el túnel por delante del coche del dinero, el otro por detrás. Entre los dos lo tenían que cerrar y obligarlo a parar junto a unas vallas de una obra. Tras las vallas estarían, en lugar de los trabajadores, los ladrones armados. Tenían que reducir a los ocupantes del coche, a ser posible sin matarlos, pincharles las ruedas para que no pudiesen seguirlos y llevarse las bolsas. Los supuestos obreros huirían en los mismos coches que entraron en el túnel para acorralar al coche del casino.

Chiquinho no lo veía claro pero le amenacé con llamar a Paulo Silveira para que fuera mi socio. Eso le convenció para apoyarme.

El viernes siguiente por la mañana se robaron los dos coches que se usarían horas después en el atraco. Washington estaba en uno de ellos como un soldado más, no necesitó muertes para ascender, sólo un plan. Yo me quedé esperando en la favela.

Pasé la tarde nervioso, dándole vueltas a todo. Me vinieron a la cabeza decenas de cosas que podían salir mal que no se me ocurrieron mientras planeábamos el robo. Edite no salió a trabajar y se quedó conmigo. Nerviosa también por Washington pero convencida de que todo saldría bien. Al final del día tendría un novio definitivamente ascendido a soldado. Le pregunté si dejaría de ir al piso de Copacabana.

—Cuando Washington sea dueño del morro, cuando lo sea lo dejo, seguro.

Abandonaron los dos coches del atraco en el centro, lejos del morro de Santa Marta. El plan salió perfecto, nadie resultó herido y había mucho dinero, más de lo que esperábamos. Mi parte, la cuarta parte del robo, me alcanzaba para aumentar en unos meses mi estancia allí. Esa misma noche, después de brindar con Edite y Washington, empecé a preparar el segundo golpe: la recaudación de los cobradores del bicho de Albino.

Floriano se enfadó cuando se enteró de para qué le habíamos pedido la cámara. Me dijo que eso le convertía en cómplice de un delito. Le pedí disculpas, menos mal que a Floriano los enfados se le pasaban enseguida. Media hora después estábamos charlando como si no hubiera ocurrido nada. Me decía que había decidido votar a Lacerda.

—Dejo de ser tu amigo.

—Aun así voy a votar por él.

—Es un fascista.

—Sí, un fascista que dijo ayer que va a construir escuelas para todos los niños de Rio, que ninguno se va a quedar sin escuela.

—Va a tirar las favelas.

—Si tira estos barracos para hacer casas buenas me parece bien...

No conseguía hacerle ver que no podía confiar, que Lacerda era un lobo que se había puesto la piel de cordero para las elecciones. Que aunque ahora mismo pareciera tener razón, y lo parecía, era un golpista que quería una dictadura en Brasil, con una condición: el dictador tenía que ser él.

Y nunca dejaría de ser amigo de Floriano, aunque votase por Lacerda.

La alternativa a Lacerda era Sergio Magalhães. Fue la primera campaña electoral televisada. En la tele había anuncios, debates, discursos de los candidatos...

Magalhães partía, teóricamente, como favorito. Lacerda arrollaría en la zona rica, la zona sur; la esperanza era que en los barrios de clase baja y media baja no remontara y allí Magalhães le sacara gran distancia.

Hay que reconocer que la campaña de Lacerda era mucho mejor que la de su opositor. Magalhães hacía una campaña tradicional y hablaba de política, de imperialismo y de alineación internacional del país; Lacerda era consciente de que Rio tenía, por primera vez, unas elecciones locales, que lo importante eran los problemas pequeños de la gente: hablaba de las alcantarillas, del agua, cortada varias horas todos los días, de arreglar la ciudad, del tráfico, de construir túneles que unieran zona norte y zona sur... Poco a poco la gente vencía su antipatía hacia él. Si Floriano había decidido votarle, todo estaba perdido para su adversario.

Floriano aún vivía en la favela pese a lo que me dijo el día que asistimos al cierre del Palacio de Catete. Buscaba un apartamento, pero Odete y él les ponían pegas a todos. En el fondo les daba miedo abandonar su comunidad. Yo bromeaba con él, le decía que nunca se marcharían de Serrinha.

—Claro que nos vamos, pero no a una casa peor que la que tenemos. Sería de tontos. Y las casas fuera tampoco son tan buenas...

Floriano nunca dejó Serrinha. Desgraciadamente no pudo hacerlo.

La semana después del robo de la recaudación del casino se me ocurrió mandar a Washington otra vez al mismo sitio para ver qué nuevas medidas de seguridad habían tomado. Era sorprendente, ninguna. Todo seguía tal como estaba antes. Debieron de pensar que ya habían sido robados, que dos bombas nunca caen en el mismo sitio.

El dispositivo se repitió, exactamente igual, el viernes siguiente. Los resultados fueron idénticos. Me reía en mi barraco pensando en los gritos de Albino en su despacho del rascacielos de la rua da Assambleia.

No pude celebrar como es debido el éxito del segundo robo porque aquella misma noche recibí la visita de Iosinara, otra vez sin mi hijo. Estaban en mi barraco Washington y Edite, los mandé salir.

Iosinara quería marcharse, no vivía tranquila en Rio, siempre con miedo por el niño. Quería volver a Pernambuco, allí nadie la vigilaría, tenía familia, haría una vida normal.

Si se marchaba, me quedaba solo. Le daba igual. Era la primera vez que me enfadaba con Iosinara.

Iosinara no trabajaba fuera de casa. Yo pagaba todo, ella cuidaba de la casa y del niño y, en los ratos libres, cosía fantasías para Império Serrano, la escola de samba. Había sido un buen marido y un mal marido a la vez. Bueno porque estuve siempre pendiente de ella y cubrí sus necesidades; malo porque pasé temporadas largas viviendo en el otro extremo de la ciudad, con otra mujer. Pero ella no tenía derecho a marcharse, no en aquel momento. Pese a lo que estaba pasando, ella tenía todo lo que quería, su casa era una de las mejores de la favela y recibía dinero todos los meses. Más de la mitad del dinero que saqué con los dos robos del casino se lo hice llegar a ella.

Lo consulté con Floriano. Él pensaba que era algo pasajero, ella podía estar mejor en Pernambuco mientras mi situación se arreglaba, estaba seguro de que la persecución contra mí terminaría algún día. Después, los dos, Iosinara y yo, nos volveríamos a reunir en Rio. Mi padrino de boda umbanda no me convenció. Odete era la madrina, ella era la que tenía que aconsejar a mi esposa.

La siguiente vez que Iosinara fue a visitarme, después de aplazar la visita varias veces, le dije que no, que no estaba de acuerdo con que se volviera a Pernambuco.

No me sirvió de nada. No recibí más visitas suyas. Floriano subió una mañana a contarme que se había marchado, con Bernardo, a su tierra. Tampoco les he vuelto a ver. La única vez que vi a mis dos hijos juntos resultó ser, a la larga, la última vez que vi a ambos.

3

La recta final de la campaña electoral fue espectacular. Jânio viajaba en avión de una punta a otra de Brasil, recibía baños de popularidad. En las crónicas de los periodistas que le acompañaban se resaltaba que el whisky era la bebida habitual en cuanto el avión despegaba. Las dudas sobre el excesivo consumo de alcohol del candidato no hacían mella en la gente, entusiasmada con él.

En el otro lado, el de Lott, pasaba todo lo contrario. Aburrimiento, zumos de frutas, discursos plomizos... Contaba lo que nadie quería oír en el sitio en el que menos querían escucharlo: si el auditorio era de ahorcados, él escogía un discurso sobre sogas.

Los propios compañeros de partido abandonaban poco a poco al candidato Lott. «Esto está perdido, vamos a pensar en las próximas», parecían decir. Tal era el desinterés por Lott que hasta la campaña de Lacerda por Rio estaba resultando plácida. No hubo grandes batallas en octubre de 1960.

Jânio ganó la presidencia de Brasil y Lacerda, dando la vuelta a las previsiones iniciales, ganó el gobierno del estado de Guanabara. En el caso de Jânio la victoria fue espectacular, duplicó en votos al general Lott.

Sólo una sorpresa: como vicepresidente no salió elegido Milton Campos, el que se presentaba junto con Jânio, sino Jango Goulart, el que ya era vicepresidente en el gobierno JK, el candidato de izquierdas.

Brasil tenía un gobierno en el que el presidente era de un partido y el vicepresidente de la oposición, el gobierno Jan-Jan, Jânio-Jango. El Parlamento también quedaba en manos de la coalición progresista PSD-PTB. El gobierno de JQ, Jânio Quadros, empezaba con minoría parlamentaria y con el jefe de la oposición como vicepresidente.

Jango Goulart era un personaje peculiar. En su vida privada era un playboy, muy conocido en la noche de Rio por sus idilios con las vedettes más bellas de Brasil; en la vida pública era lo más radical que se conocía en la política brasileña. Para Lacerda y los militares era una especie de monstruo que quería la revolución para Brasil. Floriano, y otros muchos como él, habría sido feliz viendo a Jango de presidente. No lo fue hasta algún tiempo después.

Jango nació en São Borja, en la frontera con Argentina, la misma ciudad de la que era natural Getúlio Vargas. La familia Vargas y la familia Goulart tenían excelentes relaciones, eran de las más ricas de la zona. En su juventud, Jango multiplicó la fortuna familiar con los negocios ganaderos.

Llegó a la política de la mano de Getúlio Vargas, con el que fue ministro de Trabajo. Se destapó como el mayor defensor de los derechos de los trabajadores. Una de sus medidas más populares fue duplicar el salario mínimo. Eso le convertía en un héroe; si Getúlio era el padre de los pobres, Jango era su héroe y defensor.

Estaba considerado sucesor de Getúlio por todo el mundo, el propio Getúlio entre ellos. Tras la muerte de su protector, su carrera parecía en descenso. Perdió las elecciones para gobernador de Rio Grande do Sul un par de meses después de la muerte del viejo y prácticamente dejó de contar para el partido. Fueron las únicas elecciones que perdió, después fue vicepresidente con JK y con JQ. Jango llegaría a presidente de Brasil aunque sin ganar las elecciones, por la renuncia del presidente electo.

Yo le había visto muchas veces en Rio por las noches. Siempre acompañado de mujeres muy bellas pese a su aspecto tímido y su cojera, consecuencia de una enfermedad venérea mal curada en su juventud. En una revista bromeaban publicando listados de las mujeres enamoradas de él en cada momento. Hasta hablaban de una novia, una vedette, compartida con Garrincha y de una escena casi de vodevil que juntó a los tres una noche en el mismo apartamento de Copacabana.

Jango ganaba una vez más la vicepresidencia y esta vez era más importante de lo que parecía. Él, el mayor enemigo de la derecha en Brasil, estaba sentado con ellos en el gobierno. Era una de las peores pesadillas de Lacerda.

En las otras elecciones, las que decidían quién era el primer gobernador del estado de Guanabara, ganó Carlos Lacerda. Era la primera vez que no estaba en la oposición. Si hacía la mitad de las cosas por las que había gritado en todos aquellos años, Rio de Janeiro se convertiría en una ciudad radicalmente distinta. Los primeros que podíamos empezar a preocuparnos éramos los que vivíamos en las favelas. Pero no era tan bravo el león, nunca es tan bravo.

La marcha de Iosinara me afectó mucho, incluso más de lo que esperaba. No he sido aficionado a la bebida pero le encargaba a Washington una botella de cachaça todos los días. Antes de dormir me la bebía entera, era la única manera de no pasar toda la noche dando vueltas en la cama.

Washington, al principio, me la llevaba sin discutir, pero a los pocos días empezó a negarse, a decirme que no la necesitaba. No soportaba cuando me lo decía y le gritaba. El chico acababa bajando a la birosca, la tienda que vendía de todo a la entrada de la favela, a comprármela.

Una noche, cuando ya estaba borracho, apareció con Floriano. Me gritó mucho y me tiró un cubo de agua a la cara. Nunca había visto a Floriano tan enfadado. Aunque se la pedía, Washington no volvió a llevarme la cachaça.

Me insistía en que teníamos que preparar un golpe, que teníamos que volver a robar.

—Sin Chiquinho. Vamos a hacerlo sin él. He hablado con amigos míos y están dispuestos.

Así era como se jubilaba al dueño de un morro. O lo detenía la policía o un grupo se independizaba de él y se hacía fuerte, entonces lo mataban.

Washington no lo sabía, pero comenzaba un camino que muchos otros tomaron antes que él. Podía salirle bien o mal, pero no tendría vuelta atrás. Albino esperó a que don Antonio muriera y le salió bien, yo quise matar a Albino y me salió mal. Washington tendría que hacer una de las dos cosas con Chiquinho cuando llegara el momento.

Decidí ayudarle y nos pusimos a preparar un golpe. Descartamos el dinero de los cobradores, la recaudación se hacía continuamente y nunca llegaban a tener una cantidad muy grande encima. El dinero se guardaba en la caja fuerte, la que en tiempos de don Antonio estaba en la parte de atrás de su restaurante y se había trasladado al almacén del Joana's. Allí era impensable robar, estaba protegida como un banco; pero había otro lugar lleno de dinero que conocía muy bien: la boite Woman's.

Necesitaba saber qué medidas de seguridad y vigilancia se tomaron después de los dos robos del dinero del casino. Estaba seguro de que Albino habría hecho algo para evitar un nuevo robo. Lo más probable era que la empresa de caudales se ocupara de todos los traslados de dinero.

En el Woman's las noches de viernes y sábado entraba mucho dinero y hasta el lunes por la mañana no lo llevaban al banco. Al ser un negocio legal, una boite en la que se pagaba entrada y se servían bebidas, el dinero no pasaba por la caja fuerte del Joana's. Iba directamente al banco y se pagaban los impuestos con toda normalidad. Con ese dinero se justificaba el sueldo de muchas personas de la organización: supuestamente estaban empleados como camareros en el Woman's. El mismo Albino cobraba un sueldo legal como jefe de sala de la boite.

Washington no podía entrar en el Woman's para contarme

los cambios: era menor de edad, negro, con aspecto de chico de favela…, lo último que los porteros querían ver por allí. Él mismo propuso que entrara Edite.

—Aunque también sea menor puede convencer al portero para que la deje pasar, te lo garantizo.

No estaba dispuesto a dejar que una chica que aún no tenía quince años entrara en un bar como prostituta para recoger información para un atraco. Insistió, pero no me convenció.

Dos días después era el decimoquinto cumpleaños de Edite, lo celebraron en mi barraco. Ella también me insistió. Me prometió que sólo quería entrar y pasear por allí, que no se acostaría con ningún cliente. A Washington le prometió lo mismo y él creía que cumpliría su promesa, pero Washington no sabía que Edite se acostaba con clientes a diario, yo sí.

Edite llevó ropa para demostrar que, si se arreglaba y se maquillaba, podía aparentar más años de los que tenía. Se la probó, imitando a las modelos de los desfiles, con grandes risas y aplausos de Washington. Les pedí que dejaran de hacer el tonto, sentí deseo por ella y eso era lo último que quería. Cuando se marcharon aún tenían mi negativa.

Dos horas después, cuando estaba en la cama, sonaron golpes en la puerta del barraco. Abrí y allí estaba ella, sola. Aunque le pedí que se fuera, no me hizo caso, entró y me dijo que podía convencerme de que en algunas cosas era una adulta.

—¿Qué te crees, que no he visto cómo me mirabas cuando me probaba la ropa?

Washington no supo por qué cambié de opinión. Edite me demostró que era una adulta.

Le dije con quién tenía que hablar para que la dejaran trabajar en el Woman's. Cuando yo estaba, se llevaba a rajatabla no dejar que trabajaran menores, pero ya no eran tan estrictos. Edite consiguió que la dejaran pasar desde el primer día. Sólo trabajaba por las tardes, las horas en las que podía esquivar la vigilancia de sus abuelos. A Washington, muy inocente, le dijo que tenía que pagar una cantidad diaria para entrar, que después si se acostaba o no con clientes era asunto suyo, que los responsables del Woman's no la obligaban a nada. Washington creyó, o quiso creer, que yo financiaba la operación y le daba a Edite el dinero de la entrada todos los días.

Necesitaba hablar con ella a solas para que me contara todo lo que veía, sin las mentiras que tenía que inventar para Washington. Cada noche venía a mi barraco sola y, además de contármelo todo, nos acostábamos. No sólo tenía que pagar una cantidad diaria para conseguir que la dejaran trabajar allí, tuvo que pasar una prueba esa misma tarde con el encargado de sala, un paulista que estaba como camarero desde mis tiempos.

—Le he dicho que tengo dieciséis y le he parecido demasiado mayor, así que le he contado la verdad, que cumplí quince hace poco.

En el Woman's habían hecho una reforma que propuse yo: en la parte de arriba prepararon habitaciones para que las chicas subieran con los clientes. Funcionaban por horas, exactamente igual que los moteles. Edite subió con dos clientes la primera tarde y ocupó dos habitaciones diferentes.

—Pero creo que hay una de las habitaciones que no se usa, que es como un despacho.

—Debe de ser allí donde guardan el dinero.

Quedó en que la noche siguiente volvería a subir para enterarse de más.

—Washington no se va a creer que no subes a las habitaciones con los clientes. Es absurdo.

—Washington se va a creer lo que yo le cuente.

Me habló del resto de las chicas que había allí y me dio una sorpresa.

—La más guapa es una muy alta, delgada, negra, con la cabeza afeitada. Se llama Neuza.

La amante de Albino había vuelto a su oficio. ¿Habría devuelto los cinco millones de cruzeiros?

En pocos días nos hicimos una idea precisa de cómo funcionaba el local por dentro. Edite nos contaba una versión edulcorada a su novio y a mí. Más tarde, en la cama, me contaba la verdad. Le gustaba hacerme narraciones exhaustivas de cómo era cada cliente, qué hacía con ellos, cuánto les cobraba...

Por la tarde, mientras ella estaba trabajando, Washington y yo pensábamos en la forma de entrar a robar. Cuando uno daba una idea, la obligación del otro era poner todas las pegas posibles, intentar demostrar que era imposible que la idea funcionase. Nuestro objetivo era superar todas las objeciones y conseguir un plan que no tuviera ningún defecto, uno con el que fuera imposible fracasar.

Desde el principio llegamos a la conclusión de que los días perfectos para el robo eran el domingo por la noche, si robábamos dentro del local, o el lunes por la mañana, si lo hacíamos camino del banco. Comprobamos que el transporte, después de los robos del dinero del casino, lo realizaba la empresa de caudales; era mejor robar el domingo por la noche dentro del local.

El momento oportuno eran las ocho de la noche, el local estaba abierto pero con muy poco público; los domingos por la noche eran muy flojos, la gente está pensando en el trabajo de la semana siguiente, no en acostarse con una puta. Algunos pisos cerraban ese día. Woman's no, Woman's abría todos los días del año. A las ocho en punto, la persona que estaba en el despacho bajaba a cenar y el cuarto en el que esperábamos que estuviera el dinero se quedaba vacío.

No queríamos que nadie acabara herido, ni los que trabajaban allí ni nosotros. Descartamos entrar dando tiros por la puerta del local. Sabíamos cuál era la ventana de la habitación en la que estaba el dinero: la que tenía rejas. Por allí no se podía entrar, pero sí sacar el dinero. Alguien que estuviera dentro dentro de la habitación podía arrojar los sacos con el dinero a un coche que esperara abajo. Lo complicado era meter a una persona en la habitación.

La única idea que teníamos de cómo hacerlo, idea de Edite, me parecía demasiado sencilla para que funcionara bien. La división entre las habitaciones era muy fina, una placa de madera sujeta a unos rieles en el suelo y el techo. Edite comprobó que la habitación donde se guardaba el dinero no era distinta. Proponía que sólo entrara una persona en el local y subiera a una habitación con ella. Al ser domingo y estar medio vacío, no tendrían problema para ocupar la habitación que nos interesaba, la que estaba al lado del despacho. Desde allí desmontarían una de las placas de madera sin hacer ruido y entrarían en el cuarto. Tirarían las bolsas con el dinero a la calle, desde un coche las recogerían y ellos volverían a bajar a la zona del bar, como prostituta y cliente que ya han acabado su intercambio. Desde allí se marcharían por la puerta, como todo el mundo, antes de que se descubriera el robo. Ya digo que era demasiado fácil, pero no se me ocurría qué parte podía salir mal.

Washington y yo seguíamos dándole vueltas de día. Edite y yo de noche. Los dos estaban convencidos. Nos faltaba decidir quién entraría en el Woman's para subir a la habitación con ella.

No me fiaba de ninguno de los amigos de Washington, todos tenían el mismo aspecto de chicos de la favela que él y no los dejarían entrar. No quería hablar con Chiquinho para que él nos proporcionara a un hombre para entrar en el Woman's, sería una traición a Washington; tampoco podía pedírselo a Floriano... Pensé en todos los españoles que habían compartido la pensión conmigo y el único que podía servirme, Julio, el Madriles, estaba muerto.

Me arriesgaba a ser reconocido, pero sólo podía hacerlo yo. Sabía conducir y podía subir al cuarto con Edite.

Se acercaba la Navidad, hacía mucho calor y me sentía ridículo con el bigote postizo y el pelo teñido. Yo que nunca, ni en carnaval, me disfrazaba.

En el coche esperaba Washington. Aunque no podía conducir desde el Woman's hasta la favela, sí sabía lo suficiente como para acercarlo a la ventana, esperar y arrancar cuando hiciese falta.

Al entrar, apenas noté cambios en el Woman's. Conocía a todos los camareros, aunque ellos no me reconocían a mí. Había muchas prostitutas nuevas, a algunas las conocía, pero no a todas. Neuza, tan bella como siempre, estaba sentada junto a Edite. Me acerqué a las dos y Neuza me miró a los ojos, pensé que me reconocía pero después perdió el interés por mí. Invité a Edite a una copa para no llamar demasiado la atención. A las ocho en punto me hizo una seña para indicarme que el guardián acababa de salir. Teníamos una hora. Subimos al cuarto entre besos, como si no pudiéramos sujetar la pasión ni un minuto. La encargada le dio a Edite la llave que le pidió, la de la habitación del final del pasillo, la que compartía pared con el despacho.

Entramos, todo era como Edite me había dicho, hasta el color de las sábanas; desmontamos la placa de madera y pasamos al despacho. El cajón de la mesa tenía llave, pero no tuve que usar las herramientas que llevaba, sólo hubo que dar un par de tirones fuertes para que se abriera. Había mucho dinero. Lo metimos en una bolsa y se lo tiramos a Washington, que esperaba abajo. Era muy fácil robar a los ladrones, se creían invulnerables.

A las nueve menos cuarto estábamos los tres en el coche camino de Santa Marta. El tercer golpe contra Albino. Contando por encima, unos doscientos cincuenta mil cruzeiros. No estaba mal. Mi parte se la di a Floriano para que se la hiciera llegar a Iosinara en Pernambuco.

Después de aquello pasamos unas Navidades tranquilas. Edite convenció a Washington de que tenía que seguir yendo al Woman's para que no sospecharan de ella. No creo que Washington siguiera creyéndose que su novia había pasado un mes allí sin subir con ningún cliente. Edite, cuando me visitaba por las noches, me decía que sí, que los hombres siempre nos creemos lo que queremos creernos.

El día de fin de año eché de menos ir vestido de blanco a la playa de Copacabana y hacer la ofrenda a Yemanjá, aunque Floriano me prometió que la haría él por mí. También sentí algo parecido a celos cuando vi a Edite y a Washington que, vestidos de blanco, bajaban a la playa. No esperé a que fueran las doce de la noche. Me bebí una botella de cachaça y ni siquiera me enteré de los fuegos artificiales, estaba dormido cuando llegó 1961.

A finales del mes de enero se produciría el primer traspaso de poderes de dos presidentes en la nueva capital, Brasilia. Juscelino Kubitschek, JK, el quinto presidente de Brasil al que conocía, le cedía el puesto a Jânio Quadros, JQ, el sexto.

La ceremonia, como siempre en Brasil, tendría su lado de espectáculo. Jânio aseguró que se saltaría el protocolo y su discurso sería muy crítico con el gobierno de Kubitschek. Éste contestó que le parecía bien, pero que si Jânio se saltaba el protocolo, él también se lo saltaría y abofetearía al nuevo presidente en público en cuanto acabara de hablar. Era una promesa de Juscelino y todo Brasil, incluyendo a Jânio, sabía cómo se tomaba este hombre las promesas.

Floriano llegó para ver la toma de posesión conmigo en la tele. Me contó que se cruzaban apuestas. Ganaban los que decían que Jânio acabaría la ceremonia abofeteado. Yo pensaba que no pasaría nada, el nuevo presidente no se atrevería a saltarse el protocolo. Nos apostamos otros diez cruzeiros.

—Así recupero los que me ganaste el día del Tamarandé.

Mientras esperábamos, Floriano me contó que volvía a rodar una película. Empezaba al día siguiente, era la primera que hacía después del escándalo de la hija del político fugada de casa. Los dos estuvimos riéndonos, como siempre, del argumento: las orgías de los primeros portugueses que llegaron a Brasil. Me reí mucho porque en lugar de portugueses eran portuguesas, y se encontraban, en lugar de indígenas, con africanos... Floriano me decía que sí, que me riera, pero que tenía todos los ingredientes para ser un éxito, que a sus clientes les gustaba mucho ver a las blancas con los negros en las películas. Al despedirse, me avisó de que no subiría a verme en un par de semanas, la película ocuparía todo su tiempo.

En la ceremonia no pasó nada. Jânio no se saltó el protocolo, hizo un discurso tranquilo; Juscelino tampoco, se limitó a desear suerte a su sucesor y los dos se saludaron cordialmente. Le gané otros diez cruzeiros a Floriano, como el día del Tamarandé.

Por la noche, en un programa de radio, Jânio hizo un discurso muy crítico contra JK, pero éste ya estaba en un avión, camino de unas vacaciones fuera de Brasil. Pese a lo mal que acababa para mí su mandato, Juscelino fue un gran presidente.

4

Edite se escapaba de casa de sus abuelos para verme por la noche. No era difícil, esperaba a que se durmieran y salía por la puerta. Los abuelos tenían un sueño tan pesado que no se despertaban. Pasaba un par de horas en mi cama y después volvía a la suya. Las dos casas estaban muy cerca, en una zona de la favela donde era raro encontrar a alguien andando de noche.

Poco tiempo podía durar así la situación, la favela estaba llena de vigías. Siempre temí que alguno viera a Edite por la noche y se lo contara a Washington. ¿Cómo explicarle las visitas de su novia a mi casa? Washington me consideraba una mezcla de padre y hermano mayor, no sería fácil calmarlo si se enteraba.

La misma noche de la toma de posesión de Jânio Quadros, Edite vino a mi casa. Hacía un rato que se había acabado el discurso del presidente en la radio. Lo escuché en el último regalo de Floriano: un transistor a pilas. Me quedé adormilado y ella me despertó al entrar. Se metió en la cama conmigo como todas las noches, pero aquélla no hicimos nada, sólo quedarnos abrazados, charlando... Nos dormimos, profundamente, tanto que no nos despertamos hasta que sonaron golpes en la puerta del barraco. Era de día.

Al abrir los ojos encontré a Edite allí, en la cama, a mi lado. Era imposible esconderse, una sola estancia, la cama era un colchón en el suelo, ni siquiera podía meterse debajo de ella. Los golpes en la puerta seguían, con urgencia, fuertes. Abrí, resignado a lo que tuviera que pasar. No era Washington, era Floriano que entraba con la cara descompuesta.

—¿Qué ha pasado? ¿No tenías que estar en el rodaje?

—Albino se presentó anoche en mi casa.

—¿Te ha hecho algo?

Albino no le había hecho nada. Ni a él, ni a Odete ni a Francisquinho. Llegó con sus guardaespaldas y acompañado por una mujer.

—Se llama Arlinda. Si en algún momento, por casualidad, hablas con Bernardo, dile que si quiere verla se ponga en contacto conmigo. No te olvides de decirle su nombre, se va a poner muy contento.

Era lo peor que me podía hacer, claro, por eso me lo hacía. Mi hermana Arlinda.

Antes de que siguiéramos hablando, Edite se marchó de allí, rezando por no encontrarse con nadie, pensando en cómo explicar a sus abuelos para qué salió de su casa mientras ellos dormían. Floriano, como de costumbre, no hizo preguntas, no pidió explicaciones acerca de quién era la chica que compartía cama conmigo. Sólo una:

—Albino no te llamaba Francisco, te llamaba Bernardo. ¿Te llamas así?

Le dije que sí. En contra de su costumbre me hizo un reproche.

—¿Hemos sido amigos tantos años y no me has dicho tu verdadero nombre? Hasta le puse tu nombre a mi hijo y era falso.

Nada más. Yo sí le hice muchas preguntas: cómo estaba Arlinda, si preguntó por mí, qué aspecto tenía... Según Floriano, era una mujer muy guapa aunque estropeada, como si hubiera sufrido mucho; vestía muy bien, muy elegante, y casi no hablaba, era Albino el único que lo hacía.

—¿Estaba ahí obligada?

—No sé... Estaba ausente. Albino y yo hablábamos en portugués, no sé si entendía lo que decíamos.

Mi preocupación era que la estuvieran amenazando, pero Floriano me decía que Albino no dijo en ningún momento que le fuera a hacer nada si yo no aparecía.

—La ha traído para hacerme chantaje, no creo que haga falta que lo diga.

—La trataba con educación, como un caballero.

Eso no significaba nada. Albino, desde que era jefe, trataba con educación a todo el mundo, incluso a los que estaba a punto de matar.

—Sabe que estás aquí en Santa Marta, me han seguido muchas veces. Pero quiere que bajes tú, no le apetece subir al morro a por ti.

—Le apetece, pero para tomar este morro necesita un ejército entero.

Floriano tenía aún otra noticia mala para darme: uno de los guardaespaldas era Iñaki, el hermano de Irene. Había salido de la cárcel, no llegó a cumplir ni tres años de los doce a los que fue condenado por matar al americano.

—Antes de marcharse me dijo que tenía un mensaje para ti de su hermana, que te lo quería dar personalmente. Que no le importaba subir un día al morro a dártelo.

Iñaki no me asustaba ni la mitad de lo que podía asustarme Albino, aunque uno fuera un salvaje y el otro fuera educado. El educado de buenas maneras era infinitamente peor.

Floriano sólo les había visto unos minutos y no podía contarme nada más. Estaba dispuesto a suspender el rodaje de su película para ayudarme, pero yo sabía que ya no podía hacer nada por mí.

No llevaba ni cinco minutos solo cuando entró en el barraco Washington. Venía a contarme que se había peleado con Edite. Aquella mañana sus abuelos no la encontraron en la cama al despertarse y, pensando que estaba con él, fueron a buscarla a su casa.

—Gritaban que les devolviera a su nieta... Y yo no sabía ni de qué me hablaban.

Edite ya había aparecido, Washington estaba muy enfadado con ella, no le dijo dónde había dormido.

—Creo que está con alguien, que tiene un amante.

Para cambiar de tema le dije que tenía problemas, que me querían hacer chantaje, que tenía mucho en que pensar y necesitaba estar solo.

—¿Y qué hago con Edite?

—Nada, tranquilízate, deja pasar un par de días y después habla con ella; no vayas ahora que estás enfadado para hacer una tontería.

Era el típico consejo que no valía para nada. Tardaría media hora en volver a casa de Edite a pedirle explicaciones otra vez.

Me quedé solo, pensando en Arlinda, en Albino, en Washington, en Edite y en mi facilidad para complicarme la vida...

Que Albino tuviera certeza absoluta de que me escondía en Santa Marta me parecía normal, pero me inquietaba. No porque fuera a venir directamente a por mí, Santa Marta es tan vertical que es casi imposible de tomar por la fuerza. Le harían falta helicópteros para conseguirlo y aun así no podría impedir mi huida por el mato. Lo que sí podría hacer es sobornar a Chiquinho para que les dejara entrar, no me enteraría hasta que estuvieran dentro del barraco y no pudiera escaparme. Chiquinho tendría que responder después ante los Silveira, pero esas cosas se arreglan con acuerdos y dinero. Chiquinho y los Silveira terminarían haciendo las paces pero a mí nadie me devolvería la vida.

Me inquietaba porque sabía que, tarde o temprano, vendría a por mí. Y cuando lo hiciera tendría motivos y razones suficientes. Yo intenté matarle mientras que él, pese a ser como era, siempre me ayudó. Quise creer que tenía razón y olvidé que, de no ser por él, habría vuelto en el barco a España para que me condenaran a la pena de muerte.

Edite volvió a mi barraco a la hora de comer. Tenía un ojo

morado. Le pregunté si fue Washington quien le dejó el ojo así.

—No, fue mi abuela. Me tiró una cruz.

—¿Una cruz?

—Sí, de las de rezar. Casi me salta el ojo.

No quería hablar de lo que pasó en su casa, tampoco de Washington. Sólo que había decidido que, durante unos días, dejaría de ir al Woman's y que pensaba seguir visitándome. Estaba mucho más interesada en mi conversación con Floriano.

—¿Quién es Arlinda?

Quería saber si el Albino que nombraba mi amigo era el mismo Albino que decían que era el dueño del Woman's y de casi todas las casas de putas, si era el famoso bicheiro y si era el que traía toda la cocaína a Rio de Janeiro.

—¿Y qué le has hecho para que te persiga? ¿Sabe que robamos nosotros en el Woman's?

Le contesté que no, que no lo sabía y que la nuestra era una larga historia, que fuimos amigos en nuestro pueblo cuando éramos unos niños.

—Al llegar a Brasil me ayudó mucho, después pasaron cosas y ahora quiere acabar conmigo.

—¿Matarte?

—Sí, supongo.

Edite me preguntó cómo sabía que la mujer que Albino le presentó a Floriano era de verdad Arlinda.

—¿Has visto fotos o algo así?

No había pensado en eso, esa mujer podía no ser Arlinda. Me lo había creído completamente, pero Floriano no conocía a Arlinda, cualquier mujer que le hubieran puesto delante habría podido pasar por ella.

Era reconfortante pensarlo: Arlinda no estaba en Brasil, Albino preparó el engaño, Floriano se lo creyó de buena fe y yo casi salí de mi escondite... Habría sido perfecto de no ser porque estaba seguro de que era Arlinda de verdad.

No tuve que hacer nada, el siguiente paso también lo dio Albino. Floriano llegó por la noche con un sobre cerrado. Lo abrí delante de él. Dentro había una carta de mi hermana y dos fotos. En una de las fotos salía ella, estaba sacada en Ipanema, de fondo se veía el morro de Dois Irmãos, y no tenía más de dos o tres días. La segunda foto era antigua, no sabía que existía ni cuándo se sacó. Estábamos los dos, mi hermana y yo, en el pueblo, delante de la casa de mi padre. Ella aparentaba unos diez años, yo nueve. No había duda, era Arlinda.

En la carta decía que tenía muchas ganas de verme y que Albino estaba dolido conmigo, pero dispuesto a perdonarme. Que tenía que salir de mi escondite y reunirme con ellos. Decía dónde, un lugar público para que me sintiera seguro de que no me harían nada, la Confeitaria Colombo; no decía en la carta si la del centro de Rio o la sucursal de Copacabana, debía de ser la del centro. Estarían esperándome al día siguiente a las doce del mediodía.

Le dejé leer la carta a Floriano y le traduje las partes que no entendía, estaba escrita en castellano. Primero me recomendó ir, era un lugar público y no me podía pasar nada. Después cambió de opinión, no podía reunirme bajo ningún concepto con Albino.

—¿Y mi hermana? ¿Permito que le haga algo?

—Tu hermana, con esa carta, ha demostrado de qué lado está. Aunque vayas no podrás impedir que le haga lo que quiera.

Por la noche vino a mi casa Edite. A pesar de su intención de no volver a Woman's, aquella tarde había estado allí.

—Me gusta, si a Washington no le parece bien que se busque otra novia.

—¿Y si no me gusta a mí?

—Tú no puedes opinar.

Las chicas que trabajaban allí se enteraban siempre de casi todo. Los clientes hablaban con ellas mientras estaban en la cama. Eran discretas y no decían nada a nadie de fuera, pero entre ellas sí se lo contaban todo: qué le gustaba a cada cliente, cómo eran en la cama, en qué negocios andaban... Edite preguntó hasta que se enteró. Arlinda llegó a Rio, desde Buenos Aires, un par de semanas antes. Trabajó en Woman's tres o cuatro noches, a la hora en que no estaba Edite.

Arlinda había sido prostituta en un cabaret de San Telmo, uno de los lugares habituales de Buenos Aires. Después se casó con un hombre rico, un italiano que tenía fábricas de muebles y que la retiró. Todo fue bien durante unos meses, hasta que el italiano descubrió que ella se gastaba todo el dinero en cocaína. Dejó de darle dinero y Arlinda volvió al burdel, pero tenía miedo de que el italiano fuese a buscarla y decidió salir de Argentina.

Las chicas argentinas pasaban temporadas en Rio; lo mismo hacían las brasileñas, se marchaban algunos meses a Buenos Aires. Aquello era bueno para los burdeles de los dos países, chicas nuevas y desconocidas para que los clientes estuvieran más dispuestos a repetir visita. Para las chicas también era bueno, los clientes no se cansaban de verlas. Fue así como Arlinda llegó al Woman's.

Albino se encontró con ella por casualidad, una de las noches que fue a intentar sacar del club a Neuza. Según Edite, él seguía enamorado de Neuza pero ella se negaba a estar en exclusiva con él. Nada más ver a Arlinda la recordó del pueblo. Ésa fue la última noche de mi hermana en el Woman's.

Según Edite, en los pocos días que pasó en el Woman's, Arlinda se ganó fama de problemática. Consumía mucha coca, no acababa una noche sin discutir con algún cliente y se peleó con Areuza, una chica de la Amazonia que era de mis tiempos. Arlinda no tenía amigas allí y caía mal a casi todas.

Edite creía que mi hermana Arlinda tenía un acuerdo con Albino: entregarme a cambio de coca. Probablemente era así, pero era mi hermana y no la veía hacía muchos años. No se lo quería decir ni a Floriano ni a Edite, pero a las doce del mediodía del día siguiente, 3 de febrero, con el carnaval ya cercano, me presentaría en la Confeitaria Colombo.

Edite no se durmió aquella noche. Se quedó conmigo un par de horas y después se marchó. Yo tampoco dormí, los nervios me lo impedían. Salí a las seis de la mañana. Bajé del morro sin que nadie me viera y, si me vieron, nadie hizo nada por evitarlo. Tenía una pistola que era de Washington, la compró con el dinero del atraco al Woman's y la guardaba en mi barraco. No lo decía, pero yo sabía que era la pistola con la que quería matar, algún día, a Chiquinho.

Cogí un *bonde*. Decían que iban a desaparecer, sólo se mantendría el tranvía de Santa Teresa para los turistas, porque ralentizaban mucho el tráfico; en su lugar habría autobuses.

Estuve toda la mañana paseando por los sitios que conocí en mis primeros días en Rio. Estuve en el Palacio de Catete y me acordé de la multitud del día que se suicidó Getúlio Vargas; después pasé por la rua da Lapa, La Bella Napoli ya no existía, la casa en la que se encontraba estaba cerrada; en la plaza de París no dormía nadie; en el largo da Carioca no estaba el profeta...

Pasé por la puerta del bar en el que maté a Mariano, después por la calle de detrás, la calle en la que estaba sentado cuando vi caminando, por la acera de enfrente, a Albino. Me acordé de que quería ser camionero y mecánico de coches. Hacía años que apenas pensaba en qué habría sido de José. Intenté recordar su cara, pero no lo conseguía, me salía la cara de mi hermano Alonso. De la que sí me acordaba era de la puta rubia con la que estuvimos en Las Palmas.

A las doce menos cinco llegué otra vez al centro, a la rua do Ouvidor. Doblé en la Gonçalves Dias y pasé por delante de la Confeitaria Colombo, mirando hacia dentro sin parar. No vi a ninguno de los dos, ni a Arlinda ni a Albino. Me quedé en la esquina siguiente, observando a la gente que entraba. De repente aparecieron al fondo de la calle.

Aparentemente venían los dos solos. Muy bien vestidos, Albino usaba sombrero, ella también, parecía que los dos sombreros hacían juego. Caminaban con tranquilidad, del brazo, como si fueran un matrimonio. A ella la reconocí pero no me recordaba en nada a la Arlinda de mi infancia, la que cuidaba conmigo las vacas.

Todo pasó muy rápido. Vi a alguien que se acercaba a mí por mi izquierda, en la mano llevaba una pistola. Una señora pasaba por mi lado, la agarré del brazo y la tiré encima del pistolero. Escuché el disparo y vi a la señora caer al suelo. Saqué la pistola que llevaba en la cintura del pantalón, tapada con la camisa como hacía siempre Adrián. Le disparé al tipo y también se fue al suelo. Tres personas vinieron hacia mí, dos por la rua Sete de Setembro, cada uno por un lado; el otro era Albino, que dejó atrás a Arlinda. Al primero que disparé fue a él, pero no le acerté. Escuché dos disparos más, y sentí un golpe en una pierna, no dolía mucho. Disparé al de mi derecha para salir por allí, a ése sí le di. La pierna me empezó a doler entonces. Me alejé corriendo entre la gente.

Al llegar a la avenida Rio Branco vi un coche aparcado con el conductor dentro. Le puse la pistola en la cabeza y le hice salir. Escuché otro disparo mientras me subía. Éste sí dolió, me dio en el brazo y la bala lo atravesó; la ventanilla del lado contrario estalló en pedazos. Arranqué a pesar del dolor.

No sé cómo, pero llegué a la calle por la que se accedía al morro de Santa Marta, me bajé del coche, me senté en un escalón, apoyé la espalda en la pared de un barraco, el que ocupaba el pastor americano que predicaba el evangelio, y descansé.

No supe qué pasó hasta unos días después. Me desperté en mi barraco. Estaba solo y no me dolía nada, no se veía apenas, debía de ser de noche. Mi pierna derecha y mi brazo izquierdo estaban vendados. Intenté levantarme pero no pude.

Estuve allí algún tiempo, despierto y sin poder moverme. Puede que fueran tres o cuatro horas, pero también pudieron ser cinco o seis minutos.

Entró la mujer que me llevaba siempre la comida. Cuando vio que estaba despierto, volvió a salir. Pocos minutos después entró Edite.

Llevaba allí dos días. Me había atendido un médico que me sacó la bala de la pierna y me curó la herida del brazo.

—Ha dicho que lo del brazo no es nada, pero que la de la pierna te ha cortado un músculo.

—¿Me la va a amputar?

—No, pero te vas a quedar cojo. Mataste a uno de los que te atacaron. Y también a una señora que pasaba por allí. Ha salido en todos los periódicos.

—A la señora no la maté yo. ¿Dicen algo de Albino?

—No, ¿estaba allí?

Me acordaba de todo, lo reconstruía en la cabeza y veía eso, que a Albino no le acerté, que el muerto debía de ser el primero, el que disparó a la mujer. Los periódicos no decían nada de Albino ni de mi hermana Arlinda.

—¿Qué más dice el periódico?

—Que te llamas Bernardo Candeleira y que eres un asesino peligroso. Que te buscan en España por matar a un amigo tuyo del barco en el que llegaste y que estabas oculto en Brasil. ¿Es verdad?

—Casi, el del barco no era mi amigo. Era un hijo de puta.

Todavía no era de día cuando llegó Floriano. Me tenían que sacar de allí, Chiquinho no aceptaba seguir ocultándome en Santa Marta.

No tardaron ni dos horas. Edite no estaba en el barraco cuando me sacaron. No me despedí ni de ella ni de Washington. Sólo me llevé el transistor a pilas que Floriano me regaló. Me cargaron entre dos, agarrándome cada uno de un brazo y una pierna, hasta un coche a la entrada de la favela. El dolor era insoportable.

Perdí otra vez el sentido y no me acuerdo de cómo me bajaron del coche y me dejaron en el nuevo barraco. Sólo sé que el viaje fue largo y que el sitio al que me llevaron era peor que el anterior. Después de eso hubo muchos días de fiebre y dolor.

Un día, por fin, me desperté. No podía moverme, miré las vendas, no estaban muy limpias. Las sábanas tampoco lo estaban y olía mal, a sudor, a suciedad, a vómitos. Me extrañó que Floriano me dejara en ese estado.

Varias horas después entró un hombre. Miró mis heridas. No pronunció ni una sola palabra a pesar de que yo le preguntaba dónde estaba, qué pasaba, cuándo me pondría bien.

Así estuve varios días más. Sin que nadie hablase conmigo. Me dejaban comida en la puerta y salían. La puerta estaba cerrada. Un día me dejaron un balde con agua y ropa, yo mismo me lavé y me puse ropa limpia. Al día siguiente me dejaron, con la comida, el transistor.

No sabía dónde estaba pero conseguía informarme de cómo iba el mundo. Ya había pasado el carnaval y fue muy distinto a los habituales. Ganó Mangueira con «Recuerdos del Rio antiguo», me habría gustado verlo. No supe en qué posición quedó Império Serrano, sólo que su tema era «Independencia de Brasil».

Pero lo distinto no fue que ganara Mangueira, entraba dentro de lo normal, lo anormal fue que se usó el lanzaperfume por última vez. Jânio Quadros lo prohibió para el año siguiente y los cariocas tenían la sensación de que, sin el éter perfumado que contenían las ampollas, el carnaval no sería el mismo.

No era la única medida extraña de Jânio. Prohibió las carreras de caballos de lunes a viernes, los biquinis en los concursos de miss, las peleas de gallos, los shows de hipnotismo… Se hablaba de que también quería prohibir el biquini en las playas.

Impuso, aunque aún no era obligatorio, un uniforme para los funcionarios brasileños. Su objetivo era que se convirtiera en uniforme de trabajo para todos los ciudadanos del país y que se dejara de vestir como en Europa o Estados Unidos. Era de estilo hindú, con una especie de sahariana y pantalón bermuda. Lo bautizó como *pijanio*, una mezcla entre pijama y Jânio. Su creación apareció en el *Diario Oficial.*

Si Jânio Quadros se volvió loco tras ganar las elecciones o lo estaba desde antes fue algo que dio mucho que hablar. Mi opinión es que estuvo loco siempre y nunca lo ocultó, podía notarlo todo el que quisiera.

Jânio dejó de hablar con sus ministros y se comunicaba con ellos a través de notas en papelitos; y se intercambiaba telegramas y felicitaciones con los dirigentes de la Unión Soviética para escándalo de su partido, de derechas, y del aliado tradicional de Brasil, Estados Unidos.

Los periodistas buscaban al nuevo gobernador de Guanabara, Carlos Lacerda, para ver si seguía con la costumbre de meterse en todos los charcos y buscaba pelea con Jânio. Lacerda se mordía la lengua y respetaba al candidato de su partido. Decía que la política internacional era asunto del presidente y que no tenía opinión sobre el tema. No tardó en tener opinión y en convertirse en el mayor crítico al presidente de la República, como siempre.

Brasil, por decisión de Jânio, apoyó en la ONU las reivindicaciones de los grupos independentistas de los países africanos colonizados por Portugal y justificó al MPLA, el Movimiento Popular de Liberación de Angola, de Agostinho Neto. Los portugueses consideraron aquello una traición por parte de los brasileños y las relaciones entre los dos países casi se rompieron. Las clases políticas y culturales brasileñas, entre ellos Lacerda, tradicionalmente muy unidas a Portugal, criticaron mucho aquella decisión del presidente. Lo bueno que tenía Lacerda es que siempre se sabía dónde encontrarlo, en el sitio en el que se repartieran las tortas.

El gobierno de Lacerda en Rio también empezó sorprendiendo. Aunque me pese, debo reconocer que los cariocas estaban contentos con él y que era un buen gobernador. Su plan de reforma de la ciudad era muy ambicioso: nuevos túneles que unieran las zonas norte y sur, solución a los problemas de abastecimiento de agua, embellecimiento general de Rio... Lo más polémico era el trato que quería dar a las favelas. Decían que su objetivo era quemarlas y expulsar a sus habitantes a la periferia. A lo largo de su mandato hizo desaparecer alguna favela, como la de Praia do Pinto, junto a la Lagoa, pero ésa era una labor imposible. Las favelas no sólo no desaparecieron, se multiplicaron y no han parado de hacerlo.

Me enteraba de qué pasaba en Rio, me enteraba de qué pasaba en Brasil y en el mundo. Pero no sabía dónde estaba, hasta cuándo me tendrían allí, nada...

Floriano no vino a verme. Nadie hablaba conmigo, mis heridas estaban curadas pero la puerta del barraco sólo se abría una vez al día. Me dejaban allí la comida, arroz y feijão, y, cada dos o tres días, un balde con agua para lavarme. Mis necesidades las hacía en un orinal que sólo sacaban de allí cuando llevaban la comida para dejarme otro limpio. Las veces que intenté hablar con ellos me ignoraron. Una vez que quise salir me empujaron con el cañón de una escopeta hasta que estuve sentado otra vez en el colchón; sin duda habrían disparado de no haberme echado atrás.

5

Pasó más de un mes hasta que la puerta se abrió y la cara que se asomó me resultó conocida.

—Puf, gallego, huele mal aquí…

Era João, el hermano pequeño de los Silveira, el más salvaje de los tres.

—Sí, tengo que despedir a la señora que viene a limpiar.

João nunca me gustó a mí y yo nunca le gusté a él. Me recordaba demasiado a Iñaki como para tenerle aprecio, aun así me alegré de verlo.

—¿Cuándo voy a salir de aquí?

—Está jodido, gallego. Te busca la policía española por matar a un tipo en el barco, la brasileña por un montón de muertes, creo que como te descuides te van a echar la culpa hasta de la muerte de Getúlio… Ah, y te busca Albino. Has hecho muchos amigos en Rio.

—Es que soy muy simpático. ¿Puedo hablar con tu hermano Paulo?

—Infelizmente no, murió. Y mi hermano Nuno también.

Sentía menos pena que yo por la muerte de sus hermanos mayores. Paulo murió en un tiroteo en Cantagalo, de un tiro en la cabeza. Lo de su hermano Nuno fue casi increíble teniendo en cuenta que estaban en guerra, de apendicitis.

—A Nuno nunca le gustaron las pistolas, ni las peleas.

Creo que le dio la apendicitis por el miedo. Tú lees mucho, gallego; ¿te puede dar apendicitis de miedo?

—No te creas que leo tanto, sólo escucho la radio.

No me dijo en qué favela estábamos. Sólo que me quedaría allí un tiempo.

—Y no sé por qué, si te entrego me quito un problema de encima. Pero Albino empieza a ponerse nervioso porque no te encuentra y nadie le dice dónde estás, a lo mejor llega un momento en que ofrece algo que me interesa. Ya veremos.

Se fue a la puerta, pero se paró allí.

—Ah, se me olvidaba una cosa. Como te gusta leer te he traído algo.

Sacó unos papeles de periódico doblados del bolsillo y los tiró al suelo. Salió y la puerta se volvió a cerrar. Recogí del suelo los papeles. Nada más ver el primero tuve ganas de morirme: la foto de Floriano ocupaba casi una cuarta parte del recorte. Se le reconocía pese a la bajísima calidad del retrato y a que tenía señales de haber recibido una fuerte paliza. Los ojos estaban cerrados; Floriano estaba muerto. La fecha del periódico era de casi un mes antes, de cuando me trajeron a este barraco.

La noticia hablaba de un crimen brutal: Floriano Dos Santos Brito, de treinta y dos años, casado, con un hijo, natural de Caruaru en el estado de Pernambuco, de profesión fotógrafo, miembro de la escola Império Serrano, fue hallado muerto con síntomas de tortura. El cuerpo apareció en un vertedero de la Baixada Fluminense. Su esposa, Odete, tuvo que ser atendida por un médico cuando reconoció el cadáver. La policía no tenía aún ninguna pista aunque se creía que Floriano tenía relaciones con Bernardo Candeleira, yo, el español en paradero desconocido perseguido insistentemente por la policía en las últimas semanas. En un recuadro se hablaba de mí y me calificaban de asesino peligroso. Decía algo así como: «¿Mató Bernardo a la única persona que aún confiaba en él?». Salía también un pequeño listado de mis crímenes, João tenía razón, me apuntaban a mí todo lo que no sabían quién lo había hecho; en aquella lista decía que asesiné a personas de las que ni siquiera oí hablar.

En el otro recorte de periódico hablaba de una mujer encontrada muerta. Se desconocía su identidad y nadie reclamó el cadáver. No tenía signos de violencia, sólo un disparo en la nuca, un tiro de gracia. En la foto, mucho más pequeña que la de Floriano, estaba Arlinda. El periódico era de un día antes que el de Floriano.

Sabía quién mató a los dos. Por un momento pensé en vengarme, pero después me sentí muy cansado y sólo quise huir. Huir y desaparecer.

Floriano tenía una buena situación económica al morir. Espero que sirviera para que su viuda y su hijo Francisquinho salieran adelante. A mí no me quedaba dinero. El que conservaba cuando estaba en el barraco de Santa Marta desapareció cuando me llevaron de allí. De haber tenido algo se lo habría dado a Odete, para que lo repartieran entre Iosinara y ella.

Tenía que salir de ese lugar. Allí sólo servía de moneda de cambio para el día en que João Silveira decidiera negociar con Albino. Estábamos a finales de mayo de 1961 y la guerra había empezado en abril del año anterior. No podía durar mucho más, eso si no estaban negociando ya.

Salir de allí se me antojaba imposible. No sabía dónde estaba, no tenía contacto con nadie. Cuando me llevaban la comida sólo veía a un tipo que me apuntaba con un fusil mientras otro dejaba la bandeja en el suelo y se llevaba el orinal. No hablaban, no me miraban.

Intentaba escuchar lo que se hablaba fuera, pero no me servía de nada. Era lo mismo que en cualquier otra de las favelas en las que había estado: portugués con acento del nordeste, gritos de niños, de vez en cuando música...

Pensé en muchas formas de huir, hacer un agujero en una de las paredes, escalar hasta el techo, cavar un túnel... No conseguí nada, para algunas cosas me faltaban herramientas, otras me las impedía la cojera... Intenté esconderme tras la puerta para golpear a los que entraban a dejarme la comida; sólo saqué un golpe con la culata del fusil que me dejó sin los dientes delanteros y que se llevaran la radio.

Los que entraban eran siempre los mismos, el alto y el bajo. El alto era el que llevaba el fusil. Se quedaba en el umbral y me apuntaba, fue el que me dio el golpe que me dejó sin dientes. El bajo era el que entraba, no daba más de dos pasos adentro. Fue sobre el que salté para intentar salir, pero no le hice nada. A veces los insultaba al entrar, a veces los ignoraba, de vez en cuando les pedía por favor que me dejaran salir...

Intentaba hacer ejercicio a pesar del dolor de la pierna: flexiones, saltos, andar... Me sabía de memoria las dimensiones: diez pies míos de ancho por quince de largo, catorce pasos medios haciendo todo el perímetro. Pensaba que, cuando encontrara la forma de salir, tendría que correr mucho para escapar y no podía dejar que los músculos no me funcionaran o que la cojera me lo impidiera.

En agosto empezaron las lluvias fuertes. Por las noches hacía frío, los tablones del techo dejaban entrar el agua y estaba siempre mojado. Empecé a sentirme enfermo por la mañana, pero lo más grave llegó por la noche; alternaba el calor con el frío hasta el punto de tiritar, y me dolía todo, la cabeza, los brazos, las piernas...

Al bajo le extrañó que no hubiera tocado la comida. Me miró y habló conmigo por primera vez.

—¿Qué pasa?

No contesté, no me apetecía hablar con él. Al día siguiente también recogió el plato sin tocar. Habló con su compañero.

—Este tipo está malo, se va a morir.

—Pues que se muera. Estoy harto de su olor.

—Ve a buscar a dona Maria.

Yo estaba tumbado en el suelo, apenas tenía los ojos medio abiertos, pero vi que el del fusil se marchaba, el bajo se quedó solo y la puerta estaba abierta. Sabía que ese esfuerzo me costaría mucho, pero podía ser el que me sacara de ahí. Me levanté lo más deprisa que pude aprovechando que el bajo miraba hacia fuera. Fui con la cabeza contra su espalda y lo lancé contra la pared. Le di una patada con toda la fuerza que pude en la cabeza. Vi cómo se abría al chocar contra el quicio de la puerta. Probablemente estaba muerto. Mi segundo muerto de una patada, como Mariano.

Miré fuera, no había nadie. Eché a correr. Ni idea de dónde estaba, una favela, pero no muy grande y plana. Sólo me crucé con un niño que me miró extrañado antes de llegar a la carretera. La crucé y busqué un lugar donde esconderme.

Pasé todo el día, durmiendo a ratos por la fiebre, subido en un árbol grande. Alguna vez oí ruidos. Me estaban buscando. No paraba de llover.

No bajé del árbol hasta la noche. Comí fruta de otro árbol y eché a andar. Tardé más de dos horas en llegar a unas casas. Robé algo de ropa de una cuerda en la que estaba tendida. Estaba descalzo y los pies me sangraban. En la puerta de otra casa vi unas sandalias, hay gente en Brasil con la costumbre de descalzarse antes de entrar en casa; me las llevé.

No descubrí dónde estaba hasta que amaneció. Era Niteroi, la ciudad que queda del otro lado de la bahía de Guanabara, enfrente de Rio de Janeiro. Desde allí también se veía el Cristo a lo lejos. En aquella época no existía el puente, sólo se podía atravesar en barca. Pensé que estaría vigilada, que lo mejor era quedarse en Niteroi y no intentarlo en unos días.

Volví a buscar un lugar en el que pasar el día entero durmiendo. Aún estaba enfermo, pero había mejorado bastante. Encontré una obra que parecía abandonada. Había lugar para cubrirse de la lluvia, así que me quedé allí. Comía lo que encontraba en la basura.

Sólo recordaba haber conocido una vez a una persona que vivía en Niteroi, una chica de uno de los burdeles de Copacabana con la que me gustaba acostarme, una mulata que se llamaba Aurelia.

Hay veces que la vida le sorprende a uno. Yo no era religioso, no había ido a la iglesia, quitando bodas y cosas así, desde los tiempos de mi pueblo, cuando los domingos intentaba conquistar a Rosalía. Los días siguientes, en los que no me moví de Niteroi, pasé por delante de aquella iglesia varias veces, pero nunca entré. Trabajaba descargando camiones y barcos, siempre con miedo de ser descubierto. Me pagaban muy poco, casi limosnas, y me daban de comer. Dormía en la obra abandonada.

Pero un día, al llegar, encontré a unos mendigos dentro de la obra, me dio miedo y no me quedé. Llovía y estuve vagando. Vi gente entrar en la iglesia y entré tras ellos, por lo menos dentro no llovería. Me quedé dormido en uno de los bancos y vino a despertarme, ya de noche, el cura.

—Eh, aquí no puede dormir.

Medio en sueños empecé a levantarme.

—Perdón, me voy.

Me habló en castellano y yo también le contesté en castellano.

—¿Es español?

—Gallego.

—¿Qué hace aquí?

Me dio de comer un caldo verde caliente y un vaso de vino. Después sacó chorizo y pan. Era muy anciano, le conocía, era don Manuel, el hermano de don Antonio, el cura que celebró la misa durante su entierro.

Le conté más o menos las cosas, lo que podía contar. Que llevaba varios años en Rio, que era el tal Bernardo Candeleira del que hablaban los periódicos, pero que casi todo lo que decían era mentira, que había trabajado para su hermano. Que me perseguían y que si me encontraban me matarían. Me creyó.

Me bañé con agua caliente y dormí allí, en la casa pegada a la iglesia, por primera vez en meses en una cama con sábanas. Por la mañana me dio ropa limpia.

—Tienes que salir de Niteroi, he preguntado por ahí y siguen buscándote.

—No he cogido el barco para Rio porque he creído que sería peor, que sería mucho más fácil pillarme.

—Tampoco puedes ir a Rio, sería una locura.

—¿Adónde voy?

—No sé, Teresópolis, Petrópolis... En Petrópolis conozco a una familia que podría ayudarte.

Tardó dos días en prepararlo todo para que sus conocidos pudieran recibirme en Petrópolis.

Durante esos dos días, en los que me prohibió salir de su casa, me leí todos los periódicos. Lacerda ya era el peor opositor de Jânio, y nadie entendía las medidas del presidente, sobre todo en política internacional... Se decía que pasaba las noches encerrado en su palacio de Brasilia, solo, bebiendo whisky y viendo películas del Oeste.

A mediados de agosto se había empezado a construir un muro que dividiría Berlín en dos partes. Hacía sólo tres días, Jânio, para gran enfado de todos sus aliados dentro y fuera del país, había decidido condecorar al Che Guevara con la medalla de la Orden do Cruzeiro do Sul, una de las condecoraciones más importantes de Brasil. Todo se improvisó, como cualquiera de las decisiones que tomaba en los últimos tiempos Jânio Quadros, hasta el punto de que no había ninguna medalla disponible y hubo que pedirla a la embajada de Perú, donde tenían una, y devolverla al acabar el acto. Para desmarcarse de la política de Jânio, Lacerda entregó las llaves de la ciudad de Rio de Janeiro, aquella misma mañana, a los primeros anticastristas que encontró, unos cubanos que estaban de paso por la ciudad.

Todo era muy triste, mucho más que hacía sólo un año, en la época de JK. Se había terminado el carnaval.

6

Salí hacia Petrópolis, escondido en un camión, el día 25 de agosto de 1961, siete años y un día después de la muerte de Getúlio Vargas, el día que Jânio Quadros dimitió de la presidencia de Brasil.

A través de una rendija en la lona que cubría la caja del camión veía el paisaje, la sierra. Sólo la he vuelto a ver desde Petrópolis, no he salido nunca de aquí.

Me recibió la familia Ferreira Tavares. Padre, madre y dos hijos de dieciséis y nueve años entonces. El padre, Fernando Ferreira Tavares, portugués, era propietario de un restaurante en Petrópolis, en la rua do Imperador. Empecé a trabajar en la cocina del restaurante a los dos o tres días de llegar. He hecho de todo, desde lavar platos y pelar patatas hasta cocinar para bodas de más de doscientas personas. A los cinco años de llegar a Petrópolis me hicieron cocinero. Hasta hace tres o cuatro años estuve de cocinero, ahora sólo miro trabajar a los demás y de vez en cuando les digo algo de alguna receta, no me hacen caso. Creo que ahora se come peor que cuando yo cocinaba.

Llevo aquí en Petrópolis más de cuarenta años. Casi sin salir del restaurante. Tengo una habitación detrás del almacén y vivo allí. Los Ferreira Tavares vendieron el restaurante hace unos treinta años, pero he seguido sin moverme de aquí. La nueva dueña, la señorita Joana, me dejó quedarme.

A veces echo de menos Rio de Janeiro. No he vuelto, aunque esté a menos de dos horas de distancia. Sigo leyendo el periódico todos los días, aunque ya no me interesa mucho la política, sé que las últimas elecciones las ganó Lula da Silva en la segunda vuelta, y poco más. Ahora se puede reelegir a un presidente, no como entonces. Si JK hubiera podido ser reelegido, probablemente habría ganado, el golpe de Estado de 1964 no se habría producido y no habríamos tenido dictadura. Quién sabe.

Al año siguiente de legar aquí, 1962, Brasil volvió a ganar el Mundial de Fútbol, esta vez en Chile. Los grandes ídolos volvieron a ser Garrincha y Pelé y esta vez sí lo vimos en televisión. España también estaba en este Mundial, pero mi equipo era Brasil.

No sé si Albino siguió buscándome. Yo huía cada vez que veía a un español. Sólo una vez me crucé con un conocido por la calle, uno que estaba de cobrador del bicho en Copacabana. Era domingo y llevaba a su familia de paseo, pero no me reconoció.

Los españoles, igual que los portugueses, ya no son los más pobres de todos los que llegan a Brasil. Cuando un grupo de españoles entra en el restaurante no se piensa que vienen a pedir trabajo, ahora son turistas y los camareros se esfuerzan en atenderlos bien, para que dejen más propina. Uno de los camareros, un chico joven, me preguntó un día por qué vine a Brasil si en España se vive mucho mejor que aquí. Ahora está intentando conseguir un visado para emigrar a España. Cuando llegué a Brasil nos recibían bien. No sé si ahora, que por lo visto somos ricos, no estamos siendo injustos con ellos. Quizá conviene que no olvidemos que en la vida nada es eterno y que no hacemos más que subir y bajar.

Después de Jânio, la presidencia quedó en manos de Jango Goulart y los militares dieron un golpe de Estado en 1964. En Brasil tuvimos dictadura militar, desaparecidos, torturas, escuadrones de la muerte... Para los que decían que la dictadura militar garantizaba el orden, Rio ha pasado de ser una ciudad en la que se podía pasear por la noche, de un extremo a otro, sin ningún miedo, a una de las ciudades más violentas del mundo. Se equivocaron pero el daño está hecho, no hay vuelta atrás.

Todos los años, al llegar el carnaval, me acuerdo de Floriano. No me pierdo en la tele el desfile de Império Serrano, aunque ha caído bastante y ya no es una de las grandes escolas; hay años que ni siquiera está en el grupo especial, el de las escolas que desfilan en las grandes fiestas del carnaval. También me acuerdo de él la noche de fin de año, cuando veo imágenes de la gente vestida de blanco en la playa de Copacabana. Si estuviera vivo seguiría yendo a hacer su ofrenda a Yemanjá.

Me acuerdo de Iosinara, de Irene, de mis hijos, de José, de Edite y de Washington, de Nélia...

Washington llegó a ser el dueño del morro de Santa Marta. Consiguió lo que quería, ser un bandido importante y famoso. No sé si además se casaría con Edite. Murió hace años en un tiroteo con la policía.

No es el único, la mayor parte de la gente de la que hablo ha muerto; Juscelino Kubitschek murió en un accidente de coche el 22 de agosto de 1976, es curioso que en Brasil todo lo importante pase en esos días de agosto... El accidente fue muy raro y no se supo si provocado: el Opala en el que viajaba JK chocó contra un camión cargado con treinta toneladas de yeso. Hasta su muerte, Juscelino se mantuvo como una referencia contra la dictadura. Su cuerpo fue llevado a Brasilia y velado en la catedral. Pese a los militares, más de cien mil personas lo despidieron. Unos años antes de morir estuvo una noche cenando aquí, en el restaurante. No me atreví a salir de la cocina a saludarlo, pero uno de los camareros le pidió que firmara en un menú para mí.

Jânio Quadros se presentó a las elecciones a gobernador de São Paulo poco después de su renuncia a la presidencia de la República, pero perdió. Dejó la política y se dedicó al estudio de la gramática portuguesa. Con la vuelta de la democracia volvió a ser, en 1988, alcalde de São Paulo. Murió al acabar su mandato, en febrero de 1992.

Jango Goulart murió en el exilio, en Uruguay, en diciembre de 1976; todavía se le recuerda como uno de los políticos que más hizo por los derechos de los trabajadores. Carlos Lacerda, defensor del golpe de Estado en un primer momento, fue después despojado de sus derechos civiles por los militares y abandonó la política; murió en 1977. El general Lott se opuso al golpe de Estado de sus compañeros de armas y fue expulsado del ejército; murió en 1984, después de ver cómo sus antiguos colegas metían a su nieto en la cárcel y lo torturaban por oponerse a la dictadura.

Brasil también ganó el Mundial de 1970, ya no estaba Garrincha y la gran estrella fue Pelé. A Garrincha lo vencieron las mujeres y la cachaça; su nombre acabará olvidándose, murió tiempo después en la indigencia, en Bangú, un barrio del suburbio de Rio.

Pero para mí la mejor noticia de ese año no fue el tricampeonato, fue otra, una que venía en la primera página de los periódicos sensacionalistas con una foto de Iñaki, mi cuñado. Murió en un tiroteo con la policía durante el atraco de un banco en la avenida Rio Branco de Rio de Janeiro. En la noticia no se nombraba a Albino.

Albino no empezó a salir en los periódicos hasta mucho después, a principios de los noventa. Se salvó de las redadas contra los bicheiros, pero fue detenido por evasión de impuestos y lo metieron en la cárcel, estuvo allí poco tiempo. Sus abogados alegaron que su salud era muy frágil. No me lo creí, pensaba que sería una maniobra para que no ingresara en prisión, pero Albino murió poco después. Por lo visto hacía años que estaba siendo tratado de una enfermedad cardíaca.

No me puse contento el día que me enteré de su muerte. Fue poco antes de que empezara el Mundial de 1994, el del tetracampeonato para Brasil. Habían pasado veinticuatro años desde el anterior y todos pensábamos que no ganaríamos ninguno más, aunque en 1982, con Sócrates y Zico, lo merecimos.

No me alegré porque me acordé de cuando nos conocimos en el pueblo, de cuando me enseñaba mecánica, de su hermana Rosalía trayéndome las cartas que él mandaba desde la mili para que las leyera, de cuando lo encontré el día de mi llegada a Brasil... Si las cosas hubiesen sido distintas, los dos habríamos compartido un taller de mecánica y quizá algún día habríamos vuelto al pueblo para mostrárselo a nuestros nietos.

Después de la muerte de Albino pude volver a Rio de Janeiro. Un día, un domingo, fui a la estación de autobuses y compré el billete. Me subí en el autobús, pero antes de que arrancara me bajé, me dio miedo. No miedo a que me pasara algo, eso no me importaba, miedo a que la ciudad hubiera cambiado tanto que no la reconociera.

Nunca he estado en Brasilia. He visto muchas fotos, la he visto muchas veces en televisión, sé que ya tiene dos millones de habitantes y que no es tan perfecta como se creía que iba a ser, que tiene atascos, igual que cualquier otra ciudad grande, pero que a los brasilienses les gusta.

Tampoco he vuelto a saber nada de Carmina y Bernardo, mis hijos. Me acuerdo mucho del día que fui con Bernardo al apartamento de Ipanema para llevarlos a ver al presidente Kubitschek cerrando el Palacio de Catete. Fue el único día que estuvieron juntos un rato. La imagen que tengo en la cabeza es la de aquel momento, los dos mirándose, creo que con curiosidad. Espero que les haya ido bien en la vida y que no se parezcan a mí.

Ésta es mi vida. En realidad mi vida acabó el día que llegué a Petrópolis. Estos cuarenta y tantos años me he dedicado sólo a ver pasar el mundo por delante de mis ojos.

LULA

1

—¿Desde cuándo está usted en Brasil?

—Desde el año de la muerte de Getúlio Vargas.

Estamos en un asilo para españoles, un asilo creado por un gallego que triunfó para acoger a los gallegos que fracasaron.

Allí estaba recogido, desde que fue encontrado en Petrópolis unos meses antes, Bernardo Candeleira, o quizá se llamase Francisco Brandão da Silva e Nunes. Yo era el único que tenía interés por averiguarlo.

Joana da Silva Keller, la propietaria de un pequeño restaurante en la rua do Imperador, en Petrópolis, se presentó ante la policía de esa ciudad con un problema inusitado. Compró su restaurante más de veinticinco años antes, en 1979, a Fernando Ferreira Tavares con el compromiso de mantener allí al cocinero, un tal Francisco, a pesar de no tener papeles. Era un cocinero correcto y lo de los papeles no era tan importante entonces, así que aceptó. Joana intentó a lo largo de los años regularizar la situación, pero Francisco se negaba a tener contrato o presentarse ante cualquier autoridad. En el año 2000, Francisco, ya muy mayor y delicado de salud, dejó de trabajar. Joana le autorizó a seguir viviendo en la habitación del fondo y, aunque no le pagaba sueldo, le daba desayuno, comida y cena. Joana quería vender el restaurante y no sabía qué hacer con él, por eso pedía ayuda a la policía.

Imagino que en la comisaría los agentes se miraron unos a

otros: ¿era asunto de ellos?, ¿había algo que pudieran hacer? Se quitaron el tema de encima encargando a Sérgio Ventura, un investigador a punto de jubilarse, que hablara con el viejo cocinero. A Sérgio sólo le quedaban quince días para dejar de trabajar y vivía a pocos metros del restaurante, no le costaría ir a hablar con él. Sérgio Ventura conocía el restaurante, había comido allí decenas de veces, pero nunca se interesó por saber quién era el cocinero. Se presentó allí para hablar con él, después me mostró las notas que tomó durante su conversación: Ventura lo escribía absolutamente todo, hasta los detalles más nimios.

Francisco no le recibió, se negó a hablar con él antes de afeitarse y vestirse adecuadamente: se puso un traje negro, camisa blanca, corbata negra y chancletas; se excusó, le dolían los pies y hacía años que no se calzaba unos zapatos. Al enterarse de quién era Ventura le preguntó, con una mezcla de alivio y miedo, cómo habían tardado tanto en encontrarlo.

—Llevo cuarenta y tantos años esperando a que vengan a por mí. Desde 1961 que llegué a Petrópolis, el día de la renuncia de Jânio Quadros.

El inspector Ventura tuvo que convencerle de que no quería detenerle, sólo preguntarle quién era. Se sentaron en el cuarto de Francisco, el policía en una mecedora y el anciano en la cama. El lugar estaba limpio, el mismo Francisco se ocupaba de mantenerlo así, era pequeño y ordenado; al lado, en otra puerta que también daba al almacén, había un pequeño aseo que sólo Francisco usaba. En la habitación no se veían objetos personales, sólo unos periódicos del día anterior en el suelo, junto a la puerta; en el aseo sólo un vaso, un cepillo y pasta de dientes, un peine, una cuchilla de afeitar, una pastilla de jabón y una toalla.

En cuanto Francisco empezó a hablar, Sérgio Ventura se dio cuenta de que no era un asunto policial, lo mejor sería llamar a un médico, quizá a un psiquiatra para que hablara con él.

Francisco le contó que era español y que llegó a Rio en los

años cincuenta, que se metió en un lío al bajarse del barco y, desde entonces, más de cincuenta años atrás, vivía sin documentos, en la clandestinidad. Le dio muchos datos, unos creíbles y otros no tanto, muchas referencias a la historia de Brasil, muchos detalles y más lagunas: el relato de una vida aventurera e improbable.

A Ventura no le costó mucho suponer que Francisco tenía algún tipo de demencia senil. A él mismo se la diagnosticaron dos años antes, cuando murió su esposa, Maria do Carmo. Ventura recorría su casa en los ratos libres pegando etiquetas en cada objeto con su nombre y algo de su historia; esperaba que cuando lo olvidara, podría leerlo, aunque no sabía cuánto tiempo conservaría la capacidad de leer.

—Pensé que, si a mí escribir me servía para recordar, a Francisco también le ayudaría. Le di lápiz y papel y le pedí que escribiera su vida, sin olvidar nada.

Gracias a eso yo accedí a la historia. Ventura no confiaba en que fuera real, él mismo se inventaba la historia de muchos de los objetos que había en su casa.

—No es muy importante que la historia de las cosas sea verdadera, lo importante es que las cosas tengan historia.

No sé si todo lo que ha llegado hasta mí es inventado.

2

Bernardo, he decidido llamarle así porque es así como él afirma llamarse, dice que tiene setenta y cuatro o setenta y cinco años. Aparenta más, si me cruzara con él por la calle le echaría más de ochenta.

Es bajo, aunque supongo que es una estatura normal para su época, y tiene el pelo completamente cano. No es un hombre agradable, nunca te mantiene la mirada, sus ojos pequeños y azules huyen continuamente de los tuyos. La descripción de Sérgio Ventura es fiel a lo que me encuentro: recién afeitado, peinado, con camisa blanca y traje negro muy gastado, corbata negra muy estrecha y chancletas de esas que tanto se usan en Brasil. Las suyas son amarillas y verdes, los colores de la selección, con el número 10, quizá sean recuerdo del último Mundial.

—He leído la historia que usted escribió.

—Se me han olvidado muchas cosas, sólo escribí lo que recordaba. A veces me despierto en medio de la noche porque he recordado algo que tendría que haber estado en mi historia.

—Aun así, da muchos detalles.

—Hace tiempo que no pienso en nada más que en aquellos años.

El montón de hojas escritas en portugués lo leí en España. Me llegó por mediación de una amiga que trabaja en Brasil y conoce a un policía que trabaja en Petrópolis; a ella le pasaron la copia por curiosidad, cuando Sérgio Ventura se jubiló y el manuscrito quedó abandonado en el que fue su despacho. Tanto el policía como el consulado de España fueron incapaces de averiguar si lo que el anciano contaba era verdad; fue acogido en un asilo para españoles y el caso quedó olvidado. El sustituto de Ventura pensó que a mi amiga le haría gracia aquella historia de otro español. Ella la leyó y la metió en un sobre para que yo también la leyera.

—¿No andabas buscando una historia para una novela? Aquí la tienes.

En opinión de Sérgio Ventura, los papeles no son más que una sarta de mentiras. Según él, Francisco es un pobre hombre con manía persecutoria, agravada por demencia senil y mucha imaginación.

—Dudo que haya una sola palabra de verdad. Lo único que Getúlio se suicidó, eso sí.

Se comprobó muy poco la veracidad de lo que Bernardo contaba; a Ventura le bastó con saber que en los días anteriores al suicidio del presidente Vargas no atracó ningún barco militar español en Rio, tampoco se denunció la muerte de ningún marinero español, se llamase Mariano o de cualquier otra forma, en el año 1954. Una vez descartado este primer crimen, a nadie le preocupó averiguar si el resto de la historia era verdadera o falsa.

—Habría seguido investigando, sólo por curiosidad, pero llegó la jubilación, esta enfermedad...

Si la historia era verdadera, me apetecía conocer a Bernardo; si era falsa, aún más.

—¿Se lo ha inventado usted?

—¡No! Puedo haberme equivocado en alguna fecha o haber olvidado algo, pero todo lo que he escrito es verdad.

Llevo conmigo una copia del manuscrito, no me he separado de ella las últimas semanas; lo he analizado, he tomado notas, he consultado miles de detalles. Parece que hay muchos que son fácilmente comprobables, pero no es así, en realidad se dan muy pocos nombres reales, muy pocas fechas.

—Me dicen en la policía que no tienen noticia de ningún Albino como banquero del *jogo do bicho.*

—He cambiado algunos nombres. Albino era de mi pueblo, no puedo delatarle.

—Pero intentó matarle.

Se lo piensa antes de responder.

—Ahí se jodió todo. No tendría que haberme vuelto contra Albino, era un hijo de puta, pero era de mi pueblo. Uno no puede ir contra los suyos, aunque sean como Albino. Él me ayudó: cuando me volví contra él fue como si escupiera en el plato del que comía. Lo más importante para uno deben ser los suyos, su familia, los de su pueblo...

—No dice en ningún momento el nombre de su pueblo.

—Es verdad, no me gusta recordarlo. El que llamo Albino era un hijo de puta, pero tendríamos que haber andado el camino hombro con hombro.

No me dice el nombre del pueblo gallego en el que supuestamente nació. El encargado del consulado tampoco lo logró, sólo le sacó un nombre inventado de un pueblo que debería haber estado en Orense.

El funcionario también pensaba que todo lo que Bernardo contaba era falso.

—El viejo es español, eso sí. Debió de llegar muy joven a Brasil y casi se le ha olvidado el castellano, pero lo entiende todo y hay expresiones en las que se nota que es gallego. Lo que es mentira es esa vida que se ha inventado. Probablemente no se llame ni Francisco ni Bernardo. Y no ha matado a nadie, de eso estoy casi seguro.

Pero a mí, que he leído varias veces el manuscrito, me parece que hay cosas que pueden ser verdad.

—¿Vivió en Rio entre 1954 y 1961?

—Llegué el día antes de que se suicidara Getúlio Vargas, me fui el día de la renuncia de Jânio Quadros. Yo creo que Jânio no quería renunciar, lo hizo para que le convencieran de que no se marchara, pero le salió mal, ya nadie lo quería. A Jânio le gustaba hacer esas cosas... Jango Goulart podría haber evitado el golpe de Estado de los militares, no estuvo a la altura, fue un presidente un poco cobarde. Yo creo que le tenía miedo a Carlos Lacerda. Dicen que fueron los americanos quienes lo echaron para que no convirtiera Brasil en una especie de Cuba. Qué absurdo, ¿no? Brasil nunca podrá ser así...

Sólo le interesa esa época; es como si fuera verdad lo que dice al final del manuscrito: su vida se acabó al llegar a Petrópolis.

—¿Iosinara se llamaba así de verdad?

—Sí, pero no sé si lo escribo bien, nunca vi su nombre escrito.

Visito otra vez a Sérgio Ventura. Tiene diez años menos que Bernardo y nació en Rio de Janeiro, no se fue a Petrópolis hasta los años setenta.

—Él dice que vivía entre Copacabana, Ipanema y Serrinha. Yo soy de Tijuca. Algunos de los lugares que nombra me suenan, otros de nada.

Me cuenta que ahora se acuerda mejor de las cosas que sucedieron hace más de cincuenta años que de las que pasaron ayer: de su infancia, del Mundial de 1950...

—Mi padre, que estaba de policía en la final en el Maracanã, volvió a casa llorando. Nadie se creía que nos hubiera ganado Uruguay. Pensábamos que la final la jugábamos nosotros solos, pero había otro equipo y no le tuvimos respeto. El uruguayo que nos marcó el segundo gol se llamaba Ghiggia. Por muchos campeonatos del mundo que ganemos, nunca olvidaremos aquel día.

Le pregunto por el día de la muerte de Getúlio Vargas. Lo recuerda perfectamente.

—Tenía doce o trece años, mi padre libraba ese día y me había dicho que me llevaría a hacer volar una cometa si hacía buen tiempo. Pero cuando oyó en la radio que había muerto el presidente se fue a la comisaría y no volvió en tres días. Era un hombre muy recto; si creía que era necesario se presentaba en el trabajo sin pensar en las horas extra o en las libranzas. Mi madre estaba en casa de mi abuela, que estaba enferma y murió un mes después, así que me quedé solo en casa. Me fui al centro con un amigo, ayudamos a volcar un coche sólo por divertirnos. Después volvimos a Tijuca, cené en casa de una vecina. Entonces era así, los vecinos se ayudaban.

Según él, Bernardo exagera, en ningún momento se pensó que pudiera estallar una guerra civil. Después, cuando seguimos charlando, cambia de opinión, tal vez fueran días difíciles y él no lo supo ver porque era sólo un niño.

—Pero guerra civil no, eso es una exageración, el brasileiro es un hombre cordial. Aunque en Rio parezca que se van a matar unos a otros hasta que no quede ninguno, eso no hay quien lo remedie, no...

He leído los periódicos de agosto de 1954, hay estupor ante el suicidio pero mantienen la calma y el respeto. Los periódicos de entonces, incluso los más sensacionalistas, son más tranquilos que los de ahora.

Ventura no recuerda la sensación que transmite Bernardo de que los militares estuvieran siempre a punto de dar un golpe de Estado.

—Aunque no sé, en eso quizá tenga razón. De hecho no tardaron mucho en dar el golpe, ¿no?

Se acuerda bien de Juscelino Kubitschek, busca en un álbum hasta que encuentra una foto suya con él. El presidente está sonriente, lleva un traje claro que le queda muy bien, parece un galán de cine. A su lado están Sérgio Ventura y otro joven, un primo suyo. Tengo la sensación de haber visto esta foto millones de veces, cambian los brasileiros, pero el presidente es siempre el mismo. Todos los que le conocieron o coincidieron con él en un momento de sus vidas la guardan con cariño. Juscelino habría podido ser presidente de Brasil eternamente, sólo Lula hubiera podido ganarle unas elecciones.

—He venido a hablar de Bernardo.

—Francisco, no creo que se llame Bernardo de verdad. ¿Le has conocido?

Ventura no está de acuerdo en que sea un hombre desagradable.

—Si hubieras sido policía durante cuarenta años habrías conocido a gente desagradable de verdad; no sólo delincuentes, también algunos de tus compañeros. Francisco no es desagradable, sólo que lleva media vida sin hablar con nadie, no está acostumbrado y se nota. Te mira de una manera extraña, proyecta su voz de una manera extraña.

Es posible que tenga razón. Si Bernardo sobrevive unos años mezclado con gente volverá a tener el hábito de relacionarse con los demás, parecerá una persona normal. Ahora no, ahora hay algo en él que denuncia que es un extraño.

3

La segunda vez que me encuentro con Bernardo ha engordado un poco. Se nota que ahora le cuidan bien, está mucho mejor que en el almacén del restaurante de Petrópolis. Además, tiene ganas de hablar.

—Lo dejé escrito en esos papeles: Rio era una ciudad increíble. No conocí muchas, sólo las del barco de antes de llegar. También Madrid después. Pero Rio era más bonita que las demás, sólo Nueva York se la podía comparar.

—¿Y ahora? ¿Le sigue gustando Rio?

—No lo sé, no he vuelto nunca a los sitios donde estuve de joven, ni Copacabana, ni Serrinha... Primero porque estuve en Petrópolis, después, cuando me trajeron aquí, no vi nada. Pero si miras desde allí se puede ver el Cristo, eso me basta.

Me señala una ventana, hay que encontrar el ángulo entre dos edificios para ver el Cristo Redentor.

—El primer día que usted quedó con Irene la llevó a ver el Cristo.

—No se sube a ver el Cristo, se sube a ver desde el Cristo. Subí muchas veces, tantas que no lo escribí, sería aburrido. Me gustaba ver la ciudad desde arriba. ¿Usted cree que me dejarían ir si me acompañara?

—Podemos intentarlo.

Se queda pensando unos segundos, quizá valorando la posibilidad de volver al Cristo. Mueve la boca como si masticara aunque la tenga vacía. No dice nada y no va a hacerlo si yo no pregunto.

—Todas las personas con las que hablo me dicen que su historia es falsa.

—¿Y usted qué cree?

—Que hay cosas que no son verdad.

—No he querido mentir, pero tampoco lo he contado todo. De cualquier manera siempre damos nuestra verdad, que no es la misma que la de los demás. Muchas veces ni se parece, y tan verdad es una cosa como otra cualquiera.

—Si le creyeran, le meterían en la cárcel. Usted mató a varias personas, a Mariano, a Carvalho...

Asiente con la cabeza.

—Y a más. Sólo he querido hablar de los que maté con motivo.

—¿Se arrepiente?

—De unos sí, de otros no. De Mariano, por ejemplo, no. Era un hijo de puta, un grandísimo hijo de puta.

Se vuelve a quedar callado, pensativo, de vez en cuando lo repite entre dientes: un grandísimo hijo de puta.

—Pero gracias a él me quedé en Rio. Si no es por él, me subo de vuelta en el barco y regreso a Galicia, a trabajar las tierras de mi padre.

—¿Es mejor la vida que ha llevado?

—Eso habría que preguntárselo a Alfredo, el portugués, él fue quien vivió la que me tocaba a mí: se ha quedado en el pueblo, ha cultivado las tierras de mi padre... Yo no me cambio por él.

—¿Sabe si está vivo?

—Ni siquiera sé si el pueblo sigue en pie. Ni me importa.

—¿Le gustaría volver a Galicia?

—No, ¿para qué? ¿Para volver a rastras como decía mi padre que lo haría?

No quiero que se calle, que se encierre en los pensamientos

sobre el pueblo y su padre. Quiero que me cuente todo lo que recuerde, lo que no escribió en el manuscrito.

—Estoy intentando encontrar a Iosinara.

—Se marchó a Pernambuco, debe de estar viva. Es joven aún. ¿Qué puede tener? Sesenta o sesenta y pocos... Inténtelo, aunque espero que no la encuentre, no me gustaría que supiera cómo he acabado.

Una enfermera nos interrumpe. Bernardo tiene que comer. Vamos al comedor, le dan una sopa y pescado con ensalada. De postre, una naranja.

—Nos tratan bien y tenemos tele en la sala. No voy mucho, los demás sólo quieren ver telenovelas.

—¿No le gustan?

—Me gustaría ver el canal ese que sólo tiene programas de historia.

—¿Le gusta la historia?

—Me gustó la época que me tocó vivir cuando llegué a Rio. Después ya no, y antes no sé.

Nos vuelven a interrumpir, esta vez es una señora de la edad de Bernardo.

—Señor, yo también quiero contarle mi vida. Vine de Cataluña, somos pocos los que hemos venido de Cataluña. Mi padre era anarquista, por eso tuvimos que huir.

—Claro, seguro que es muy interesante.

La señora se marcha feliz.

—Todos queremos que nos escuchen, es lo único que buscamos, contarlo todo, para que no se olvide lo que hemos vivido. Doña Leonor habría matado a alguien de joven si eso le aseguraba que ahora la escucharan.

—Podría inventarlo.

—Sí, podría inventar que ha sido una asesina y una de las mandamases del *jogo do bicho*, de las putas, de las drogas...

—¿Usted lo ha inventado?

—No. Todos hemos vivido mucho, el mundo cambió más rápido de lo que esperábamos.

Quiere levantarse, le ayudo. Está cansado.

—Vuelva otro día.

La enfermera le ayuda a salir del comedor. Me marcho antes de que llegue doña Leonor a contarme su historia, ya me han contado muchas vidas de emigrantes.

4

El camarero de un restaurante de la zona me confirma que en Lapa había varias pensiones y que una de ellas estaba llena de españoles. Cree, además, que el dueño de una tienda de material eléctrico vivía allí. Localizo el establecimiento, pero el dueño ha cambiado; el propietario actual, un paraguayo, se la compró hace unos años a un gallego que se jubilaba. No encuentra el número de teléfono del anterior propietario, me promete que lo buscará en casa y me lo mandará. Aunque dudo de que vaya a hacerlo de verdad, esa misma noche recibo su mensaje, su nombre era Rogelio Ferreiro.

Parece mi día de suerte, pero no lo es. Rogelio murió hace dos meses. Me contesta su hija, le explico lo que busco y me escucha, al principio con desconfianza, después con interés: su padre le habló mucho de los tiempos de la pensión. Es periodista y tiene desde hace años una novela por la mitad, así que entiende lo que busco y está dispuesta a ayudarme. Quedamos en encontrarnos al día siguiente en Ipanema, en un restaurante japonés de la rua Vinicius de Moraes, cerca de su casa.

No nos hemos dicho cómo reconocernos y miro a todas las mujeres que pasan por delante del restaurante. Me entretengo mientras espero en imaginar cómo será; llego a la conclusión de que Amalia Ferreiro es una mujer de unos treinta y cinco años, atractiva y elegante, morena y con ojos claros.

—Hola...

No he acertado del todo, pero tampoco he fallado demasiado. Es mayor de lo que yo pensaba, unos cincuenta y cinco, y es rubia; sí es elegante, se ve que Brasil ha tratado bien a la familia Ferreiro. Habla castellano con un dulce acento brasileiro.

Desde que hablé con ella ha adelantado mucho trabajo: me ha buscado una foto en la que se ve a su padre con otros dos hombres delante de la pensión y ha hablado con un par de compañeros.

—Busqué los teléfonos entre los papeles de mi padre y he llamado a algunos más, pero se van muriendo...

En la foto se ve una casa vieja del barrio de Lapa, me resulta familiar, así que es posible que todavía siga en pie. No se ve el nombre, sólo un letrero que anuncia que se trata de una «pensão».

—Se llamaba «Pensão Palermo».

—Bernardo la llama «La Bella Napoli».

—Están las dos en Italia, si ha querido cambiar los nombres tiene lógica.

Me ha traído un librito con la historia de una gallega emigrada a Brasil escrito por ella misma.

—Lo publicó hace unos años; es pésimo, pero tal vez tenga algún detalle que te interese.

Le prometo que se lo devolveré. De cualquier forma no me interesan las historias del resto de los gallegos, sólo la de Bernardo.

Esa misma tarde, al acabar el almuerzo, vamos a visitar a uno de los compañeros de su padre en la foto. Se llama Manuel y vive en Copacabana, en un piso grande de la parte de atrás del barrio, en una zona que se llama Peixoto. Bernardo habla de esa zona en su manuscrito, conozco Rio a través de sus ojos, más que de los míos propios.

Nos recibe la esposa de don Manuel, una señora muy mayor, creo que brasileira. Pone en el suelo, delante de nuestros pies, unos paños y nos pide que no pisemos el parqué. Vamos patinando sobre los paños; no hacía esto desde que era un niño y mi abuela enceraba el suelo. Su marido está en el salón, sentado junto a una ventana, con un periódico sobre las piernas y los pies encima de sus correspondientes paños. Amalia me presenta.

—Es el escritor que le dije, quiere que le hable sobre la pensión Palermo.

—Cerró hace muchos años... Hace por lo menos veinte que no paso por allí. No sé si la habrán tirado.

Don Manuel llegó a Rio en 1948 y vivió en la pensión hasta 1953. No pudo conocer a Bernardo, pero tal vez coincidiera allí con Albino. Si no me equivoco, en el manuscrito dice que Albino celebró el décimo aniversario de su llegada a Brasil el día después de la inauguración de Brasilia, es decir, llegó en abril de 1950.

—Que se llamara Albino, no recuerdo ninguno.

—¿Alguno metido en el *jogo do bicho*?

—Eso sí, hubo por lo menos uno. Uno que era gallego, muy alto... No me acuerdo de cómo se llamaba, han pasado muchos años.

—Por lo que me cuentan, llegó a ser muy rico.

—Eso no le puedo decir. Era uno que tenía negocios de juego, decían que también de prostitutas. Entonces nos conocíamos todos, pero después me casé con mi mujer, que es brasileira, y perdí el contacto con otros españoles.

No le saco mucho más sobre el gallego metido en negocios turbios. No he avanzado con su nombre pero al menos me ha confirmado que Albino pudo existir.

Me cuenta más cosas de la pensión: la dueña era una brasileira muy guapa que la heredó de un italiano, vivían más de veinte españoles allí, en el piso de abajo dormían unas mulatas que se encargaban de la limpieza... Todo coincide con lo que dice Bernardo en su manuscrito.

Insisto en preguntarle por los gallegos de los que habla Bernardo, por Albino, por Delmiro, por Julio el Madriles...

—No sé quiénes son, pero no parece que me pregunte por ellos por ser buena gente. Eran las excepciones, los gallegos veníamos a trabajar. Yo mismo, el padre de Amalia, llegamos sin nada, dormimos al raso en la plaza de París, trabajamos, salimos adelante... Hemos dado estudios a nuestros hijos y hemos trabajado para que este país prosperara, sin *jogo do bicho* y sin deberle nunca un céntimo a nadie.

Tiene razón, pero las vidas que me interesan son la de Bernardo y la de Albino. Volvemos hacia la puerta patinando sobre los paños para no pisar el parqué.

5

—Ni Rio de Janeiro era Nueva York, ni los gallegos eran sicilianos.

Le dejé a Amalia una copia del manuscrito de Bernardo. Nos bebemos una cerveza, un *chopp*, en el Garota de Ipanema mientras lo comentamos. No se lo cree, al menos no todo.

—Hay cosas que sí, que he escuchado muchas veces y son verdad. Es cierto que había bicheiros y que los gallegos controlaban en parte la prostitución, pero no era tan elaborado, no eran bandas criminales... Todo lo de los crímenes, la guerra en las favelas y los ajustes de cuentas, todo eso es falso. No lo digo por defender a los gallegos, es que en Rio esas cosas no pasaban, era una ciudad muy tranquila, créeme.

La ciudad todavía se ve tranquila desde lo alto. Me han autorizado a llevar a Bernardo al Cristo Redentor. Llegamos en taxi, le cuesta mucho subir los escalones que llevan a los ascensores. Una vez arriba se queda mirando la ciudad, en silencio; no le quiero interrumpir hasta que él decide hablar.

—Es muy grande, no lo recordaba tan grande.

Reconoce lugares y me los señala, también los que no conoce, busca los que no encuentra.

—¿Ése es el puente que lleva a Niterói? Impresionante. Lo había visto en la tele, pero aquí... Es mucho más grande de lo que pensaba, mucho más. Brasil es un gran país, aquí todo es posible.

La laguna, la *lagoa*, también le parece más grande que entonces. Ipanema y Copacabana no han cambiado demasiado desde tan lejos. Afortunadamente, desde el Corcovado no se ve Barra da Tijuca, la zona nueva de Rio. Creería que le he engañado y le he llevado a otra ciudad...

—Allí está Santa Marta, la favela. Pasé bastante tiempo escondido allí. No parece que haya crecido mucho, ya entonces era así.

Santa Marta, o Dona Marta, como se le suele llamar, es enorme vista desde abajo. Desde aquí es mucho menos impresionante, apenas una lengua de casas que suben por la montaña.

—Dice usted que Washington llegó a ser dueño del morro, ¿no?

—Sí. Buen chico, inteligente, con agallas. Sabía que moriría pronto. Era su filosofía, mejor vivir poco con mucho que mucho con poco...

—Todos los bandidos mueren pronto.

—Ahora sí, en mis tiempos no. En mis tiempos podías morir de viejo, como don Antonio... O como Albino: una enfermedad cardíaca, ¿quién podía pensar que Albino estuviera enfermo? Era un hombre como un toro: alto, fuerte...

—¿Nunca pensó en ponerse en contacto con él, en pedirle perdón?

Sonríe y me mira como el que mira a un idiota.

—¿Pedirle perdón a Albino? Albino descolgó a su padre de una soga con doce años. ¿Cree que se le pide perdón a un hombre que ha hecho eso? Se habría reído, se había muerto de risa. Me pudo la ambición, quise ser Albino en lugar de Albino y lo tuve que pagar.

Sigue un rato viendo el paisaje desde el Cristo. De vez en cuando me pregunta por algo que no reconoce. Me cuesta ayudarle, pese al tiempo transcurrido conoce Rio mejor que yo. Le recuerdo que el taxi nos espera, pero no quiere bajar todavía, me propone que nos sentemos en una de las terrazas y tomemos algo. Yo pido una cerveza, él un agua con gas. Espero que tome confianza poco a poco y hable.

—Si me ayudara podría encontrar a sus hijos, a Bernardo y a Carmiña.

—No quiero verlos, no quiero encontrarme con ellos sabiendo que he sido peor padre que mi padre. He sido mal padre y mal amigo.

—¿Tampoco con Iosinara?

—También he sido mal marido. De Irene me esperaba que me abandonara, de Iosinara no. Me abandonó, tal vez lograra salvar la vida, todos los que se relacionan conmigo acaban muriendo antes de tiempo. A veces pienso que sólo quedo yo.

—He descubierto que la pensión se llamaba Palermo.

—Sí. La dueña no se llamaba dona Margarida, se llamaba dona Elisángela. Cuando escribí la historia me costó inventar nombres nuevos para todos. Era complicado acordarse y no confundirlos.

—¿No hay nadie con su nombre real?

—Ninguno que merezca la pena ser recordado.

Un grupo de cuatro chicos empieza a tocar una canción que se parece a «A Garota de Ipanema». Tocan muy mal y es una canción que llegas a odiar de tanto escucharla.

—¿Escribí que Tom Jobim era mi vecino? Vivía en Nascimento Silva.

—Lo nombra en algún lugar.

—Era muy educado, siempre saludaba. Sentí cuando leí en el periódico que había muerto. También cuando murió Garrincha. Brasil no debería permitir que sus héroes murieran abandonados, como él.

Los músicos piden dinero a los turistas al acabar la canción. Bernardo me pide un billete, le extiendo uno de un real pero me señala otro de cinco.

—¿Podéis tocar «Ninguém me ama»?

—Ni idea, no la conozco.

Bernardo canturrea.

—*Ninguém me ama, ninguém me quer, ninguém me chama de meu amor...*

—Sólo sabemos la *garota* y la de la *cidade maravilhosa*, más o menos.

Tocan «Cidade maravilhosa» para ganarse el billete de cinco: *Cidade maravilhosa, cheia de encantos mil...* Bernardo decide que podemos bajar a la ciudad de la que habla la canción, al *coração do meu Brasil...*

Le pregunto si antes de dejarle en el asilo de Tijuca quiere que demos un paseo por Copacabana. Los ojos le brillan como a un niño.

—Sí, por favor.

Vamos por la avenida Atlántica, desde el Lido hasta Arpoador, después subimos por la rua Joaquim Nabuco y volvemos por la avenida Copacabana. Va pronunciando en voz inaudible los nombres de los lugares que reconoce, el Copacabana Palace, algunos restaurantes, algunas calles... Vemos el Alcázar.

—Ahí fue donde se celebró la comida de bienvenida a Blanca y la conocí. Ahí fue nuestra boda...

—¿Irene se llamaba Blanca?

No importa, tan difícil es encontrar a una Irene como encontrar a una Blanca.

—Está todo muy cambiado.

—¿Para bien o para mal?

—Para mal. Está todo mucho más sucio, por lo menos yo no lo recordaba así. El paseo es mucho más ancho, la playa también... Pero hay otras cosas que siguen igual.

—Vivía en la rua Maria Quitéria, ¿quiere que le diga al taxista que vayamos?

—No, no fui feliz en esa casa. Mi verdadero hogar estaba en Serrinha, en la favela.

Bernardo ve a un cobrador del bicho y me pide que paremos, quiere apostar; le doy veinte reais.

—¿A qué animal quiere apostar?

—Al elefante. Voy a apostar por los números del elefante. El elefante es el duodécimo animal y sus números son el 45, 46, 47 y 48.

—¿Por qué al elefante?

—Cuando uno sueña con la muerte debe apostar a los números del elefante. Eso lo sabe todo el mundo.

—¿Ha soñado con la muerte de alguien?

—Al llegar a cierta edad uno sólo sueña con su propia muerte.

Pide dar otra vuelta por Copacabana y se lo digo al taxista. Hace el mismo recorrido que antes.

—Ha cambiado mucho, pero sigue siendo Copacabana, te atrapa.

—¿Quiere ir a algún sitio más?

—No, prefiero volver, estoy cansado.

Al llegar a la casa de acogida de Tijuca entra sin despedirse de mí. Vuelvo al hotel en el mismo taxi.

6

Amalia me recoge en su coche para llevarme a conocer a otra persona, otro anciano; toda mi historia está en la cabeza de ancianos que lo olvidan todo a marchas forzadas. Éste tiene más de ochenta años, quizá noventa. Amalia conduce un Volkswagen Escarabajo, aquí le llaman Fusca, antiguo y restaurado con mimo.

-Fue mi primer coche, tiene más de treinta años. Lo he mandado arreglar. Nunca un coche me ha hecho tan feliz...

Me lleva por lugares desconocidos para mí.

—¿Cómo se llama esto?

—Madureira, estamos yendo hacia Serrinha.

Serrinha, estoy ansioso, quizá vayamos a hablar con alguien que conoció a Bernardo, a Floriano, a Iosinara...

—He quedado con don Matías en un bar junto a la favela.

Don Matías es español, de Girona. Llegó a Brasil al acabar la Guerra Civil, en 1939, huyendo de la cárcel o del fusilamiento: cruzó la frontera con Francia a pie, pasó un mes en un campo de concentración de refugiados en una playa francesa, se subió en un barco en cuanto pudo; le daba igual el destino, le tocó Brasil como le podría haber tocado cualquier otro lugar. Vivió en una pensión en el centro de Rio, pasó unos años en São Paulo, después volvió a Rio y se instaló en Serrinha alrededor de 1948.

—Si Bernardo ha vivido aquí, Matías tuvo que conocerlo.

Amalia tiene razón, por primera vez estoy cerca de encontrarme con alguien que puede decirme si Bernardo existió o es una invención de un viejo llamado Francisco.

Don Matías está casi sordo y hay que gritar para que entienda las preguntas, aun así entiende sólo la mitad de lo que se le dice. Después de un cuarto de hora sin lograr resultados, se me ocurre sacar un papel y escribirle lo que quiero saber. Su vista es mucho mejor que su oído. Le pregunto si conoció a otros españoles en la favela.

—Varios, cinco o seis, casi todos gallegos. Pero estuvieron aquí muy poco tiempo, yo fui el único que se quedó para siempre.

Otra vez le escribo para preguntarle por uno que se llamaba Francisco. No recuerda los nombres, fue hace muchos años. Se me ocurre decirle que era mecánico.

—Había uno que no era mecánico, pero se le daba bien todo lo que fueran motores. No era español, era portugués, pero hablaba español como usted y como yo. Parecía gallego, pero era portugués. Una vez me arregló una camioneta que yo usaba para buscar chatarra.

El corazón se me acelera. Es él. Le pido por escrito que me siga hablando de ese portugués.

—Si no recuerdo mal estaba casado aquí en la favela y tenía uno o dos hijos... Con una mujer muy guapa, una mulata que desfilaba en carnaval. Ah, era muy amigo de un nordestino que murió asesinado. En casa del nordestino se hacía feijoada los sábados y pasaba quien quisiera.

—¿El nordestino era fotógrafo?

—No sé... Eso no le puedo contestar.

Todo cuadra, es él, su mujer, su hijo, Floriano... Pero no consigo sacarle datos nuevos. Da igual, ahora sé que no persigo a un fantasma. Le pido a Amalia que se desvíe de su camino de vuelta a la zona sur y me deje en la estación de autobuses. Voy a Petrópolis, necesito hablar con Sérgio Ventura.

No le encuentro en casa, su empleada me dice que ha salido a dar su paseo de todos los días y que debe de estar a punto de regresar. Me hace pasar a una sala en la que cada objeto tiene un papel pegado con su nombre: lámpara, mesa, sofá... Se me ocurre que un día olvidará su dirección y no sabrá volver a casa tras el paseo, desaparecerá para siempre. No es hoy el día, la puerta se abre y le sorprende encontrarme allí.

—Tengo noticias sobre Bernardo. Le invito a comer...

—Prefiero comer aquí en casa, si no le importa le invito yo.

La misma empleada que me recibió nos sirve feijão, arroz, una ensalada, un pequeño filete. Ventura escucha mi conversación con don Matías sin ningún entusiasmo.

—Había un portugués casado con una mulata, hablaba bien español, arreglaba camionetas y era amigo de un nordestino. Para mí la historia no cambia mucho, sigue siendo la misma.

—Tal como usted lo resume, parecen datos sin importancia.

—Lo son. Supongamos que ese portugués del que habla el catalán con el que usted se ha encontrado es Francisco. Ya sabemos que Francisco ha existido y que quizá viviera en Serrinha, eso no está en duda. Lo que yo no me creo es que llevara esa vida de aventuras que ha inventado.

Me enfado, intento convencer a Ventura, busco miles de argumentos para llevarle hasta mi terreno. Pero me doy cuenta de que da igual, no importa si él lo cree o si yo mismo lo creo. Lo único que importa es que el manuscrito es la imagen que Bernardo ha querido dar de sí mismo.

Vuelvo a Rio cuando ya es de noche. Decido parar junto a los arcos de Lapa a tomarme una caipirinha antes de volver al hotel.

Es muy fácil hacer una caipirinha, pero no todas las caipirinhas son iguales. A mí las que más me gustan no se hacen en ningún bar de lujo ni llevan la firma de un barman famoso. Las hace Beto en un puesto por la calle. Se pone los jueves, viernes y sábados por la noche, debajo de los arcos de Lapa cuando le deja la policía o en alguna de las calles cercanas cuando no le deja.

En su puesto hay un cartel amarillo grande que anuncia «Las caipirinhas de Beto» y dice que tiene página en internet. Beto lleva la cabeza afeitada, está fuerte, es de ese color indeterminado de muchos brasileiros y parece un pirata. Me recuerda al calvo de los anuncios de detergente. Beto tiene varios trucos al hacer las caipirinhas, unos los cuenta y otros no. Usa cachaça barata, le pone unas hojas de menta y bate mucho la coctelera, un simple tarro de plástico con tapa de rosca. He intentado hacerlas en España muchas veces y no quedan igual, aunque lleve la cachaça de Brasil. Beto me explica que en Europa usamos azúcar de remolacha y aquí azúcar de caña. No sé si es ésa la razón, la próxima vez me llevaré también el azúcar.

De pie en medio de la plaza, charlando con Beto sobre cualquier cosa mientras vemos pasar a la gente, rodeados de puestos que preparan perritos calientes y pinchos de carne, pierdo enseguida la cuenta de las caipirinhas que he bebido. A partir de la cuarta o la quinta todo me parece bien y el mundo me resulta un lugar estupendo en el que sólo los agoreros encuentran motivos de preocupación.

Beto nunca ha oído hablar de bandidos españoles, se ríe cuando le cuento que existen o que han existido. Beto le hace una seña a su ayudante, un chaval sonriente y simpático que tiene los dientes separados; se parece a Ronaldo.

—Fenómeno, ponle otra a nuestro amigo español.

Nunca intenta cobrarme más de las que he bebido, aunque yo no sepa cuántas han sido. Me dice, a la hora de pagar, que he tomado seis. Hago cuentas y juraría que han sido siete. Pago seis, son treinta reales, unos doce euros.

Aunque Lapa sea un barrio muy divertido por la noche, me he enamorado de Copacabana. Como dice Bernardo, es peor que antes, pero atrapa. Además lo que busco hoy se encuentra en Copacabana, no en Lapa. Voy en taxi hasta la Help; la Elpi, como pronuncian los brasileños; la Universidad, como le llaman las chicas que van a diario.

Hay decenas de personas en la puerta. Las chicas quieren

encontrar un cliente antes de pagar la entrada. Los *meninos da rua*, los mendigos, los ladronzuelos, los vendedores de todo andan por ahí. Saben que durante la noche llegarán y se marcharán los turistas... Del taxi a la puerta te abordan varios. Entre los turistas hay mucho español, mucho italiano, mucho alemán lleno de tatuajes, mucho norteamericano negro... Hay que pasar por un detector de metales para entrar. Hay carteles que prohíben la entrada con armas; otros avisan de que la empresa no tiene nada que ver con los taxistas que esperan en la puerta y que éstos no siempre cobran lo estipulado por ley; uno más dice que no se permitirá acceder a la sala con vestidos transparentes o con bermudas... Se sube la escalera y se entra en la sala. Imagino así el Woman's.

Hoy hay allí no menos de setenta u ochenta chicas. No son empleadas de la sala, han pagado su entrada, como tú, pero van todos los días a trabajar. La pista de baile, a la hora que entro, está casi vacía. Todo el mundo, los turistas, las chicas, da vueltas alrededor, mirándose. Sólo una chica, muy guapa, es posible que sea la más guapa de todas, baila. Sabe que muchos hombres la miran y que, en cuanto acabe de bailar, se acercarán a ella dispuestos a sacarla de allí pagando lo que ella les pida.

Hay un par de cabinas en las que se compran los vales para las bebidas. Los precios son similares a los que hay en la calle, una cerveza por tres reales, una caipirinha por seis... Pido un vale por una caipirinha y lo canjeo en la barra. No se parece nada a la de Beto; a mí, con mi azúcar de remolacha, me quedan mucho mejor.

Dos o tres chicas, guapas aunque no me llamen la atención, se acercan a hablar conmigo. Sonrío y dejo de hacerles caso. Localizo a una que sí me gusta a la vez que voy a por el vale de la segunda caipirinha. Es blanca, alta, rubia con aspecto de nórdica, está bebiendo cerveza. Me acerco con mi caipirinha en una mano y con una cerveza en la otra.

—Tu cerveza está ya caliente.

Coge la lata que le doy y me sonríe. Tenemos una charla

insustancial en la que le cuento de dónde soy y que estoy en Rio de vacaciones, y ella me cuenta que es gaucha, de Porto Alegre, y que está en Rio trabajando.

No sé si son las caipirinhas que me he bebido, pero mientras me habla me doy cuenta de que, de cerca, no me gusta. No sé por qué no me doy la vuelta y me voy; quizá, por un resto de educación, me da vergüenza. Por delante pasa una mulata muy alta con un vestido muy corto. Me olvido de la vergüenza, me despido de la rubia y voy tras ella.

—Me acabo de enamorar.

—Eso lo dirás siempre.

—Es cierto que lo digo siempre, pero nunca había sido tan sincero como ahora.

Con ella, me dice que se llama Isaura, me tomo las caipirinhas que me faltaban hasta completar la docena. Isaura bebe caipivodkas. Le digo a Isaura que nos vamos. Quiere ver el dinero antes y se lo enseño. No me ha dicho cuánto quiere, pero el fajo de billetes que le muestro le parece bien.

Tengo una idea aproximada de cómo salimos a la avenida Atlántica, cómo me mete en un taxi y después me saca y cómo me acuesta en una cama. Nada más. Cuando me despierto, unas cuantas horas después, estoy en una habitación de motel y no me queda nada de dinero. La documentación sigue en el bolsillo y las tarjetas también; el reloj, un reloj barato para no despertar la codicia de los ladrones, está en mi muñeca. Salgo, voy a recepción y pago la habitación con la tarjeta. No saben nada de la chica que me trajo, el empleado que me atiende dice que él no estaba por la noche cuando llegué.

Dicen que hay chicas que duermen a los clientes para robarles; lo llaman «boa noite, Cinderela», buenas noches Cenicienta, en portugués. Isaura no me durmió a mí, fueron las doce o trece caipirinhas, sigo pensando que Beto me cobró una de menos, en cuatro horas. Y tampoco puedo decir que me robara: se cobró sus servicios con el dinero que yo le había enseñado. Sería absurdo denunciarla.

Estoy en Copacabana, puedo ir andando a mi hotel. Vuelvo con la idea de estar una hora debajo de la ducha y meterme otra vez en la cama. No puedo, en recepción me dan un recado que llegó para mí la noche anterior.

Bernardo murió a primera hora de la tarde de ayer, el entierro será a las dos. Miro la hora. Si me doy prisa, me da tiempo a ducharme y llegar al cementerio.

El cementerio de Cacuia está en la Isla del Gobernador, cerca del aeropuerto. El taxi me deja allí unos minutos antes de que entierren a Bernardo. Hay sólo dos personas, un representante de la casa de acogida y otro del consulado. Sérgio Ventura habría venido, pero no le he avisado.

No se hace ningún tipo de ceremonia, en cuanto el ataúd está en su nicho, los otros dos asistentes se despiden de mí y se van. Me quedo solo unos minutos. No rezo, recuerdo a Bernardo. No sé qué nombre van a poner en la tumba, supongo que el de los papeles, su nombre portugués, Francisco Brandão da Silva e Nunes.

Una mendiga con aspecto de loca se acerca a mí. Me pide unas monedas y le digo que no. Se marcha insultándome.

—Vas a morir igual que tu amigo, solo como un perro.

7

Las cosas de Bernardo están destinadas a acabar en el cubo de la basura. Pido que me las den a mí y me dicen que tienen que esperar unos días por si alguien las reclama. Todos sabemos que es un trámite absurdo porque conocemos a Bernardo lo suficiente para saber que no ha dejado nada atrás, nadie va a reclamar nada. Pero es un trámite que hay que cumplir.

Me permiten, aunque no me las pueda llevar, mirarlas.

No hay nada de valor. La ropa está metida en una caja. Muy poca y muy gastada, con excepción de la que le han dado aquí en los últimos meses. Ahí está el traje negro que le gustaba usar cuando recibía a alguien. Me fijo en la etiqueta: Almeida Ravelo Alfaiate.

Me suena el nombre y busco en su manuscrito. Es el sastre de la rua Carioca donde supuestamente Bernardo se hizo el traje para la fiesta de inauguración del casino. Un sastre muy caro de la época según dice allí. Si es el mismo, el traje ha durado casi sesenta años, estaba hecho a conciencia. Pero se marchó a Petrópolis con lo puesto, no puede ser el mismo traje. Nada más que me llame la atención.

Sus objetos personales están en una bolsa de basura. Algún funcionario ha dejado ya preparado el trámite para cuando vayan a su destino final.

Sonrío con lo primero que veo, dos fotos en blanco y negro. Entiendo de inmediato que son dos de las fotos que hacía en compañía de Floriano y a las que llamaban «especiales». En una de ellas hay una mujer blanca y una negra, las dos desnudas, una señora y su esclava. Pero están cambiadas con respecto a lo que se espera, la blanca está cargada de cadenas y la negra lleva un látigo en la mano. En una esquina de la foto hay una F y una fecha: marzo de 1956.

La otra foto es una parodia de un cuadro flamenco. Tres chicas desnudas, sentadas en sillas de enea, se cubren con las guitarras. Otra más está de pie, en postura de baile flamenco, con un sombrero cordobés y un clavel en el pelo como única indumentaria. La misma F, que para mí es Floriano pero que puede significar cualquier otro nombre con esa inicial, y una fecha posterior en un mes a la otra: abril de 1956.

Busco documentos. No encuentro ninguno, ni auténtico ni falso. Pregunté antes y me dijeron que aquí estaba todo, que no se ha retirado nada. Aparentemente queda confirmado que Bernardo era un hombre sin papeles.

Hay un solo libro. Es una versión de bolsillo, bastante moderna, del *Aurelio*, uno de los diccionarios más habituales de portugués de Brasil. Aunque sea una edición moderna está muy manoseado. Lo ojeo pero no encuentro ninguna anotación o palabra subrayada. Tampoco tiene ningún nombre escrito, ni Bernardo ni Francisco.

El último de los papeles que guarda Bernardo es una carta del restaurante en el que trabajaba en Petrópolis firmada por Juscelino Kubitschek. No hay dedicatoria, sólo la firma.

Hay en la bolsa un reloj digital, uno de esos asiáticos casi sin valor, un transistor a pilas viejo, unos gemelos para puños de camisa de plástico y unas gafas de las que se compran ya graduadas en las farmacias. También algunos objetos de aseo, todos de los más baratos.

En una bolsa guarda varios periódicos viejos. Son ocho, el más viejo es de hace un año, el más reciente de hace dos semanas, reconozco la portada: tres franceses, miembros de una ONG, dos de ellos matrimonio, asesinados por un empleado, un antiguo *menino da rua* al que ellos mismos sacaron de la calle y dieron un empleo. Pasó en Copacabana, a pocas calles del hotel en el que me hospedo. Pienso que, si Bernardo guardaba esos periódicos, habría alguna razón y que los tengo que estudiar uno por uno.

Pierdo varias horas con ellos sin encontrar nada. Los leo de la primera a la última página. No son periódicos de los que leía habitualmente Bernardo, son periódicos populares, muy baratos. En la portada siempre hay un escándalo, un crimen, una noticia de fútbol, el anuncio de las fotos de una antigua concursante de Gran Hermano, «biguibroder» dicen los brasileiros, desnuda.

Esperaba encontrarme con noticias que hablaran de mafias españolas en Brasil, pero no hay nada de eso. Son ejemplares como los de cualquier otro día. El único nexo de unión entre ellos es que informan de unos crímenes especialmente truculentos: tres chivatos, X-9's como les llaman en la favela, quemados vivos; seis niños de diez y once años, los vigilantes de otra favela, muertos después de una invasión de una facción contraria de la que no avisaron a los traficantes; dos chicas decapitadas en otra por ser las novias de unos policías militares; la muerte del niño João Hélio; la de los cooperantes franceses...

Quizá era eso lo único que quería conservar Bernardo, la demostración de lo que decían Vinicius y Jobim: «Ahora sólo se ve cemento armado donde antes se veía el Redentor». Voy hasta la ventana y busco el ángulo desde el que Bernardo me mostró el Cristo, allí sigue estando.

Unos periódicos viejos, cuatro cachivaches y un ángulo desde el que se ve el Cristo. Esto es todo lo que ha quedado de Bernardo en el mundo. Esto y el manuscrito con la historia de su vida, probablemente de la vida que quiso inventarse para sí mismo.